Kannst du ihn riechen, den Duft ihrer Seele?

Was wir sind und was wir waren, wird uns in dem Moment bewusst, in dem wir Abschied nehmen. Tränen rannen ihm über die Wangen. Hastig wischte er sie fort, ehe seine Männer und sein verhasster Stellvertreter Vilgo sie sehen konnten und ihm Schwäche unterstellten. Schwäche, die er selbst jetzt, da seine Familie tot war, nicht zeigen durfte. Nicht, wenn er sie rächen wollte. Der Vater und Ehemann in ihm war mit Nysa und Liropei gestorben. Beide ließ er an ihren Gräbern zurück. Yadiran straffte die Schultern und atmete tief warme Sommerluft in seine Lungen.

»Deine Sanftmut fehlt mir, Liropei. Was bleibt, ist die süße Vorfreude auf das Leichenbegräbnis der Drachen, dem ich beiwohnen werde. Die Zeit meiner Rache kommt und ich schwöre dir, meine Liebste, wenn ich mit König Gardorath und seiner Familie fertig bin, bleibt keine Seele mehr übrig, die eine Banshee nach Avalon geleiten könnte.«

Die Erde auf den beiden Gräbern war frisch und die wenigen Äste des halb versengten Apfelbaumes warfen lange Schatten darüber, doch als er verstummte, raschelten die letzten Blätter im Wind. Weiße Blüten schwebten wie Schnee in der Luft, blieben auf den Gräbern liegen wie ein Erinnerungsmal. Nysa hatte diesen Baum geliebt. Sie hatte oft im Blütenregen unter der Krone getanzt und ihre kleinen Arme ausgestreckt, um einzelne Blüten zu fangen.

Yadirans Augen brannten von den Tränen, die er nicht vergießen durfte. Er hatte versagt, hatte die beiden wichtigsten Menschen in seinem Leben nicht retten können. Wie ein Feigling hatte er sich im Wald versteckt und auf ihre Leichen unter dem Apfelbaum gestarrt, während Gardorath und seine Truppen die Bewohner Saarats fortgeschafft hatten. Nur eine Handvoll Männer waren bei ihm gewesen, doch er hatte gewusst, dass sich noch mehr Rudall Koer in den Wäldern rund um die Burg versteckt hatten. Jetzt, Stunden nach dem Angriff, standen sie still im Halbkreis um die beiden Gräber, gaben seiner Frau und seiner kleinen Tochter Nysa die letzte Ehre und bewahrten ihn davor, hier und jetzt unter dem Schmerz, den ihr Tod ihm in die Brust gerissen hatte, zusammenzubrechen. Tief grub er die Hände in die lockere Graberde, neigte den Kopf und schloss die Augen. »Ich werde euch wiedersehen, in einer besseren Welt.« Einen Augenblick betete er still zu seiner Familie, dann erhob er sich schwankend.

»Wir weichen also zurück und verstecken uns wie feige Hunde?« Herausfordernd starrte Vilgo ihn an. Selbst in diesem Moment der Trauer war sein Stellvertreter nicht bereit, den ewigen Machtkampf, den sie seit Jahren miteinander ausfochten, ruhen zu lassen. Yadiran drängte den Schmerz, der ihn innerlich versengte und beinahe um den Verstand brachte, zurück. Er war der Heerführer der Rudall Koer, der Schlachtenlenker von Königin Aine, die er um jeden Preis aus den Fängen der Drachen befreien musste. Ohne die Königin blieb sein Volk heimatlos und seine Rache ein Wunschtraum.

»Wir weichen zurück, um Anlauf zu nehmen, Vilgo, und mit ganzer Wucht zurückzuschlagen.« Yadiran deutete zur Burg, aus deren Türmen noch immer dicker Qualm in den Himmel aufstieg. »Sieh dich um. Unsere Königin ist gefangen, unsere Männer im ganzen Land verteilt oder festgesetzt. Du hast den Befehl des Drachenkönigs gehört. Er hat unserem Volk das Land entrissen und sie zu Vertriebenen erklärt. Kein Ghul darf mehr in Kardura leben.« Er ballte die Hände und trieb die Fäuste mit ganzer Kraft gegen den Stamm des Apfelbaumes, der unter der Härte vibrierte und auch die letzten Blüten fallen ließ. Yadiran lief zu den Kriegern, blickte jedem einzelnen entschlossen in die Augen. »In diesem Moment treibt Gardorath die Ghul aus ihren Häusern, entreißt sie ihrer Heimat und verstreut sie über ganz Emirescha. Es ist unsere Aufgabe, unser Volk wieder zu einen und ihm ihr Zuhause zurückzugeben, egal, wie lange es dauert. Wir holen uns unsere Königin und unser Land zurück und vernichten die Drachen.« Ihre Kampfschreie hallten über die Stille der Burg und das leere Dorf zu seinen Füßen. Unter dem Getöse seiner Männer drehte er sich ein letztes Mal zu seiner Familie um. Ein Teil von ihm war mit ihnen gestorben. Sie nahmen sein Mitgefühl, sein Verständnis und seine Liebe mit nach Avalon, den Anderslanden. Zurück blieb ein Ghul mit dunkler Seele. Ein Ghul, dem jedes Mittel recht war, um sich an den Drachen zu rächen.

»Die Schatten sind düster und kalt heute Nacht, meine Königin.« Achtsam sah sich Rosdor, ihr Wächter und treuer Freund, am nahen Waldrand um. »Wir sollten uns beeilen. Ich habe ein ungutes Gefühl. Der Wald ist zu still.«

»Dann treibt die Pferde an, mein Freund. Wir wollen alle nach Hause.«

Rosdor nickte und trieb sein Pferd zur Spitze des Trosses. Kurz wechselte er ein paar Worte mit den Soldaten. Seit Generationen diente Rosdors Familie den Drachenkönigen. Schon ihre Väter und Urgroßväter waren eng befreundet gewesen. Sie vertraute ihrem Wächter und wie er spürte sie eine beklemmende Unruhe in sich. Die Königin blickte zum Mond, dessen silbriger Glanz auf den sanften Wellen des Meeres schimmerte und die Fassaden des in der

Ferne aufragenden Schlosses purpurn leuchten ließ. Einladend ragte der Bau über den Meeresklippen auf. Roter Efeu rankte an den Mauern empor. So rot wie die Haare ihres Kindes, das ruhig in ihren Armen schlief. Bald waren sie wieder zu Hause. Ihr Herz hüpfte freudig. Nicht mehr lange und sie konnte sich in die Umarmung ihres Gemahls schmiegen, der sich noch immer von seinem Kampf mit den Ghul erholte. Immer öfter plünderten diese die Dörfer, die unter der Herrschaft des Drachenkönigs standen, ihres Eheherrn. Sisneh spürte sein Sehnen nach ihnen. Wenn sie die Augen schloss, konnte sie ihn am Fenster im Thronsaal stehen sehen, wo er ungeduldig auf ihre Rückkehr wartete.

Der Wagen unter ihnen holperte unruhig, als ein knapper Befehl Rosdors die Männer zur Eile antrieb. Flerya murmelte leise im Schlaf. Vorsichtig strich die Königin dem kleinen Mädchen eine verirrte Strähne aus dem Gesicht. Sie lächelte. Ihr Haarknoten hatte sich gelöst. Fleryas langes Haar lag über dem Schoß ihrer Mutter wie eine zweite Decke. Mit ihrer kleinen Hand hielt sie Sisnehs Daumen fest. Die Königin zog die Felle dichter um die Gestalt ihrer kleinen Tochter, damit sie sich im kühlen Abendwind nicht erkältete.

»Nicht mehr lange, dann sind wir bei deinem Vater, mein Schatz«, flüsterte Sisneh ihr zu.

Die Pferde wieherten zustimmend, als ob sie sich ebenfalls nach der Wärme ihres Stalls und einer Extraration Heu sehnten. Das Geklapper ihrer gleichmäßigen Hufschläge hüllte Sisneh ein. Sie war müde von der langen Reise und ihre Glieder schmerzten. Sehnsüchtig sah sie zu ihrer Stute Dea, die Rosdor am Wagen angebunden hatte. Gemächlich lief sie neben ihnen her. Sisneh seufzte, Deas Sattel war weich gepolstert und wesentlich bequemer als der Wagen. Vorsichtig zog sie ihren Daumen aus Fleryas Klammergriff. Gerade bettete sie das Mädchen auf eine Schicht Felle, als Tumult um sie herum ausbrach.

Rosdors Schrei hallte über die Ebene. »Seelenfresser!« Ihr Wächter und die Leibwache zogen ihre Schwerter.

»Flerya!« Die Königin schrie verzweifelt den Namen ihres Kindes. Jeder Muskel in Sisnehs Körper krampfte sich zusammen. Ihr Herz schlug heftig gegen den Brustkorb. Einen Moment verschwamm ihre Sicht, bevor sich ihre Sinne um ein Vielfaches schärften. Sie spürte den Drachen, der sich in ihr aufbäumte. Vom Waldrand her stürmten Hunderte Ghule auf sie zu. Sofort bildeten die Männer einen Schutzwall um den Wagen, doch Sisneh wusste, sie hatten keine Chance. Der ohnmächtige Ruf ihres Mannes dröhnte über das Wasser zu ihnen. In der Ferne glaubte sie seinen Schatten vom Schloss aufsteigen zu sehen. Gardoraths gewaltige Flügel glänzten dunkel im Mondschein. Er war verwundet und geschwächt. Trotz seiner Wandlung würde er zu spät kommen. Sie starb heute Nacht.

»Mama, Mama!« Flerya schreckte vom Gebrüll der heranpreschenden Seelenfresser aus dem Schlaf. Verwirrt und ängstlich sah sie Sisneh an. Die Königin zog ihre Tochter dicht an sich.

»Keine Angst mein Schatz, ich passe auf dich auf. Das werde ich immer tun.« Sie gab der Kleinen einen Kuss auf die Wange und erhob sich im Wagen. Sie tat alles, um Flerya zu retten. Rosdor sah sich nach ihr um. »Lorint begleitet Euch, meine Königin. Er bringt Euch in Sicherheit. Kehrt nicht zurück. Wir halten sie auf, solange wir können!«

Er nickte einem jungen Krieger zu, der auf das Gespann aufsprang. Im nächsten Moment traf die erste Welle Angreifer auf sie. Sisnehs Stute wieherte aufgebracht und stieg neben dem Wagen. Der Strick, mit dem sie angebunden war, riss und sie galoppierte davon.

Sisneh fluchte. Das Pferd war ihre beste Chance gewesen. Die meisten Seelenfresser hatten sich gewandelt. Ihre massigen Schlangenkörper wanden sich über den Untergrund, wühlten ihn auf. Nur ein paar wenige hatten ihre menschliche Gestalt beibehalten. Sie erkannte Yadiran sofort. Der Schlachtenlenker der Ghulkönigin deutete auf sie.

»Die Königin bleibt am Leben! Wir brauchen Kemantie!«

Sisneh keuchte und umfasste das Armband an ihrem Handgelenk. Die Ghul wollten ihre verbannte Königin befreien! Sie sah sich nach Gardorath um. Sein mächtiger Schatten zeichnete sich deutlicher am Nachthimmel ab, trotzdem würden noch einige Minuten vergehen, bis er sie erreichte. Sein zorniger Schrei durchdrang das Klirren der aufeinanderschlagenden Schwerter. Pfeile schwirrten durch die Luft. Sosehr der Drache in ihr sich wandeln wollte, Sisneh konnte nicht. Das ungeborene Kind in ihrem Leib hinderte sie daran.

Flerya wimmerte in ihrem Arm. Sie hatte keine Wahl. Es gab nur eine Chance, ihre Tochter zu retten. Sie musste ihr Kemantie aufbürden. Ein Joch, das Flerya eigentlich erst viel später ereilen sollte. Sie sollte bereit dafür sein, denn mit dem magischen Armband kamen die Albträume. Wieder brüllte Gardorath am Himmel. Die Königin schloss ihre Augen. Murmelnd sprach sie die Worte, mit denen sich der Verschluss des Schmuckstückes öffnete. Mit zitternden Händen legte sie es ihrer Tochter um ihr linkes Handgelenk. Augenblicklich zogen sich die feinen Glieder um den zarten Arm Fleryas zusammen, die sie mit weit geöffneten Augen ansah.

»Kemantie wird dich beschützen, mein Kind. Du wirst leben.«

Der junge Krieger griff nach ihrer Hand. »Wir müssen fliehen, meine Königin. Der Heerführer kann die Seelenfresser nicht ewig aufhalten.«

Sie nickte und stieg mit Flerya im Arm vom Wagen. Die Krieger des Königs scharten sich um sie. Schritt für Schritt erkämpften sie sich einen Weg durch die heranpreschenden Ghule. Die Luft um sie war erfüllt von der Zauberkraft, mit deren Hilfe Rosdor und seine Männer Luft, Erde und das Wasser bändigten, um die Elemente gegen die

Rudall Koer einzusetzen. Rosdor hob gerade eine Hand. In Sekunden bildete sich eine Wassersäule vom Meer her. Wie der Körper einer Schlange wand sie sich durch die Luft auf das Schlachtfeld zu, sperrte die Ghul in einer Blase aus Wasser ein, in der sie jämmerlich ertranken. Sisneh sah ihre zuckenden Wurmkörper, die verzweifelt versuchten, an die Luft zu kommen. Sturmwind blies die Angreifer zurück und Geschosse, die aus purer Erde bestanden, wirbelten auf sie zu. Trotzdem fielen immer mehr Männer unter dem Angriff ihrer Feinde. Für jeden Ghul, den sie töteten, stürzten sich drei weitere auf die immer kleiner werdende Gruppe um Sisneh. Sie sah zu, wie ihre Leibwache schwer verwundet oder tot auf dem Boden aufschlug, bis nur noch Rosdor und Lorint bei ihr standen. Sie hatten sich keine zehn Schritte vom Wagen entfernt.

»Halt!«, hörte sie Yadirans dunkle Stimme. Jäh stellten die Ghul ihren Angriff ein. Rosdor und der junge Krieger atmeten heftig neben ihr.

Sie sah in Fleryas zartes Gesicht und lächelte. »Was auch immer geschieht, schließ die Augen und öffne sie erst wieder, wenn du die Stimme deines Vaters hörst.«

Yadiran trat zu ihnen. Sisneh hob den Blick und sah den Schlachtenlenker der Ghul hasserfüllt an. »Ich bin nicht länger Kemanties Trägerin, Yadiran. Was ihr auch vorhabt, meine Tochter ist zu jung, um eure Königin aus der Verbannung zu befreien.«

Der Heerführer knurrte und hob sein Schwert. »Deine Seele wird mein

Lohn sein, Königin.« Yadirans Nasenflügel bebten, als er den Kopf hob und tief einatmete. »Sie duftet so süß und deine Tochter wird uns unsere Rache schenken, sobald sie alt genug ist.«

Rosdor stellte sich schützend vor Sisneh. »Nur ein paar Minuten, dann ist der König bei uns«, flüsterte er ihr zu. »Wir müssen nur noch ein paar Minuten durchhalten.«

Plötzlich sah sie im Augenwinkel ein kurzes Aufblitzen. Rosdor und der junge Krieger neben ihm keuchten. Im nächsten Moment sackten sie kraftlos zu Boden. Der Schmerz kam schnell und unerwartet. Sie hörte noch, wie der Pfeil durch die Luft sirrte. Für einen Atemzug hielt sie das weinende Kind in ihren Armen fester. »Flerya, meine Kleine«, flüsterte Sisneh, bevor ihre Kraft erschlaffte und die Welt um sie herum in Finsternis versank.

Was bleibt, ist ein kleiner Haufen Asche

Dass sie eine Zeugin hatten, die den Überfall auf den Königstross im Unterholz kauernd beobachtete, wusste der Schlachtenlenker. Ihre Anwesenheit machte seinen Plan perfekt, auch wenn er anders verlaufen war, als sie es vorgesehen hatten. Die Königin war ihr Ziel, doch nun musste er sich mit dem kleinen Mädchen begnügen und das Beste aus dem Streich, den ihm die Drachin gespielt hatte, machen. Die Frau, die im Wald kauerte, kam ihm dabei mehr als gelegen. Sie würde dem König bezeugen, dass seine Familie in den Flammen umgekommen war. Seine ganze Familie.

Die Frau war erst vor wenigen Tagen in diesen Wald geflohen. Jede Nacht schlief sie unter dem Sternenhimmel, eingebettet in die Kleider, die sie am Leib trug. Mehr hatte sie nicht mitgenommen aus ihrem alten Zuhause, dem Friedhof außerhalb der Stadt, auf dem sie aufgewachsen war. Eine Totengräberin, wie ihr Vater und dessen Vater. Sie hatte genug vom Tod, der in ihrem schäbigen Haus, das mehr einem schief geratenen und löcherigen Schuppen glich, allgegenwärtig gewesen war. Sie hatte in seinem Schatten gelebt, hatte sich so sehr an ihn gewöhnt, dass sie angefangen hatte, mit den Banshee zu sprechen. Alle hielten sie für verrückt. Niemand außer ihr konnte die Todesfeen sehen. Ihr Wahn ging so weit, dass sie sich einbildete, mit ihnen befreundet zu sein. Zumindest mit der einen, die jeden Morgen kurz vor Sonnenaufgang durch die Reihen der Gräber schritt und über die Toten wachte. Auch über jene, deren Seelen nie in Avalon ankamen, weil die Ghul über sie hergefallen waren.

Diese eine Todesfee, diese Banshee, hütete sie alle. Doch nur über den Grabhügeln der Verlorenen vergoss sie ihre wertvollen Tränen.

Nur eine über jedem Grab. Geschenke, die die Totengräberin vorsichtig in kleine Schatullen bettete. Perlentränen, die im Licht der Sonne unscheinbar wie Wassertropfen aussahen und erst im Mondlicht ihre wahre Natur offenbarten. Perlmutt und Silberglanz. Jede einzelne schimmerte auf ihre eigene Weise, so einzigartig wie die Seelen, für die sie bestimmt waren. So viele, dass die Banshee sich mit jeder neuen Träne, die sie schenkte, wie Nebel auflöste. Und während die Totengräberin kaum noch mit dem Anfertigen der Kästchen hinterhergekommen war, war die Gestalt der Banshee, die sie all die Jahre deutlich sehen konnte, mit jedem neuen Tag, der anbrach, verblasst. Die Freundin, die *eine* Konstante in ihrem Leben, war verschwunden. Am ersten Morgen, als die Totengräberin allein die Reihen der Grabhügel durchschritt, wusste sie, dass nichts mehr sie an diesem Ort hielt, der sich nur wegen dieser einen Todesfee noch wie ein Zuhause angefühlt hatte. Sie war fortgegangen, doch der Tod war ihr gefolgt, bis zu diesem Waldrand, wo sie nun mit geschlossenen Augen kauerte.

Dichter Qualm trug den Geruch nach verbranntem Fleisch übers Meer und die angrenzenden Wälder. Die Königin und ihre kleine Tochter Flerya lagen tot im Wagen, der sie hätte nach Hause bringen sollen. Ihre Leiber brannten lichterloh, geschürt von der Magie des Schlachtenlenkers. Kaltblütig und herzlos hatte er die Königin getötet.

Als der gewaltige Drache neben dem lohenden Feuerwagen landete, bebte die Erde. Die Frau im Dickicht konnte die Welt nicht länger ausschließen. Sie sah zu, wie Gardorath verzweifelt um das Gespann hetzte und mit den riesenhaften Flügeln schlug, um dem Feuer den Nährboden zu rauben, doch es brannte nur noch unerbittlicher. Der Drache brüllte voller Leid, die Augen nass vor Tränen. Er glomm mit ihnen, sein Körper stand ebenfalls in Flammen. Vor Schmerz über ihr Ende, das er nicht verhindern konnte.

Die Totengräberin schluchzte, ihre Lungen eng vor Qual, als sie dabei zusah, wie der König sich unter der Pein windend in seine menschliche Form wandelte und vor dem Feuerregen, dessen Hitze ihr in die Haut biss, in die Knie sackte. Er schrie nicht mehr, kein Laut verließ seine Kehle. Die breiten Schultern zitterten und der große Mann fiel in sich zusammen. Es war diese Stille, die sie in Furcht zusammenzucken ließ, und die schemenhafte Gestalt der Banshee, die trauernd neben den König am Feuer trat und ihre letzte Träne für ihn vergoss.

»Was bleibt, ist ein kleiner Haufen Asche«, flüsterte die Todesfee. Ihr Blick suchte die Frau im Dickicht, ehe sie im Qualm über der Ebene zerfaserte wie Nebel.

Saarat – ohne Heimat bin ich nichts weiter als ein vom Wind verwehtes Blatt

»Achte auf deine Deckung, Schwesterherz.« Abren grinste. Lauernd sah er mich an, hoffte, dass ich einen Fehler beging. Darauf konnte er lange warten. Sein Gerede war nur der lahme Versuch, mich aus der Fassung zu bringen.

»Vergiss es«, fauchte ich. Ein schneller Schritt nach vorn, ich ließ das Schwert durch die Luft sausen, drehte mich in der Bewegung um ihn herum und erwischte Abren am Arm. Zischend sog er Luft in seine Lunge und wehrte meinen erneuten Angriff ab. Blut lief aus der Wunde. Erschrocken senkte ich mein Schwert und lief zu dem Tisch, auf dem unsere Waffen lagen. Ich nahm eines der Tücher, mit denen wir zuvor die Klingen gereinigt hatten, und lief zu meinem Bruder. »Verzeih, ich wollte dich nicht verletzen.« Vorsichtig drückte ich das Tuch auf die Wunde, um die Blutung zu stillen.

Seufzend legte er seine Hand über meine. »Es ist nur Blut, Flee. Wenn du während eines Kampfes mit unseren Feinden so viel Mitleid hast, bist du innerhalb eines Wimpernschlages tot.«

»Du bist aber nicht mein Feind, Abren.«

Missbilligend kniff er die Lippen zusammen. Ein seltsamer Ausdruck lag in seinen Augen. Zorn huschte über seine Züge. Seufzend ließ ich den Arm sinken und trat zurück. »Jetzt bist du auch noch böse auf mich. Vater ist erzürnt, weil du mich das Kämpfen lehrst, und du bist wütend, weil ich nicht erbittert genug gegen dich kämpfe.« Ich schüttelte den Kopf und legte das Schwert zurück auf den Waffentisch. »Sosehr ich auch versuche, euch zu verstehen, Männer werden wohl immer ein Rätsel für mich bleiben.«

»Na, das hoffe ich doch schwer«, knurrte Abren und warf sein Schwert lieblos auf den Tisch.

»Abren!« Ich nahm es und begann die Klinge vorsichtig zu reinigen. »Vater lässt dich die ganze Waffenkammer säubern, wenn er sieht, wie du damit umgehst. Du weißt, ihm liegt viel an dieser Waffe.« Mit dem Finger fuhr ich über das kühle Metall. Die Oberfläche war weich und doch so hart, dass sie mühelos Holz durchtrennte. In die Klinge waren Runen eingraviert. Kreise und Linien, die eine Art Blume bildeten. Symbole, die ich nicht kannte und dessen Bedeutung mir unser Vater vorenthielt. Nur drei Schwerter in seiner Sammlung waren so kunstvoll gearbeitet und verziert. Eines trug mein Vater, eines Abren und das andere lag in Vaters Kleidertruhe, gut eingewickelt in Tücherlagen. Der Schmied, der diese Schwerter gefertigt hatte, verstand sein Handwerk. Ich ahnte, dass er meinem Vater nahegestanden hatte, denn er sprach nie darüber und wehrte alle Fragen meinerseits unwirsch ab. Ich hatte gelernt, dass es besser war, ihn nicht zu drängen.

»Genug für heute.« Abren setzte sich auf die Tischkante und blickte mich an. »Du siehst müde aus.« Er hob die Hand und strich mir eine Haarsträhne hinters Ohr, die sich aus meinem geflochtenen Zopf gelöst hatte. »Schläfst du nicht gut?«

Ich schüttelte den Kopf und polierte die Klinge weiter mit dem Tuch. »Ich fürchte mich vor dem Einschlafen. Die Albträume werden schlimmer.« Ich ließ die Waffe sinken und blickte meinen Bruder an. »Ich sehe die Drachen so deutlich wie nie zuvor. Sie jagen mich, kommen mir immer näher. Manchmal kann ich die Hitze ihres Feuers auf der Haut fühlen.« Zittrig atmete ich ein. »Ich hab Angst, Abren.«

Er nahm meine Hand und verschränkte seine Finger mit meinen. »Das brauchst du nicht. Ich passe auf dich auf. Außerdem weißt du doch, dass es nur noch einen einzigen Drachen in Emirescha gibt.«

»Gardorath, der Drachenkönig.« Ich löste meine Hand aus seiner und machte mich daran, die Schwerter, Dolche, Äxte, Pfeile und Bögen wieder an ihren ursprünglichen Platz in die Waffenkammer nebenan zu räumen. »Warum träume ich jede Nacht von den Drachen? Gardorath muss mich abgrundtief hassen«, flüsterte ich.

Abren nahm eine Handvoll Pfeile und trug sie hinter mir her. »Er hasst nicht dich, sondern unseren Vater, Flee.«

»Warum sehe dann nur ich den Drachen jede Nacht im Schlaf? Und nicht nur einen. Es sind immer zwei.«

Mein Bruder steckte die Pfeile in die Köcher an der Mauer. Als er fertig war, drehte er sich zu mir und musterte mich eine Weile. »Du träumst von den Drachen, weil Vater dir zu viele Schauergeschichten von ihnen erzählt hat. Er hat deine Angst geschürt. Du hast viel Fantasie, das zusammen bringt dir jede Nacht die Albträume.« Ich sah ihm an, wie sehr ihm Vaters Erziehungsmethoden missfielen. Das war nicht verwunderlich. Vater ging mit Abren nicht gerade zimperlich um. Er forderte viel und sprach selten ein Lob aus. Ich hatte noch nie erlebt, dass er Abren in den Arm genommen hatte, so wie mich. Mir schien er seine Liebe zu schenken, war fast schon überfürsorglich, was mir nicht selten die Luft zum Atmen nahm. Abren bekam dagegen Vaters ganzen Ärger ab, wenn etwas nicht so lief, wie er es sich wünschte. Selbst für meine Fehler stand mein Bruder ein. Er hätte mich dafür hassen können, tat es aber nicht, wofür ich ihn umso mehr liebte. Manchmal schien es mir, als ob ich die einzige Verbindung zwischen Vater und Sohn war. Ihre Liebe zu mir hielt uns zusammen. Was war vorgefallen? Sie waren die beiden wichtigsten Männer in meinem Leben und zankten nur noch. Die Spannung zwischen ihnen war greifbar, sobald sie sich in einem Raum befanden. Dabei wünschte ich mir so sehr, es wäre anders.

Ich betrachtete meinen Bruder, während wir weiter die Waffen aufräumten. Die Ähnlichkeit mit Vater war deutlich zu erkennen. Dunkle, fast schwarze Haare, die im Sonnenlicht einen leichten Karamellton annahmen. Zedernbraune Augen, umrahmt von dichten Wimpern. Am auffälligsten fand ich die seltsam geformten Brauen. Wie ein auf dem Kopf stehendes V wölbten sie sich über den Augen. Vater sah damit immer etwas grimmig, sogar ein wenig gefährlich aus. Abrens rundes Gesicht wirkte dadurch eher markant. Viele der Mädchen in unserem Gefolge und im Dorf himmelten meinen Bruder an. Kein Wunder, er war ein stattlicher Mann und hatte ein gutes Herz, das sich in der Wärme in seinen Augen widerspiegelte.

Ich war wie ein Gegenstück zu Vater und Abren. Meine Haare waren rot, die Augen blau und ich war viel zu zierlich für eine Tochter Yadirans. Meine Gestalt und mein Name hatten mir auch meinen Spitznamen eingebracht: Feenmädchen.

»Wenn Mutter noch bei uns wäre, sähe unser Leben vielleicht ganz anders aus, Abren. Hast du darüber mal nachgedacht?«

»Nein.« Murrköpfig hing er die letzte Waffe an seinen Platz. Seine eigene steckte bereits wieder in seinem Waffengurt. Ich zuckte vor seinem rauen Ton zurück. »Entschuldige«, sagte er und senkte schuldbewusst den Kopf. »Ich möchte nicht über Mutter nachdenken, Flee. Sie ist tot und wir sind am Leben. In drei Tagen ist dein sechzehnter Geburtstag. Sag mir lieber, was du dir wünschst.«

Ich lächelte und nahm die Hand, die er mir reichte. Abren zog mich aus dem Trainingsraum in den Gang hinaus. »Ich hätte gern das Schwert, das Vater in seiner Truhe versteckt hat«, sagte ich scherzhaft.

Abrupt blieb er stehen. Ich rempelte gegen ihn.

»Woher weißt du von dem Schwert?«

Ich hob die Schultern. »Neugierde.«

»Du hast geschnüffelt«, knurrte er. Plötzlich wurde sein Griff an meiner Hand fast schmerzhaft stark. »Sei froh, dass Vater oder einer seiner Handlanger dich nicht erwischt hat.« Ich wand meinen Arm, versuchte mich zu befreien.

»Du tust mir weh, Abren«, sagte ich. Sofort ließ er mich los und trat einen Schritt zurück.

»Verzeih.« Einen Augenblick sah er mich schweigend an. In den letzten Wochen hatte er sich verändert. Dunkle Ringe zierten seine Augen, seine Laune verschlechterte sich immer mehr. Ich sah ihm an, dass ihn etwas beschäftigte, doch trotz meiner ständigen Fragen verlor er darüber kein Wort. Abren hatte genauso viele Geheimnisse vor mir wie unser Vater. »Halte dich von seiner Kammer fern, Flee. Besonders von diesem Schwert.«

»Warum? Was bedeutet es für ihn?«

Er seufzte. »Einfach alles.«

»Da seid ihr ja!« Meine Nurse kam schwerfällig und gebeugt den Gang entlanggelaufen. Ihr linkes Bein schleifte über den steinigen

Boden. Schwer stützte sie sich auf einen dicken Holzstab, den Vater ihr vor einigen Monaten geschenkt hatte, weil sie immer schlechter laufen konnte. »Euer Vater sucht nach euch. Geht besser zu ihm, er hat keine sonderlich gute Laune.«

Abren nahm meine Hand. »Du solltest dich in deine warme Kammer setzen, Katni. Der kalte Wind in den Gängen tut deinen alten Knochen nicht gut.«

»Was glaubst du, wo ich gerade hinmöchte«, knurrte meine Nurse Abren zu. Ich lief zu der alten Frau, zog ihr den Wollumhang enger um die Schultern und gab ihr einen Kuss auf den Scheitel. Sie roch vertraut nach dem Kräuteröl, mit dem sie sich jeden Tag einrieb, um die Schmerzen in ihren Gliedern zu lindern.

»Ich komme später zu dir und bringe dir warmen Tee und das Abendessen, Katni.«

Sie tätschelte meine Hand, wobei mir nicht entging, wie sehr ihre Finger zitterten. »Du bist ein gutes Kind, kleine Flee. Du hast ein reines Herz.« Sie hob den Kopf und blickte mich aus trüben grauen Augen an. Ihre Haut war durchzogen von tiefen Falten, die Mundwinkel hingen stets mürrisch nach unten. Trotzdem war sie für mich wie eine Mutter. Katni hob eine zitternde Hand und strich mir über die Wange. »Jetzt geht, bevor euer Vater seinen Schlächter Vilgo schickt, um euch zu suchen.«

Allein die Erwähnung dieses Namens ließ mich frösteln. Kälte überzog meine Haut. Vilgo war Vaters Stellvertreter. Ein skrupelloser Kämpfer, der mir mehr Angst machte als die Drachen. Seine Augen waren fast vollständig schwarz und er stank entsetzlich nach nassem Wolf. In seinem Blick lag etwas Gefährliches. Er schreckte nicht davor zurück, mich bei jeder Gelegenheit, die sich ihm bot, anzufassen. Solange Abren oder Vater bei mir waren, begnügte sich das Scheusal damit, mich anzustarren, doch wenn er mich allein erwischte … Ich schloss die Augen. Darüber wollte ich jetzt nicht nachdenken. Vilgos offensichtliches Interesse an mir war der Grund dafür, warum Abren mich seit vielen Jahren das Kämpfen lehrte. Er hatte Vilgo einmal ertappt, als er mich gegen eine Mauer gedrängt und geküsst hatte, während ich mich mit aller Kraft gegen ihn gewehrt hatte.

»Pass auf dich auf, Flee«, raunte mir meine Nurse zu. Auch sie hatte schon mehr als einmal meine Tränen getrocknet, nachdem ich Vilgo allein begegnet war. Ich nickte, ließ Katni los und lief mit Abren an meiner Seite zum großen Speisesaal, in dem unser Vater sich meistens aufhielt, wenn wir in Saarat waren. Was nicht oft vorkam. Wie Nomaden zogen wir die meiste Zeit im Jahr durch das Land, das einst von den Ghul regiert wurde. Mein Vater hatte mir von der verbannten Königin erzählt. Jedes Kind in Kardura kannte die Geschichte von König Gardoraths Überfall auf Saarat. Heute war die Burg in vielen Teilen nur noch eine Ruine. Lediglich die Räume, die aus der Felswand herausragten, waren bewohnbar.

Stimmen hallten durch die Gänge, als wir uns dem Speisesaal näherten. Ich hörte Vaters Stimme deutlich aus allen anderen heraus und auch Vilgo war bei ihm. Je wütender sein Stellvertreter war, desto unmenschlicher klang er, fast wie ein knurrender Wolf.

»Du bist schwach geworden, Yadiran!«, fauchte Vilgo meinen Vater an. »Du hast unser Ziel aus den Augen verloren.«

Als wir den Saal betraten, verstummte Vilgo. Wut stand deutlich in Vaters Gesicht.

»Verschwinde, Vilgo, ehe ich mich vor den Augen meiner Tochter vergesse.«

Vilgo starrte meinen Vater an. »Deine Tochter, Schlachtenlenker«, knurrte er. »Deshalb sind wir hier.«

Fragend sah ich zu Abren, der sichtlich angespannt neben mir stand. Was war nur los mit meiner Familie? Vater sah ich in den letzten Monaten immer seltener, fast hatte ich das Gefühl, er ging mir aus dem Weg. Abren war mein Halt und doch kam es mir so vor, als ob auch er mir entglitt. Mein ganzes Leben schien zu zerbröckeln. Nachts verfolgten mich Drachen in meinen Träumen. Das war nichts Neues, doch die Träume wurden intensiver, greifbarer. Manchmal hörte ich die flüsternden Drachenstimmen sogar am Tag. Doch ich wagte nicht, mit

Vater oder Abren darüber zu sprechen. Sie taten das alles als nichtig ab, nur die Ängste eines Mädchens. Dass ich kein Kind mehr war, erkannten alle beide nicht. Meine Träume fühlten sich nicht an, als wären sie bedeutungslos. Im Gegenteil. Die Angst, die ich spürte, die Hitze ihres Feuers und ihre Nähe, das waren keine Trugbilder der Nacht.

»Tritt mir aus den Augen, Vilgo. Du weißt, was du zu tun hast.«

Vaters Stellvertreter kniff die Lippen zusammen und nickte schließlich. Sein kalter Blick lag auf mir, als er den Saal verließ. Abren stellte sich schützend vor mich, bis Vilgo den Raum verlassen hatte und die Tür sich hinter ihm schloss.

Vater atmete tief durch und rieb sich über das Gesicht. Ich lief zu ihm, umarmte ihn und gab ihm einen Kuss auf die Wange. »Du siehst müde aus, Papa.«

Er nickte und wandte sich von mir ab. Mir entging nicht, dass er mich kaum angesehen hatte. »Seit Jahren verstecken wir uns in zugigen Hütten und Höhlen. Ständig ziehen wir umher, leben in Angst davor, dass uns die Spione Gardoraths entdecken könnten. Das ist kein Leben für einen Krieger. Die Männer werden mürbe. Sie wollen ihre Königin zurück.«

Ich faltete die Hände und richtete mich auf. Er sollte nicht sehen, wie sehr mir die Distanz, die in letzter Zeit zwischen uns herrschte, zusetzte. »Du hast sie immer gut geführt. Du wirst Königin Aine aus der Verbannung befreien, da bin ich sicher.« Im Saal war es plötzlich viel zu still. Vater starrte

aus dem glaslosen Fenster auf das Dorf hinunter, das sich unterhalb der Burg erstreckte. Er schien tief in Gedanken. Mein Bruder hingegen atmete viel zu schnell und nestelte unruhig an seinem Schwertknauf herum. »Was hat Vilgo gemeint, als er sagte, ihr seid meinetwegen hier?«

Mein Bruder keuchte leise. Fragend drehte ich mich zu ihm um. Sein Gesicht war fahl, alle Farbe war daraus gewichen, fast verzweifelt starrte er unseren Vater an, der uns nach wie vor den Rücken zuwandte. Anspannung waberte durch den Saal. Die Luft schien für einen Moment zu dick zum Atmen. Vater stand steif am Fenster, seine Schultern zum Zerreißen erstarrt. In den Augen meines Bruders loderte Zorn.

»Was ist nur los mit euch?«, flüsterte ich. »Was verschweigt ihr mir?«

Jetzt wandte Vater sich doch zu uns um. Einige Sekunden lang sah er mich an. Er musterte mein Gesicht. In seinen Augen spiegelten sich unzählige Emotionen. So hatte ich ihn noch nie erlebt und das machte mir Angst. Ich sah ihm an, dass seine rasenden Gedanken zur Ruhe kamen. Seine Gesichtszüge entspannten, die Haut an der Stirn glättete sich und gleichzeitig schien er in sich zusammenzufallen.

»Vater, das kannst du nicht tun«, murmelte mein Bruder.

»Abren, geh und lass uns allein.« Die beiden tauschten wütende Blicke. Mein Bruder zögerte, doch schließlich nickte er knapp und verließ wortlos den Raum. Minuten vergingen, in denen weder mein Vater noch ich etwas sagten. Letztendlich hielt ich dieses seltsame Schweigen nicht mehr aus.

»Seit Wochen herrscht eine befremdliche Anspannung zwischen dir und Abren. Was verschweigt ihr mir?«

Vater holte tief Luft und kam einen Schritt auf mich zu, ehe er unsicher stehen blieb. Er lächelte, aber dieses Lächeln erwärmte nicht wie sonst seine dunklen Augen. »Es gibt einen Grund für deine Träume, Flee.« Als er mein erschrockenes Gesicht sah, kam er ganz zu mir und legte seine Hände um meine Wangen. Er zitterte leicht. Die rauen Schwielen an seinen Fingern kitzelten meine Haut. »Gardorath will meine einzige Tochter töten, aus Rache für den Tod seines Kindes.« Er schluckte heftig und als er weitersprach, war seine Stimme leise und bebte vor unterdrückten Gefühlen. »Du bist deiner Mutter sehr ähnlich. Auch sie hatte diese Träume, die ihr eine Gefahr oder die Zukunft offenbarten. Du träumst von den Drachen, weil sie auf der Suche nach uns sind. Sie suchen dich.« Er hob mein Handgelenk und starrte auf Mutters Armband, das jetzt ein Teil von mir war. Niemals legte ich es ab. Selbst wenn ich es gewollt hätte, die Kette hatte keinen Verschluss. Warm und angenehm sanft lag das Metall auf meiner Haut, passte sich jeder Bewegung an. Es war so sehr ein Teil von mir, dass ich es oft stundenlang nicht spürte. Nur manchmal schien das Material wärmer und das Licht, das sich in den roten Kristallen darin brach, heller zu werden. Vater fuhr mit dem Daumen über die feinen Glieder der Kette. Jäh zuckte er zurück und verzog das Gesicht, als hätte er Schmerzen. Die Steine im Schmuckstück funkelten, Wärme breitete sich um mein Handgelenk aus. Vater rieb die Hand an seiner Hose ab. »Dieses Armband hat dir deine Mutter kurz vor ihrem Tod geschenkt«, sagte er schließlich. »Es besitzt große magische Kräfte, die dich schützen sollen.«

Ich nickte. »Das weiß ich, aber was hat das alles mit den Drachen zu tun?«

»Deine Träume werden schlimmer, Flee.« Überrascht sah ich ihn an. Vater hob die Schultern. »Ich höre dich fast jede Nacht schreien und weinen. So schlimm war es früher nicht.« Er nahm mich in den Arm und hielt mich einen Moment ganz fest. Ich ließ mich in seine Arme sinken und schloss die Augen. Wie gut es tat, die vertraute Nähe zwischen uns wieder zu spüren. »Du bist etwas Besonderes, mein Kind. Du hast die Macht, das Schicksal unseres Volkes zu ändern. Das weiß auch der Drache. Ich glaube, du träumst so intensiv von ihm, weil er uns bereits sehr nahe ist. Ich will dein Leben nicht in die Hände eines magischen Armbandes legen«, flüsterte er mir ins Ohr. Vater küsste mich auf den Scheitel, dann ließ er mich los und trat wieder ans Fenster. »Abren und Vilgo sind der Meinung, dass wir schon zu lange davonlaufen. Sie wollen sich König Gardorath entgegenstellen und kämpfen. Ich möchte dich an einen sicheren Ort bringen, um dich zu beschützen. Genauer gesagt nach Mongana.«

»Zur Insel Mongana?«

Vater nickte. Meine Kehle schien viel zu eng, die Zunge klebte mir am Gaumen. Ich lief zu einem der Tische, nahm mit zittrigen Händen einen Wasserkrug und füllte zwei Becher. Flüssigkeit schwappte dabei auf das Holz. Ich reichte Vater ein Gefäß und trank selbst einen kräftigen Schluck. Jetzt, da ich wusste, dass meine innere Stimme mich nicht getäuscht hatte, wünschte ich mir, sie hätte doch unrecht. Vater hatte mir oft gesagt, dass ich die Macht in mir trug, das Schicksal unseres Volkes zu verändern. Schon als Kind spürte ich meine Andersartigkeit. Ich war schneller als die anderen Ghulkinder und mein Gemüt hitziger. Erst im Laufe der Jahre hatte ich gelernt, mich zu zügeln. Vater schätzte keine Aufsässigkeit, besonders nicht bei einer Frau. Ich wollte immer nur eines: seine Liebe. Er wusste das und bestrafte mich bei Ungehorsam mit Nichtachtung. So lernte ich schnell, das Feuer in mir zu bändigen, ehe es ausbrach und mich in Schwierigkeiten brachte. Mein Leben lang war ich anders, jetzt wusste ich, welche Macht in mir schlummerte. Meine Albträume offenbarten mir meine Zukunft. Doch dann stutzte ich.

»Es gibt nur noch einen Drachen, Vater. Warum verfolgen mich dann immer zwei in meinen Träumen?«

Vater versteifte sich einen Moment, die Finger um den Becher in seiner Hand wurden weiß, so sehr verkrampften sie sich um das silberne Metall. Er atmete tief durch und zwang sich zur Gelassenheit. »Vielleicht ist dieser Teil wirklich nur ein Traum, eine Art Angstbewältigung. Schließlich träumen wir oft von Dingen, die wir fürchten.«

»Du auch, Vater?«

»Ich ganz besonders«, flüsterte er so leise, dass ich die Worte kaum verstand.

Obwohl ich gern mehr erfahren hätte, fragte ich nicht weiter danach. Ich sah ihm an, dass er nicht darüber reden wollte.

»Auf dieser Insel leben Verbrecher und Verbannte. Wo gibt es dort einen sicheren Ort?«, fragte ich stattdessen.

»Gerade deshalb sind wir dort in Sicherheit vor König Gardorath«, meinte er. »Die Grenzen sind zwar gut bewacht und es wird schwierig werden, ein Schiff zu finden, mit dem wir übersetzen können, dafür wagt sich niemand aus Emirescha auf diese Insel.«

»Du hast dich bereits entschieden, oder?«

Er drehte den Becher in seiner Hand und starrte hinein. »Ja«, murmelte er. »Die Entscheidung ist gefallen.« Er schwieg einige Minuten, dann trank er aus, stellte das Gefäß auf den Tisch zurück und sah mich an. »Wir bleiben noch hier bis zu deinem Geburtstag, damit du mit deinen Freunden aus dem Dorf feiern und dich von ihnen verabschieden kannst. Du wirst sie nicht wiedersehen, Flee. Wir kehren nicht nach Saarat zurück. Zumindest nicht, solange der letzte Drache noch am Leben ist.« Kraftlos sackte ich auf einen Hocker. Vater lief bereits zur Tür und zog sie auf. Die Scharniere schrien in ihren Angeln, genauso wie alles in mir gegen seine Entscheidung anschrie. »In vier Tagen reisen wir nach Mongana«, sagte er und verließ den Saal.

Ich blieb allein zurück. Tränen rannen mir über die Wangen. Wir waren nicht oft in Saarat und nie sehr lange, aber immer zu meinem Geburtstag kamen wir her. Ich hatte außer Abren und meinem Vater nur meine beste Freundin

Neslin, ihren Bruder Thilo und ihre Eltern Jedres und Henna. Sie lebten seit vielen Jahren in Saarat. Jedes war Waffenschmied und versorgte die Rudall koer mit guten Schwertern. Dafür fehlte es der Familie an nichts. Sie litten nicht wie viele andere unter Hunger und Armut. Hier in Saarat lebten die Bewohner verhältnismäßig gut, was sie ganz besonders meinem Vater verdankten. Wenn wir nicht wiederkamen und sie für ihre Dienste entlohnten, änderte sich das jedoch. Und was war mit mir? Wer blieb mir noch außer Abren und meinem Vater? Die meisten Rudall Koer Krieger ignorierten meine Anwesenheit. Sie hielten nichts von einer Frau in ihren Reihen und machten daraus auch keinen Hehl. Ich spürte es an ihren kalten Blicken, sah es im gefährlichen Lodern ihrer Augen. Sie mochten mich nicht, akzeptierten mich aber, weil ich die Tochter des Heerführers war. Jetzt sollte ich mit ihnen an einen Ort reisen, an dem es außer den Kriegern nur Verbrecher und Verbannte gab. Mit zitternden Fingern umschloss ich Mutters Armband an meinem Handgelenk.

»Warum so traurig, kleine Fee?«

Alles in mir erstarrte. Vilgos Stimme, die der eines Bären kurz vor dem Angriff glich, ließ meine Tränen und die rasenden Gedanken versiegen. Er war viel zu nah. Seine unangenehme Hitze brannte mir im Rücken. Augenblicke später lag seine schwielige Hand auf meiner Schulter. »Eine so schöne Blume sollte nicht weinen.«

Meine Muskeln krampften sich zusammen, ich richtete mich auf, wollte mich ihm entziehen. Vilgo packte mich von hinten um die Taille und zog mich dicht an sich. Viel zu dicht. Sein Gestank nach nassem Wolf stieg mir in die Nase. Als er sich zu mir beugte, roch ich seinen Weinatem.

»Lass mich los, Vilgo«, fauchte ich.

Er lachte, ließ die Hand von meiner Taille aufwärts bis kurz unterhalb meiner Brust wandern. Ich atmete so flach wie möglich, um die Übelkeit, die mir bei seinem Geruch in die Kehle kroch, nicht die Oberhand gewinnen zu lassen. Ich brauchte einen klaren Verstand. Langsam, ganz behutsam tastete ich mit den Fingern nach dem Dolch, den ich Tag und Nacht unter meinem Gewand trug. Seinetwegen.

»Ich werde schreien, wenn du deine dreckigen Finger nicht von mir nimmst, Vilgo. Wenn Vater davon erfährt, hackt er sie dir eigenhändig ab«, sagte ich, um ihn abzulenken.

Wieder lachte er. Sein Bauch hüpfte dabei auf und ab. Plötzlich ergriff er schmerzhaft meine Brust und drängte sich noch näher an mich. Ich zwang mich, ruhig zu bleiben, genauso wie Abren es mich gelehrt hatte, und tastete weiter nach dem Dolch. Ich erreichte ihn nicht. Wut, Verzweiflung und Ekel kochten in mir hoch. Es fiel mir immer schwerer, still zu stehen und nicht um mich zu schlagen. Doch ich wusste, darauf lauerte er. Das fachte seine Gier nur weiter an. Körperlich hatte ich keine Chance gegen Vilgo. Ich war schneller als er, aber er war kräftig wie ein Ochse. Vilgo beugte sich dicht an mein Ohr. »Dein *Vater* ist nicht der Edelmann, für den du ihn hältst, kleine Fee.«

»Mein Name ist Flee!« Mit einer flinken Handbewegung umschloss ich den Dolch und zog ihn unter meinem Mieder hervor. Im selben Moment drehte ich mich ruckartig zu Vilgo um und zog ihm die Klinge quer über das Gesicht. Zischend wich Vaters Stellvertreter zurück und fasste sich an die blutende Wange. Der Schnitt war lang und tief die Wundränder klafften auseinander. Vilgos Augen verdunkelten sich, bekamen einen fast dämonischen Glanz.

»Du kleine Drachenhure!«

Ich hielt den Dolch zwischen uns und trat einen Schritt zurück. »Fass mich nie wieder an oder ich ramme dir die Klinge dorthin, wo es richtig wehtut.«

Hass loderte in seinem Blick und etwas, das ich nicht benennen konnte. Eine Eiseskälte jagte mir über den Körper. »Wir verbringen bald sehr viel Zeit miteinander, kleine Fee«, knurrte er.

Mir wich alle Farbe aus dem Gesicht. Ich musste weg von diesem Bluthund. Schritt für Schritt lief ich rückwärts zum Ausgang. Keine Sekunde ließ ich Vilgo aus den Augen. Blut lief ihm über Wange und Hals und tränkte sein Wams. Er rührte sich nicht, starrte mir nur mit geballten Händen nach. Er versuchte nicht einmal, die Blutung zu stillen.

Schließlich hatte ich die Tür erreicht, stieß sie auf und lief aus dem Saal, den blutigen Dolch in meiner Hand fest umklammert. Tränen nahmen mir die Sicht. Ich rannte, bis ich die Tür meiner Kammer hinter mir abschloss. Dort fiel das Messer aus meiner zitternden Hand. Kraftlos sackte ich zu Boden und schluchzte haltlos. Vilgo würde sich für meine Gegenwehr rächen, die bevorstehende Reise bot ihm mehr als genug Gelegenheiten dazu. Vater und Abren konnten nicht immer bei mir sein. Ich zog die Knie an, vergrub das Gesicht im Stoff meines Kleides. Ich musste mich selbst vor Vaters Bluthund schützen. Wie konnte es nur so weit kommen? In vier Tagen verließ ich Saarat vielleicht für immer und sah die einzigen Freunde, die ich hatte, nie wieder. Eine Reise gemeinsam mit Hunderten von Rudall Koer, die mich im besten Fall nur ignorierten, und dem Scheusal Vilgo, der das ganz sicher nicht tat.

Ich ballte die Hände. Das verdankte ich allein dem Drachen, der schon so viel Unheil über mein Volk, die Ghul, gebracht hatte. Wut brauste in mir auf, so heftig wie schon lange nicht mehr. Ich schrie vor Zorn und schlug mit der Faust gegen die kalte Steinwand. »Ich hasse dich, Drache!«

Der König kniete im blutüberzogenen Sand, auf dem das Dorf Landorsk erbaut worden war. Ich stand neben ihm, die Hand auf den mit Leder überspannten Lauf meines Schwertes gestützt. Jederzeit dazu bereit, meinen König zu schützen. Gardorath erhob sich. Spätestens jetzt erkannte jeder, der ihn sah, den Drachenkönig. Er überragte die Krieger seiner Leibwache um gut zwei Köpfe. Sein Rücken war breiter und muskulöser, das helle Haar trug er immer offen und den vollen Bart im Gesicht stutzte er nur gelegentlich. Auf den ersten Blick ein ungehobelter Kerl, doch wer ihn kannte, wusste, wie warmherzig, gütig und besonnen er über Emirescha herrschte. Im Moment tobte jedoch der Zorn durch seine Adern. Ich sah ihm an, dass er sich für das, was hier geschehen war, verantwortlich fühlte.

»Das ist nicht Eure Schuld, mein König«, sagte ich, um ihn zu trösten, doch er schnaubte nur und schüttelte immer wieder den Kopf, während er sich in der Siedlung umsah.

Eine glutrote Sonne erhob sich gerade über dem Wall, der das Dorf schützend in seiner Mitte barg. Ein trügerischer Schutz, der den Menschen nicht geholfen hatte. Im Gegenteil, die steilen Hänge des natürlichen Steinwalls waren übersät mit den Leichen derer, die in Todesangst versucht hatten, ihn zu überwinden, um ihren Häschern zu entkommen. Der Drang, die Augen vor dem zu verschließen, was ich hier sah, war übermächtig, doch ich zwang mich hinzusehen, mich nicht vor dem Leid zu versperren, das diese Menschen erlitten hatten.

Handwerker und einfache Bauern lebten hier mit ihren Familien. Der Ort lag abgelegen und einsam wie alle anderen, die wir so vorge-

funden hatten, und wie bei allen anderen gab es keine Überlebenden. Ein Schlachtfeld voller unschuldiger Seelen, in dem ihre Mörder ein deutliches Zeichen hinterlassen hatten. Die Abwesenheit der Todesfeen. Wir alle waren miteinander verbunden, auch wenn wir uns dieser Verbindung in den letzten Jahren immer weniger bewusst waren, doch in solchen Momenten spürten wir sie ganz besonders. Oder eben auch nicht, denn was gerade an unseren Nerven zerrte, war die Leere, die über dem Leichenfeld lag. Hier fehlte der Frieden, den die Banshee den Verstorbenen gewährten, sobald sie diese nach Avalon ins Andersland geleiteten. Eine Ruhe, die sich durch jeden Trauerschmerz stahl und uns Zurückgebliebenen Trost spendete. Ein diffuses Gefühl, das uns doch unsere Verbundenheit deutlich machte. Hier an diesem Ort schrie uns die Abwesenheit der Todesfeen fast ohrenbetäubend entgegen. Ich sah es in den Augen der anderen Krieger, sie spürten dasselbe. Eine Kälte lag über dem Dorf, wie sie nur ein einziges Volk hinterlassen konnte. Seelenraubende Ghul.

»Finde die Rudall Koer, Liam.« Der König bedeckte eine leblose Frau mit einem Tuch, das er von einer Leine herunterzog, auf der es im Wind getrocknet war. Die Hände zu Fäusten geballt und die Züge vor Wut und Kummer verzerrt, stand er da. Dunkle Ringe lagen unter seinen Augen. Stumme Zeugen der schlaflosen Nächte, in denen unser König, in der Hoffnung, den nächsten Angriff verhindern zu können, über das Land flog und die Ghul suchte. »Diese feigen Hunde verstecken sich in ihren Löchern, um bei Nacht anzugreifen und unschuldige Seelen zu rauben. Danach verschwinden sie wie Geister.« Der König sah mich an. In seinen Augen lag ein tiefer Schmerz, den ich ebenfalls beim Anblick des Gemetzels um uns empfand. Gardorath mied den Blick zur Dorfmitte. Dort hatten sie die Kinder zusammengetrieben. Beim Brunnen auf dem Dorfplatz. Ich wusste, wie schmerzlich das Bild für meinen König war. Er sah in den Kinderleichen seine kleine Tochter Flerya. Auch nach vierzehn Jahren war sein Schmerz über ihren Tod nicht weniger geworden.

Ich lief zum Brunnen und kniete mich neben eines der leblosen Kinder. Ein Junge, dessen braunes Lockenhaar sich im Wind bewegte. Mit seinen geschlossenen Augen, dem leicht geöffneten Mund und der Hand, die unter seinem Kopf ruhte, sah er aus, als ob er schlief. Ich schluckte trocken. Verloren, sie alle waren verloren. Nichts konnte diese Wunde heilen. Kein Trost lag im Gedenken an die Verstorbenen. Keiner von ihnen wartete in Avalon. Wenn unsere Zeit in dieser Welt endete, waren sie nicht dort, um uns freudig zu empfangen. Ich ballte die zitternden Hände, kämpfte gegen die Enge in meiner Kehle an und atmete stoßweise. Rasende Wut fegte jeden klaren Gedanken fort und zerrte an meinen Nerven. *Verfluchte Ghul! Ich werde jede einzelne Seele hundertfach rächen!* Einen Moment schloss ich die Augen.

Unsere kleine Prinzessin Flerya, Gardoraths geliebte Frau und mein eigener Vater. Sie waren uns für immer entrissen worden. Ein Wiedersehen war unmöglich. Nein, es lag kein Trost im Gedenken an die Verstorbenen. Ich blickte auf das Kind am Boden und blinzelte die Tränen der Wut weg, die unerbittlich hinausdrängten. Kinderseelen waren die reinsten. Sie brachten den Ghul die meiste Kraft. Kinder, die ihr Leben noch vor sich hatten. Keine Todesfee brachte sie ins Andersland, nichts war von ihnen geblieben als die leeren Hüllen, die um den Brunnen herum auf dem Boden lagen. Beseitigt wie Dreck.

»Finde sie, Liam. Finde Yadiran und seine Meuchelmörder.« Ich sah auf. Neben mir stand schwer atmend der König. Er blickte nicht auf die Kinder, sondern auf mich, nur auf mich.

Ich nickte. »Wir durchsuchen jede Stadt und jedes Dorf nach ihnen, mein König. Die Rudall Koer tarnen sich als Händler, Reisende und Wanderer. Sie verkriechen sich zwischen einfachen Leuten, aber irgendwann begeht einer von ihnen einen Fehler. Unsere Späher sind weit über das Land verteilt. Wir werden sie finden.«

Einer der Männer kam wie ein Wilder auf seinem Pferd angeritten. Wenige Schritte vor uns zog er die Zügel stramm und stoppte. »Die Spuren führen in den Wald hinter dem Wall, mein König, doch sie verlieren sich im Fluss.«

Gardorath nickte. »Yadiran wählt die Orte mit Bedacht, um keine Spuren zu hinterlassen, denen wir folgen könnten. Hinter den Angriffen ist kein Muster zu erkennen, kein Hinweis darauf, wo der Bastard sich verkriecht. Die Überfälle sind über ganz Emirescha verteilt.« Er nickte dem Krieger zu, der sich entfernte, und packte mich am Oberarm. »Ich will, dass ihr eine Karte erstellt, auf der alle abgelegenen Dörfer vermerkt sind, die an einem Fluss liegen oder in einem schwer zugänglichen Gebiet. Wenn wir wissen, wo sie vielleicht als Nächstes zuschlagen, kann ich gezielter suchen.«

»Ihr könnt das Land nicht jede Nacht allein überfliegen und Yadiran nachjagen, mein König. Ihr entkräftet Euch. So könnt Ihr kein Land regieren.«

Jetzt blickte der König doch auf die leblosen Kinder und unzählige Emotionen jagten über sein Gesicht. Seine Stimme klang rau und belegt, als er zu sprechen begann. »Ich muss, Liam. Ich bin der letzte Drache. Niemand sonst könnte diese Aufgabe übernehmen. Solange die Rudall Koer da draußen sind und unschuldige Seelen auslöschen, werde ich in der Nacht über Emirescha fliegen und nach ihnen suchen.«

In meinen Ohren klingt noch immer dieses eine Wort: Abschied

Der Wind hatte aufgefrischt. Nieselregen benetzte mein unbedecktes Gesicht. Mit einem sehnsüchtigen Blick sah ich in den grauen Himmel zum Milan, der über der Burg seine Kreise zog und die Welt von oben betrachtete, weit entfernt von den Sorgen, die mich hier unten quälten. Nicht zum ersten Mal wünschte ich mir, wie er einfach abheben und davonfliegen zu können. Fliegen, das klang verlockend nach unzähligen Chancen, nach Freiheit, nach Selbstbestimmtheit, nach allem, was ich niemals haben konnte.

Seufzend zog ich die Kapuze meines Umhangs tiefer über die Stirn und beschleunigte meine Schritte. Lose Steine knirschten unter den Lederstiefeln. Neslins Nachricht hatte mich am Morgen erreicht. Ich sollte nachmittags zu ihnen kommen. Das war unser letzter Tag in Saarat. Morgen reisten wir ab. Das geschäftige Treiben in der Burg erinnerte mich jede Sekunde an das, was uns bevorstand.

Neslin hatte mich gebeten, diesen letzten Abend mit ihr zu verbringen. Heute war mein Geburtstag, doch das interessierte niemanden. Ich hatte Vater und Abren den ganzen Tag noch nicht gesehen. Nur meine Nurse war am Morgen bei mir gewesen und hatte mir gratuliert.

Abren war in den vergangenen Tagen mürrischer als jemals zuvor. Seine trübe Laune verbesserte meine nicht unbedingt. Dagegen schien Vilgo einen Glücksbrunnen entdeckt zu haben. Immer wenn wir uns begegneten, lächelte er und ich bekam jedes Mal eine Gänsehaut. Alles in mir schrie gegen diese Reise an. Es lag nicht nur an Vilgo. Ich konnte mich dank Abrens Hilfe verteidigen. Nein, hier war mehr im Spiel, als Vater mir preisgeben wollte. Sein Verhalten der letzten Wochen verunsicherte mich zutiefst. Sonst war er immer für mich da gewesen, hatte stets Zeit und ein offenes Ohr für meine Sorgen und Ängste. Seine Berührungen waren warm und kamen von Herzen. Mein Vater liebte mich, doch etwas zwischen uns hatte sich verändert. Die Wärme war einer Leere gewichen, die sich vollkommen falsch anfühlte.

Vielleicht war ich auch einfach zu müde, um noch einen klaren Gedanken zu erhaschen. Erholsamer Schlaf sah anders aus. Gestern Nacht waren die Albträume besonders schlimm gewesen. Schreiend und schweißgebadet war ich aufgeschreckt, orientierungslos und völlig verwirrt. Meine Schulter, auf der ich das Zeichen der Rudall Koer trug, brannte entsetzlich. Meine Nurse hatte heute Morgen nachgesehen, konnte aber nichts finden, was das Brennen verursacht haben könnte. Ihr mitleidiger Blick gab mir den Rest. Ich verschwieg das Schwindelgefühl und die Verwirrung, die mich nach dem Erwachen fest im Griff hatten. Was, wenn ich krank war? Das konnte ich Vater nicht auch noch zumuten. Damit wäre ich ihm und seinen Männern eine Last.

Trotz des dicken Umhangs fror ich. Mir war klar, dass die Kälte nicht von außen kam. Zu Hause, das war für mich bei Vater und Abren. Ich war es gewohnt, viel zu reisen und niemals lange an einem Ort zu bleiben. Trotzdem lehnte sich alles in mir auf, wenn ich an die kommenden Wochen oder Monate dachte.

Neslin und ihre Familie lebten mitten im Ort. Die steinerne Fassade ihres Hauses erkannte ich sofort, als ich in die Gasse einbog. Jedres' Schmiede schloss direkt an das Gebäude an. Qualm stieg aus dem Kamin empor. Stetes Hämmern, Zischen und das Gelächter der Schmiedehelfer zeugten von regem Treiben. Neslin stand vor dem Eingangstor und unterhielt sich mit jemandem im Inneren der Schmiede. Sie sah mich sofort und kam freudig auf mich zugelaufen.

»Da bist du ja endlich!« Stürmisch zog sie mich in ihre Arme, hielt mich fest und wiegte sich mit mir hin und her. »Ich wünsche dir einen wundervollen Ehrentag, Flee«, flüsterte mir meine beste Freundin zu.

Ich schloss die Augen und drängte die Tränen zurück. Wusste Vater, was er da von mir verlangte? Wusste er, wie schwer mir der Abschied fiel? Der Gedanke, dass ich meine Freunde vielleicht nie wiedersah, brachte mich beinahe um den Verstand. Ich hielt mich an Neslin fest und atmete tief ihren Duft nach Wildblumen ein. »Danke«, flüsterte ich, wobei ich mich bewusst auf jedes noch so kleine Detail konzentrierte, um mich später besser an sie zurückerinnern zu können. Mein Herz zog sich dabei Stück für Stück zusammen.

Da war der raue Stoff ihres Kleides, die Wärme, die sie ausstrahlte, und ihr viel zu zierlicher Körper. Neslin war schon immer die Zerbrechlichere von uns beiden gewesen. Zu fragil für diese Welt, beinahe wie eine Banshee. Sie war ständig krank. Auch jetzt hörte ich ein leises Rasseln in ihrer Lunge, wenn sie tief Luft holte.

Ich hob den Kopf und musterte sie eindringlich. Ihre Augen waren gerötet und strahlten nicht wie sonst. Sie sah blass aus. »Bist du krank?«

Sie schüttelte den Kopf und lachte leicht gequält. »Nein, ich habe letzte Nacht nur sehr schlecht geschlafen.« Sie zog mich mit sich ins Haus. Knarrend öffnete sich die Tür. Meine Augen gewöhnten sich rasch an das Dämmerlicht. Am Herd glomm eine dicke Glutschicht und erwärmte den großen Raum, in dem sich die Familie in den Abendstunden gewöhnlich aufhielt. Davor stand Henna, Neslins Mutter, und rührte in dem Eisentopf, der dicht über der Glut schwebte. Der Duft nach Eintopf flutete meine Sinne. Mein Magen zog sich erwartungsvoll zusammen. Niemand kochte ihn besser als Henna. Thilo, Neslins Bruder, kam in die Stube gelaufen. Die Dielen knackten unter seinen schweren Schritten. Kräftige Arme legten sich von hinten um meine Taille und er hob mich hoch, bis ich den Boden unter meinen Füßen nicht mehr spüren konnte. »Einen wunderschönen Ehrentag, kleine Raupe.«

Ich schnaubte entrüstet, wie immer, wenn er mich so nannte. »Ich bin keine Raupe, Thilo.«

Er lachte, setzte mich vorsichtig ab und gab mir einen Kuss auf den Scheitel. »Oh doch, da steckt ein kleiner Schmetterling in dir, Flee.«

»Genug jetzt«, erklang Hennas Stimme vom Feuer. Sie rieb sich die Hände am Kleid ab und trat lächelnd zu uns. »Flee hat sicher Hunger.« Henna schloss mich in ihre Arme. Sie schwieg. Das leichte Zittern, das sie durchfuhr, sagte mehr als alle Worte dieser Welt. Schließlich trat sie zurück und sah mich mit feuchten Augen an. Um mich herum standen meine Freunde, die ebenso zu meiner Familie gehörten wie Vater und Abren.

»Jedres kommt gleich«, murmelte Henna schließlich. »Dann essen wir.« Sie sah mich an. »Thilo und Neslin haben eine Überraschung für dich.«

Ich hob die Augenbrauen und sah lächelnd zu den beiden, doch sie schüttelten den Kopf. »Später«, sagte Neslin. »Thilo ist voller Ruß.« Sie schubste ihn Richtung Ausgang oder versuchte es zumindest. »Wasch den Kohlegestank von deiner Haut. So begleitest du uns nachher ganz bestimmt nicht.«

Jetzt hatte Neslin meine ganze Aufmerksamkeit. »Wohin begleiten?«

Sie schnalzte missbilligend mit der Zunge. »Das sage ich dir, wenn Abren hier ist.«

»Abren kommt her?«

Überrascht sah sie mich an. »Hat er jemals einen Ehrentag von dir nicht gefeiert?«

Beschämt senkte ich den Kopf. »Nein, aber ich habe ihn heute den ganzen Tag noch nicht gesehen. Er und Vater kommen mir in den letzten Wochen so verändert vor.«

»Sie sorgen sich, Flee.« Henna deutete zum bereits gedeckten Tisch, der aus einer schweren Holzplatte mit vier gleich großen Baumstümpfen darunter bestand. Henna lief zurück zum Eisentopf. Sie probierte, nahm eine Handvoll gehackter Kräuter, ließ sie langsam in den Eintopf rieseln und rührte sie schließlich unter, während sie gedankenverloren in die Brühe starrte. »Kummer verändert uns alle. Manche sehen dadurch klarer, anderen trübt es die Sinne.« Während sie redete, streifte ihr Blick Neslin. Ich wusste, dass Henna sich um ihre Tochter sorgte. Henna kannte alle Heilkräuter, setzte sie geschickt ein, doch Neslin wurde trotzdem immer wieder krank. Kurz schloss ich die Augen. Die Angst um sie war allgegenwärtig und begleitete mich durch jeden Tag, doch bis jetzt hatte ich immer gewusst, dass ich, sollte etwas sein, in wenigen Stunden bei ihr war. Ab morgen war das anders.

»Was du wieder redest, Frau.« Lachend kam Jedres in die Stube gelaufen und lenkte mich von meinen düsteren Gedanken ab. Er hatte sich bereits gewaschen und trug ein frisches Hemd, das ihm auf der noch feuchten Haut klebte. Ich nahm zwei Schüsseln vom Tisch und lief zu Henna, die nach der Kelle griff und damit begann, Eintopf einzufüllen. Polternd kam Thilo herein, mit nacktem Oberkörper. Henna sah ihn scharf an. Er zwinkerte mir zu und ich grinste. Ich lebte unter

Kriegern, für die Scham ein Fremdwort war. Der Anblick war nichts Neues für mich. Thilo war drahtiger gebaut, nicht so muskulös wie die Rudall Koer, die täglich viele Stunden trainierten. Doch auch er war durch die Arbeit in der Schmiede nicht unbedingt schmächtig. Ich genoss seinen Anblick und lachte, als sich seine Wangen unter meinem musternden Blick röteten.

»Da ist nichts, was ich nicht schon gesehen hätte«, sagte ich und hob entschuldigend die Schultern. Jedres' tiefes Lachen erfüllte die Stube und Neslin kicherte hinter vorgehaltener Hand, während Thilos Hals sich ebenfalls rot färbte.

»Bei allen Todesfeen, Thilo!«, schalt ihn Henna. »Zieh dir endlich etwas an. Wo hast du deine Manieren gelassen?«

»Welche Manieren?«, fragte eine mir allzu vertraute Stimme. Rasch hob ich den Kopf und sah zur Tür, wo Abren stand und Thilo aus schmalen Augen musterte. Schnell stellte ich die beiden mit Eintopf gefüllten Schalen auf den Tisch und lief zu meinem Bruder, der mich sofort in seine Arme schloss. »Hallo, kleine Raupe, wie war dein Tag?« Ich seufzte und ließ den Kosenamen, den die beiden Männer mir gegeben hatten, unkommentiert. Er hielt mich einen Augenblick länger als üblich und ein kleiner Teil der Last, die ich erst jetzt mit aller Vehemenz zu spüren begann, fiel von mir ab. Sein warmer Atem in meinem Haar bescherte mir Gänsehaut. Er strahlte Stärke aus und ich fühlte mich zum ersten Mal an diesem Tag geborgen.

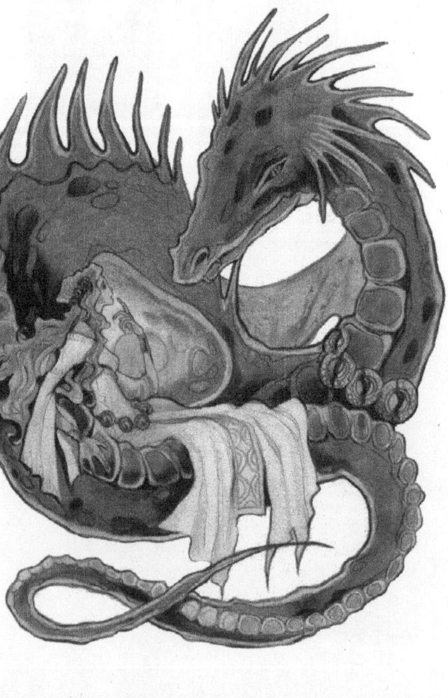

»Wie jeder andere Tag auch«, entgegnete ich.

Er nickte schwach. »Dann sollten wir das ganz schnell ändern, denn heute ist ein besonderer Tag.« Er hauchte mir einen Kuss auf die Schläfe. Ich löste mich von ihm. Der Geruch nach gekochtem Gemüse und Fleisch zog mich zum Tisch, wo ich mich neben Neslin setzte. Thilo hatte sich inzwischen angekleidet und saß bereits neben seinem Vater. Abren nahm an der Stirnseite gegenüber von Henna Platz. Als alle saßen, reichten wir uns die Hände.

»Wir danken Königin Aine für dieses Mahl, wo auch immer sie sein mag«, sprach Henna das übliche Tischgebet. Einige Minuten aßen wir im Stillen. Jeder schien seinen eigenen Gedanken nachzugehen. Der kräftige Geschmack von Rüben, Kartoffeln, Kräutern und Ochsenfleisch breitete sich mit jedem Bissen mehr auf meiner Zunge aus und ich seufzte wohlig. Löffel schabten in den Holzschüsseln, die Männer schmatzten behaglich.

»Was habt ihr denn nach dem Essen vor?«, fragte Henna schließlich.

Neslin, Abren und Thilo tauschten Blicke aus. »Das ist eine Überraschung«, sagte Abren mit einem seltsam angespannten Unterton und würgte damit jede weitere Frage von Henna und Jedres ab. So vertraut wir auch miteinander umgingen, die beiden vergaßen nie, wen sie vor sich hatten. Die Kinder von Yadiran, dem Heerführer der Königin.

Jedres stellte seine geleerte Schale zur Seite und klopfte seinem Sohn auf die Schulter. »Ihr seid um Mitternacht wieder zu Hause.«

Thilo nickte. Erneut breitete sich Stille zwischen uns aus. Sonst hatten wir immer lange Gespräche geführt und viel gelacht. Jetzt herrschte Schweigen, trotzdem sagten wir uns in diesem Moment mehr als jemals zuvor. Es war das, was niemand aussprach. Der Abschied. Das hier war unser letztes gemeinsames Essen. Wir beendeten das Mahl. Henna räumte mit Tränen in den Augen die Schalen weg; als Neslin und ich ihr helfen wollten, winkte sie ab. »Geht feiern, ich kümmere mich heut um den Abwasch.«

Draußen dämmerte es inzwischen. Neslin nahm eine Kerze, die Henna ihr reichte. Sie zog mich in ihre Kammer, während Thilo und Abren unten in der Stube blieben. »Wir treffen uns vor dem Haus!«, rief Abren uns zu.

Neslin schloss die Tür und stellte die Kerze auf die kleine Kommode neben ihrem Bett. Darauf lag ein Bündel Kleider, die sofort meine Aufmerksamkeit auf sich zogen, weil sie so untypisch für Neslin waren. Schwarze Lederhosen, die im Kerzenlicht schimmerten, zwei dunkle Mäntel mit einer spitz zulaufenden Haube und ein eng anliegendes Mieder, dessen Schnürung mehr als kompliziert aussah. Das war die Kleidung eines Kriegers. Männerkleidung! Neslin bemerkte meinen entsetzten Blick und lächelte aufmunternd. Sie reichte mir ein Bündel. »Zieh dich um«, sagte sie und zog sich bereits ihr Kleid aus. »Heute Nacht wandeln wir uns, Flee.« Reglos blieb ich stehen und sah ihr dabei zu, wie sie in Hosen schlüpfte. In Hosen! Als mein Vater mich das letzte Mal darin aufgriff, musste ich ihm versprechen, nie wieder Kriegerkleidung anzuziehen.

»Wir haben nicht ewig Zeit«, trieb sie mich an, doch ich rührte mich immer noch nicht. Meine Finger krallten sich in das weiche Leder und den Mantel, den ich festhielt. »Vater wird wütend, wenn er mich in dieser Kleidung erwischt«, flüsterte ich ihr zu. Das wäre nicht das erste Mal und das wusste sie nur zu gut.

»Er wird dich heute aber nicht erwischen«, entgegnete sie. »Abren hat dafür gesorgt, dass wir unbehelligt die Stadt verlassen können.«

Ich versteifte mich noch mehr. »Die Stadt ohne die Erlaubnis meines Vaters verlassen?!«

Sie seufzte und trat zu mir. »Abren ist doch bei uns. Das alles ist sein Plan. Er möchte dir einen unvergesslichen Ehrentag schenken. Hast du deinen Vater heute denn schon gesehen?«

Ich schüttelte den Kopf. »Das liegt daran, dass er nicht in der Stadt ist.« Verwundert blickte ich ihr in die Augen.

»Da weißt du mehr wie ich, Neslin«, murmelte ich. »Warum geht er ausgerechnet heute weg, ohne sich von mir zu verabschieden und Bescheid zu sagen?« Trotz regte sich in mir. In den letzten Monaten hatte ich mich an all seine Regeln gehalten. Zumindest an die meisten. Einzig das Kampftraining mit Abren hatte ich nicht aufgegeben. Zugegeben, ich war öfter ungehorsam, hatte mich manchmal von den

Rudall Koer weggeschlichen, um endlich einmal wieder durchatmen zu können. Das war unter ihnen unmöglich. Ich fröstelte bei der Erinnerung an meinen letzten Ausbruch, der eskalierte, weil ich nicht auf meinen Weg geachtet und mich verlaufen hatte. Verlaufen in ein Dorf, in dem nicht lange davor ein Überfall stattgefunden hatte. Unzählige Leichen hatten Straßen und Häuser gesäumt.

Mein Schrei hatte die Stille über dem Dorf zerrissen. Ich weinte und wäre am liebsten geflohen, doch meine Beine versagten mir auch nur einen einzigen Schritt. Ich konnte nicht wegsehen. Frauen, Kinder, ganze Familien waren dort gestorben. Brutal ermordet. Ich sah Krallenspuren in ihren Leibern. Tiefe Risse, die sich durch ihre Haut zogen. Stolpernd war ich inmitten des Ortes zusammengebrochen und weinte um die vielen unschuldigen Menschen. Handwerker, Bauern, Fischer. Sie waren für niemanden eine Bedrohung und doch hatte jemand sie brutal dem Leben entrissen. An diesem Todesort spürte ich etwas. Eine Präsenz, die mir alle Wärme raubte. In der Stille des Todes um mich herum hörte ich, wie sich etwas in meiner Nähe über den Boden schlängelte. Ich spürte die Bewegungen im Untergrund, fühlte die Anwesenheit einer dunklen Aura tief in meiner Brust. Im nächsten Moment schreckten mich die Hufschläge von Vaters Rappen auf. Schwer und gleichmäßig trommelten sie über den harten Lehmboden im Dorf. Er fand mich und die Enttäuschung über mein Verhalten war ihm ins Gesicht geschrieben, auch wenn er kein Wort sagte.

Er hob mich auf sein Pferd und brachte mich wortlos vom Dorf fort. Danach hatte sich spürbar etwas zwischen uns verändert. Später erfuhr ich von Abren, dass Vilgo auf Vaters Befehl hin das Dorf mit all seinen toten Bewohnern darin niedergebrannt hatte.

Niemand musste mir sagen, wer diese Menschen getötet hatte. Ich hatte ihn gespürt, den Drachen. Seitdem hielt ich mich an jede von Vaters unzähligen Regeln, in der Hoffnung, die alte Vertrautheit zwischen uns würde sich irgendwann wieder einstellen. Doch er hielt sich selbst nicht an seine eigenen Regeln. Bis jetzt hatte er mir immer Bescheid gesagt, wenn er die Stadt verließ, und sich von mir verabschiedet. Ausgerechnet heute hatte er es nicht getan.

»Also gut«, sagte ich schließlich und sah meine beste Freundin an. Abren war dabei, was sollte Vater da schon dagegen haben. Vermutlich erfuhr er eh nichts von unserem Ausflug. Er war ja nicht hier. Enttäuschung machte sich in mir breit. Ich zog mich bis aufs Hemd aus, schlüpfte in die weiche Lederhose und das Mieder, mit dessen Schnürung mir Neslin half. Steif und kühl lag es um meine Brust und verbarg meine weiblichen Rundungen. Das Material endete am Rücken knapp unterhalb meiner Schultern. Ein etwa fünf Zentimeter breiter Träger verband Vorder- und Rückseite miteinander. An den Seiten gab die enge Schnürung den nötigen Halt. Neslin band mir einen Gürtel um, an dem eine Schwertscheide baumelte. Dann wickelte sie ein Tuch auf, das auf ihrem Bett lag, und reichte mir ein Schwert aus der Schmiede ihres Vaters. Es trug am Schaft das Siegel des Schmieds. Kerzenlicht ließ das glänzende Metall aufleuchten, als ich es entgegennahm und in die Scheide an meinem Gürtel steckte.

»Setz dich«, sagte Neslin. Sie flocht meine Haare am Hinterkopf zusammen. Zum Schluss schlüpfte ich in die Lederstiefel und den Mantel. Ich zog die Haube tief ins Gesicht und drehte mich vor Neslin. Sie nickte lächelnd. »Jetzt siehst du aus wie ein junger Krieger. Solange du den Mantel trägst, wird dich niemand als Frau erkennen.« Sie stutzte. »Eins fehlt noch.« Sie nahm ein breites Lederband vom Bett und schnürte es um mein Handgelenk. Das Leder verbarg mein Armband darunter vollständig. »So«, sagte sie mit einem zufriedenen Blick. »Jetzt siehst du wirklich aus wie ein Mann.« Sie lächelte und auch ich schmunzelte in mich hinein. Vorfreude auf das, was heute Nacht noch alles vor mir lag, wärmte mich von innen. Schnell zog Neslin sich an und auch ich half ihr mit der Schnürung des Mieders und ihren Haaren. Schließlich liefen wir durch einen Nebeneingang nach draußen in den Hinterhof, wo zwei dunkle Gestalten bereits auf uns warteten.

»Das hat ja ewig gedauert«, murmelte Abren, doch als er mich sah, blieb ihm jedes weitere Wort im Hals stecken. Thilo pfiff leise.

»Warum tragen Frauen nicht öfter Hosen?« Er handelte sich damit einen vernichtenden Blick meines Bruders ein. Abren lief zum Stall und kam mit unseren Pferden nach draußen. Er reichte mir die Zügel von Irise, meiner Fuchsstute. Vater hatte mir das Fohlen vor genau sechs Jahren zu meinem Ehrentag geschenkt. Damals hatte er mich nicht vergessen. Ich schwang mich in den Sattel und ritt hinter Abren aus der Stadt. Die Wachen öffneten das Tor, als sie meinen Bruder erkannten. Sie schenkten mir und Neslin kaum Beachtung.

»Lass uns ein paar Weiber übrig, Abren«, rief einer der Männer. Ich sah zu meinem Bruder und hob eine Augenbraue, als er meinen Blick entschuldigend erwiderte. Dann ritten wir durch den Torbogen und fielen einige Meter dahinter in einen leichten Galopp. Ich spürte den Wind, der unter der Haube über meine Haut streifte. Es war angenehm, beim Reiten nicht durch ein Kleid eingeengt zu werden. Schließlich verringerte Abren das Tempo und ritt im Schritt neben mir her. Thilo erreichte uns. Er gab mir einen im Mondlicht glänzenden Gegenstand, den er unter seinem Mantel hervorzog. Eine Maske!

Ich streckte die Finger danach aus, doch Irise scheute kurz. Der massige Pferdekörper zuckte unter mir zusammen. Die Maske rutschte aus meinen Fingern und fiel zwischen unseren Pferden in Richtung Boden. Schnell krallte ich mich mit der rechten Hand am Sattel fest und warf mich ein Stück zur Seite. Ich griff danach. Im nächsten Moment hatte ich das kühle Material der Maske in meiner Hand und richtete mich auf dem Pferderücken auf. Irise schnaubte kurz, ihre Haut zuckte leicht, dann beruhigten sich ihre holpernden Schritte wieder.

»Ich habe sie«, sagte ich lächelnd zu Abren. Erst jetzt fiel mir auf, dass er mich mit weit geöffneten Augen anstarrte. »Was ist denn?« Er schüttelte den Kopf.

»Gut reagiert«, rief Neslin hinter uns. Sie schloss zu uns auf. Thilo zwängte sich mit seinem in die Jahre gekommenen Rappen zwischen mich und Abren, damit Neslin neben mir reiten konnte. Abren verzog mürrisch das Gesicht.

»Ich wusste, dass du flink bist, Flee, aber das war fast ein bisschen unheimlich.« Thilo grinste mich an.

»Das ist nur das Mondlicht«, schmunzelte Neslin neben mir. Sie beugte sich vor und klopfte ihrer Stute auf den Hals.

Ich betrachtete die Maske, fuhr mit den Fingern über das kalte Metall, das so glatt poliert war, dass es mein vom Mondlicht beschienenes Gesicht spiegelte. Unzählige kleine Runen zierten die Oberfläche, doch sie waren nicht sonderlich tief ins Metall eingearbeitet. Schlicht und doch außergewöhnlich.

»Gefällt sie dir?«, fragte Thilo. Ich nickte, betrachtete weiter die Runen auf der Maske. »Das ist mein Geschenk für dich«, hörte ich ihn murmeln. Jetzt hob ich den Kopf und blickte ihn an.

»Du hast sie für mich gemacht?«

Er nickte und lächelte verlegen. Ich hörte Abren knurren. Fragend sah ich zu ihm. »Zieh sie auf«, sagte er, nahm seine eigene, fast schwarze Maske und zog sie sich über das Gesicht. Sie verdeckte seine Züge von der Stirn bis zur Nasenspitze und betonte seine Augen um ein Vielfaches. »Wir feiern heute Beltaine, wie es unsere Vorfahren seit vielen Jahrhunderten tun.« Er sah mich an und zwinkerte. »Wir reiten zu einem Feuertanz.«

Wir alle tragen Masken und vergessen darüber, wer wir sind

Liam!« Dagal und Navarion kamen auf mich zugelaufen. Ich erkannte sie trotz der albernen Masken, die sie trugen. Über Dagals Kopf kreiste Tasar, sein Wanderfalke, der ihn stets begleitete. Von Navarions Waschbär Moril war nichts zu sehen. Vermutlich lag das Tier wieder faul auf einem Ast der angrenzenden Obstbäume und schlief. Navarions Geisttier scherte sich nicht um die Tageszeit. Selbst in der Nacht, wenn alle anderen seiner Artgenossen wach waren, schlummerte er selig.

Sehnsüchtig sah ich zum Meer, dessen Oberfläche im Licht des Mondes und der gewaltigen Feuer, die die Dorfbewohner am Strand entzündet hatten, schimmerte. Mein eigenes Geisttier Sammir bewegte sich im Wasser, brach immer wieder an die Oberfläche und bellte zur Küste.

»Dein Seehund heult nach dir.« Navarion blieb vor mir stehen und deutete grinsend zum Wasser.

Ich seufzte. »Der Feuertanz macht ihr Angst.« Musternd sah ich meine Freunde an. Dagal trug eine Federmaske, die seinen rasierten Kopf mit den tätowierten blauen Runenmustern bedeckte und Navarions war mit dichtem Fell überzogen. »Eure Masken sind grauenhaft. Kein Wunder, dass sie sich fürchtet.« Dagal streckte den Arm aus. Keine Sekunde später landete Tasar auf seinem Unterarm. Mit seinen kräftigen Flügelschlägen wedelte er

mir Qualm vom Feuer ins Gesicht, öffnete dabei den Schnabel und stieß ein hohes Kreischen aus, das eher wie ein Feixen klang.

»Verdammtes Vieh«, schnaubte ich hustend und trat einige Schritte zur Seite, während Navarion und Dagal lauthals lachten.

»Zieh deine Maske lieber auf, bevor deine Mutter sieht, dass du sie nicht trägst.«

Noch ein Seufzen entwich meiner Kehle, schließlich nickte ich ergeben. Meine Mutter hatte sicher nächtelang daran gearbeitet. Das tat sie immer und rührte damit mein schlechtes Gewissen ihr gegenüber. Ich sollte sie viel öfter besuchen, nicht nur zu Beltaine, doch mein Dienst beim König verlangte mir viel ab. Besonders jetzt, wo die Rudall Koer immer offensiver ganze Dörfer auslöschten. Ihr Hunger nach Seelen war unersättlich, schien sich sogar mit jedem Mondlauf, der verging, noch zu steigern.

Meine Mutter machte mir wegen der langen Abwesenheit keine Vorwürfe. Das tat sie nie, doch ich wusste, dass sie seit dem Tod meines Vaters einsam war. Die Maske, die sie mir heute am frühen Abend überreicht hatte, sagte alles. Sie war eine exakte Kopie der Maske Rosdors, die noch heute neben seinem Gemälde in der Thronhalle des Königs hing. Als Erinnerung an Vaters Dienste für den Drachenkönig und dessen Familie. Jeder Heerführer war dort verewigt, jeder davon war einer meiner Vorfahren und sie alle waren im Kampf gefallen. Zuletzt mein Vater, der mehr verloren hatte als sein eigenes Leben. Seine Seele, die unserer Königin und ihrer kleinen Tochter Flerya. Er hatte sie nicht retten können. Ein Versagen, das mir nun anhaftete. Niemand sprach darüber, das mussten sie nicht. Ich las es in ihren Augen, mit denen sie mich, den jüngsten Heerführer und Sohn von Rosdor, musterten.

Ich drehte die Maske in meiner Hand, betrachtete sie eingehender. Sie war schwarz, auf Hochglanz poliert und mit Königsrunen verziert. Flammen spiegelten sich darin und erweckten ihre Oberfläche in meinen Fingern zum Leben. Auf seltsame Weise schienen die eingravierten Runen sich im Schatten- und Lichtspiel zu bewegen.

Dazwischen sah ich mein eigenes Spiegelbild. Viel zu jung, um die Legionen des Königs anzuführen. Zumindest waren Gardoraths Berater und viele der hohen Adelsfamilien davon überzeugt. Ich kniff die Lippen zusammen. Irgendwann bot sich mir die Gelegenheit, diese boshaften Stimmen verstummen zu lassen und den Tod meines Vaters, seiner Königin und der kleinen Prinzessin zu rächen.

»Nun setz sie endlich auf«, stöhnte Navarion. »Du stellst dich schlimmer an als ein Waschweib.«

Ich lachte, zog die Maske auf und boxte meinem Freund zwischen die Rippen. Navarion krümmte sich zusammen und stöhnte, grinste aber dabei. Ich schüttelte den Kopf. »Lasst uns Wein holen.«

»Das nenne ich mal einen guten Vorschlag«, feixte Navarion. »Wir sind zum Feiern hier und falls es euch Hohlköpfen entgangen ist, hier gibt es überreife Früchte, die ich gern ernten würde.« Navarion sah zu den ums Feuer tanzenden Bewohnern und zwinkerte einer Gruppe junger Frauen zu, die sich lachend zu uns umdrehten, als wir an ihnen vorbei zum Weinausschank liefen. Dagal lehnte wie immer ab, als Navarion ihm einen Weinkrug reichte. »Bleibt mehr für mich«, brummte dieser und trank den Wein in einem langen Zug leer. Rote Flüssigkeit lief ihm dabei über die Mundwinkel den Hals hinab.

Ich kostete einen Schluck. Herb, mit einer süßen Note, breitete er sich auf der Zunge aus. »Du musst dich morgen früh noch auf deinem Pferd halten können, mein Freund. Denk daran, dass dein Geisttier den Rausch ebenfalls ausbaden muss. Soweit ich mich erinnere, hat Moril das letzte Mal nicht sonderlich gut darauf reagiert. Dein Zelt hat noch Wochen später nach Waschbärfäkalien gestunken, weil er seine Notdurft an Ort und Stelle verrichtet hatte.«

Dagal lachte verhalten. »Danach hattest du dein Zelt zumindest eine ganze Weile für dich allein.«

Navarion setzte den Krug ab und funkelte uns wütend an. »Spaßbremsen«, knurrte er und stapfte geradewegs zu der Gruppe Frauen, die ihn kichernd in ihre Mitte nahm und zu den anderen Tanzenden mitzog. Grinsend sahen wir ihm nach. Tasar, der bis jetzt ruhig auf

Dagals ausgestrecktem Arm gesessen hatte, breitete überraschend die Flügel aus und begann unruhig damit zu schlagen.

Dagal strich ihm beruhigend über die Brust. »Was ist denn, mein Freund?«

Alarmiert sah ich mich um. Sammir schwamm immer noch nahe dem Ufer, schien aber nicht unruhiger als zuvor, und von Moril war nach wie vor nichts zu sehen. Die Brandung rauschte und die Musiker begannen ein neues Lied zu spielen, dessen Klänge sich mit dem Lachen und den Gesprächen der Feiernden vermischten. Die Bewohner tanzten und waren vergnügt. Auf der anderen Seite der Feuer begegnete ich dem Lächeln und dem Blick meiner Mutter, die sich mit zwei anderen Undinen unseres Volkes unterhielt. Doch dann stutzte ich. In der Nähe meiner Mutter bewegte sich eine Gruppe junger Männer ums Feuer, die ich nie zuvor hier gesehen hatte. Das war im Grunde auch nichts Außergewöhnliches, denn die Feuertänze zogen jedes Jahr unzählige Bewohner der umliegenden Regionen an. Doch etwas an der Art dieser jungen Krieger weckte meine Aufmerksamkeit.

Sie alle trugen Mäntel, unter denen deutlich ihre Schwerter zu sehen waren. Einer von ihnen hatte sogar einen Bogen und Pfeile bei sich. Etwas an ihrem Verhalten irritierte mich. Zwei schienen beinahe noch Kinder zu sein. Ihre Körper waren zierlicher als die ihrer beiden Begleiter, die in ihrer Statur der eines Kriegers in nichts nachstanden. Sie bewegten sich auch nicht wie Männer, eher wie … ja, wie eigentlich?

»Mädchen, sie bewegen sich wie Mädchen«, flüsterte ich mir selbst zu.

»Was?«, fragte Dagal neben mir.

Ich deutete auf die Gruppe. »Hast du die schon mal gesehen?« Mein Freund betrachtete sie einen Moment. Auch er zog irritiert die Brauen zusammen. Dann schüttelte er den Kopf und neigte ihn leicht zur Seite. »Sicher nur Besucher aus einer der Provinzen.«

Ich nickte, konnte aber aus Gründen, die ich selbst nicht verstand, den Blick nicht von der Gruppe abwenden. Besonders einer der jungen Männer weckte mein Interesse. Er trug eine silberne Maske, in der sich aber nicht das Feuer spiegelte, obwohl er dicht danebenstand, sondern das weiß schimmernde Mondlicht. Seine Kopfbedeckung saß tief über der Stirn, nur ein paar einzelne Haarsträhnen lugten darunter hervor. Sie schimmerten kupferrot im Licht des Feuers. Die Schatten um sein Gesicht verbargen seine Züge und die Augen vor mir. Der junge Krieger lächelte seinen Begleitern immer wieder zu, die sich ausschließlich um ihn scharten. Das alles war seltsam, doch da war noch etwas an dem jungen Mann, das mein Misstrauen weckte. Je näher er dem Feuer kam, desto stärker neigten sich die Flammen ihm entgegen. Sie züngelten in seine Richtung. Funken glommen um ihn herum, schienen mit ihm zu tanzen. Er nahm davon offenbar keine Notiz. Unvermittelt beugte sich einer der Männer vor und flüsterte dem Jüngeren etwas zu. Sie entfernten sich von den anderen beiden und ich folgte ihnen. Angezogen von einer seltsamen Mischung aus Faszination, Neugier und Argwohn, die zu mir gehörte wie mein Bogen, den ich selbst im Schlaf immer griffbereit hatte. Beide, der Bogen und mein Argwohn, hatten mir schon mehr als einmal das Leben gerettet.

Schweigend lief ich neben Abren her, der mit angespannten Schultern und gesenktem Kopf den Sand vor seinen Füßen wegtrat und dabei nasse Brocken aufwirbelte. Immer wieder sah er zurück zum Feuer. Ich folgte seinem Blick, Neslin und Thilo tanzten noch, aber nicht mehr mit dem Elan und der Begeisterung. Sie ließen uns nicht aus den Augen und sahen sich ebenfalls immer wieder um.

»Was wolltest du mir denn erzählen?«, fragte ich, um Abren und mich selbst abzulenken. Vielleicht war ich ja paranoid, doch so langsam schien sich jeder um mich herum immer seltsamer zu benehmen. Er blieb stehen und sah mich eine Zeit lang einfach nur an. »Du machst mir Angst, Abren. Kannst du mir nicht einfach sagen, was dich bedrückt?«

Er schüttelte den Kopf. »Ich habe mir viele Mondläufe lang die richtigen Worte überlegt, habe sie immer und immer wieder durchdacht und jetzt stehe ich da wie ein Trottel und weiß kein einziges mehr davon.«

Ich lächelte, auch wenn mir die Verzweiflung in seiner Stimme das Herz zusammenzog. Ich hörte ihm an, wie sehr ihn das, was er sagen wollte, belastete. Sachte strich ich ihm über den Arm, um es ihm leichter zu machen. So zerstreut und hilflos kannte ich Abren nicht. »Sag es mir einfach, ohne darüber nachzudenken«, bat ich ihn, weil sich mit jeder Sekunde, in der diese Stimmung zwischen uns anhielt, meine Anspannung ins Unermessliche steigerte. So schlimm, dass meine Hände zu zittern begannen und es mich in der kühlen Meeresbrise trotz des Mantels fröstelte. Die Musik trat in den Hintergrund, bis ich nur noch ein leises Wummern wahrnahm. Viel deutlicher hörte ich das Rauschen der Brandung und die abgehackten Atemzüge meines Bruders.

Abren holte tief Luft und atmete sie stockend wieder aus. Kurz schloss er die Augen, dann richtete er sie auf mich und sah mich eindringlich an. Frust, Angst und Kummer lagen in seinem Blick. Erneut zog sich alles in mir zusammen. »Du kannst nicht mit uns zurück, Flee. Du kannst nie wieder mit nach Saarat. Du musst dich von ganz Kardura und besonders von den Rudall Koer und meinem Vater fernhalten.«

Seinem Vater? »Du sprichst in Rätseln, Abren. Hast du zu viel Wein getrunken? Bist du krank?« Ich fasste nach seiner Stirn, um die Temperatur seiner Haut zu fühlen, doch er packte mein Handgelenk und hinderte mich daran.

»Yadiran ist nicht dein richtiger Vater und ich bin nicht dein Bruder, Flee. Du bist keine Ghul. Mein Vater hat dich entführt, als du noch ein kleines Kind warst. Zu klein, um dich richtig an deine wahren Eltern zu erinnern«, sprudelte es plötzlich aus ihm heraus. »Die Erinnerungen, die du hattest, hat er dir mit einem Zauber genommen.« Er deutete auf meine linke Schulter, wo ich mein Leben lang das Zeichen der Rudall Koer trug.

Ich hörte Abrens Worte, konnte sie aber nicht zu einem sinnvollen Bild zusammenfügen. Sie wirbelten durch meine Gedanken. Ich schauderte, versuchte zu begreifen, was mit meinem Bruder los war. Verlor er den Verstand? Er musste sich eine Krankheit eingefangen haben, die die Sinne verwirrte. »Wir gehen besser zurück zu Henna. Sie weiß, wie wir dir helfen können, Abren.« Einen Moment sah er mich verständnislos an, dann schüttelte er den Kopf.

»Ich bin nicht krank, Flee. Wenn du dich nicht von meinem Vater fernhältst, wird er dich töten, um Königin Aine aus der Verbannung zu befreien. Das war von Anfang an sein Plan.« Er hob meinen Arm und zog das Lederband einen kurzen Augenblick von meinem Schmuckstück. Die Steine darin funkelten im matten Licht, das die Feuer bis zu uns trugen. »Du bist die Trägerin Kemanties. Du bist die Einzige, die Aine befreien kann. Doch sie wird dem Land keinen Frieden bringen, Flee. Alles, was Yadiran dir beigebracht hat, ist falsch. Nichts davon entspricht der Wahrheit.«

Er zog mir das Lederband wieder an. Ich riss meinen Arm aus seinem Griff und wich vor ihm zurück. »Hör sofort mit dem Unsinn auf, Abren!«, schrie ich ihn an. »Ich weiß nicht, was in dich gefahren ist, aber du brauchst ganz dringend Hilfe.«

Er machte einen Satz nach vorn und packte mich am Mantel. »Du. Bedeutest. Ihm. Nichts«, zischte Abren mir ins Ohr. »Seine Liebe gilt einzig und allein seiner Frau und seiner Tochter, die er durch den Drachenkönig verloren hat. Rache treibt ihn an, sie hält ihn am Leben.«

»Du lügst!« Heiße Tränen stiegen mir in die Augen, schienen sie zu versengen, so groß war die Verzweiflung in mir. »Warum tust du das, Abren? Warum bist du so zu mir?«

»Du sollst leben, Flee«, flüsterte er, während ihm Tränen über die Wangen liefen. »Wenn dir etwas geschehen würde …« Er verstummte, schloss die Augen und schluckte krampfhaft.

Einen Moment stand ich einfach nur da, ich war zu keiner Regung fähig. Hitze und Kälte jagten abwechselnd durch meine Glieder. Ich zitterte am ganzen Körper und das Atmen fiel mir von Augenblick zu Augenblick immer schwerer. Nein, das war unmöglich. All das war undenkbar. Unser Vater, mein Vater liebte mich und ich liebte ihn, von ganzem Herzen. Was auch immer Abren dazu trieb, es war falsch. Vollkommen falsch. Er sah die Zweifel in meinem Gesicht, erkannte, dass ich seinen Worten keinen Glauben schenkte, und kniff die Lippen zusammen. Ich wich erneut vor ihm zurück. Doch er packte mich und zerrte mich zu sich.

»Egal, was du sagst, Abren. Ich glaube dir nicht. Ich liebe dich, du bist mein Bruder und ich liebe unseren Vater genauso sehr, wie er mich liebt.«

»Ich schütze dich, Flee. Wenn es sein muss, auch vor dir selbst.« Mit einem Ruck zerriss er die Schnalle, die meinen Umhang zusammenhielt, und zerrte ihn von meinem Kopf. Ich schrie vor Schmerz auf, weil Abren mir dabei auch ein Büschel Haare ausriss und die Maske vom Gesicht rupfte. Im nächsten Moment war er bei mir und zerrte an dem Ärmel meines Hemdes. Stoff zerbarst und ich spürte den Nachtwind auf meiner Haut am Rücken. Dann drehte er mich ins matte Licht des Feuers und schrie: »Eine Rudall Koer! Sie ist eine Rudall Koer!«

Die Musik verstummte abrupt. Einen Moment lang dröhnten die Brandung und das Knistern der Feuer in meinen Ohren. Zu still war es plötzlich am Strand. »Was tust du da?« Grob befreite ich mich aus Abrens Griff und sah mich panisch um. Neslin und Thilo waren verschwunden, dafür starrten alle, die bis vor einigen Sekunden noch um die Feuer getanzt hatten, zu uns. Ein Mann stand unweit am Wasser. Seine schwarze Maske schimmerte, jeder Muskel in seinem Körper schien zum Zerreißen gespannt und seine Hand lag bereits auf seinem Schwertgriff, der unter seinem langen Umhang hervorschaute. Was mir aber kalte Schauer über die Haut jagte, waren seine Augen. Sie waren fast unnatürlich blau und ein Schimmer lag in ihnen wie das nächtliche Aufleuchten unzähliger Glühwürmer. Hass, ich erkannte Hass in seinem Ausdruck und das, obwohl die Maske sein Gesicht über Mund und Wangen vollständig verbarg.

Alles in mir schrie. Ich spürte die Gefahr, die von ihm ausging. Hinter ihm in der Brandung bewegte sich ein Schatten unruhig im Wasser. Aus der Menschenmenge ums Feuer lösten sich zwei weitere Männer und kamen auf uns zu. Dicht über ihnen kreiste ein Falke. Sein Schrei durchschnitt die Ruhe um mich herum. Langsam näherten sich die Krieger. Ich spannte die Muskeln an, bis ich mitbekam, dass Abren sich von mir entfernte.

»Es tut mir leid, Flee«, flüsterte er von irgendwo hinter mir. Ich wagte es nicht, mich nach ihm umzusehen. Mir war klar, wer diese Männer waren. Krieger des Königs. Warum? Warum hatte er das getan? Abrens Verrat trieb mir einen tiefen Dorn ins Herz. Der Schmerz darüber raubte mir die Luft zum Atmen, dabei brauchte ich jetzt einen klaren Kopf. Niemals würde ich mich diesen Männern ergeben. Vor ihnen hat mich mein Vater mein Leben lang beschützt. Dass gerade einer der Menschen, die ich am meisten auf der Welt liebte, mich an unsere größten Feinde verriet, war unfassbar. In meiner Verwirrung begriff ich zu spät, dass die drei Männer sich auf mich zubewegt hatten. Ich sah sie erst, als sie ihre Schwerter zogen und auf mich losstürmten. Ich wich dem Krieger mit den unheimlichen Augen aus, zog mein Schwert und parierte einen heftigen Schlag, der mit solcher Wucht ausgeführt wurde, dass ich leicht in die Knie sackte und meine Arme zu zittern begannen. Metall rieb über Metall. Er schritt zurück und holte wieder aus. Ich wich aus, tänzelte um ihn herum, ohne die anderen aus den Augen zu verlieren. Die Menschen am Feuer schrien.

»Tötet die Ghul! Tötet sie, ehe sie sich wandeln kann!«

Ich begriff den Sinn hinter ihren Worten nicht, konnte mich aber auch nicht darauf konzentrieren. Die beiden anderen hatten mich erreicht. Ich parierte ihre Schwerthiebe und kämpfte, bis ich kaum noch Kraft in den Armen hatte. Sie umkreisten mich, kamen immer näher. Eine Schwertspitze traf mich an der linken Schulter. Ich spürte, wie mir die Klinge durchs Fleisch schnitt. Flammender Schmerz jagte durch meinen Rücken und den Arm. Ich schrie auf. Ein kurzer gelber Lichtblitz irritierte meine Gegner. Mein ganzer Rücken stand in Flammen. Ich keuchte unter dem Schmerz. Jäh löste sich eine Schwere von mir, von der ich bis jetzt nicht gewusst hatte, dass sie da gewesen war. Einen seltsamen Herzschlag lang fühlte ich mich leicht wie ein Blütenblatt im Wind. Dann peinigte mich die Wunde erneut und ich strauchelte unter der Wucht. Ich wusste, dass ich die Krieger nicht besiegen konnte. Sie waren zu dritt und ich war allein. Abren, Thilo und Neslin waren verschwunden.

»Sie scheint sich nicht wandeln zu können, Liam«, sagte der Krieger, über dessen Kopf nach wie vor der Falke kreiste und seltsame Laute in den Himmel schrie. Vom Wasser her heulte ein Seehund, und ein durchdringendes Fiepen hallte zwischen all den anderen Geräuschen am Strand hindurch. Die Krieger um mich sahen sich an, sie zögerten. Zumindest zwei von ihnen. Der Mann mit den unheimlichen Augen griff mich weiter unerbittlich an.

»Liam, hör auf!«

Unweit von uns tauchte ein Fellknäuel auf und fauchte mich an. Neben meinem Ohr sauste die Schwertklinge nieder und traf mich erneut an der Schulter, doch diesmal schützte mich das straffe Leder über meinem Schlüsselbein. Trotzdem tat der Schlag höllisch weh. Ich wimmerte. Meine Beine gaben unter mir nach und ich sackte in den Sand. Wieder fauchte das Tier mich an. Nein, nicht mich, sondern den Krieger mit der schwarzen Maske, der mich mit glühendem Blick anstarrte und sein Schwert erneut hob.

»Liam!« Unvermittelt stand einer der Männer vor mir und wehrte den nächsten Hieb ab. Ich zuckte unter dem hellen Klingenschlag zusammen, atmete heftig und rappelte mich mit letzter Kraft auf die Beine zurück. Jäh stach mir eine kalte Klinge in die Rippen. Dicht hinter mir stand der dritte Krieger.

»Ich würde mir gut überlegen, was ich als Nächstes tue, Rudall Koer«, knurrte er. Der Mann bohrte mir eine Messerspitze in die Seite. Ich keuchte auf und unterdrückte die Tränen, die sich in meine Augen stahlen. Ich war mir sicher, dass ich sterben würde. Zorn und Verzweiflung jagten durch meine Zellen, ließen mich den Schmerz in meiner

Schulter vergessen und bündelten meine Sinne auf den Krieger, der mir am nächsten war, während einer der Männer schützend vor mir stand.

Aufgeben lag nicht in meiner Natur. Im nächsten Augenblick übernahm mein Instinkt. Ich duckte und drehte mich gleichzeitig, schlug dem Krieger die Klinge mit einer schnellen Bewegung aus der Hand. Überrascht keuchte er auf, doch ehe ich mein Schwert heben konnte, trat er nach mir. Nach Luft ringend landete ich mit dem Rücken im weichen Sand. Die Waffe glitt mir aus den Händen. Neben mir tauchte das Fellknäuel auf und fauchte den Krieger an, der unvermittelt auf mir saß und mich mit seinem Gewicht weiter in den Sand drückte.

»Halt dein Geisttier im Griff, Navarion«, knurrte der Mann auf mir. In meiner Schulter flammte erneut Schmerz auf, raubte mir für einen Augenblick alle Sinne. Genau in dem Moment drehte der andere Krieger sich zu uns um. Seine blonden Haare waren kurz rasiert, warme braune Augen musterten mich. Seine Züge waren angespannt, als er die Maske abnahm und immer wieder zwischen mir, dem anderen Krieger und dem Tier, das sich an seiner Lederhose rieb, hin und her sah.

»Falls es dir noch nicht aufgefallen sein sollte, Dagal, unsere Tiere benehmen sich alle drei seltsam.« Bis auf eine komplizierte Lederschnürung war sein Oberkörper nackt. Jetzt erkannte ich auch, was das für ein Fellknäuel zu seinen Füßen war. Geringelter Schwanz und eine dunkle Maske im Gesicht, ein Waschbär! »Was ist denn los, Moril?« Er kraulte den Kopf des Tieres.

»Sie ist keine Gefahr. Sie kann sich nicht wandeln«, sagte der Mann, der auf mir saß.

Der Krieger mit den unheimlichen Augen zog seine schwarze Maske vom Gesicht und musterte mich wütend. Dann nickte er.

Dagal erhob sich und zog mich mit sich auf die Beine. Ich strampelte und versuchte mich zu befreien. Schnell beugte er sich vor. Ich spürte ein kurzes Ziehen in meinen Haaren, dann löste sich der Zopf und die Strähnen ergossen sich über Schultern und Rücken. Er packte mich an den Armen, drehte sie mir auf den Rücken und zog mich dicht zu sich heran.

»Du hast verloren, Flammenmädchen«, sagte er und verdrehte meine Arme noch ein Stück weiter, bis ich ein Keuchen nur noch mühsam zurückhalten konnte, doch die Genugtuung wollte ich diesen Männern nicht geben.

Wütend sah ich über die Schulter zu dem Krieger, der mich gepackt hielt. Sein Schädel war bis auf einen Wulst langer Haare in der Mitte des Kopfes kahl rasiert. Blaue Runen zierten die Haut am Kopf. Etwas Wildes haftete ihm an.

»Wir werden sehen«, fauchte ich und trat ihm mit dem Fuß ans Schienbein. Er strauchelte kurz. Sein Griff lockerte sich und ich stieß ihm den Ellbogen in den Magen. Mit einem Satz war der Dunkle bei mir und schlug mir die Faust so heftig ins Gesicht, dass mir schwarz vor Augen wurde. Kraftlos sackte ich zusammen. Schmerz explodierte in meiner Wange, dem Kiefer und schließlich im ganzen Kopf. Unvermittelt lagen starke Arme um meine Hüfte und hielten mich.

»Liam! Du gehst zu weit!«

»Navarion hat recht. So behandeln wir keine Frauen und die hier ist fast noch ein Mädchen«, sagte der Krieger, den ich getreten hatte. Benommen blinzelte ich, kämpfte gegen die Ohnmacht an.

»Das ist kein Mädchen«, fauchte der dunkle Krieger. »Das ist eine Rudall Koer.« Kurz schwiegen sie. Dann hörte ich wieder die finstere Stimme des Mannes mit den unheimlichen Augen. Liam. So hatten ihn die anderen genannt. »Fesselt sie. Wir bringen sie nach Astrama. Soll der König entscheiden, was mit ihr geschieht.«

Nein! Ich bäumte mich auf, obwohl ich noch immer benommen war, alles an meinem Körper schmerzte. Ich konnte mich kaum aufrecht halten. Nicht zu dem Drachen! Lieber starb ich jetzt durch ein Schwert der Krieger, als auf den grausamen Tod zu warten, den mir der Drache bereiten würde. Ich wusste es. Ich wusste, dass die Zeit der Albträume vorüber war. Jetzt wurde aus meinen nächtlichen Schrecken bittere Wahrheit. Erneut strampelte ich und schlug um mich, doch es half nichts. Der Krieger hielt mich fest im Griff. »Nein! Nicht zu dem Drachen!«, war das Letzte, was ich sagte, ehe mich erneut die Faust des dunklen Kriegers traf und die Welt um mich in Dunkelheit hüllte.

Auch den letzten Traum zerstört das Erwachen

Nicht der Drache, nicht der Drache«, flüsterte die Rudall Koer, dann sackte sie schlaff in Dagals Armen zusammen. Ich sah Panik in ihrem Blick. Sie hatte zweifellos Angst vor dem König. Gut so! Sie sollte Angst spüren. Mein Freund bettete sie in den Sand. Mit schmalen Augen sah ich zu, wie Moril sich an die Rudall Koer schmiegte. Ich knurrte. »Dein Geisttier scheint deine Vorliebe für Frauen zu teilen und ist dabei genauso beliebig wie du, Navarion.« Doch ehe ich den Satz beendet hatte, landete Tasar im Sand neben der Rudall Koer und breitete schützend seine Flügel über dem Mädchen aus.

Ich spürte Sammirs Unruhe, die während des Kampfes gewachsen war und mich zur Raserei gebracht hatte. Jetzt robbte sie über den Strand auf das Mädchen zu und stupste ihr sachte mit der Schnauze ins Gesicht. Ich ging in die Knie und strich Sammir über ihren Kopf und den nassen Rücken. Was war nur los mit unseren Geisttieren?

»Mit diesem Mädchen stimmt etwas nicht, Liam.« Dagal sah zu mir. »Hier geht etwas sehr Merkwürdiges vor.«

Navarion nickte. »Es schien fast so, als ob ihr Begleiter sie absichtlich verraten hätte. Offenbar wusste er, dass wir hier waren und wollte, dass wir sie erwischen.«

»Das spielt keine Rolle«, sagte ich und meinte jedes Wort auch so. Es spielte keine Rolle, nicht für mich. Ich drehte sie zur Seite und betrachtete das Zeichen der Rudall Koer auf ihrer Schulter. Ein langer und tiefer Schnitt teilte die Tätowierung. Sand hatte sich in die blutende Wunde gesetzt. Ihr kupferrotes Haar ergoss sich über den

Strand, verdeckte zum Teil ihren Rücken. Ihre Haut schimmerte blass im Licht der Feuer. Sie wirkte zerbrechlich, zartgliedrig, doch ich ließ mich davon nicht blenden. Ich begann zu lächeln. Sie war eine Rudall Koer. Endlich, nach so vielen Jahren hatten wir eine Ghul gefangen, die zur Leibwache der verbannten Königin gehörte. Ich stand auf.

»Sie wird uns verraten, wo wir die Rudall Koer finden und dann beenden wir die hinterhältigen Überfälle auf friedliche Dörfer.« Noch einmal sah ich auf die bewusstlose Ghul. »Fesselt sie. Vermutlich hat sie nicht genug Seelen geraubt, um sich zu wandeln.« Ich sah meine Freunde an. »Lasst euch von ihrem Äußeren nicht täuschen. Sie wird nicht zögern, sich von euch zu nähren. Gebt einem Rudall Koer niemals Gelegenheit dazu.« Sammir stupste das Mädchen noch einmal mit ihrer Schnauze an. »Geh zurück ins Wasser, Sammir«, fauchte ich. »Wir reisen nach Astrama.« Sie sah mich aus ihren großen, dunklen Augen an, die trauriger als üblich wirkten. Sammir bleckte die Zähne und knurrte wütend. Kopfschüttelnd sah ich ihr dabei zu, wie sie sich zügig über den Sand zum Wasser bewegte. Sammir war durch die Verbindung, die wir teilten, alles andere als ein normaler Seehund. Kein Geisttier war das. Ich spürte ihre Wut auf mich, die über mich hinwegbrandete wie die Wellen über den Strand.

Dagal hob nachdenklich die Braue und Navarion nahm fluchend das Schwert der Ghul an sich. Er setzte zum Sprechen an, doch ich unterbrach ihn abrupt. »Das ist ein Befehl, Navarion! Ist dir klar, dass sie uns zu dritt gerade mächtig ins

Schwitzen gebracht hat?« Ich nahm meinem Freund das Schwert ab. »Ich habe noch nie eine Ghul gesehen, die so schnell ist wie sie. Und sie kann mit dem Schwert umgehen, sie ist gut ausgebildet worden.«

Dagal duckte sich zum Boden und bot Tasar seinen Arm. »Na komm, mein Freund.« Der Falke kletterte nach kurzem Zögern darauf und krallte sich in das dicke Leder, das Dagals gesamten Unterarm schützte. Er erhob sich und strich seinem Geisttier beruhigend über den Brustkorb. »Ich habe noch nie davon gehört, dass die Rudall Koer Frauen unterweisen.«

Ich nickte. »Das ist sicher eine neue List von Yadiran und sie wirkt bereits, sonst würdet ihr hier nicht zweifelnd rumstehen.« Ich deutete auf die Ghul. »Was, wenn sie ein Mann wäre?« Dagal und Navarion schwiegen. »Ganz genau, dann hättet ihr mich nicht zurückgehalten.«

Navarion nahm Moril auf den Arm, der nach wie vor neben ihr saß und fiepste. »Es ist mehr als das, Liam.«

Schnaubend drehte ich mich zu den geschockten Bewohnern um, die trotz der Gefahr noch an den Feuern standen. Meine Mutter war zum Glück so klug und hatte sich mit vielen anderen ins Dorf geflüchtet. Nur eine Handvoll Feiernder war hiergeblieben und sah gaffend auf die Rudall Koer am Boden. »Haut ab, solange ihr noch könnt!«, rief ich ihnen zu. »Oder ich mache euch Beine«, knurrte ich leise in mich hinein. Wütend lief ich in Richtung Dorf davon. »Ich wiederhole mich nicht noch einmal«, rief ich Dagal und Navarion zu. »Ich hole die Pferde, dann reiten wir los.«

Meine Mutter wartete bereits im Dorf auf mich. Sie kam mir entgegen und schlang die Arme um meinen Hals.

»Ich hatte solche Angst um dich.«

»Du hast immer Angst, Mutter«, sagte ich schmunzelnd und fing mir einen wütenden Blick von ihr ein. Sie löste sich und trat einen Schritt zurück. »Was geschieht jetzt mit dem Mädchen?«

Ich seufzte. »Du nicht auch noch. Das ist kein harmloses Mädchen. Gerade du solltest es besser wissen. Wir wissen es besser.«

Sie nickte.

»Ich bringe die Rudall Koer zu König Gardorath.«

Sie trat auf mich zu und küsste mich auf die Wange. »Dann wünsche ich dir eine gute Reise, mein Sohn.«

Ich verabschiedete mich von ihr und lief zum Stall, um die Pferde zu holen. Dann ritt ich zum Strand zurück, wo Dagal und Navarion bereits auf mich warteten. Zufrieden stellte ich fest, dass sie die Ghul mit dicken Lederriemen gefesselt hatten. Hoffentlich saßen die Stricke stramm genug.

»Wie sollen wir das Mädchen ohne Wagen transportieren?« Navarion nahm die Zügel seines Pferdes und sah mich mit hochgezogenen Augenbrauen an.

Ich hob die Schultern und grinste in mich hinein. »Setz sie vor dich und halt sie gut fest.«

Er blinzelte wie eine Eule. »Das ist ein Scherz, oder?«

»Sehe ich aus, als wäre mir nach Scherzen zumute?«

Navarion lief fluchend zu der Ghul. »Das ist eine Frau, Liam! Wenn sie aufwacht, wird sie sich nicht gerade darüber freuen, dass sie vor mir auf dem Sattel sitzt und ich sie festhalte.«

Ich lachte. »Das ist nichts Neues.« Navarion war sauer, aber auch das kannte ich schon. Er hob die Rudall Koer in seine Arme, für meinen Geschmack viel zu vorsichtig. Stöhnend lief er zu seinem Pferd und versuchte vergeblich, sie auf den Sattel zu heben. Ihr schlaffer Körper fiel in alle Richtungen, nur nicht dorthin, wo er sollte und Navarion achtete darauf, dass sie sich nicht weiter verletzte. Verdammte Ghul. Selbst ohnmächtig machte sie mir noch Ärger. Knurrend lief ich zu ihm. »Steig auf. Ich halte sie und hebe dir das Frauenzimmer dann aufs Pferd.«

Navarion schüttelte den Kopf, stieg aber ohne Kommentar auf seine Stute. Ich hielt die Rudall Koer in meinem Arm und betete, dass er sich beeilte. Er tat es natürlich nicht. In aller Ruhe gurtete der Tölpel den Sattel enger und stellte seine Steigbügel länger, während mir der Geruch nach Frauenkörper immer mehr die Sinne verwirrte und verdammt, sie roch unglaublich gut! Eine Mischung aus Sommerregen, der nach einem starken Gewitter auf dem Boden trocknet, und dem süßlich-schweren Geruch nach Ginster, den es besonders um den Herrschersitz in Hülle und Fülle gab. Ich spürte ihr Gewicht in meinen Armen kaum, dafür ihre zarten Rundungen umso mehr. Ihr endlos langes Haar lag weich und warm über meinen Armen. Sie sah so friedlich aus. Ihre Haut war glatt und geschmeidig, das Gesicht schmal. Ihre Lippen waren voll und zartrosa. Sie war beinahe perfekt, wäre da nicht das Tattoo auf ihrer Schulter, bei dessen Anblick ihre Schönheit vor meinen Augen zerbröselte wie ein welkes Blatt. Maulend musste ich mir eingestehen, dass sie mir unter normalen Umständen sofort aufgefallen wäre. Schwachsinn, sie war mir aufgefallen und da dachte ich noch, sie wäre ein Mann! »Herrje, schwing deinen Hintern auf die verdammte Mähre, Navarion!«

Überrascht sah dieser zu mir, musterte mich kurz und begann schließlich zu grinsen. »Sie fühlt sich gut an, nicht wahr?« So wie er den Satz betonte, war es keine Frage.

»Ich hasse dich«, knurrte ich. Endlich saß er im Sattel. Ich hob ihm die Ghul entgegen, während er sie zu sich hochzog. Dagal sah uns schweigend dabei zu. Kurze Zeit später saß sie endlich vor Navarion.

»Wir hätten ihre Wunde verbinden sollen«, murmelte mein Freund.

»Das ist unnötig«, erwiderte ich und stieg auf mein Pferd.

»Das ist verdammt nötig«, knurrte er. »Sie blutet mich voll.«

Dagal ritt neben ihn und reichte ihm einen Leinenstreifen, den er aus seiner Satteltasche zog, wobei er mich scharf anblickte. Ich ignorierte die beiden und ritt voran. Normalerweise brauchten wir zwei Tagesritte nach Astrama. Mit der Ghul würden es vermutlich drei werden. Das schürte einerseits meine Wut auf sie, andererseits konnte ich meinem König endlich eine Ghul aus den inneren Kreisen Yadirans bringen. Damit verstummten die Zweifler hoffentlich.

Der Morgen dämmerte bereits, als die Rudall Koer endlich erwachte. Wie Navarion vorhergesagt hatte, war sie nicht begeistert darüber, vor ihm auf dem Pferd zu sitzen.

»Lass mich sofort runter!«

Sie schlug ihm mit den Ellbogen in den Magen und ins Gesicht. Er fluchte heftig. Ich stoppte mein Pferd, sprang ab und zerrte sie aus dem Sattel.

Ihre Stirn war schweißnass. Haare klebten ihr am Kopf und die Schulter schien stark gerötet. Ihr Kinn und einen Teil des Halses überzog ein dicker blauer Fleck, den ich ihr wohl verpasst hatte. In ihrem feinen Gesicht stach das Blau unnatürlich hervor und wirkte wie eine Anklage gegen mich. Kurz versetzte mir der Anblick einen Dämpfer, doch dann erinnerte ich mich daran, wer sie war, und ignorierte es genauso wie ihren Protest und das Gewimmer. »Du willst nicht reiten, dann lauf«, herrschte ich sie an. Ich holte ein längeres Seil aus der Satteltasche, band es um die Lederriemen an ihren aufgescheuerten Handgelenken und stieg wieder aufs Pferd, das ich zu einem schnellen Schritt antrieb. Kurz spannte sich das Seil, als sie nicht schnell genug reagierte. Ich hörte sie hinter mir keuchen, blickte aber nicht zurück. Sie hatte keine andere Wahl. Wenn sie nicht über den Boden geschleift werden wollte, musste sie laufen. Dagal und Navarion schlossen zu mir auf.

»Ich bin nicht damit einverstanden, wie du das Mädchen behandelst, Liam.« Navarion drehte sich leicht im Sattel und blickte zurück. »Sie sieht krank aus. Die Wunde hat sich offenbar entzündet. Sie wird das nicht lange durchhalten.«

Ich schwieg, sah zu Dagal, der stiller als üblich neben uns ritt und immer wieder zu Tasar aufsah, der über uns seine Kreise zog. Moril tapste neben unserer Gefangenen her und bleckte dabei die kleinen Zähne in unsere Richtung. Wir waren weit vom Meer entfernt und doch spürte ich nach wie vor Sammirs Unruhe. Ich wusste, das Verhalten unserer Geisttiere sollte mir zu denken geben. *Dummes Zeug!* Ich schüttelte den Kopf. Die Rudall Koer blendete uns alle. Zweifellos war das eine neue Teufelei Yadirans. Eine List, ein süßes, zartes Mädchen, unter dessen Haut trotz allem ein Ghul lauerte, und wer genauer hinsah, erkannte es auch. Sie war trainiert, ihre Bewegungen schnell und geschmeidig. Auch wenn sie im Moment eher steif und ermattet hinter uns herstolperte. Ich sah das Wesen in ihr, zu dem sie sich wandeln konnte, wenn sie Seelen raubte.

Nach wenigen Stunden hatte sich in mir so viel Wut angesammelt, dass ich mit geballten Fäusten und verkrampften Muskeln auf meinem Hengst Benorian saß und davon überzeugt war, jeden Moment die Kontrolle über mich zu verlieren. Am liebsten hätte ich meinen Zorn hinausgeschrien. Ich war der Heerführer des Königs und verlor niemals meine Beherrschung, doch diese Ghul hatte etwas an sich, das mich permanent reizte und das, obwohl sie beharrlich schwieg und keinen Ton von sich gab. Ja verflucht! Genau das brachte mein Blut zum Kochen, denn ein kleiner Teil in mir bewunderte die Rudall Koer für ihren Stolz, den sie so offen vor sich hertrug. *Ich treibe ihn ihr schon aus*, schwor ich mir. Selbst Dagal und Navarion waren wortkarg. Das grenzte bei Navarion schon an ein Wunder.

Jäh ging ein Ruck durch das Seil, das ich an meinem Sattel festgezurrt hatte. Es spannte sich und Benorian hob erschrocken den Kopf. Ich zog die Zügel an und er blieb stehen. Mein Hengst schnaubte und schabte mit dem Vorderhuf über das Gras. Ich drehte mich im Sattel um und sah die Ghul am Boden liegen, die Arme weit vor sich über den Kopf gestreckt. Sie atmete flach und fiel zu schnell.

»Verdammt, Liam!« Navarion sprang aus dem Sattel und rannte zu der am Boden liegenden Gestalt. Vorsichtig löste er das Seil und drehte sie um. Kurz verschaffte mir der Anblick Genugtuung. Von ihrem Stolz war nicht mehr viel übrig. »Willst du unserem König eine tote Rudall Koer übergeben?«, fauchte mein Freund. Er kniete neben ihr und strich ihr die Haare aus dem Gesicht. »Sie fiebert und ist vollkommen entkräftet.«

»Wir sollten rasten«, sagte Dagal, der damit sein stundenlanges Schweigen brach.

Ich stieg von Benorians Rücken und lief zu Navarion. Sie sah wirklich mitgenommen aus. Die Blutbeule am Kinn war angeschwollen und ihre Schulter feuerrot. Getrocknetes Blut und Sand klebten an der Wunde, die bereits zu nässen begann. Auf ihrem Schlüsselbein hatte sich ebenfalls eine faustdicke Blutbeule gebildet. Vermutlich von meinem Schwerthieb. Ich seufzte und rieb mir über das Gesicht. Mein Hass auf die Rudall Koer hatte mich zu weit getrieben. Tot nutzte sie mir nichts und je schwächer sie wurde, desto länger dauerte es, bis wir Astrama erreichten. Jetzt hatte dieses Weib es auch noch geschafft! Ich hatte ein schlechtes Gewissen.

»Also gut«, knurrte ich schließlich und sah mich um. Der Wald um uns war dicht, doch in der Nähe hörte ich das Rauschen eines Bachlaufs. Ich nahm die Zügel von Navarions Stute und führte sie zwischen den Bäumen hindurch. »Wir rasten ein paar Stunden am Bach.«

Navarion lief hinter mir, in seinem Arm trug er die Ghul, die immer wieder leise wimmerte. Bei jedem ihrer Laute zuckte ich innerlich zusammen. Wut peitschte durch meine Adern. Wut auf sie, aber auch ganz besonders auf mich und dann noch mehr Groll, weil sie mich dazu brachte, mein Handeln zu hinterfragen, obwohl sie hier eindeutig das Übel war. Verdammtes Weib!

Der Bachlauf war nur einen Schritt breit, doch es sprudelte klares und frisches Wasser darin. Sandsteinbrocken bildeten hier und da kleine Seen, in denen das Wasser ruhiger floss. Ich ließ die Pferde am Bach trinken, nahm die Satteltaschen ab und begann damit, unseren Rastplatz von Ästen und Gestrüpp zu befreien. Navarion bettete die Rudall Koer am Fuß einer gewaltigen Eiche ins weiche braune Laub. Ich musste Dagal nicht darum bitten, sich ihre Verletzungen anzusehen. Er hatte bereits Wasser geholt, beugte sich über sie und gab ihr kleine Schlucke zu trinken, die sie aber sofort wieder aushustete.

»Hilf mir mal.« Dagal drehte ihren schmalen Körper mit Navarions Hilfe auf die Seite und begann vorsichtig die Wunde auf ihrer Schulter auszuwaschen. Dabei keuchte sie mehrmals, ihre Augenlider flatterten, doch sie öffnete sie nicht. Immer wieder streifte mich Dagals wütender Blick, bis ich schließlich frustriert in den Wald stapfte, um Holz für ein Lagerfeuer zu suchen. »Ich gehe und suche Feuerholz«, murmelte ich.

Als ich mit einem dicken Bündel auf den Armen zurückkehrte, war mein Zorn auf das übliche Maß geschrumpft, doch jetzt hinterfragte ich mein Handeln noch stärker. Was nur hatte die Wut in mir derart angefacht und mir fast alle Hemmungen geraubt? Während ich schweigend in der Mitte unseres kleinen Platzes das Holz aufschichtete, sah ich zu dem Mädchen, das unter Dagals warmen Fellen lag und schlief. Sie war der Auslöser gewesen, oder besser die Tatsache, dass sie so gar nicht dem Bild des seelenraubenden Wesens entsprach, das ich von den Rudall Koer kannte. Trotzdem steckte es in diesem fast perfekten Frauenkörper. Sie war ein Trugbild und genau das hatte meinen Zorn geschürt. Das durfte nicht noch einmal passieren. Sie war unsere Gefangene und ich musste sie lebend zu König Gardorath bringen, dort würde sie ihre Leute irgendwann verraten. Trotzdem, unter Folter und bei ihrem starken Willen würde es dauern, sie zu brechen, dessen war ich mir sicher.

Das Feuer brannte und ich setzte mich neben Dagal und Navarion. Dagal und Tasar hatten inzwischen einen Hasen gejagt, der jetzt über den Flammen an einem Spieß briet. Auf der Glut stand ein kleiner Eisentopf mit Kräutern, die Dagal zu einem Sud einkochte.

»Wird sie in ein paar Stunden weiterreiten können?«, fragte ich ihn schließlich und blickte dabei stur ins Feuer. Fett vom Fleisch tropfte zischend in die Glut.

»Nein«, erwiderte er. »Wir werden hier einige Tage festsitzen.«

Ich hob den Blick und sah meinem Freund in die Augen, in denen sich der Feuerschein spiegelte.

»Wenn du ihr diese Zeit nicht zugestehst, wirst du mit einer Leiche nach Astrama zurückkehren.«

Tasar saß schlafend auf einem niederen Ast in unserer Nähe, doch bei Dagals Worten hob der Falke den Kopf und stieß einen Schrei aus, der mir einen kalten Schauer über die Haut jagte. Moril lag auf den Fellen bei dem schlafenden Mädchen, zusammengerollt und an es gedrückt, als suchte er seine Wärme. Ich schüttelte den Kopf. »Hier geht etwas sehr Bizarres vor sich.«

Navarion legte sich seitlich auf den Boden und streckte stöhnend die Beine aus. »Schön, dass dir das auch schon auffällt, mein Freund.« Er sah zu der Ghul. »Ich habe das Gefühl, dass uns hier etwas ganz Besonderes ins Netz gegangen ist.«

»Ja, etwas ganz besonders Ärgerliches«, schnauzte ich. Dann schwiegen wir alle. Nur das knisternde Feuer und raschelndes Laub, wenn sich einer von uns bewegte, unterbrachen die Ruhe. Ich sah hoch zu den Baumkronen. Schwere, dunkle Wolken hingen über uns. Der Wind hatte aufgefrischt und zerrte an den Ästen der Bäume. Das Blätterdach bot uns Schutz vor dem Regen, der sich ankündigte. Das war zu dieser Jahreszeit nichts Ungewöhnliches. In ein paar Stunden brach die Dämmerung herein. Dank der Ghul saßen wir hier fest und meine Laune sank allein beim Gedanken daran auf einen neuen Tiefpunkt.

»Die Wolken sind voller Regen«, meinte nun auch Dagal, der meinem Blick gefolgt war. »Wir sollten über dem Mädchen das Zeltdach spannen.« Ich verkniff mir jeden bissigen Kommentar. Unwillkürlich sah ich zu ihr und ärgerte mich sogleich darüber, denn ihr jämmerlicher Anblick zog mir die Kehle zusammen. *Reiß dich am Riemen*, schalt ich mich selbst im Geiste und schüttelte den Kopf, um das verstörende Bild loszuwerden. Herrje, ich war der Heerführer des Drachenkönigs. Der jüngste, den es je gegeben hatte! Gerade ich sollte stets und in jeder Situation einen kühlen Kopf bewahren und mich auf das Wesentliche konzentrieren. Das war im Moment, unsere Gefangene lebend nach Astrama zu bringen. Sie war unsere beste Chance darauf, Yadiran und seine Krieger endlich zu ergreifen. Niemand würde mehr wegen meines Alters an meinen Fähigkeiten zweifeln.

Wieder streifte mein Blick die reglose Gestalt unter den Fellen. Was war das nur mit dieser Rudall Koer? Blendete uns ihr Äußeres wirklich so sehr, dass wir vergaßen, was sie war?

»Wo ist sie?« Zornbebend und mit geballten Fäusten stand er vor dem Jungen, der nichts als eine herbe Enttäuschung für ihn war. Er hätte ihn im Kindsbett ertränken sollen, wie Vilgo es ihm geraten hatte, als er das schwächliche Baby vor sich in den Armen seiner menschlichen

Mutter gesehen hatte. Sie hatte um sein Leben gewinselt und allein die Tatsache, dass sein Stellvertreter den Knaben ersäufen wollte, hatte ihn dazu getrieben, es eben nicht zu tun. Jetzt bereute er diese Entscheidung zutiefst. »Wo ist Flee, Abren? Was ist passiert?«

Hinter dem Jungen zogen die beiden Kinder des Schmieds ihre Köpfe ein. Seine Männer standen neben ihm. Lauernd und nur allzu deutlich nahm er Vilgos Hitze wahr, die in heißen Wellen von ihm ausging.

»Wir waren verkleidet, Vater«, sagte der Junge mit beneidenswert fester Stimme. »Wir wollten vor Sonnenaufgang wieder hier sein. Ich wollte ihr ein paar letzte schöne Stunden zu ihrem Geburtstag schenken.«

Yadiran zuckte innerlich vor den Worten des Jungen zurück. Sofort war er wieder da, dieser winzige, viel zu weiche Splitter, der sich Gewissen schimpfte. Ein Fragment aus seiner Vergangenheit, das er längst hätte hinter sich lassen müssen. Nach all dem Schmerz über den Verlust seiner Familie hatten Mitleid und Nachsicht keine Bedeutung mehr. Zumindest versuchte er sich das einzureden, denn sosehr Yadiran es auch hasste, Flee stahl sich immer wieder in diese kleine Scherbe Wärme, die ihm geblieben war. Eine Schwäche, die ihn am Ende um alles bringen konnte. Seine Stellung, seine Vergeltung, ja sogar um sein Leben, sollten die Männer beginnen, an ihrem Schlachtenlenker zu zweifeln. Das durfte er nicht zulassen!

»Ich wusste nicht, dass sich Krieger des Königs unter den Dorfbewohnern befanden«, berichtete der Junge weiter.

»Du hättest erst gar nicht mit ihr dort hingehen sollen!«, knurrte Yadiran mit vor Zorn bebender Stimme. »All die Jahre war sie nur aus einem einzigen Grund bei uns, Abren.« Yadirans Fingerknöchel knackten, als er seine Hände noch stärker ballte. »Sie sollte uns unsere Königin zurückbringen und der Herrschaft des Drachenkönigs ein Ende setzen. Sie sollte der Untergang für ihren Vater sein. Nur deshalb habe ich sie am Leben gelassen!«

»Es tut mir leid, Vater.«

Vilgo schoss nach vorn. Seine Hand schloss sich um die Kehle des Jungen. Mühelos stemmte er Abrens Gewicht, bis dieser vor Vilgo in der Luft hing und seine Haut sich dunkelrot verfärbte. »Ich sollte dich auf der Stelle umbringen. Du bist eine Schande für die Rudall Koer.« Keiner der Männer rührte sich, niemand sprach. Der Burgsaal war in Stille getaucht. Das Gesicht des Jungen verkrampfte, er rang nach Luft, die Augen weit aufgerissen. Seine Beine baumelten und suchten Halt, wo keiner war, doch er wehrte sich kaum gegen die Hand, die ihn am Atmen hinderte.

»Abren hat die Krieger und ihre Geisttiere gesehen, Herr.« Er hätte die gestammelten Worte des Mädchens beinahe überhört, so wenig trug seine Stimme. Ängstlich und mit tränennassen Augen stand sie hinter dem Schmiedsohn und starrte auf den Jungen, dessen Lippen sich allmählich blau färbten.

Weitere Sekunden verstrichen. Die Augenlider des Jungen schlossen sich immer wieder, seine Bewegungen ermatteten.

»Vilgo«, sagte Yadiran schließlich. »Wir brauchen ihn, um sie zu finden.«

Sein Stellvertreter riss den Kopf herum und starrte ihn einen Moment mit vor Hass lodernden Augen an. Er ließ von dem Jungen ab, dessen Knie unter ihm nachgaben. Vilgo holte aus. Mit Wucht versetzte er ihm einen Tritt. Der Junge flog durch den Saal, knallte mit dem Rücken gegen eine der schweren Tischplatten und landete auf der Seite. Röchelnd und hustend sog er Luft ein. Die Tochter des Schmieds rannte zu ihm und half ihm, sich aufzurichten. Abren murmelte ihr etwas zu, so leise, dass nur sie ihn verstehen konnte. Das Mädchen schüttelte kaum merklich den Kopf und schloss einen Moment die Augen. Für einen Sekundenbruchteil schoss ein absurder Gedanke durch Yadirans Kopf. Der Junge hatte sich nicht gegen Vilgo gewehrt, obwohl er trotz seiner Unfähigkeit, sich zu wandeln, ein passabler Kämpfer war. Er kam nicht dazu, den Gedanken bis zum Ende zu führen, denn Vilgo stand am ganzen Körper bebend vor ihm.

»Deine Inkompetenz hat uns in diese Situation gebracht. Du hast dich gegen meinen Rat dazu entschieden, die Drachenprinzessin nicht wie eine Gefangene zu behandeln, sondern wie eine Tochter! Du hast den Jungen nicht, wie ich dir geraten habe, im Kindsbett getötet und jetzt sieh, wo du uns hingeführt hast!«

Ein Schlag und Vilgo taumelte zurück. Die Härte ließ ihn straucheln. Er stürzte vor den im Saal anwesenden Kriegern auf den Boden und hielt sich das Kinn. »Verwechsle Taktik nicht mit Schwäche, Vilgo«, sagte Yadiran ruhig. »Das Mädchen hätte keine vierzehn Jahre als Gefangene überlebt. Es hätte aufgegeben und wäre jetzt tot.« Er sah jedem seiner Krieger in die Augen. »Niemand stellt meine Entscheidungen infrage, außer er sehnt sich nach dem Tod.« Er blickte zu dem Jungen, der sich gerade auf die Beine kämpfte. »Wer waren die Krieger des Königs?«

Abren sah ihn an. Trotz blitzte in seinen Augen auf. »Es war der Undine, der junge Heerführer mit seinen beiden Freunden.«

Yadiran nickte. »Schickt die Späher aus. Sie sollen nach drei Männern Ausschau halten, die mit einem Falken, einem Waschbären und einem verdammten Seehund unterwegs sind. Beginnt die Suche beim Dorf. Ihre Spuren sollten nicht allzu schwer zu finden sein. Holen wir uns unsere Vergeltung zurück! In einer Stunde rücken wir aus.«

Wir aßen und Dagal flößte dem Mädchen anschließend Kräutersud ein und versorgte noch einmal die Wunde an ihrer Schulter, wobei sie auch diesmal nicht wirklich wach war.

»Dieses Tattoo unterscheidet sich von den üblichen Rudall Koer Zeichen«, sagte Dagal. Tief beugte er sich über die Schulter und verteilte den eingekochten Kräutersud auf der Wunde. »Der Unterschied ist nur minimal. Auf den ersten und sogar auf den zweiten Blick sieht es aus wie jedes andere Rudall Koer Tattoo, doch einige Linien und Kreise verlaufen unwesentlich in eine andere Richtung.« Dagal sah zu mir auf. »Das war tatsächlich ein entweichender Zauber, der uns während des Kampfes geblendet hat, Liam.«

»Was für ein Zauber?«, fragte ich und kniete mich neben ihnen nieder. Dagal schüttelte den Kopf und schwieg. »Die Frage ist doch, ob der Zauber unterbrochen wurde, weil dessen Ursprung, die Tätowierung, von einer Schwertspitze durchschnitten wurde oder ob er erst dadurch seine Wirkung entfaltet?« Ich erntete verständnislose Blicke. »Unsere Geisttiere verhalten sich seltsam und auch zwischen uns weckt sie Zwietracht. Was, wenn genau das die Wirkung des Zaubers ist?«

Dagal verneinte. »Alles an diesem Mädchen ist verwirrend, aber das war kraftvolle Magie, Liam. So mächtig, wie ich sie schon sehr lange nicht mehr erlebt habe. Das war kein Verwirrungszauber.«

Navarion erhob sich vom Feuer. »Wir werden dieses Rätsel so nicht lösen. Sie allein kann uns Antworten liefern, jedenfalls dann, wenn du sie am Leben lässt.« Mit einem stechenden Blick hinderte ich ihn an jedem weiteren Wort. Er kannte mich gut genug, um zu wissen, dass er mich nicht stärker reizen sollte. Besonders jetzt nicht, denn meine Geduld reichte momentan nicht sehr weit.

»Ich sammle Holz für die Pfähle«, knurrte Navarion und lief in den Wald. Dagal erhob sich, nahm den Köcher mit den Pfeilen und seinen Bogen und folgte ihm.

»Ich gehe jagen«, brummte er mir beim Vorübergehen zu. Damit ließen die zwei mich mit der verwundeten Ghul allein. Verdammte Hohlköpfe! Einige Minuten hörte ich noch das Unterholz knacken, dann war ich allein mit ihr und fühlte mich unwohl in meiner Haut. Ich zog die Felle über sie, bis nur noch ihr Kopf darunter zu sehen war. Plötzlich flatterten ihre Lider, die Atmung beschleunigte sich und sie begann zu schreien. So durchdringend und angsterfüllt, dass es mir die Haut zusammenzog. Vollkommen hilflos saß ich da und starrte auf das schreiende Mädchen, das sich hin und her warf. Weil ich mir nicht anders zu helfen wusste, griff ich mir den Wasserbecher und schüttete ihr die Flüssigkeit ins Gesicht. Erschrocken riss sie die Augen auf und keuchte. Dann starrte sie mich einen Herzschlag lang an.

Was ich in ihrem Blick sah, ließ mich zurückweichen. Ich sprang auf und lief zum Bach, nur weg von ihr. Schwer atmend stand ich am Wasser. Ich hatte Angst und Panik in ihren Augen gesehen, aber auch Wärme und ein Feuer, das ich so nur von einem einzigen Mann kannte. König Gardorath. Ihre Augen! Sie waren klarer als die tiefsten Bergseen des Karilangebirges, blauer als ein wolkenloser Sommerhimmel. Ein fast unnatürlich tiefer Farbton. Mir war es einen Moment so vorgekommen, als sähe ich meinen König darin.

Frustriert trat ich einen Stein am Bachbett ins nahe Gras und schrie auf. Ich hasste diese Verwirrung und erneut kochte Wut in mir auf, weil *sie* dafür verantwortlich war. Ich blickte über die Schulter. Das Mädchen lag ruhig

da, seine Augen waren geschlossen und es atmete gleichmäßig. Ihre Haut glänzte vom Wasser, das ich über sie geschüttet hatte. Sie hatte es sich nicht einmal abgewischt. Ich biss mir auf die Lippen, lief zum Feuer und warf neues Holz in die Glut. Schließlich setzte ich mich ins trockene Laub. Über mir hörte ich den Wind in den Blättern rauschen und die ersten Regentropfen fielen durchs dichte Blätterdach Richtung Boden. Frustriert fuhr ich mir mit beiden Händen durch die Haare. Ich hatte doch tatsächlich ein schlechtes Gewissen wegen einer Rudall Koer! Dabei sollte ich genauso skrupellos mit ihr umgehen, wie ihre Leute all die unschuldigen Menschen behandelten, denen sie ihre Seelen raubten und sie damit auslöschten. Sie hatte meine Königin, die Prinzessin und meinen Vater nicht getötet, aber die Krieger, zu denen sie gehörte! Trotzdem war da eine andere Art Zorn in mir, wenn ich sie jetzt betrachtete. Sie war die erste Rudall Koer, die je gefangen wurde. Yadirans Krieger verstanden sich in der Kunst der Tarnung und nahmen sich eher das Leben, bevor sie in Gefangenschaft gerieten. Jetzt hatten wir endlich eine Rudall Koer und sie war ganz anders als die gewandelten Ghul, gegen die ich bereits gekämpft hatte. Ihr fehlte offenbar die Kraft, sich zu wandeln. Sie hatte noch keine oder zu wenig Seelen geraubt. Und warum war ihre Tätowierung mit Magie durchsetzt? Wütend ballte ich die Fäuste und warf das nächste Holzstück mit solcher Wucht ins Feuer, dass Glut in alle Richtungen aufstob. Dieses Mädchen war ein Rätsel und ich hasste Rätsel!

Ich wusste nicht, wie lange ich am Feuer gesessen und in die Glut gestarrt hatte, doch schwere und schnelle Schritte im Wald rissen mich jäh aus meiner Lethargie. Äste knackten und Laub raschelte. Tasar kreiste aufgebracht über mir zwischen den Baumkronen. Moril erreichte mich als Nächstes. Sein Fauchen setzte alle meine Nerven unter Strom. Ich sprang auf und griff instinktiv nach dem Schwertgriff und meinem Bogen, der neben mir im Laub lag. Dagal brach durchs Unterholz, dicht gefolgt von Navarion.

»Späher!«, knurrte mein Freund. »Sie haben uns gefunden.«

Ich erstickte die Glut unter Erde. »Wie viele?«

»Fünf und sie sind gewandelt«, sagte Navarion.

Ich nickte. So offen waren Yadirans Männer noch nie vorgegangen. Normalerweise schlugen die Rudall Koer aus dem Hinterhalt zu. Schnell, lautlos und effektiv. Sie nutzten die Dunkelheit und mieden die direkte Konfrontation. Sie überfielen hilflose Dörfer, Bauern und Menschen, die sich zu weit von ihren gesicherten Siedlungen entfernten.

»Wir sind weit hinter dem Grenzgebiet von Kardura«, griff Navarion meinen Gedanken auf. »Offenbar ist uns tatsächlich ein goldenes Täubchen ins Netz gegangen.« Er steckte sich seinen Dolch in den Schaft am Gürtel und lief zu der Rudall Koer. Ich hörte bereits in der Ferne, wie die gewandelten Ghul mit ihren riesigen Schlangenkörpern durchs Unterholz krochen.

Jeder Handgriff saß, jede Bewegung war durch unzählige Gefechte erprobt, als wir zügig das Nötigste zusammenpackten und die Pferde sattelten, die unruhig mit den Hufen scharrten. Die Rudall Koer keuchte, als ich sie hochhob und vor mir auf Benorian setzte. »Dein Hengst ist schnell, aber er trägt die doppelte Last und das Mädchen ist bewusstlos. So entkommen wir den Ghul nicht.«

»Uns bleibt keine Wahl«, knurrte ich. Ich zog das Mädchen eng an mich, drückte die Schenkel in Benorians Flanken und schnalzte mit der Zunge. Er spannte die Muskeln und ging sofort in einen schnellen Galopp über. Meine Sinne schwärmten aus, während wir durch den Wald galoppierten. Äste trafen mich im Gesicht und an den Armen, ritzten mir in die Haut. Die Rudall Koer stöhnte, ihr Kopf schlug immer wieder ungebremst gegen mich.

Überall um uns war Wasser, aber nicht genug, um es im Kampf zu nutzen. In der Nähe rauschte ein Bach, den eine größere Ader im Boden speiste. In den Bäumen, den Blättern, im Moos, weit und breit Wasser. Ich sah sein Leuchten, silbern wie Mondlicht, und folgte den Adern bis zum nächsten Fluss. Navarion hatte recht, wir konnten den Ghul nicht entkommen, aber am Wasser konnten wir unsere Magie nutzen und waren nicht allein auf Dagals Fähigkeiten angewiesen.

Ich atmete erleichtert aus, als wir das dichte Gestrüpp am Flusslauf durchbrachen. Wir konnten kämpfen. Ich glitt vom Pferd und trug das Mädchen zum Fluss, wo ich es an eine halb ins Wasser reichende dicke Baumwurzel lehnte. Der Baum selbst lag im Flussbett. Die Hälfte seiner Blätter ragte über dem Wasser auf, der Rest hing in der Strömung. Schaumkronen schwammen zwischen den Zweigen. Sammir glitt dazwischen hindurch, hob den Kopf aus dem Wasser und stieß einen schrillen Ton aus. Aus dem Wald um uns drangen die verräterischen Laute der sich schnell nähernden Ghul. Ich nickte ihr zu.

»Beeil dich!« Nur einen Herzschlag später gleißten drei helle Lichtkegel auf und unsere Geisttiere wandelten sich. Moril und Tasar hatten ihre übliche menschliche Form gewählt. Junge Krieger mit Schwert und Bogen. Tasar sah aus wie Dagals jüngerer Bruder, die Haare seitlich rasiert und die Kopfhaut mit blauen Runen verziert. Moril schien sich auch in menschlicher Form nie recht von seiner wahren Gestalt, dem Waschbär, trennen zu können. Zumindest sah er auch auf zwei Beinen nicht viel anders aus. Sammir erhob sich lächelnd aus dem Fluss. Ihr menschliches Antlitz war so durchscheinend wie Nebel. Sie wählte jedes Mal ein anderes Erscheinungsbild und zu meinem Ärger war es diesmal ein wirklich dämliches. Sie sah aus wie die Rudall Koer. Ich hatte offenbar ihren Unmut geweckt. Ich hob die Schultern. »Was habe ich getan?«

Sie sah zu der bewusstlosen Gestalt am Baumstumpf, die Züge voller Mitgefühl. Missbilligend kniff ich die Augen zusammen, während Sammir sich die wallend roten Haare mit den Fingern kämmte und mich dabei angrinste. Sie wusste genau, was in mir vorging, doch zum ersten Mal konnte ich im Gegenzug ihre Gesten nicht deuten. Was auch immer Sammir mir mit der Wahl ihrer Gestalt sagen wollte, es blieb mir verborgen.

»Dein Anblick wird mich beim Kampf, der uns bevorsteht, verwirren, Sammir. Überleg dir gut, ob du das möchtest«, knurrte ich. Sie hob eine Braue. Einzig an ihren Augen, die sich nie veränderten, und dem durchscheinenden Körper erkannte ich, wen ich vor mir hatte. Ein Hitzestoß jagte durch meine Adern.

»Ha! Sammir, du bist großartig!«, rief ich. Navarion und Dagal zuckten bei meinem Aufschrei zusammen und Navarion fasste sich eine Spur zu hochtrabend an die Brust. Ich rannte zu dem Mädchen und zerrte ihm den Mantel von den Schultern. Die umgestürzten Bäume boten genug Deckung, um sie vor den Spähern zu verbergen. Ich schleifte sie unter die Stämme, brach Äste mit dichtem Blattwerk ab und verdeckte damit ihre Gestalt.

»Was soll der Mist?« Navarion beobachtete mein Treiben misstrauisch. Ich lief zu Sammir, deren nebelhafte Erscheinung sich bereits verdichtete, und warf ihr den Mantel über die Schultern.

»Du musst nur lange genug durchhalten, um sie zu verwirren«, sagte ich. Sammir nickte und zog sich die Kapuze tief ins Gesicht.

»Nicht schlecht«, entgegnete Dagal. »Und gerade noch rechtzeitig.«

Im nächsten Moment schossen fünf Ghul aus

dem Wald auf uns zu. Ich hob die Hand und eine Wasserblase erhob sich aus dem Fluss. Den ersten Ghul, der uns erreichte, schloss ich darin ein. Wütend riss er sein Maul auf und bekam einen Schwall Wasser in den Rachen. Wild zuckte sein Körper in der Blase und der Schwanz, der als einziges noch herausragte. Er ertrank jämmerlich. Navarion hatte einen weiteren Ghul mit Wasser umschlossen, während Dagal einen Luftwirbel erzeugte und ihn auf den dritten Ghul losließ. Ich hörte sein Fauchen. Die Augen glommen kalt und fixierten uns voller Hass. Der massige Schlangenkörper wurde vom Wirbel erfasst und über den Uferbereich ins Wasser geschleudert, wo ich ihn sofort unter einer großen Welle begrub. Die letzten beiden Ghul waren vorsichtiger. Sie blieben am Waldrand im Dickicht und starrten auf Sammir, die tatsächlich aussah wie das Mädchen. Plötzlich wandelte sich einer der Ghul und trat aus dem Schatten der Bäume. Unverkennbar ein Rudall Koer, groß wie ein Ochse und die Augen schwarz und kalt. Seelenlos, obwohl er mit Sicherheit unzählige Seelen geraubt hatte, um sich zu wandeln. Yadirans Scherge trug sein Tattoo offen am Oberarm. Ein dicker Striemen zog sich über seine Wange. Die Wunde musste tief gewesen sein, sonst hätte er sie mit einem Seelenraub sicher vollständig heilen können. Der Mann hatte seine Waffe gezogen, doch seine ganze Aufmerksamkeit lag bei Sammir.

»Komm zu mir, Flee. Wir bringen dich in Sicherheit, zurück zu deinem Vater.«

Eine Gänsehaut jagte mir bei dem Unterton in seiner Stimme über die Haut und ließ mich frösteln. Was auch immer er mit dem Mädchen vorhatte, es war nichts Gutes.

»Sie wird nirgendwo hingehen, Rudall Koer!«, zischte ich. Ich stellte mich zwischen Sammir und den Mann, in einer Linie mit Dagal, Navarion, Moril und Tasar.

Nun lag der dunkle Blick des Ghul auf mir. In den Tiefen dieser Schwärze loderte ein gelbes Feuer. Ich sah das Tier in ihm. Er hatte mehr Seelen geraubt, als gut für ihn war. Nicht mehr lange und er würde sich nie wieder in seinen menschlichen Körper zwängen können. Die Wandlung war bereits fortgeschritten; das erklärte, warum ich unter seiner Haut die Bewegungen der Schlange wahrnehmen konnte. In Wellen schob sie sich durch die engen Glieder, als wollte sie das Gefängnis von innen sprengen.

»Liam, der kleine Heerführer des Drachenkönigs«, zischte der Rudall Koer. »Haben wir schon so viele Krieger des Königs getötet, dass er keine andere Wahl hat und ein halbes Kind zum Oberhaupt seiner Truppen ernennt? Oder hatte er Mitleid, weil dein Vater in der Schlacht verreckt ist?«

Ich wusste, er wollte mich provozieren, meine Konzentration schwächen. Sein Gift wirkte, aber nicht so, wie er sich das gewünscht hatte. Jetzt richtete ich all meine Sinne auf ihn. Das war kein einfacher Späher, kein kleiner Legionär in Yadirans Streitmacht. Dieser Mann wusste zu viel über mich.

»Wenn ihr sie haben wollt, müsst ihr sie euch holen.« Ruhig sah ich ihn an, doch ehe einer von uns reagieren konnte, durchzog ein gellender Schrei die Ebene. Das Mädchen schrie vor Schmerz und Pein!

Meine Schulter und meine Glieder brannten höllisch, als ich aus dem Schlaf schreckte. Benommen blinzelte ich und sah zuerst nur verschwommene Schemen, aus denen sich allmählich dichtes Blattwerk formte. Ich spürte das Gewicht von schweren Ästen, Zweigen und Blättern auf mir, hörte das nahe Rauschen eines Flusses. Ich lag auf einem Kiesbett, die Steine unter mir glatt und abgeschliffen von dem unermüdlichen Mahlen des Wassers.

Ich wollte aufstehen, doch die Bewegung jagte mir durch den Kopf einen rasenden Schmerz durch den Kopf, der hinter den Augen und meiner Stirn explodierte. Stöhnend sackte ich zurück. Vorsichtig und mit zitternder Hand tastete ich nach meinem Mantel, das kostete mich mehr Kraft, als es sollte. Er war nicht da und ich fror jämmerlich. Meine Glieder zitterten, die Zähne schlugen aufeinander. Was war nur los mit mir? Ich schwitzte und fror gleichzeitig. Die Kleider klebten an mir und lagen unbehaglich auf meiner Haut. Jede Berührung war unangenehm und tat so furchtbar weh.

»Schnapp dir das Mädchen«, hörte ich eine viel zu vertraute Stimme, die mich gleich noch mehr zittern ließ. Vilgo! Er war hier, um mich zu holen! Sollte ich mich darüber freuen oder mich fürchten? Die Aussicht, dass ausgerechnet er mich zu Vater zurückbringen würde, dämpfte meine Erleichterung über die Rettung erheblich. Verflucht! Ich hatte nicht die Kraft, mich darüber aufzuregen. Vorsichtig drehte ich mich auf die Seite und gab den Versuch schließlich auf, da meine Schulter nach wie vor wütend pochte und jede Bewegung mit einem glühenden Stich bestrafte, den ich von der Wirbelsäule bis in die Fingerspitzen spürte. Über mir flatterten Blätter im Wind. Ich hörte Kampfgeräusche. Eisen, das auf Eisen traf. Wind, knirschender Kies und ein Fauchen, das jede Zelle meines Körpers durchfuhr, doch ich kam nicht dazu, mich danach umzusehen. Jäh begann sich die Welt um mich zu drehen, der Schwindel nahm mir jede Orientierung. Schmerz jagte durch meine Glieder, ließ mich aufschreien. Nur vage nahm ich wahr, wie jemand neben mich trat. Eine Gestalt, die meinen Mantel anhatte und mit ihren roten Haaren aussah wie ein Spiegelbild von mir. Im nächsten Moment stand ein Krieger neben ihr. Der Dunkle mit den unheimlichen Augen. In der Hand hielt er ein Schwert, von dessen Klinge rotes Blut tropfte, und die Spitze zeigte in meine Richtung.

»Sie wandelt sich«, zischte er.

»Das ist unmöglich, Liam«, hörte ich einen anderen rufen. »Sie ist verwundet und hat sich nicht genährt.«

»Flee! Steh auf und komm her!« Wieder Vilgos Stimme, die meine Nervenbahnen reizte und das Dröhnen in meinem Kopf verschlimmerte, bis ich es kaum noch aushielt. Ihre Stimmen traten in den Hintergrund, alle Geräusche um mich taten das. Jede Faser meines Körpers stach. Bei der kleinsten Regung überrollte mich die nächste Schmerzwelle. Übelkeit zog mir die Kehle zusammen, ließ mich würgen. Wieder schrie ich auf. Meine Muskeln verkrampften. Ich krümmte mich. Unvermittelt gleißte Hitze durch meine Zellen. Mir war so warm, dass ich die Zweige hastig von mir strampelte und ins kalte Wasser stolperte, bis es meine Hüfte umspülte. Die Strömung zerrte an meinen Beinen und Kleidern. Ich konnte mich gerade noch darin halten, ohne von ihr mitgerissen zu werden. Die Kälte linderte den Schmerz und klärte meine Gedanken. Ich sah mich um. Einige Schritte entfernt von mir lag ein Mann im seichteren Flussbett. Sein Gesicht lag im Wasser, trotzdem erkannte ich ihn an den kahlen Stellen auf seinem Hinterkopf sofort als einen Getreuen meines Vaters.

Ein tiefes Fauchen hinter mir schreckte mich auf. Ich wirbelte herum und sah den dunklen Krieger. Er kämpfte gegen Vilgo und eine Kreatur, die ich noch nie zuvor gesehen hatte. Eine gewaltige Schlange, deren Kopf aussah wie eine Mischung aus Drache und Eidechse. Der Blick des Kriegers streifte mich für einen Sekundenbruchteil, bevor er die Hand hob. Entsetzt schnappte ich nach Luft, als sich kurz darauf eine Wasserwand zwischen uns und Vilgo aufbaute, gespeist vom Flusswasser, das mir

nun kaum noch bis an die Knöchel reichte. Jäh kam der Schmerz zurück. Ich sackte in die Knie und schrie erneut auf. Der Kies knirschte, als sich die beiden anderen Krieger schnell näherten und mich packten. Sie hielten meine Arme fest, doch ich wehrte mich mit aller Kraft, die ich hatte. Und das war viel, wie ich im nächsten Moment bemerkte. Die Krieger fluchten, als ich mich losriss und einen von ihnen mit einem Fußtritt von mir schleuderte. Er landete mit einem lauten Klatscher im Flussbett. Die Genugtuung darüber währte nicht lange. Ich kämpfte mich hoch, bis ich schwer atmend auf den Knien saß, und dann, dann verschwamm erneut die Welt vor meinen Augen, um im nächsten Atemzug so klar wie nie zuvor zu erscheinen. Ich sah in die weit aufgerissenen Augen der Krieger. Unglaube und Verwirrung lagen in ihnen.

»Liam!«

Der dunkle Krieger sah über die Schulter zu uns und erstarrte.

»Das ist unmöglich«, flüsterte er und trat einen Schritt auf uns zu. Sein gezogenes Schwert ließ er sinken. Das glatt polierte Metall reflektierte einen seltsam silbernen Schimmer.

»Verfluchter Mist!«, schrie Vilgo. Er stand vor der Wand aus Wasser und versuchte vergebens hindurchzukommen. Wo er darin eintauchte, dehnte sie sich mit ihm, passte sich seinen Konturen an, bis er keine Luft mehr bekam. Der Schlange erging es nicht besser.

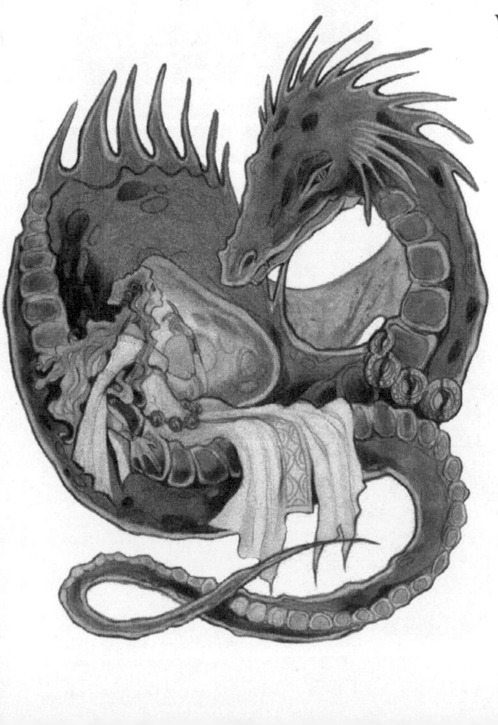

Ich keuchte, verstand nicht, was hier vor sich ging. Verwirrt und vollkommen durcheinander starrte ich auf die Wasserwand, hinter der Vilgos Silhouette aufgebracht umherrannte. Alles an mir fühlte sich sonderbar an. Ich kam mir vor wie auf einer

Streckbank. Nicht dass ich schon einmal auf einer gelegen hätte. Ich kannte sie nur vom Gefängnis in Kardura, wohin ich meinen Vater einmal begleitet hatte. Der Gedanke, dass auf der Streckbank, vor der ich gestanden hatte, Menschen gefoltert wurden, hatte mir schlaflose Nächte bereitet. So mussten sich diese Menschen unter der Folter gefühlt haben, als würden Muskeln und Haut zerreißen. Schmerz mischte sich mit Hitze und einem alles durchdringenden Pochen. Ich schrie und krümmte mich erneut zusammen. Ich hörte, wie Stoff und Leder zerrissen.

»Ein Drache!«, rief einer der Krieger. Nein! Der König! Panisch blickte ich mich um. Mein Drang zu fliehen wurde übermächtig. Doch noch immer zwangen mich die Schmerzspitzen in die Knie. Mein Herz schlug heftig gegen meine Brust. Ich sah mich um, wobei ich jedes Detail, jedes Blatt, jede Baumritze und jeden glatten Kieselstein im Flussbett wahrnahm. Ich sah die kleinsten Feinheiten, Strukturen, die kein Mensch normalerweise sehen konnte. Es dämmerte bereits, doch ich sah besser als am Tag. Eine Feststellung, die die nächste peinigende Welle mit sich brachte. Gequält stöhnte ich auf und riss den Kopf herum, als ich eine Bewegung hinter mir wahrnahm. Flügel! Ich sah gewaltige Drachenflügel so hell wie Mondlicht und sie schimmerten genauso silbern. Ich keuchte auf, drehte mich um und stolperte rückwärts, um dem Drachen auszuweichen, der viel zu nahe war, doch er verschwand so schnell aus meinem Blickfeld, dass ich verwirrt blinzelte.

»Was geht hier vor?«, schrie ich, doch meine Stimme klang vollkommen anders als sonst. Heller, lauter und mit einem Nachhall, der die Tiere im Wald und am Fluss aufschreckte. Vögel stoben wild flatternd von den Pfützen am Flussbett auf, Rehe, Wildschweine und Hasen jagten davon. Ich sah ihre Bewegungen im Wald. Sie zogen helle Lichtschweife hinter sich her. Bei Aine, unserer geliebten und verbannten Königin, ich war krank! Zum ersten Mal in meinem Leben war ich krank. Ich halluzinierte oder träumte. »Vater, wo bist du?! Abren! Weckt mich auf! Weckt mich auf! Lasst mich nicht allein!«

»Beruhige dich, Mädchen. Du bist nicht allein«, flüsterte mir der Krieger mit den blauen Runen auf dem Schädel zu.

»Unmöglich«, murmelte der Dunkle, dessen raue und tiefe Stimme viel zu nah klang. »Das ist unmöglich.«

»Sie steht die Wandlung nicht durch, Liam!« Der Krieger mit den blauen Runen auf der Kopfhaut hob beide Hände und trat auf mich zu. »Sieh nach unten, Mädchen. Sieh, was aus dir geworden ist.« Er trat noch näher.

Nein! »Bleib weg von mir«, keuchte ich. Als er stehen blieb, senkte ich den Blick auf meine Hände, schrie auf und wich zurück, wobei ich mit dem Rücken gegen einen morschen Baumstamm knallte. Er bebte unter der Wucht und ich landete unsanft auf dem Hintern. Nein, kein Hinterteil, da war noch etwas dazwischen. Ein Schwanz! Ich hatte einen Schwanz, an dessen Ende sich ein Büschel blonder, fast weißer Haare bauschte. Fassungslos starrte ich darauf, konnte ihn fühlen, als wäre er schon immer ein Teil von mir. Dann sah ich noch einmal auf meine Hände, doch da waren keine Hände mehr, keine Finger, keine Zehen. Ich besaß Krallen, statt Haut sah ich kleine weiße Schuppen und feine, fast silberne Haare zwischen den gewaltigen Zehen. Nur langsam sickerte die Erkenntnis in meinen verwirrten Geist. Ein Drache. Ich war der Drache!

Ich schloss die Augen und wimmerte kläglich. Zu viel! Das war zu viel für mich. Das Chaos in meinem Kopf drohte mich unter sich zu begraben. Der Druck in mir wuchs ins Unermessliche, bis ich fürchtete, darunter zu zerbersten. Es fehlte nicht mehr viel und ich verlor das letzte bisschen Verstand, das mir geblieben war. Ich war ein Drache! Wie Gift sickerte der nächste Gedanke durch meine Adern. Mein Vater hatte mich belogen!

Mit der Erkenntnis kam ein anderer Schmerz. Ein Gewicht, das mir den Brustkorb zusammendrückte, bis ich kaum noch atmen konnte und mühsam Luft in meine Lungen sog. Jeder Herzschlag donnerte in meinen Ohren. Ein Lügner! Mein Vater war ein Lügner!

»Bitte«, sagte der Dunkle mit den unheimlichen Augen und schreckte mich damit aus meinen wirren Gedanken. Ich war dankbar für die Ablenkung und gleichzeitig furchtbar wütend, weil er es war, der mich mit dem warmen Klang seiner Stimme ein wenig zur Ruhe brachte. Liam nannten ihn die beiden anderen Krieger. »Bitte hör mir zu.«

War das sein Ernst?! Er hatte mich hinter sich hergeschleift wie ein Tier. Ich war mir sicher, er hätte mich getötet, wenn die anderen beiden ihn nicht zurückgehalten hätten. Nein, ihm hörte ich ganz sicher nicht zu! Ich hatte genug. Das alles war zu viel. Ich begriff kaum, was hier vor sich ging. Meine Gedanken rasten, ohne dass ich auch nur einen Ansatz zu fassen bekam, also ließ ich es sein und mein Instinkt übernahm.

Ich spannte die Flügel, ein ungewohntes und zugleich seltsam vertrautes Gefühl. Mein Blick wanderte aufwärts zum Himmel, über dessen Horizont sich ein breiter Streifen roten Sonnenlichtes zog. Goldene Nebelschleier durchdrangen die einzelnen Wolkenschichten. Luftströme, die sich wie das Flussbett hier unten über den Himmel wanden und ich wusste genau, welche stark genug waren, um mich von hier fortzubringen. Ein Leuchtfeuer am Firmament, das an meinem Inneren zerrte und mich anzog.

»Nein! Navarion, hilf mir, sie darf nicht wegfliegen!«

Ich schwebte bereits einige Meter über dem Untergrund, fühlte nichts als den Wind, der mich wegtrug, doch mit einem Mal zerrte mich etwas zu Boden. Liam und sein Freund Navarion hatten ihre Arme um meine Krallenbeine geschlungen und hingen mit ihrem ganzen Gewicht an mir. Ich fauchte und schlug umso heftiger mit den Schwingen aus. Meine Muskeln schrien unter der ungewohnten Bewegung, doch mich trieb nur ein Gedanke an: Flucht!

Ich wollte weg von hier, hoffte, dass der golden schimmernde Staub, die Luftströme über mir meine Verwirrung mit sich fortspülten. Schließlich war ich so hoch, dass ich über die Wassermauer hinwegsehen konnte, direkt in Vilgos brennende und hasserfüllte Augen. Er hatte seine Versuche, durch die Wand zu kommen, aufgegeben. Neben ihm stand einer von Vaters Spähern. Beide starrten mich an und sahen zu, wie ich mit den Kriegern, die sich verzweifelt an meine Beine klammerten, immer höher stieg. Sie schrien und fluchten unter mir.

»Haltet euch fest!«, rief der andere vom Boden aus. Sein Falke flog schrill gellend neben mir her und ließ mich nicht aus den Augen. Eine Bewegung auf der Erde schreckte mich auf. Vilgo hatte sich von der Wasserwand entfernt, die langsam in sich zusammenfiel. In der Hand hielt er einen Bogen, den Pfeil darin bereits auf mich gerichtet. Nein, nicht auf mich, auf den Falken!

»Pass auf, Vogel!«, schrie ich und hörte, wie der Pfeil durch die Luft sirrte. Jäh kreischte der Falke auf und stürzte schlingernd ab. Sein Krieger Dagal stieß einen verzweifelten und wütenden Schrei aus. Die Wasserwand brach vollends in sich zusammen. Dagal rannte zu seinem Falken, der reglos am Flussbett lag. Er achtete nicht auf Vilgo und die riesige Schlange, in die sich Vaters Späher vor meinen Augen verwandelte und pfeilschnell auf ihn zuraste.

»Dagal! Hinter dir!« Verzweiflung und Furcht schwangen in der Stimme des dunklen Kriegers mit. Er riss an meinem Bein. »Flieg zurück! Sofort! Sie werden ihn töten!«

»Tut mir leid«, flüsterte ich. »Ich kann nicht.« Und das war die Wahrheit. Ich konnte nicht, selbst wenn ich wollte. Etwas zog und zerrte an mir. Der Drang, weiter aufzusteigen, hebelte alles andere aus.

»Nein! Dagal! Tasar!« Sie riefen nach ihrem Freund, während Vilgos grausames Grinsen mir einen eiskalten Schauer über die Schuppenhaut jagte. Dagal kämpfte, ohne Chance. Die Schlange schlug mit der Schwanzspitze aus und traf ihn am Rücken. Der Krieger taumelte vorwärts, genau auf Vilgo zu, der mit dem Schwertknauf ausholte und ihm diesen über den Schädel zog. Der Krieger fiel in sich zusammen und sackte neben seinem Geisttier zu Boden. Dagal lebte, da war ich mir sicher, doch ob der Falke noch atmete, konnte ich nicht mehr erkennen, dafür sah ich einen hell glänzenden Luftstrom, der meine Aufmerksamkeit erregte. Das Ziehen in mir schwoll an und drängte das Geschehen am Boden in den Hintergrund. Dort, wo sich Kemantie nun fest um meine Haut am Flügelansatz schmiegte, kribbelten die Schuppen. Ich wusste nicht, woher die Gewissheit kam, aber ich war mir sicher, das war die Richtung, in die ich fliegen musste. Mein Ausweg.

Jäh wurde mein Aufstieg unterbrochen. Der Rückstoß ließ mich straucheln. Ich blickte nach unten, wo sich Liam mit den Beinen an einem dicken Ast festklammerte. Der Baum ragte weit in den Himmel.

»Lass mich los!«, rief ich mit der Stimme des Drachen, in der ich mich nur bedingt wiedererkannte. Der Drache klang lauter, voller und zugleich klar und hell.

»Vergiss es, Flerya! Wir müssen zurück und unserem Freund helfen!«

Flerya? Kurz blitzte das Gesicht einer Frau in meiner Erinnerung auf, zu verschwommen und verzerrt, um es festhalten zu können. Aus irgendeinem Grund schürte dieser Name meinen Zorn. Gleichzeitig empfand ich einen schwachen Moment lang Mitleid mit dem Krieger, der nichts anderes wollte, als seinem Freund helfen. Doch dann erinnerte ich mich daran, wie sie mich behandelt hatten und mein Mitleid schrumpfte schlagartig. Noch einmal schrie ich. Dann spannte ich die Muskeln, legte alle Kraft in die nächsten Flügelschläge und stieg auf. Liam verlor den Halt am Ast, der unter der Last ächzte und knarrte.

Blätter regneten zu Boden, doch die beiden Männer hielten sich weiter an meinen Beinen fest.

»Lande!«, fauchte der dunkle Krieger mich an. »Sofort!«

»Spring, wenn es dir nicht passt«, zischte ich. Er spie mir Verwünschungen in der Sprache der Undinen entgegen. Zu seinem Pech hatte ich mich oft mit den Sprachen der Völker Emireschas beschäftigt und sie erlernt, um die endlosen Stunden, in denen ich allein war oder nichts zu tun hatte, mit etwas Sinnvollem zu füllen. Ich lachte über seinen Ausbruch und ignorierte ihn, den Blick starr auf den Luftstrom gerichtet.

»Halt endlich den Mund, Liam«, herrschte Navarion ihn an. »Mir ist speiübel und deine ruppige Art verbessert unsere Situation nicht gerade.«

Liam fluchte und hielt sich noch vehementer an meinem Bein fest. »Was ist mit Dagal und Tasar?«

»Im Moment können wir nichts tun. Sie ist wichtiger, das weiß auch Dagal. Er kann selbst auf sich aufpassen.« Ich hörte ihn würgen. Wehe, er spuckte mir auf das Bein. »Mädchen!«, rief Navarion. »Wie hoch willst du denn noch fliegen? Und wo willst du hin?«

»Weg von hier«, murmelte ich. Schließlich tauchte ich in den Luftwirbel ein. Um mich herum fegte goldener Nebelstaub, kitzelte an meiner Haut und beruhigte meine aufgebrachten Gedanken. Ich schloss die Augen, ließ mich einfach treiben, während die Krieger sich gegenseitig Verwünschungen an den Kopf warfen.

Der Wind trug mich über Emireschas grasbewachsene Hügel hinweg. Ich sah gelben Ginster, der, wenn es warm war, seinen Duft nach Walnuss verbreitete. Wollgras, das wie Schneeflocken im Wind tanzte, bedeckte die Wiesen und wechselte sich mit Heidekraut ab. Kleine Bachläufe und größere Flüsse wanden sich dazwischen bis zu den Steilklippen und der steinigen Küste und all das tauchte das Licht der untergehenden Sonne in ihren rötlichen Schimmer. Hier und da erkannte ich von Menschen geschichtete Steinmauern, Dörfer und abgeschiedene Burgen, manche davon nicht mehr als eine Ruine. Mich zog es aufs Meer hinaus, weg von Emirescha. Weg von meinem Vater, der Abstand zwischen uns konnte nicht groß genug sein. Tränen rannen mir über meine Schuppenhaut. Ich hätte sie mir weggewischt, wenn ich gekonnt hätte, doch an meinen Vorderbeinen hingen zwei schwere, motzende Krieger, deren Gewicht mich allmählich ermüdete.

Betrogen, mein Vater hatte mich verraten. Was in meinem Leben war keine Lüge? Warum hatte er mir nie erzählt, welche Kreatur in mir schlummerte, und wie konnte das sein? Wer war ich? Mein Vater war kein Drache, das wusste ich. Er hasste die Drachen. Er hasste König Gardorath und er hatte mich denselben Hass gelehrt. Wieder zog sich alles in mir zusammen und ich schluckte krampfhaft. Er hatte mich gelehrt, mich selbst zu verachten, denn nichts anderes tat ich in diesem Moment. Ich verachtete, was ich war. Das Herz eines Drachen musste viel größer sein als ein menschliches. Anders konnte ich mir den unsäglichen Schmerz, den ich beim Gedanken an diesen Verrat hatte, nicht erklären.

Ich legte mich seitlich in den Wind, der mich ostwärts trug, und ließ mich treiben. Die beiden Krieger versuchten mehrere Male, an meinen Beinen hochzuklettern, um auf meinem Rücken aufzusitzen. Ich verhinderte es jedes Mal mit einem ruckartigen Aufstieg oder einem schnellen Sinkflug.

»Lasst das! Ich bin kein Pferd!«

»Da ist kein großer Unterschied. Du bist genauso stur und bockig«, knurrte Liam unter mir, wofür ich extra steil aufstieg, um mich kurz danach im Sturzflug mit angewinkelten Flügeln fallen zu lassen.

Navarion würgte. Sie gaben auf, schwiegen und klammerten sich an mir fest wie Kletten, bis ich beinahe vergessen hatte, dass sie da waren. Nur der lange Mantel des dunklen Kriegers flatterte wild im Windzug und strich mir dabei immer wieder über die Schuppen am Bauch, die dort dünner und empfindlicher waren. Meine Haut zog sich unter der Berührung zusammen und ich schauerte.

Die Zeit verging. Mondlicht glitzerte auf dem Wasser. Die Strömung musste hier enorm sein. Wellen türmten sich auf, brachen und bauten sich erneut auf, als tobte dort unten ein Sturm, der nicht bis zu mir heraufreichte.

»Siehst du das, Liam? Da treiben Tote unter der Wasseroberfläche!«

Der Kerl will mich erschrecken, er will mich nur erschrecken. Doch als ich nach unten auf das mondbeschienene Meer blickte, entwich mir ein Angstschrei. Das mussten Hunderte, wenn nicht sogar Tausende Körper sein, die dicht unter der Oberfläche schwebten. Sie kamen nicht an die Luft, sanken aber auch nicht ab und ihre weiße Haut schimmerte, als hätten sie Mondlicht eingeatmet. Selbst hier oben, weit über ihnen, spürte ich ihre stumpfen Blicke, die uns folgten.

»Verflucht noch mal!« Liams Aufschrei schreckte mich auf und ich wandte mich von den Toten unter uns ab. »Kehr um, Mädchen! Dort kannst du nicht landen!«

Landen? Wo? Mit den Gedanken war ich noch immer bei den Toten im Wasser und sie klärten sich nur langsam. Schließlich sah ich sie. Eine Insel, die nur aus kargem Stein, einem gewaltigen Gebirge und einem Wald aus kümmerlichen, blattlosen Baumleichen zu bestehen schien, umgeben vom Meer. Das Mondlicht warf dunkle und tiefe Schatten um die grauen Felswände, die wie Dolchspitzen aus den Hängen ragten.

»Kehr um! Die Insel ist von einer Barriere umgeben. Wer sie einmal durchquert, kommt nicht mehr heraus!«

Tatsächlich sah ich eine leichte Spiegelung, wie ein Hitzefilm, der an heißen Sommertagen über dem Land lag. Doch ich glaubte dem Krieger kein Wort. Mein Herz schlug viel zu wild gegen den gewaltigen Brustkorb und jeder Flügelschlag fiel mir schwerer. Kein Wunder bei dem Gewicht, das ich trug. »Ich kann nicht mehr. Ihr zwei seid viel zu schwer«, sagte ich und setzte zum Gleitflug Richtung Boden an.

»Nein! Die Barriere, Mädchen!« Liam und Navarion zerrten an meinen Beinen. »Ich schwöre dir, wenn du nicht auf der Stelle umdrehst, versohle ich dir bei der nächsten Gelegenheit den Hintern!«

»Dass du zuhauen kannst, hast du ja schon bewiesen, Krieger. Mich schlägst du nie wieder ungestraft«, zischte ich.

»Ich verhaue euch beide, wenn wir das hier heil überleben«, knurrte Navarion. Ich versuchte sie abzuschütteln. Zuerst gelang es mir nicht, doch dann verlor Navarion den Halt. Liam schrie auf und fasste ihn im Sturz an der Hand, während er sich mit der anderen an einem dicken Büschel Haare zwischen meinen Krallen festhielt. Autsch!

»Halt dich fest, Navarion!«

Ich wollte ihm gerade alle Verwünschungen an den Kopf werfen, die mir einfielen, doch in dem Moment durchdrangen wir die Barriere. Hitze zog sich über meine Schuppenhaut, sie kitzelte und ließ mich erschaudern.

»Verdammt!« Liam fluchte aufgebracht.

Ich wollte wissen, ob er mich angelogen hatte, deshalb flog ich in einer leichten Kurve wieder zu der Spiegelung. Von dieser Seite aus verzerrte sie den Himmel und das Meer noch stärker, als würde ich sie durch einen klaren Kristall hindurch betrachten. Doch sobald ich die Hitze über meiner Haut spürte und mit dem Kopf auf der anderen Seite wieder auftauchte, klärte sich meine Sicht.

»Das ist unmöglich«, keuchte Liam. War ja klar, der Krieger hatte mich belogen. Nichts anderes hatte ich erwartet. In einer weiteren Schleife tauchte ich wieder durch die Barriere hindurch und flog auf die Insel zu. Meine Glieder brannten inzwischen entsetzlich, mein ganzer verdammter Drachenkörper loderte vor Schmerz. Mit einem Ruck riss ich die Vorderbeine hoch. Ein kurzer Schmerzblitz jagte mir durch einen Vorderfuß. Liam riss mir Haare aus, als er den Halt verlor. Schreiend stürzte er mit Navarion ins Meer, einige Meter vor der Küste. Ich brummte in mich hinein. Hoffentlich klatschte er mit der Kehrseite voran ins eiskalte Wasser, damit es ihm sämtliche Körperteile zusammenzog.

Fürchte dich nicht vor dem Abgrund in dir, auch Monster brauchen Liebe

Die Rudall Koer hatten ihr Lager am Waldrand aufgeschlagen, doch nach Vilgos Rückkehr packten die Männer hastig alles zusammen, was sie für die Weiterreise benötigten. Yadiran lehnte an einem dicken Baumstamm, strich dem Tier, das auf seinem Unterarm kauerte, über den Rücken und verkniff sich das Grinsen. Er genoss den Anblick seines vor Zorn schäumenden Stellvertreters, dem es nicht gelungen war, Flee zu den Rudall Koer zurückzubringen. Dafür hatte er einen Sylphen und dessen Geisttier angeschleppt.

»Offenbar hast du den jungen Feldherrn des Drachenkönigs unterschätzt, Vilgo.«

»Offenbar«, knurrte dieser und nestelte dabei unruhig an der Schnürung seines Leibgurtes herum. Jeder Muskel in Vilgos Körper schien zum Zerreißen gespannt. Yadiran sah ihm an, wie unangenehm ihm sein Versagen war, und genoss die Genugtuung darüber umso mehr. Aber jetzt hatten sie auch ein gewaltiges Problem.

»Wo ist sie hingeflogen?«, fragte er Vilgo, auf dessen Züge sich ein schiefes Grinsen stahl.

»Aufs Meer hinaus, Richtung Mongana.«

»Dann hat meine Beschwörung bereits ihre Wirkung entfaltet. Wir müssen uns beeilen. In drei Tagen stirbt der Drache, und mit ihm das Mädchen.«

Abren sog neben ihm leise Luft ein und versteifte sich. Nicht zum ersten Mal fragte Yadiran sich, ob der Junge noch wusste, auf welcher Seite er stand. Er konnte es nur für ihn hoffen, denn sollte er herausfinden, dass er Flee absichtlich hatte entkommen lassen, würde er sein Versäumnis nachholen und ihn eigenhändig ertränken. »Mongana liegt zwei Tagesreisen von hier entfernt. Wir brauchen Schiffe, die uns durch die starke Strömung zur Insel bringen können.«

Vilgo nickte. »Der Sylphe mit dem Falken kann uns führen. Er kennt den sichersten Weg zur Insel.«

»Das wird er kaum freiwillig tun.« Yadiran stieß sich vom Baumstamm ab und lief einige Schritte zum Lager. Das Wesen auf seinem Arm breitete unruhig die Flügel aus. Er nannte seine Schöpfung Feuervogel, denn mit seinen in der Sonne rot schimmernden Federn sah das Tier aus wie eine kleine Flamme. Die Erschaffung hatte ihn Kraft gekostet, viel Kraft, aber die Anstrengung hatte sich gelohnt. Mithilfe des Feuervogels hatte er Kontakt zu Aine und erhielt ihre Befehle. Die Kreatur war seine Verbindung zu ihr, sein größter Erfolg. Er war kein Magier wie die Sylphen, die Luft beherrschten, oder Undinen, die Wasser lenken konnten, aber auch er war nicht machtlos. »Flieg und teile der

Königin mit, dass wir kommen«, flüsterte er dem Vogel zu, der ein lautes Krächzen ausstieß und sich in die Luft erhob, wobei er seine Krallen tief in Yadirans Haut vergrub. *Ein bösartiges Vieh, genau wie der Mann, der es aus seinem Fleisch erschaffen hat,* dachte Yadiran.

Vilgo knurrte neben ihm und starrte dem Feuervogel nach. »Ich bringe den Sylphen schon dazu, uns zu helfen. Wir werden sehen, wie wichtig ihm das Leben seines Geisttieres ist.«

Der Krieger saß eingepfercht in einem engen Eisenkäfig, die Hände am Rücken zusammengebunden. Seit Vilgo ihn hergebracht hatte, starrte der Mann auf den kleineren Käfig, in dem der Falke saß. Sein verletzter Flügel stand seltsam verkrümmt vom Körper ab, doch ansonsten schien das Tier wohlauf. Zumindest dem wütenden Kreischen nach, das es ohne Unterlass von sich gab.

»Immerhin hast du nicht auf ganzer Länge versagt«, meinte Yadiran. »Gardorath hat keine Ahnung, dass seine Tochter lebt, und wird uns nicht in die Quere kommen. Wir sind unserem Ziel zum Greifen nah. Nicht mehr lange und unsere Königin ist wieder bei uns.« Yadiran blickte sich um. Seine Männer hatten alles vorbereitet und warteten auf Befehle. Der Schmied saß gefesselt und gut bewacht mit seiner Familie am Rand der Truppe und starrte ängstlich in die Runde. Yadiran hatte sie aus ihren Betten gerissen und mitgezerrt. Flee zählte diese Familie zu ihren Freunden, womit sie ein perfektes Druckmittel waren, sobald er das Mädchen gefunden hatte.

»Es wird Zeit, dass wir Freundschaften und alte Bündnisse erneuern. Holen wir uns das Heer der Königin zurück.« Yadiran lief zu seiner Droschke und kletterte über drei schmale Sprossen in den Holzaufbau. Er wusste genau, wo sich die Schatulle befand, in der das Rufhorn lag. All die Jahre hatte er es aufbewahrt und genauso über es gewacht wie über das Mädchen und Kemantie. Er winkte Vilgo zu sich, öffnete den Kasten und überreichte das Bronzehorn seinem Stellvertreter. Es hatte die Form eines gewandelten Ghul, dessen Schlangenkörper sich eng um den Stab wand. »Schick unseren besten Reiter aus. Das Heer ist verstreut über ganz Emirescha; sobald sie den Ruf hören, werden sie ihm folgen und sich im Wald um Saarat sammeln.« Sein Blick verharrte auf Abren neben sich. »Du reitest nach Irune und besorgst uns am Hafen drei Schiffe, die uns zur Insel bringen können.«

Der Junge kniff die Lippen zusammen und nickte.

»Abren«, sagte Yadiran, als er eiligen Schrittes zu seinem Pferd lief. Abrupt blieb der Junge stehen und drehte sich zu Yadiran um. »Ein erneutes Versagen dulde ich nicht.«

Yadiran sah dabei auch zu Vilgo, dessen Kiefermuskeln angespannt zuckten. »Von niemandem.«

Abren nickte, lief zu seinem Pferd und ritt in die anbrechende Nacht hinaus.

»Sie kann die Insel als Einzige wieder verlassen, Yadiran.«

»Kann sie nicht«, entgegnete er seinem Stellvertreter. »Nach dieser ersten Wandlung wird sich mein Zauber, den ich ihr als Kind auferlegt habe, voll entfalten. Sie wird nicht mehr die Kraft für eine Wandlung haben.«

Vilgo trat zu ihm. »Ich gebe zu, ich fing an, an deinen Motiven zu zweifeln, doch offenbar hast du unser gemeinsames Ziel niemals aus den Augen verloren.«

»Niemals«, sagte Yadiran und spürte doch wieder den kleinen weichen Splitter Wärme in seiner Brust, der seine Worte Lügen strafte. »Wir brechen auf und wir haben es eilig!«, bellte Yadiran den Männern scharf entgegen. »Zum Glück hat sich unser Täubchen bereits von allein auf den Weg nach Mongana gemacht. Wir folgen ihr und befreien unsere Königin aus ihrem Gefängnis im Gebirge!«

Jubelrufe erfüllten die Nacht, als die Rudall Koer die gefangene Familie und den Sylphen auf die Pferde zerrten und in einem wilden Galopp Richtung Meer ritten. Sie hatten sich gut auf diesen Tag vorbereitet und waren stark genug, um einige Tage ohne Schlaf auszukommen. Auf der Insel gab es darüber hinaus genug Seelen, von denen sie sich nähren konnten, auch wenn Diebe, Mörder und Gauner nicht die Energie einer reinen Seele hergaben. Es würde reichen. Das musste es! Und am Ende war da noch Flee, die eine Drachenseele in sich trug.

Sie war für Aine bestimmt, die all ihre Kraft brauchen würde, um Gardorath zu besiegen, und die Seele seiner Tochter würde der Königin diese Kraft schenken.

Verflucht, war das Wasser kalt! Prustend und das Mädchen verfluchend, tauchte ich durch die Wasseroberfläche an die Luft. Mein Umhang hatte sich mit Wasser vollgesogen und hing schwer über meinen Schultern. Ich brauchte mehrere Anläufe, bis ich die Fibel am Hals öffnen konnte und den Überwurf von mir streifte. Nicht weit entfernt hörte ich Navarion, der ebenfalls japsend auftauchte. Gedämpft durch das Wasser in meinen Ohren, aber trotzdem deutlich genug, schnappte ich Fleryas Jammerlaute auf. »Erinner mich daran, mich bei dem Mädchen für die kalte Dusche zu bedanken«, knurrte ich Navarion zu.

»Ich schätze, das muss warten«, sagte mein Freund und nickte Richtung Ufer, wo eine leblose Gestalt auf den kargen Felsen lag. Den Umhang fest in meiner geballten Faust, schwamm ich zum Strand und stampfte triefend aus dem Meer. Ich lief zu Flerya. Sie hatte sich zurückgewandelt und lag vollkommen nackt auf dem kalten Untergrund. Ein Ehrenmann

hätte sich wohl abgewandt und schleunigst versucht, das Wasser aus dem Umhang zu wringen oder aus dem angespülten Strandgut etwas herauszusuchen, was sie bedecken würde, aber ich war, so wie es aussah, kein Ehrenmann. Ich starrte sie an und mir gefiel, was ich sah. Dieses Mädchen war eine wilde Mischung aus Gegensätzen. Helle Haut traf auf kupferrotes langes Haar, das sich wie Seide im Wind bewegte, und dann noch diese intensiven blauen Augen. Ihre Rundungen waren perfekt. Sie sah zerbrechlich aus und doch hatte sie bewiesen, dass sie alles andere als das war. Sie war wie ihre Mutter.

Idiot!, schoss es mir durch den Kopf. Ich starrte auf König Gardoraths tot geglaubte Tochter! Dann fiel mein Blick auf ihr Handgelenk und ich stöhnte auf. Kemantie! Sie trug Kemantie! Das erklärte, warum sie die Barriere um die Insel hatte durchbrechen können. Verflucht! Das erklärte einfach alles!

»Sie hat nichts an, Liam.« Navarion trat neben mich und schüttelte sich wie ein nasser Hund.

»Was du nicht sagst, dann starr sie nicht an und such lieber etwas, womit wir sie bedecken können. Mein Umhang ist klatschnass und würde sie vollkommen auskühlen«, fauchte ich und wünschte mir meine Macht über das Wasser zurück, doch innerhalb der Barriere waren unsere Kräfte nutzlos.

Navarion lachte auf. »Das sagt der Richtige.«

So gut es ging, presste ich das Wasser aus dem Überwurf und bedeckte sie damit, dann kniete ich neben ihr nieder und heftete meinen Blick auf ihre Verletzung, um nicht noch einmal in die Verlegenheit zu kommen, sie anzustieren. Die Wunde an ihrer Schulter sah ganz schön übel aus, entzündet und die Haut war stark gerötet. Seltsame blasse Striemen zogen sich wie Zweige rund um die Verletzung. Vorsichtig tastete ich die Haut ab. Sie war heiß und als ich meine Hand zurückzog, brannten meine Finger, wo ich sie berührt hatte. »Was zum …«

Flerya stöhnte und drehte sich ein Stück weiter zur Seite. So präsentierte sie mir ihre Rückseite in ganzer Pracht. Für einen Moment vergaß ich die seltsamen Muster auf ihrer Haut, das Brennen meiner Finger, ja sogar das Atmen. Erst als mir schwarze Punkte vor den Augen tanzten, schnappte ich nach Luft. Was wollte ich gerade sagen?

»Ähm, wieso darfst du sie anstarren und ich nicht?«, fragte Navarion. Er kam zu uns und reichte mir einen zerrissenen Stofffetzen, der offenbar einmal zu einem Segel gehört hatte.

»Ich starre nicht«, sagte ich und spürte selbst, wie mir die Röte ins Gesicht stieg. Was für ein Chaos!

»Dir läuft gleich der Sabber aus dem Mund, Liam.« Mein Freund lachte. »Du tust ja gerade so als hättest du noch nie eine nackte Frau gesehen. Ich bin mir sicher, dass du erst vor drei Nächten Besuch hattest.«

Knurrend zog ich ihr den nassen Umhang vom Körper, schob ihr gleichzeitig den Stofffetzen bis unters Kinn und wickelte sie enger darin ein, als nötig war. Navarion lachte noch lauter. Ich erhob mich und verpasste ihm einen Schlag gegen den Oberarm.

»Die Wunde sieht seltsam aus. Sie hat Fieber. Ich vermute dunkle Magie«, zählte ich auf, um mich abzulenken und den Kopf zu klären. »Wir sitzen auf Mongana fest, kommen nicht von der Insel runter, aber das Allerwichtigste ist: Sie ist unsere tot geglaubte Prinzessin Flerya. Sie ist König Gardoraths Tochter und sie trägt Kemantie.«

»Ihr redet über mich, als wäre ich nicht hier.« Ihre leise, fast zerbrechliche Stimme schreckte mich für einen kurzen Moment auf.

Perplex sah ich zu Flerya, die mühsam versuchte, ihre Lider offen zu halten und Anstalten machte, sich aufzusetzen.

»Das ist keine gute Idee«, sagte ich und kniete wieder neben ihr nieder, um sie zu stützen.

»Fasst mich nicht an«, fauchte sie. Ihre unnatürlich blauen Augen sprühten schlagartig vor Feuer.

Ich kniff die Lippen zusammen, hob die Arme und zog mich von ihr zurück. Flerya erhob sich wankend und viel zu schwerfällig, wobei sich ihre zarten Züge vor Schmerz verzogen. Mir juckten die Finger. Gern hätte ich nach ihr gegriffen und sie gestützt, doch das kostete mich mit Sicherheit ein paar Körperteile und ließ mich in ihren Augen nur noch schlechter dastehen. Ich blieb reglos stehen und sah Flerya dabei zu, wie sie mehrmals tief Luft holte und den Schmerz niederkämpfte. Schließlich wickelte sie sich den Fetzen Stoff geschickt um ihren Körper, wobei ihr wohl bewusst wurde, wie wenig sie darunter anhatte. Fasziniert beobachtete ich die wechselnden Emotionen, die sich in ihrem Gesicht spiegelten, wobei sich augenblicklich das Bild eines nackten Frauenkörpers in meine Gedanken schlich. Ihr nackter Körper. Arg, aufhören!

Es war zu spät, ich spürte die Röte in meine Wangen steigen. Zum Glück war es bereits dunkel und nur der Vollmond erhellte die Nacht.

Das Mädchen riss die Augen auf, ehe es diese zusammenkniff und uns warnend ansah. »Ich hoffe, ihr habt euch wie Ehrenmänner verhalten.«

Navarion verschluckte sich neben mir und hustete, um das Lachen, das ihm eindeutig sonst aus der Kehle gekrochen wäre, zu kaschieren. Mir dagegen wurde noch heißer und meine Gesichtsfarbe befand sich sicher bereits jenseits von Gut und Böse. Mühsam würgte ich ein »Natürlich« hervor und drehte mich geschäftig weg, um am Strand nach weiteren Gegenständen zu suchen, die uns von Nutzen sein konnten. In Wahrheit schämte ich mich und brauchte einige Minuten, um mich wieder zu fangen. Auf einem großen Felsen breitete ich den Umhang aus, in der Hoffnung, dass er am Morgen trocken genug war, damit das Mädchen ihn tragen konnte. Doch bei der Kälte, die von den Steinen auf dieser verfluchten Insel ausging, war das mehr als Wunschdenken. Schließlich kehrte ich mit einem rostigen Messer zu den beiden zurück.

Flerya kauerte auf dem Boden. Die Arme eng um sich geschlungen, ruhte ihr Kopf auf den angewinkelten Knien. Sie zitterte am ganzen Körper und ihre Lippen waren bereits bläulich verfärbt. Sie sah nicht auf, als ich mich neben Navarion setzte.

»Warum geschieht das alles?«, flüsterte das Mädchen, mehr zu sich selbst als zu uns. »Warum tut er mir das an?« Tränen sammelten sich in ihren Augen.

»Wen meint Ihr mit er?« Navarion erhob sich und sah sie vorsichtig an. Ich legte das Messer auf einem flachen Stein neben mir ab.

Sie starrte ihn an und tat es doch auch nicht. Unzählige Gefühle spiegelten sich in ihren Zügen wider. Zorn, Trauer, Verzweiflung und schließlich abgrundtiefes Leid.

»Mein Vater«, flüsterte sie gebrochen.

»Euer Vater ist König Gardorath und er weiß nicht, dass Ihr am Leben seid.« Flerya blinzelte. Jetzt sah sie Navarion an und ein harter Zug legte sich um ihre Augen.

»Sie redet nicht von Gardorath, Navarion«, sagte ich, um die Stille zwischen uns zum Schweigen zu bringen, die so viel mehr sagte als jedes Wort. Ich las darin, was Flerya widerfahren war und was sie ihr noch antun würden, wenn wir die Rudall Koer nicht aufhielten. »Yadiran«, wisperte ich. »Er hat Euch als Kleinkind entführt. Er hat uns glauben lassen, dass unsere Königin und ihre kleine Tochter verbrannt sind, für immer verloren. Stattdessen hat

er Euch mitgenommen.« Ich deutete auf Kemantie. »Weil er Euch braucht, um seine verbannte Königin zu befreien.« Das Mädchen versteifte sich. Mit jedem Wort, das ich aussprach, nahm ich ihr die Hoffnung. Genauso gut hätte ich sie noch einmal schlagen können. Immer und immer wieder schlagen. Was ich sagte, lief auf dasselbe hinaus. Sie zuckte zusammen und schloss die Augen.

Navarion stob mit dem Fuß einen losen Geröllhaufen auf. »Dagal wird alles tun, um dem König davon zu berichten. Er kommt und rettet Euch, Flerya.«

»Retten vor was?«, hauchte sie. »Ich fürchte den Drachen mehr als das, was mein Vater mit mir vorhat. Mein Leben lang verfolgten sie mich im Traum, trachteten mir nach dem Leben. Vater hat meine Angst geschürt. Um mich zu schützen, wollte er mich auf diese Insel bringen. Zumindest hat er das behauptet«, flüsterte sie mit hauchdünner, zittriger Stimme. »Er hat mich glauben lassen, dass die Drachen das Übel in Emirescha sind und Aine uns die Freiheit bringen wird. Es war mein Schicksal, sie zu befreien und unserem Volk den Frieden zu schenken.« Sie schluchzte. »Jetzt weiß ich nicht mehr, was ich denken soll. Was hat Aine getan? Warum hat Gardorath sie hierher verbannt?«

Ich tauschte einen Blick mit Navarion. »Sie rauben Seelen, Prinzessin«, erklärte ich ihr, wobei sie zusammenzuckte und das Gesicht qualvoll verzog. »Habt Ihr die Ghul denn nie in ihrer wahren Erscheinung gesehen?«, fragte ich.

»Ihre wahre Erscheinung?«, murmelte sie kaum hörbar und sah dabei so zerbrechlich aus, dass ich mir sicher war, sie klappte im nächsten Moment einfach zusammen. Ich nickte. Wie viel Wahrheit sollte ich ihr erzählen? Wie viel konnte ich ihr aufbürden?

»Sie sind den Drachen nicht unähnlich, nur haben Ghul keine Flügel. Sie bewegen sich wie Schlangen über den Untergrund, sind aber unheimlich groß, schnell und vor allem stark. Mit ihren Klauen reißen sie tiefe Wunden ins Fleisch. Doch wirklich gefährlich ist ihre Fähigkeit, sich von Seelen zu nähren. Das versetzt sie erst in die Lage sich zu wandeln. Je mehr Seelen ein Ghul raubt, desto stärker wird er.«

»Kinderseelen sind die reinsten und verleihen neben der eines Drachen die größte Kraft«, sagte Navarion, wofür ich ihn am liebsten getreten hätte. Flerya zuckte erneut zusammen.

»Was passiert mit den Menschen, denen sie ihre Seele rauben?« Wir schwiegen, weder ich noch Navarion wollten ihr darauf antworten, doch unser Schweigen war Antwort genug. »Sie sterben.«

Ich schüttelte den Kopf. »Wenn wir sterben, bringen uns die Banshee in die nächste Welt, doch wenn ein Ghul eine Seele raubt, bleibt nichts von ihr übrig. Sie hört auf zu existieren. Viele Jahrhunderte lang haben sich die Könige der Ghul an den Vertrag mit den Drachenkönigen gehalten. Darin gibt es nur ein einziges Gebot: Kein Ghul darf eine Seele rauben. Dafür durften sie ihren eigenen König wählen und behielten ihre Ländereien, doch das war Aine nicht genug. Sie wollte über ganz Emirescha herrschen. Dafür brauchte sie eine Armee, die es mit den Drachen und ihren Kriegern aufnehmen konnte. Aine brauchte Ghul, die sich wandeln konnten. Zuerst tauchten nur vereinzelt ungeklärte Todesfälle auf, doch im Laufe der Zeit löschten die Rudall Koer ganze Dörfer aus. Die Königin versicherte, dass sie die Vorfälle missbilligte. Sie wollte die Übeltäter finden und bestrafen, doch in Wirklichkeit hielt sie unseren König hin. Er kam dahinter und befahl die Ergreifung der Königin und ihrer Leibwache. Unschuldige starben und einige Rudall Koer entkamen. Unter den Opfern waren Yadirans Frau und seine kleine Tochter.«

Flerya keuchte und hielt sich erschrocken eine Hand vor den Mund. »Seine Frau und seine Tochter? Abren hat die Wahrheit gesagt?« Sie sackte in sich zusammen und verschränkte schützend die Arme über ihrem Kopf. Flerya weinte haltlos. Schluchzer schüttelten ihren Körper. Viel zu blass schälten sich ihre Haut und das helle Segeltuch, beschienen vom silbernen Mondlicht, aus der nächtlichen Dunkelheit. Wir gaben ihr Zeit, um sich zu fangen. Schließlich, nach einer kleinen Ewigkeit, beruhigte sie sich. Unwirsch wischte Flerya sich die Tränen aus dem Gesicht und erhob sich wankend.

»Wie konnten sie das vor mir verbergen? Ich habe unter ihnen gelebt, sie waren meine Familie. Sie sind meine Familie,« setzte sie entschieden nach.

»Auch Monster brauchen Liebe, Flerya.«

Sie wimmerte und krümmte sich zusammen. Navarion trat einen Schritt auf das Mädchen zu, doch es schreckte vor ihm zurück. »Ich wünschte, ich könnte Euch helfen, Flerya. Ich wünschte, wir hätten sofort erkannt, wer Ihr seid. So war unser Zusammentreffen ein wenig … holprig.«

»Ein wenig holprig!« Ihr entglitten sämtliche Gesichtszüge. Fasziniert sah ich zu, wie sich ihre Wangen langsam röteten und ihre Augen erneut vor Zorn aufloderten. Verschwunden waren Schmerz und Qual. Sie sah mich an, doch ich schwieg. Ich wusste, sie erwartete eine Entschuldigung von mir, aber ich war nach wie vor der Überzeugung, dass ich mich nicht falsch verhalten hatte. Wir alle hatten sie für eine Ghul gehalten, dafür war ich noch nachsichtig mit ihr umgegangen.

»Was auch immer die Ghul getan haben, ihr seid nach allem, was ich erlebt habe, nicht besser als sie.« Ihre Worte waren ein Tritt in die Magengrube. Noch ehe ich mich recht davon erholt hatte, begann sie zu lachen. Lauthals, mit einem fast irren Unterton!

Ich wechselte einen fragenden Blick mit Navarion. War sie jetzt übergeschnappt?!

Ein wenig holprig!, so bezeichnete der Krieger also das Schlagen und Misshandeln einer gefangenen Frau!

»Was auch immer die Ghul getan haben, ihr seid nach allem, was ich erlebt habe, nicht besser als sie.« Das Lachen stahl sich ohne mein Zutun tief aus meiner Kehle. Entweder das oder ich verlor das letzte bisschen Verstand, das mir nach den Ereignissen geblieben war. Ich stand halb nackt mit zwei herzlosen Kriegern auf einer kargen Insel, auf die mich mein Vater zu meinem Schutz bringen wollte. Mein Vater, der nicht mein Vater war, was mein Herz aber nicht begreifen wollte. In mir schlummerte ein Drache. Ein Drache! Auf wen sollte ich mich jetzt noch verlassen? Auf wen konnte ich zählen? Mein Herz verriet mich, mein Verstand weigerte sich, das Offensichtliche zu akzeptieren, und die beiden Hammel, die mich begleiteten, begriffen nicht einmal im Ansatz, mit welchen Dämonen ich rang.

Schließlich mischten sich Schluchzer in mein Lachen. Tränen rannen ungehindert über meine Wangen. Ich war zu müde, zu verwirrt und zu kraftlos, um mich dafür zu schämen und sie wegzuwischen. Sollten die beiden Krieger denken, was sie wollten. In den letzten Stunden war meine Welt über mir weggesplittert. Ich stand vor dem Scherbenhaufen und wusste nicht, wie ich Ordnung in dieses Chaos bringen sollte. Alles war verloren. Mein Leben war eine einzige Lüge. Nichts darin war echt, nicht einmal ich. Wer war ich? Ganz sicher nicht Yadirans Tochter, ganz sicher nicht Abrens Schwester. Der Gedanke an meine Familie, die nicht meine war, versetzte mir einen heißen Schmerzfunken mitten ins Herz. Ich griff mir an die Brust und

starrte aufs nachtschwarze Meer hinaus. *Was bleibt jetzt noch von mir übrig?*, flüsterte ich in Gedanken.

»Es tut mir leid«, murmelte Navarion. »Das muss alles mehr als verstörend und schmerzlich für Euch sein.«

Ich schwieg. Ich wollte mich nicht mit ihnen unterhalten. Am liebsten hätte ich mich in einem tiefen Loch verkrochen und wäre in einen tagelangen Schlaf geflohen. Ich war so müde, doch das durfte ich nicht sein. Mir war die Gefahr, in der wir uns befanden, mehr als bewusst. Eine Bedrohung, die von dem Mann ausging, den ich von Herzen liebte. Verzweifelt schloss ich die Augen und senkte den Kopf.

»Wir sitzen ganz schön in der Klemme«, murmelte der dunkle Krieger, Liam. »Tasar ist verwundet oder tot.« Seine Stimme versagte beinahe. Ich öffnete die Augen und sah ihn an. Er hob einen kleinen Steinbrocken vom Boden auf und warf ihn ins Meer. »Ich hoffe, er ist nur verwundet.« Unwirsch rieb er sich über das Gesicht. Die Sorge um seine Freunde war ihm deutlich anzusehen. Er deutete auf mein Handgelenk mit dem magischen Armband. »Wir sitzen auf der Insel fest, auf der Gardorath die Ghulkönigin gefangen hält. Das ist kein Zufall.« Liams Blick streifte die Wunde auf meiner Schulter, die sofort stärker pochte. »Ich vermute, er hat dunkle Magie genutzt, um den Drachen in Euch zu bändigen. Was auch immer Yadiran Euch angetan hat, es hat Euch und Kemantie hierhergeführt. Er wird mit den Rudall Koer kommen, um sich mit Eurer Hilfe seine verbannte Königin zurückzuholen.«

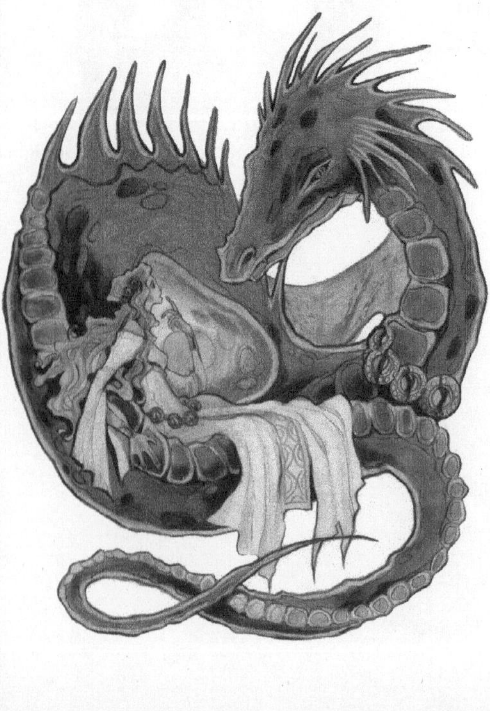

Navarion nickte. »Ein ganzes Rudel seelenraubender Ghule gegen zwei Undinen und eine

Drachenprinzessin. Die sind verrückt, wenn sie das auch nur in Erwägung ziehen.«

Blinzelnd starrte der dunkle Krieger seinen Freund an, der seinen Blick mit einem schiefen Grinsen erwiderte. Liam schüttelte lächelnd den Kopf. Sogar ich lächelte kurz. »Du bist unglaublich, Navarion.« Plötzlich versteifte er sich und das Lächeln fraß sich in seinem Gesicht fest. Liam hob den Kopf und auch ich spürte ein Kribbeln im Rücken. Wir waren nicht mehr allein!

Er sah sich um und versuchte dabei, so gleichgültig wie möglich zu wirken. Navarion kannte ihn wohl gut genug, um zu wissen, dass etwas ihn beunruhigte. Unablässig redete er weiter und sah sich dabei selbst verstohlen nach allen Seiten um. Sosehr ich mich auch bemühte, ich konnte nirgendwo in der kahlen, von Fels und Geröll dominierten Landschaft eine Bewegung ausmachen. Doch meine anderen Sinne konnten es sehr wohl.

Ich hob den Kopf und sog Luft durch die Nase ein. Ein unschuldiger Duft lag in der Luft. Leicht süßer Schweiß, der niemals von einem Erwachsenen sein konnte. »Ein Kind«, flüsterte ich. »Etwa dreißig Fuß entfernt in südöstlicher Richtung.«

»Das kann nicht sein«, murmelte Liam. »Auf diese Insel verbannen wir nur Halunken, die schwere Verfehlungen begangen haben.«

Herausfordernd funkelte ich ihn an. »Da ist aber ein Kind.«

»Na gut«, knurrte er und rief: »Komm raus! Wir wissen, dass du da bist, dich zu verstecken, wird dir nichts nutzen!«

»Wie feinfühlig, da kommt mit Sicherheit jedes Kind freiwillig aus seinem Versteck«, feixte ich. Sein zorniger Blick war mir egal. Einen Augenblick lang geschah nichts, dann plötzlich rollten Steine einen Abhang hinunter, als eine kleine Gestalt sich hastig hinter einem dicken Felsbrocken erhob und den Hang hinauf in die Dunkelheit verschwand. »Ich verkneife mir jetzt wohl besser jeden Kommentar dazu, Krieger«, fauchte ich ihn an. »Zu etwas anderem als drohen seid Ihr offenbar nicht zu gebrauchen.«

»Ich hole es.« Navarion rannte los und war nur wenige Wimpernschläge darauf hinter dem Hang verschwunden.

Ich fluchte. Was für ein Einfaltspinsel Liam doch war. Ein Hammel, der seinesgleichen suchte!

»Habt Ihr mich gerade tatsächlich einen Hammel genannt?« Ungläubig starrte er mich an.

Oh weh, hatte ich das etwa laut gesagt? Egal, der Kerl durfte wissen, was ich von ihm hielt. Er kniff die Augen zusammen und verzog missbilligend die Lippen. »Das Kind gehört zu irgendjemandem, vielleicht können sie uns helfen, Prinzessin«, sagte er mit so viel Ruhe in der Stimme, wie es ihm möglich war. Ich hörte deutlich die Wut, die in ihm kochte. Gut, sollte er nur zornig sein. Ich war es auch!

»Das ist zwar ein Risiko, weil es hier auf der Insel eigentlich nur Mörder, Vergewaltiger, Lügner und Diebe gibt, aber uns bleibt gar keine andere Wahl. Wir haben nichts zu essen, wissen nicht, wo es auf dieser Insel Trinkwasser gibt, Ihr seid verwundet und nur spärlich bekleidet und das Allerwichtigste: Euer ›*Vater*‹ ist mit einer ganzen Armee auf dem Weg hierher und er hat nichts Gutes mit Euch im Sinn.«

»Nennt mich nicht Prinzessin«, knurrte ich ihn an. »Mein Name ist Flee.«

Er nickte. »In Ordnung, dann Flee.«

Ich zuckte zusammen. Ach, verdammt! Was war das für eine Art, meinen Namen auszusprechen? Warum lag da so viel Wärme und Trost in diesem einen Wort aus seinem Mund? Gerade aus seinem?! Es schwappte in einer milden Welle über mich hinweg. Ein Schauer rieselte mir über die Haut. Ich zwang das Gefühl, dieses wohlige Beben beim Klang meines Namens nieder und schloss es aus. Ich wollte das nicht, nicht von ihm!

Im Schatten eines großen Baumes sehnt sich selbst die Zeit nach einem warmen Sonnenstrahl

Eine breite Mauer umspannte Irune, auf deren Wehrgang bei Tag und Nacht Wachen des Königs ihre Runden drehten. Rauch stieg aus den Schornsteinen der Gebäude in den nächtlichen, vom Vollmond erhellten Himmel. Hier gab es zahlreiche handwerkliche Betriebe. Tischler, Schmiede, Schneider, Sattler, Fischer und Bäcker. In Irune fand jeder Reisende, was er suchte und brauchte. Wirtshäuser und Hurenhäuser – hungrige Menschen kamen hier genauso auf ihre Kosten wie hungrige Ghul, nur dass es ihnen meist nach etwas anderem gelüstete als den Menschen. Die Rudall Koer blieben unter sich. Sie mischten sich nicht mit anderen Völkern, zeugten keine Kinder mit ihnen, denn diese verloren ihre Fähigkeit, sich zu wandeln. Abren war der beste Beweis dafür. Ein Schandmal, eine ewige Erinnerung an seine Schwäche. Er hatte

den Jungen am Leben gelassen, hatte ihn als Sohn großgezogen und ihm gestattet, mit seinen Männern zu trainieren. Yadiran fuhr sich unwirsch durch die Haare. Liropei wäre stolz auf ihn. Ihr verdankte Abren sein Leben. Dank ihr hatte Yadiran den Jungen nicht getötet, denn er wusste, sie hätte das niemals gebilligt. Liropei. Der verfluchte Drachenkönig hatte ihm alles genommen. Nichts mehr war Yadiran von ihr und seiner Tochter Nysa geblieben als die Erinnerung und der Apfelbaum, unter dem er sie begraben hatte. Seitdem blühte er das ganze Jahr. Heerscharen Bienen flogen um seine Krone, sodass man sie selbst aus weiter Entfernung als stetes Summen hören konnte. Selbst im Winter hing er unermüdlich voller rosa Blüten, die, sobald Yadiran den Baum berührte, augenblicklich verblühten und wie Schnee von den Ästen rieselten. Dabei veränderte sich ihr reiner, süßer Duft zu etwas faulig Vergorenem.

Wie ein Mahnmal stand dieser Baum hinter der ehemaligen Schmiede, in der seine Frau die schönsten und besten Schwerter und Waffen geschmiedet hatte. Es war, als spürte der Baum die dunkle Seele, die seit ihrem Tod in Yadiran lebte, und ließ deshalb keine Nähe zu seiner Familie zu. Yadiran begnügte sich damit, in einigen Schritten Abstand zu ihren Gräbern zu stehen, still um sie zu trauern und sich vom süßen Duft der Blüten und dem Summen der Bienen einhüllen zu lassen. Manchmal sprach er auch mit ihnen und es gab Momente, in denen er sich so sehr nach ihnen sehnte, dass er im rauschenden Blütenmeer des Apfelbaumes ihre leisen Stimmen vernahm. Einbildung, nichts als ein Trugbild, doch er hielt sich genauso daran fest wie an den unvergänglichen Blüten, die seit ihrem Tod den Baum erfüllten. Die Dorfbewohner in Saarat deuteten das als schlechtes Omen und mieden diesen Ort, als wäre dort der Eingang zur Hölle. Für ihn war es nur eines: Eine ewige Erinnerung an den Verlust, den er erlitten hatte.

Liropei und Nysa waren auch der Grund dafür, dass die Drachenprinzessin ihr Leben nicht in einer Gefängniszelle gefristet hatte. Yadiran hatte ihre Stärke in den Augen des Mädchens gesehen und sich dagegen entschieden. Schneller als ihm lieb war, hatte sich das Mädchen in sein Herz geschlichen. Es gab Zeiten, in denen er erfolgreich verdrängen konnte, wer sie in Wirklichkeit war: Die Tochter des Mannes, der ihm seine Familie genommen hatte. Doch er musste nur den in voller Blüte stehenden Apfelbaum betrachten, um wieder auf den einzig richtigen Weg zu gelangen. Den Weg, der ihm seine Rache und Aine die Freiheit bringen würde. Und dafür musste Flee sterben.

Ein ähnlicher Baum zierte den Weg zum Stadttor von Irune, nur das dessen Blüten fast kümmerlich hinabhingen und sich lustlos träge im Wind bewegten. Hinter den Mauern vernahm Yadiran die Geräusche und Stimmen der Stadtbewohner. Sie waren trotz der späten Stunde noch zahlreich in den Gassen unterwegs. Bei der großen Anzahl an Spelunken war das kein Wunder.

»Die Pferde lassen wir morgen hier zurück«, sagte er zu Vilgo, der neben ihm ritt und fiebrig dem Stadttor entgegenblickte, hinter dem er, genauso wie Yadiran, die Seelen von Menschen, Undinen und anderen Völkern wahrnahm.

»Die Männer sollten sich nähren, ehe wir uns auf den Weg machen.«

Yadiran hob eine Augenbraue. »Die Männer oder du, Vilgo?«

Sein Stellvertreter ignorierte die Stichelei. »Bei Nacht können wir nicht nach Mongana übersetzen.«

»Da stimme ich dir ausnahmsweise zu.« Er sah sich um. Vier große Schiffe lagen im Hafen vor Anker. Sie boten genug Platz für die Rudall Koer, die ihn begleiteten. »Die Männer sollen außerhalb der Stadt am

Waldrand das Nachtlager aufschlagen und in Deckung bleiben. Ich werde mir zusammen mit Abren ein Zimmer in einem der Wirtshäuser suchen. Morgen früh vor Sonnenaufgang treffen wir uns im Hafen. Schleicht euch an der Stadtmauer entlang hinein, ich und Abren sorgen dafür, dass keiner der Wachmänner Alarm schlagen kann und wir kümmern uns um die Fischer im Hafen.«

»Du schickst mich weg von der Stadt?«

»Ja.« Er sah Vilgo scharf an. »Ich will keinen unnötigen Aufstand. Das hier ist kein kleines abgeschiedenes Dorf. Die Stadt ist gut bewacht. Heute Nacht bleibst du hungrig, Vilgo. Auf der Insel gibt es genug Seelen, um die sich niemand schert, wenn sie nicht mehr existieren.«

Vilgo knurrte, riss die Zügel seines Pferdes herum und trat ihm mit solcher Vehemenz in die Flanken, dass Yadiran befürchtete, die Knochen des Tieres könnten unter der Last brechen. Tatsächlich schnaubte das Pferd aufgebracht und scheute kurz zur Seite, bevor es mit ausladenden Schritten davongaloppierte.

»So ein Narr«, fluchte Yadiran, doch ihm blieb keine Zeit, sich über Vilgos Unbeherrschtheit zu ärgern. Das Stadttor kam in Sicht und die Wachen hatten ihn bereits bemerkt. Yadiran richtete sich auf und versteckte seine Waffen unter dem schweren Mantel, den er über sich und sein Pferd ausgebreitet hatte.

»Seid gegrüßt, edle Herren«, sagte Yadiran, als er vor den drei Wachen, die den Einlass kontrollierten, ankam und neigte dabei den Kopf. »Ich bin seit Tagen unterwegs und brauche dringend eine Unterkunft für die Nacht.«

Die Wachmänner musterten ihn argwöhnisch. Bei zweien glänzten die Augen bereits von Wein oder Bier, das sie eindeutig, trotz ihres Wachdienstes getrunken hatten. »Seid gegrüßt, Fremder. Wie lange wollt Ihr in Irune bleiben?«

»Nur bis morgen früh, dann reise ich weiter.«

Einer der Männer nickte und sah zum Wehrturm hoch, der sich über dem Tor auf der Mauer erhob. »Lasst ihn passieren!« Der Vorteil einer Hafenstadt war eindeutig, dass deren Wachpersonal an Reisende gewohnt war. Ein Trumpf, den er zu seinen Gunsten nutzen würde.

Abren hatte ihnen bereits zwei Kammern in einem Wirtshaus aufgetrieben und einen der Knechte dafür bezahlt, am Stadttor zu warten, um Yadiran herzubringen. Als er den Wirtsraum betrat, der zwar voll war, aber nicht so überfüllt wie die anderen, an denen er vorübergekommen war, saß der Junge an einem Tisch nahe dem Feuer, wo in einem großen Kessel köstlich duftende Fleischsuppe kochte. Abren hatte eine Schüssel vor sich, rührte aber lustlos darin herum und starrte abwesend in die Flammen. Yadiran erschrak, als er in der Erscheinung des Jungen jemand Vertrautes erkannte. Sich selbst in jungen Jahren. Wie konnte es sein, dass ihm die Ähnlichkeit bis jetzt nie wirklich aufgefallen war? Oder war sie es und die Beziehung zu seinem Sohn war deshalb immer von Spannung geprägt?

Yadiran ließ sich auf die Bank gegenüber von Abren fallen. Sofort war die Magd bei ihm. »Bringt mir Suppe und einen Krug Wein.« Er sah ihr nach, als sie zum Tresen eilte. Ein stattliches Weib mit prallem, von der Bluse gerade bedeckten Busen und einem straffen Hintern. Yadiran bekam eine andere Art von Hunger, doch heute Nacht durfte auch er sich nicht derart verausgaben. Der morgige Tag entschied über die Zukunft der Ghul. Sie waren ihrem Ziel so nahe wie nie zuvor. Der Gedanke bescherte ihm ein Hochgefühl.

Noch immer starrte Abren ins Feuer und rührte in seiner Suppe. »Hast du keinen Hunger?«

Abren zuckte zusammen. Er riss den Kopf herum und blinzelte ihn verdutzt an. »Seit wann bist du hier?«

Yadiran lachte. »Eine Weile.« Musternd blickte er dem Jungen ins Gesicht. Er hatte dunkle Ringe unter den Augen, die Wangen waren eingefallen und seine Züge angespannt. »Was beschäftigt dich denn so oder bist du nur erschöpft?«

»Ich denke über das nach, was bald passieren wird«, sagte er und rieb sich mit beiden Händen über die Augen. »Und ich bin müde.«

Die Magd kam mit einem dicken Krug, in dem ein tiefroter, schwer duftender Wein schwappte, und stellte ihn lächelnd vor Yadiran ab. Dann lief sie mit schwingenden Hüften zum Kessel und schöpfte Suppe in eine Schüssel, bis diese randvoll war. Damit kam sie zurück und stellte sie mit einem ordentlichen Stück Brot vor ihm ab. Yadiran lachte wieder. »Sehe ich so hungrig aus?«

Sie grinste und fuhr ihm mit einer Hand über die zum Zopf geflochtenen Haare. Sie ließ den Knoten mit dem Lederband, das ihn zusammenhielt, durch ihre Finger gleiten und blickte ihn dabei mit einem Funkeln in den mattbraunen Augen an. »Ihr seht aus wie ein Mann, dessen Hunger kein Eintopf dieser Welt stillen kann, mein Herr.«

Yadiran gefror einen Moment das Gesicht, bis sie ihm süffisant über den Oberschenkel strich und dabei einer Region seines Körpers so nahe kam, dass er gewillt war, seine eigenen Vorsätze für diese Nacht über den Haufen zu werfen. Für einen Schreckmoment hatte er gefürchtet, sie hätte erkannt, wer da in ihrer Wirtsstube saß. Seher gab es nur wenige, das war auch gut so, denn vor ihnen konnte niemand sein wahres Wesen verbergen. Sie durchschauten alles und jeden.

»Danke«, entgegnete er. »Ich begnüge mich mit der Suppe.« Die Magd verzog schmollend den Mund und lief davon. Sie hatte wohl auf einen guten Lohn für ihre Dienste gehofft.

Yadiran biss herzhaft in das noch warme Brot und kaute einen Moment. »Du solltest schlafen gehen, wenn du so erschöpft bist. Du wirst deine Kraft brauchen.«. Brotkrumen fielen ihm von den Mundwinkeln, während er sprach. Er sah Abren an. »Alles wird sich zu unseren Gunsten entwickeln. Unsere Königin wird frei sein und uns unsere Rache bringen.«

»Deine Rache, Vater. Nicht meine.«

Yadiran wollte gerade einen Löffel Suppe essen, doch nun lehnte er sich zurück. »Willst du mir etwas sagen, Abren?«

Der Junge musterte ihn, dann schüttelte er den Kopf und erhob sich gähnend. »Ich gehe in meine Kammer. Gute Nacht.«

Yadiran griff nach Abrens Arm, ehe dieser außer Reichweite war. »Vergiss niemals, wo dein Platz ist, Junge. Du magst dich nicht wie wir nähren können«, schob er im Flüsterton hinterher, »aber du spürst denselben Hunger. Du kannst es nicht leugnen, es steckt in dir. Du bist ein Rudall Koer.«

»Die kleine Kröte ist mir entwischt.« Fluchend und knurrend kam Navarion zurück. »Aber ich konnte sehen, in welche Richtung das Mädchen abgehauen ist.«

Ein kleiner, vertrauter Heuler vom Meer hielt mich von der Erwiderung ab, die mir auf der Zunge lag. Meine Haut kribbelte bereits aufgrund Sammirs gewohnter Nähe. Ich sah zum Wasser, wo ihr schlanker Seehundkörper lässig durchs Wasser schnitt. Auf ihrem Rücken lag, zusammengerollt wie ein Kater, Moril. »Typisch«, murrte ich. »Dein Waschbär lässt sich tragen.«

»Er spart seine Energie für Wichtiges auf«, konterte Navarion.

Ich hob die Augenbrauen. »Ach ja, fürs Essen vielleicht?«

Navarion schnaubte und lief zum felsigen Strand, wo er sich niederkniete und kurz pfiff. Moril hob den Kopf und streckte sich gemächlich.

Erst dann schickte der Waschbär sich an, von Sammirs Rücken ins Wasser zu gleiten und die restlichen Meter bis zum Strand zu schwimmen. Moril tapste aus dem Wasser und schüttelte sich das Fell, direkt vor Navarion. Die Tropfen spritzten in alle Richtungen. Navarion wich zurück. »Moril!«

Ich hörte ein leises Kichern hinter mir, doch als ich mich zu Flerya umdrehte, blickten ihre Augen traurig auf den Waschbären, der gerade auf Navarions Arm krabbelte und sich zur Begrüßung an ihn schmiegte. Zuneigung, ich sah die Sehnsucht danach in ihren Augen und empfand augenblicklich Mitleid für sie. Ich ahnte, was sie nach allem, was ihr widerfahren war, ertragen musste. Sammir robbte zum Strand und kam auf mich zu. Sachte strich ich ihr zur Begrüßung über ihr samtenes Fell. »Wie hast du es durch das Todesfeld da draußen geschafft, Sammir?«, flüsterte ich. »Und warum hat das so lange gedauert?«

Sammir schüttelte den Kopf und sah zu Moril, der sich in Navarions Armen wieder eingerollt hatte und schlief.

»War ja klar.«

»Sie ist verwundet«, murmelte Flerya hinter mir. Panisch suchte ich Sammirs Seehundkörper ab und tatsächlich, an der Flanke, nur knapp über dem Bauch, prangten fünf ellenlange Striemen.

»Sie haben euch angegriffen?!« Sammir stupste mir mit der Nasenspitze gegen die Wange, womit sie mir sagen wollte, dass es ihr gutging. Mir ging es gerade ganz und gar nicht gut. Die Kratzer waren nicht tief, in wenigen Stunden verheilten sie. Ein Vorteil unserer Verbindung, die sowohl mich als auch mein Geisttier stärker machte. Doch trotzdem bedeutete ihre Verletzung auch, dass mein Plan, Sammir eine Botschaft für Gardorath mitzugeben, nicht aufging. Ich setzte niemanden einem so hohen Risiko aus. Schon gar nicht meine Freunde und Sammir war mehr als das. Sie war mein Geisttier, meine Verbindung zur Magie. Und Magie schien es hier im Überfluss zu geben, denn offenbar waren die Leichen, die dort draußen im Meer trieben, nicht so tot, wie sie aussahen. Sie hatten Sammir verletzt. Ich sah aufs Wasser hinaus. Diese Insel war in mehr als einer Hinsicht ein verfluchter Ort. Sie war durchtränkt von einem abscheulichen Zauber, den ich trotz der Barriere fühlte. Hinter mir klackerten Steine über den Boden. Sofort drehte ich mich um und ging in Angriffsstellung. Auch Navarion wandte sich um. Erleichtert atmete ich aus. Flerya hatte sich von uns entfernt und mit ihren nackten Füßen Steine aufgewirbelt. »Wo wollt Ihr hin!?«, rief ich ihr nach.

»Dem Mädchen folgen«, sie drehte sich zu uns. »Wie Ihr schon selbst festgestellt habt, habe ich kaum etwas an. Mir ist eiskalt und ich bin müde. Wo ein Kind ist, sind auch andere Menschen. Irgendwie müssen sie hier ja überleben. Vielleicht gibt es eine Siedlung, wo wir Hilfe finden.«

Ich nickte, rührte mich aber nicht.

»Ich gehe«, sagte Flerya. »Ob mit euch oder ohne euch, ist mir vollkommen egal.«

»Weiber!«, murmelte Navarion.

Ich kniete mich zu Sammir. »Such dir ein ruhiges und vor allem gut verborgenes Plätzchen am Strand. Am besten in einer kleinen Bucht oder Höhle. In wenigen Tagen wird hier die Hölle über uns hereinbrechen. Ich komme morgen früh wieder her und hole dich, sobald wir eine sichere Bleibe gefunden haben.«

Sammir stupste mich noch einmal mit ihrer Schnauze an der Wange, wobei ihre Tasthaare mich kitzelten, und robbte zum Wasser zurück. Ich griff nach meinem nassen Umhang, dem Seil und dem rostigen Messer. Schon jetzt fühlte ich mich nackt ohne meinen Bogen. Hoffentlich war diese Insel

nicht ganz so karg, wie sie aussah und ich fand genug Material, um mir einen neuen anzufertigen.

»Hast du schon einen Plan?« Mit Moril im Arm lief Navarion neben mir her, als wir der Prinzessin über den von Geröll übersäten Hang hinauffolgten. Ich sah zu Sammir zurück, die nahe am Strand zu einer vorgesetzten Klippe schwamm und bald darauf hinter den Felsen verschwand.

Vor mir hielt Flerya krampfhaft den Stoff über ihrem Oberkörper fest. Barfuß tapste sie über die scharfkantigen Steine. »Ja«, sagte ich und rannte zu dem Mädchen, das sich erschrocken nach mir umdrehte und auswich. Ich hob die Hände. »Ich möchte Euch helfen. Eure Fußsohlen werden bluten und sich entzünden, wenn Ihr weiter barfuß über die Felsen lauft.« Blinzelnd sah sie mich an, dann auf meine Schuhe, ehe sich ihr Blick verdunkelte.

»Ihr könnt mir ja Eure Schuhe geben, Krieger. Ansonsten wüsste ich nicht, wie Ihr mir helfen könntet.« Ich öffnete den Mund, wollte ihr antworten, doch sie schnitt mir das Wort ab. »Wenn Ihr daran gedacht hattet, mich zu tragen, dann schlagt Euch das ganz schnell aus dem Kopf«, zischte sie. »Freiwillig lasse ich mich nicht von Euch anfassen.«

Ich ballte die Hände. Die Ader an meiner linken Schläfe pochte wild und mein Kiefermuskel zuckte, so wütend war ich auf König Gardoraths Tochter. Mit gerecktem Kinn drehte sie sich um und warf dabei ihr langes Haar zurück, das im silbernen Mondlicht wie die heiße Glut eines Feuers glomm. Sie lief einfach weiter. Sie lief weiter und ließ mich stehen! Das Pochen in meiner Schläfe wurde stärker.

Navarion klopfte mir beim Vorbeigehen auf die Schulter. »Ein toller Plan.« Ich sah das Grinsen, das er zu unterdrücken versuchte.

»Hornochse«, keifte ich. »*Das* gehört nicht zu meinem Plan.« Eilig schritt ich an ihm und Flerya vorbei. Sie sollte nicht vorangehen. Wir waren die Kämpfer, die sie schützen sollten, und ihr Ego war bereits groß genug das musste ich nicht auch noch stärken.

Navarion sah zum Vollmond auf. »Ich schätze, sie werden in spätestens drei Tagen hier sein, dann wimmelt es auf dieser Insel vor Rudall Koer. Wir kennen uns hier nicht aus und sind in der Unterzahl. Was tun wir, Liam?« Sorge stand in seinem Gesicht. Wir wussten beide, was uns blühte, wenn wir den Rudall Koer in die Hände fielen.

»Wir versuchen, die Menschen zu finden, die hier leben. Wenn uns das nicht gelingt, suchen wir uns ein sicheres Versteck. Am besten auf einer erhöhten Stelle, von der wir die Insel überblicken können, damit wir wissen, wo sie an Land gehen. Sobald sie die Schiffe verlassen, schleichen wir uns auf eines der Boote und fliehen damit.«

»Mein Vater ist nicht dumm, Krieger. Er lässt Wachen zurück, das sind meist seine besten Kämpfer, und uns fehlen Waffen.« Flerya hatte zu uns aufgeschlossen. Sie zitterte am ganzen Körper, ihre Zähne schlugen unkontrolliert aufeinander und die Lippen waren nun deutlich blau verfärbt. Ich seufzte in mich hinein. Ich hätte ihr gern mein Hemd angeboten, doch der feuchte Stoff wärmte nicht. Im Gegenteil, auch mir war kalt, doch ich war es gewohnt und mein Umhang war schwer vom Wasser, das er aufgesogen hatte.

»Wir sind niemals unbewaffnet«, entgegnete Navarion. »Unsere Waffe ist das Wasser und wir haben unsere Geisttiere.«

»Die uns hier auf dieser Insel nichts nutzen, Navarion, oder hast du vergessen, dass sich innerhalb der Barriere keine Magie entfalten kann? Nur Kemantie ist in der Lage, sie zu durchbrechen. Wir können die Kraft des Wassers nicht nutzen. Sammir und Moril können sich hier nicht wandeln.«

Navarion schlug sich die flache Hand vor die Stirn und fluchte heftig, doch dann schrie er auf. »Ha! Die Ghul können sich auch nicht wandeln und verlieren ihren Vorteil.«

»Da bin ich mir nicht so sicher«, entgegnete ich. »Sie wandeln sich durch die Kraft, die ihnen die Seele verleiht, die sie rauben. Sie nutzen keine Naturkräfte für sich. Deshalb hat König Gardorath die Ghulkönigin als Einzige auf dieser Insel in einem Verlies eingesperrt. Eine Höhle, deren Eingang tief unter Wasser liegt. Niemand kommt ohne Kemantie in den Kerker der Königin.«

Flee blickte zu Moril. Minuten vergingen, in denen sie den Waschbären musterte und ich die Gedanken in ihren Augen hetzen sah. »Mein Vater hat mich alles gelehrt über eure Kräfte und die Verbindung zu euren Geisttieren«, murmelte das Mädchen. »Aber jetzt, wo ich sie sehe, fällt es mir schwer zu glauben, dass sie mehr sind als niedliche Tiere.«

Sie nannte *ihn* noch immer Vater. Ich hätte ihr gern noch einmal gesagt, wer ihr wahrer Vater war, doch der Schmerz in ihren Augen hielt mich zurück. Wir hatten den Hang überwunden und blieben einen Moment auf dem Kamm oberhalb stehen. Flerya sah sich um. Ich wusste von König Gardorath, dass ein Drache bei Nacht fast genauso gut sehen konnte wie bei Tag und Strukturen wahrnahm, die uns verborgen blieben. Windströme, Wärme oder sehr kalte Orte. Alles hatte seine eigene Farbe und Beschaffenheit. »Was seht Ihr?«

Überrascht sah sie mich an. »Alles«, sagte sie nach kurzem Zögern. »Ich sehe alles.«

Deutlich schwangen Angst und Verzweiflung in ihrer Stimme mit. Das Zittern in ihrem Körper schien stärker als vor ein paar Minuten und sie sah aus, als wäre sie am liebsten aus ihrer eigenen Haut gekrochen. Dann fixierte sie eine Stelle in der Dunkelheit und deutete mit der Hand in die Richtung. »Dort steigt warmer Dampf in den Himmel auf.«

»Wärme ist genau das, was wir brauchen«, sagte Navarion mit einem Seitenblick auf Flerya. »Hier.« Er hob ihr Moril entgegen. »Nehmt ihn, sein Fell ist zwar noch feucht, aber ganz warm.«

Sie zögerte. »Er wird mich beißen.« In dem Moment erhob sich Moril auf Navarions Arm und sprang mit einem Satz zu Flerya, die überrascht aufschrie und ihn fing. Sie strauchelte zurück. Doch als er sich dicht an sie schmiegte, den Kopf an ihrem Hals, und so viel Haut abdeckte, wie dem runden Fellknäuel möglich war, entspannte sie sich sichtlich und auch das Zittern ließ ein paar Augenblicke später ein wenig nach. Was mir nicht gefiel, war das Netz aus dünnen Linien, das sich von der Wunde und dem Tattoo bereits bis zu ihrer Schulter und dem Oberarm spannte. Ein blassweißes Spinnennetz, dessen Fäden sich an den Spitzen immer dunkler verfärbten.

»Warum wart Ihr beim Feuertanz?«, fragte ich sie, um mehr über die Hintergründe und Yadiran zu erfahren.

»Um meinen Ehrentag zu feiern«, murmelte sie. »Mein Bruder Abren wollte mir noch ein paar gemeinsame Stunden mit meinen Freunden schenken, ehe wir am Morgen mit den Rudall Koer nach Mongana reisen sollten.« Sie schloss die Augen. »Abren. All die Jahre hatte ich eine Familie, die nicht meine eigene war. Ich habe das Leben einer Fremden gelebt.«

Ich wusste, dass Yadiran eine Familie hatte. Jeder im Land kannte die Geschichte. Jeder wusste, wie sie ums Leben gekommen war. Ein tragischer Unfall, den sich unser König niemals verzeihen konnte, war dieses Ereignis doch Urheber für all das Leid, das ihm nachfolgte. Yadiran war zerfressen von Rachegelüsten. All die Jahre hatten wir geglaubt, dass er König Gardorath die Familie genommen hatte, weil er ihn für den Tod seiner eigenen Frau und seiner kleinen Tochter verantwortlich machte. Mit Sicherheit hatte sich daran nichts geändert, doch offenbar verfolgte der oberste Kriegsherr der Ghulkönigin noch ein ganz anderes Ziel.

»Wie hat er die Reise nach Mongana vor Euch gerechtfertigt? Ihr sagt, Euer Bruder hat Euch unter dem Vorwand, noch ein paar Stunden Zeit mit Euren Freunden zu verbringen, zum Beltainefeuer gebracht. Also war Euch klar, dass Eure Reise länger dauern würde und Ihr nicht so schnell zurückkehren würdet.«

Einige Schritte lief sie schweigend neben mir her. Die Landschaft um uns herum hatte sich kaum geändert. Wo ich auch hinsah und was das Mondlicht spärlich erhellte, war Fels und Geröll. Doch allmählich wurde der Stein glatter, die Flächen, über die wir liefen, größer. Als sie zu sprechen begann, trug ihre Stimme kaum. Ich musste mich anstrengen, um die Worte zu verstehen.

»Er hat mich glauben lassen, dass meine Albträume und seine Sorge um mich der Grund dafür wären.«

»Albträume?«, fragte Navarion neben mir.

Sie nickte. »Ich habe sie seit Kindertagen. In den letzten Jahren wurden sie immer häufiger und realer. Greifbarer. Zuletzt konnte ich kaum noch unterscheiden, was Traum und was Wirklichkeit war, wenn ich am Morgen aufwachte.« Sie wimmerte. »Ich sah Drachen, die mir folgten und mich bedrohten. Vater schloss daraus, dass König Gardorath uns auf der Spur war. Zumindest hat er mich das glauben lassen. Er sagte, meine Träume deuteten unsere Zukunft.«

»Kemantie ist für die Träume verantwortlich«, sagte ich und blickte auf das Schmuckstück, an dem sie unruhig herumspielte. »Doch es zeigt nicht, was vor Euch liegt, sondern hinter Euch. Es zeigt seinem Träger vergangene Ereignisse. Der Sage nach war seine erste Trägerin eine sehr mächtige Drachenkönigin, die im Krieg zwischen Ghul und den Drachen umkam.«

»Ein Krieg?« Verwirrt sah sie mich an.

Ich nickte. »Er ist Jahrhunderte her. Niemand weiß, wo oder wie er begonnen hat, doch am Ende stand Emirescha kurz vor dem Untergang und das Volk der Drachen, das auch davor nur aus fünf Dutzend Mitgliedern bestand, war beinahe ausgelöscht.« Ich schluckte und sprach den nächsten Satz im Flüsterton. »Wegen diesem Krieg, wegen den Ghul, gibt es heute nur noch zwei Drachen. Zwei Drachen von ursprünglich sechzig.« Wir starrten einander an. Flerya schwieg, doch das Feuer in ihren Augen erwachte. Ich sah ihr an, dass sie die Ghul verteidigen wollte, und sprach schnell weiter. »Das Armband ist voller Magie, es liegt an den roten Steinen. Sie sollen aus dem Blut und den Tränen der Banshee entstanden sein.«

Navarion pfiff leise durch die Zähne. »Du verbringst eindeutig zu viel Zeit in Gardoraths Bibliothek, mein Freund.«

»Ein Krieg, der beinahe Emireschas Untergang war«, murmelte die Prinzessin. »Was hat mein Vater mir noch alles vorenthalten?« Sie lachte. Bitterkeit und Qual lagen in ihrer Stimme und weckten in mir das Verlangen, ihr wenigstens ein wenig Trost zu spenden.

»Er hat Euch als seine Tochter großgezogen. Ich kann sehen, wie sehr Ihr ihn trotz allem, was Ihr inzwischen erfahren habt, immer noch liebt. Entweder ist er ein wahrer Meister im Possenspiel und hat Euch vierzehn Jahre lang Vatergefühle vorgetäuscht oder auch der große Schlachtenlenker hat eine Schwäche.« Mein Herz weigerte sich, in dem Ghul, der meinen Vater und meine Königin getötet hatte, mehr zu sehen als das seelenraubende Monster, für das ich ihn hielt, und doch konnte ich mir beim besten Willen nicht vorstellen, dass dieses Leben, das Flerya bei ihm geführt hatte, eine einzige Lüge gewesen war. Ihre offensichtliche Liebe zu ihm war es jedenfalls nicht. Yadiran hatte mehr getan, als Gardorath die Familie zu nehmen. Wenn der König hier eintraf und sie noch am Leben sein sollten, würde seine Freude über die Nachricht, dass sein Kind lebte, schnell getrübt. Ja, Flerya lebte, doch ein anderer Mann war nun ihr Vater, während Gardorath der Drache war, den Yadiran sie zu fürchten gelehrt hatte. Der König verlor noch einmal sein Kind. Wie nur hatte er annehmen können, dass Yadiran tatsächlich ein fühlendes Wesen war? Die Grausamkeit seines Handelns übertraf so schnell niemand.

»Er wird mich töten«, flüsterte Flerya, als hätte sie meine Gedanken durchschaut. »Abren hat es mir gesagt, aber ich wollte ihm nicht glauben. Wie hätte ich das auch tun können? Ich dachte, mein Bruder ist verrückt geworden.«

»War das der Mann, der Euch am Beltainefeuer verraten hat?«

Sie nickte.

»Dann hat er Euch das Leben gerettet. Er hat Euch gerettet, Flee. Wir retten, was wir lieben. Nicht alles war eine Lüge.« Unergründlich sah sie mich an. An ihrem Kiefer und Schlüsselbein prangten dunkel und mahnend die Blutergüsse, die ich ihr zugefügt hatte. »Er hat Euch gerettet«, flüsterte ich und senkte den Blick. Ich kniff die Lippen zu einem schmalen Strich zusammen und lief schneller, um Abstand zwischen uns zu bringen, bevor ich noch in die Verlegenheit kam, mich für mein Handeln zu entschuldigen. Ich hatte nicht falsch gehandelt! Noch vor wenigen Stunden war sie nicht mehr als eine gefangene Ghul gewesen. Eine Rudall Koer, die keine andere Behandlung verdient hatte. Keiner von uns hatte gewusst, wer dieses Mädchen in Wirklichkeit gewesen war. Herrje, nicht einmal sie selbst hatte das geahnt!

Ja, rede dir das nur weiter ein, flüsterte eine leise Stimme in meinem Kopf.

»Ruhe!«, fauchte ich und fing mir einen verdatterten Blick von Navarion ein, während das Mädchen mit dem Kopf schüttelte und mich dabei musterte, als hätte ich nicht alle Münzen beisammen. In ihrer Nähe hatte ich das tatsächlich nicht. Sie reizte mich auf eine Art und Weise, wie niemand sonst das vermochte, und trotzdem wusste ich, sie hatte dieses Schicksal nicht verdient. Mein Gefühl sagte mir, dass ihr das Schlimmste noch bevorstand.

Die Flamme der Verwirrung und des Zweifels schwelt am erbittertsten

Der Schmerz in meiner Schulter war zu einem wütenden Pochen angeschwollen, das ich mit zusammengebissenen Zähnen über mich wegbranden ließ. Selbst die siedende Hitze darin fühlte sich nach klirrender Winterkälte an. Ich starrte auf meine nackten Füße, die ich kaum noch spürte. Die Nacht war frostig, doch die Taubheit in meinen Beinen kam von einer anderen Kälte, die tief in meinen Gliedern saß. Bei jedem Schritt, den ich mich über den felsigen Boden vorwärtskämpfte, wunderte ich mich, dass ich mich trotz des Chaos in meinem Kopf bewegte und weiterlief. Die Welt hatte sich nicht verwandelt. Noch immer erwachte der Tag mit einem Sonnengruß und der Mond begleitete die Nacht durch ihre dunklen Stunden, doch ich selbst kam mir fremd darin vor. Nichts hatte sich verändert, nur ich war nicht mehr dieselbe.

Halt suchend schlang ich die Arme um mich und den Waschbären, dessen Kopf ruhig auf meiner Schulter ruhte, doch nun bewegte er sich. Er schien die Unruhe in mir zu spüren und kuschelte sich noch enger an mich. Eine verwirrend tröstende Geste. Still liefen mir Tränen über das Gesicht. Wie Moril regte sich auch der Drache in mir, das ließ mich beinahe aufschreien. Ich wollte ihn nicht fühlen, wollte seine Anwesenheit vergessen. Ich wollte mich spüren, nur mich! Mein Herz schlug heftig, während ich gegen die Enge um meinen Brustkorb atmete und versuchte, mich von der Angst, die ich beim Gedanken an den Drachen empfand, nicht lähmen zu lassen. Ich war gefangen in einem Albtraum, aus dem ich nicht erwachen konnte. Wie betäubt starrte ich auf meine Füße, die blutige Spuren auf den Steinen hinterließen. Menschliche Fußabdrücke, nicht die eines Drachen. Warum? Warum tat mein Vater mir das an? Konnte ich mich wirklich so sehr in einem Menschen getäuscht haben?

Vater, dieses eine Wort, das mir noch vor wenigen Stunden so viel bedeutet hatte. Ich konnte ihn nicht anders nennen, denn in meinem Herzen war kein anderer Platz, kein anderer Gedanke, der ihn sonst hätte beschreiben können. Nur mein Verstand schrie mir die Wahrheit zu, die ich aber nicht hören wollte.

Wind kam auf und zerrte an dem klammen Tuch um meinen Körper. Dann trafen mich die ersten Regentropfen. Bauchig und schwer klatschten sie auf meine nackten Schultern. Augenblicke danach war alles, was ich wahrnahm, der fallende Regen und meine blutigen Fußspuren, die er von den Felsen spülte, wie der Verrat meines Vaters meinen Verstand auslöschte. Nichts blieb zurück, was noch an das davor erinnerte. Wenn es nur um mich gegangen wäre, hätte ich aufgegeben, einfach aufgegeben. Mich dem Schmerz ergeben, den der Vertrauensbruch über mich brachte. Doch trotz der Wirrnis, die meine Gedanken rasen ließ, trotz der Angst, die tief in meinen Knochen saß, war mir eines ganz deutlich bewusst: Es ging nicht nur um mich!

Die Ghul waren nicht das, wofür ich sie gehalten hatte. Aine war nicht die Erlösung. Selbst in meinem verwirrten Zustand begriff ich, dass die Königin ihr Gefängnis niemals verlassen durfte.

Ich hatte Angst um meine Freunde. Angst um Neslin, Thilo und ihre Eltern, um all die Menschen und Völker in Emirescha, die solch ein Schicksal nicht verdient hatten.

»Nicht alle Ghul sind so grausam«, flüsterte ich in mich hinein. *Abren ist gütig und voller Liebe. Nichts Schlechtes ist an ihm oder in ihm.*

»Habt Ihr etwas gesagt?«, fragte mich Liam, der viel zu nah neben mir herlief. Ich schüttelte den Kopf, wollte nicht mit dem Krieger sprechen. Er war niemand, mit dem ich mich abgeben wollte. Für ihn gab es nur Schwarz und Weiß, Gut und Böse. Ein dazwischen existierte nicht. Meine Welt bestand dagegen nur aus Grautönen. Unterschiedlicher konnten zwei Menschen nicht sein. Andererseits hatte ich mich auch in meiner Familie getäuscht. Offenbar war ich, was sie anging, alles andere als unbefangen. Niemals hätte ich in meinem Vater ein Monster erkannt, das Seelen auslöscht und sich von ihnen nährt. Keinen Augenblick in den anderen Rudall Koer. Nur bei Vilgo hatte ich diese andere Seite wahrgenommen. So schrecklich es auch war, der Mann, den ich am meisten hasste, war immer am ehrlichsten gewesen. Er hatte mir nie etwas vorgemacht, hatte sich nicht verstellt. Ob die Drachen besser waren als die Rudall Koer, wusste ich nicht. So wie mich die Krieger behandelt hatten, wohl kaum und wenn ich mich hier in diesem Gefängnis umsah, ebenfalls nicht. Diese Insel barg nichts als Fels, Stein und die Weite des Meeres, die für die Menschen, die hier gefangen gehalten wurden, unüberwindbar war. Sicher, sie hatten den freien Himmel über sich und konnten sich auf der Insel ungehindert bewegen. Auf den ersten Blick war das Leben

hier besser als in einem dunklen Verlies, doch wer sorgte dafür, dass sie nicht verhungerten? Wer sorgte hier für Ordnung zwischen Mördern, Dieben und Männern, die Notzucht verübt hatten? Der König verbannte sie alle auf diese Insel und überließ sie ihrem Schicksal. Er kam seiner Schutzpflicht gegenüber seinem Volk nach, doch wer schützte diese Menschen vor sich selbst? Waren nicht auch sie ein Teil des Volkes von Emirescha, das er bewahren sollte? War das ein gerechter König? Für mich nicht. Wie sollte er das auch sein. Er war ein Drache. *Du bist ebenfalls ein Drache*, flüsterte eine leise Stimme in meinem Kopf.

Ich schreckte zusammen. Was auch immer in mir schlummerte, es fühlte dieselbe Angst, dieselbe Verzweiflung und Verwirrung wie ich. Der Drache in mir zitterte genauso. Vor was oder wem fürchtete sich dieses Wesen? Sicher nicht vor mir. Ich dagegen konnte mir nicht einmal wünschen, mich in mir selbst zu verkriechen, denn genau dort lauerte das Monster, das ich mehr fürchtete als die seelenraubenden Ghul. Nur einen Herzschlag entfernt schlief das größte Monster von allen. Ich selbst.

»Da vorne«, sagte Navarion, als wir die Kuppe der Anhöhe erreichten, und riss mich damit aus meinen dunklen Gedanken. Knapp zehn Schritte vor uns erhob sich im Tal ein Wald, in dem es kein einziges Blatt, keine Büsche und keine Tiere zu geben schien. Dunkel ragten die Stämme im Mondlicht auf, seltsam verbogen und gekrümmt, als hätten sie unsägliche Schmerzen. Die gewaltigen Wurzeln waren weit verzweigt, in sich verdreht und verformt. In der Mitte lag eine Lichtung, auf der ich deutlich die Mauern mehrerer Gebäude erkennen konnte, die im Licht des Mondes beinahe unheimlich schimmerten. Gebaut aus rötlichen Steinquadern. Zwei quadratische Türme mit Fenstern, die ausladende Bögen bildeten, überragten die Baumleichen. Ich sah auf ein großes, lang gezogenes Dach. Ein Saal oder ein Tempel?

»Da sind Gebäude im Wald. Türme und ein langes Bauwerk. Von hier erkenne ich nicht, was genau es ist, aber ich vermute eine Burg oder einen gewaltigen Tempel. Von dort steigt der Rauch auf.« Qualm stieg in Schwaden aus mehreren Schornsteinen hervor und vermischte sich mit der kühlen Nachtluft. Der Regen hatte nachgelassen und ich fröstelte im feuchtkalten Wind.

»Warum glaubt Ihr, dass es ein Tempel ist?« Liam sah mich fragend an.

Ich zeigte auf die beiden Türme. »Da hängen Glocken in den Spitzen. Kennt Ihr noch ein Bauwerk in Emirescha, außer einem Tempel, in dem es so etwas gibt?«

Liam atmete tief ein.

»Na dann.« Navarion klatschte in die Hände und marschierte den Hang nach unten, genau auf den Waldrand zu, der sich drohend vor uns erhob.

»Da will ich nicht unbedingt hineinlaufen«, murmelte ich und legte den Kopf in den Nacken, um bis zu den hohen Kronen aufsehen zu können. Von Nahem wirkten die blattlosen Gerippe noch bedrohlicher. Eine unheimliche Stille lag über dem Tal. Kein Blatt raschelte im Wind, kein Ruf der Nachtigall ertönte. Nichts bewegte sich, bis auf die dünnen Äste und Zweige, deren Wedeln wie ein Winken aussah, das uns locken sollte. Zwischen den Wurzeln waberte Nebel auf, in dem der Wind seltsame Konturen formte. Ich schluckte. Schattenrisse, die wirkten wie Drachen! Moril hob ebenfalls den Kopf von meiner Schulter und begann zu knurren. »Da gehe ich nicht rein.« Ich wich zurück, kam aber nicht weit. Liam stand plötzlich hinter mir und bremste meinen Rückzug jäh aus.

»Wir müssen«, sagte er. »Ihr müsst Euch aufwärmen und wir brauchen Hilfe.«

Hastig drehte ich mich zu ihm um und griff mit einer Hand in sein Hemd, wobei ich die Wärme, die von ihm ausging, geflissentlich zu ignorieren versuchte, doch das war gar nicht so einfach, ich stand immerhin spärlich bekleidet in der eisigen Nachtluft. Der Gedanke, mich dicht an ihn zu drängen, war einen kurzen Augenblick lang verlockend groß, weshalb ich meine Hand schnell zurückriss und einen Schritt rückwärts trat. Ich blickte zu den Bäumen.

»In den Gebäuden sind Menschen, aber im Wald nehme ich noch etwas anderes wahr, etwas Dunkles.«

Navarion und Liam betrachteten die Baumgerippe aufmerksam. »Das ist nur ein Wald, Flee. Es ist dunkel und das Mondlicht zeichnet bizarre Schatten, aber es sind trotzdem nur Bäume«, meinte Navarion. Doch Moril wurde auf meinem Arm immer unruhiger.

Liam kniff die Augen zusammen. »Nein, ich glaube, sie hat recht. Der Wald hat Augen. Wir werden beobachtet.« Er sah mich an. »Vermutlich die Verbannten. Die haben den Drachen, der vorhin über die Insel geflogen ist, sicher bemerkt und wissen längst, dass wir hier sind. Ihr müsst euch nicht fürchten.«

Wunderbar! »Etwas lauert in diesem Wald und das sind keine Menschen«, zischte ich. Die beiden Krieger glaubten mir nicht. Ich sah es in ihren Augen. »Ich laufe fast unbekleidet über eine Insel, auf der es mit Sicherheit viele Männer gibt, die wegen Triebhaftigkeit hierher verbannt worden sind. Das ist nicht weniger erschreckend, wie die Vorstellung das da noch was anderes lauert«, sagte ich mit einer guten Portion Ironie in der Stimme, wobei ich das Tuch um meine Brust höher zog und noch ein wenig fester um mich wickelte. Trotz der Dunkelheit um uns, sah ich die leichte Röte, die sich auf Liams Wangen ausbreitete und die heftig pochende Ader an seiner linken Schläfe. Navarion drehte sich hastig von uns weg. Er grinste.

Liam verkniff sich, was auch immer ihm auf der Zunge lag. Er öffnete zwar den Mund, schloss ihn aber gleich darauf wieder und fuhr sich stattdessen mit der Hand über das Gesicht. Jetzt tat er mir fast ein bisschen leid. Er wollte

mir nur helfen, doch genau das war mein Problem. Sein offener Hass und die Verachtung, die er mir entgegengebracht hatte, als er noch geglaubt hatte, ich sei eine Ghul, kamen mir ehrlicher vor als die Hilfe, die er mir nun anbot. Mir gefiel nicht, was der Kerl aus mir machte. Er brachte all die schlechten Eigenschaften in mir zum Vorschein, die mein Vater so vehement versucht hatte, mir abzugewöhnen. Ich ahnte, dass sie ein Teil des Wesens waren, das in mir schlummerte und dass mein Vater meine aufbrausende Art und meine Aufmüpfigkeit, die ich als Kind oft nicht kontrollieren konnte, deshalb so sehr gehasst hatte. Sie hatten ihn daran erinnert, wer ich war. Doch jetzt halfen sie mir dabei, mich trotz des Schmerzes, den mir Vaters Verrat bereitete, aufrecht zu halten und weiterzugehen. Aufgeben war nicht Teil meiner Natur. Weder der des Drachen noch meiner eigenen.

Tief einatmend trat ich den ersten Schritt in die Schatten des Waldes und hätte beinahe aufgeschrien. Der Boden war übersät mit Wurzeln, doch auf und zwischen ihnen wuchs eine Art Moos. Der Untergrund fühlte sich federweich an und er war warm! »Was ist das?« Der Waldboden war so weich, dass ich befürchtete, darin einzusinken. Liam und Navarion liefen vorsichtig an mir vorbei und starrten ungläubig nach unten.

»Er bewegt sich in Wellen.« Navarion sprang in die Luft. Als er aufkam, verdrängte der Luftzug den Nebel um seine Beine und ich sah deutlich die Kuhle, die er mit seinem Gewicht im Moos hinterlassen hatte. Davon ausgehend breitete sich eine Art Welle aus. Als sie die Stelle erreichte, an der ich stand, spürte ich die Erschütterung im Untergrund, der schwammig um meine Füße waberte. Wärme stieg auf und umspielte meine bloße Haut an den Beinen. Schauer rannen mir über den Körper und ich bekam eine Gänsehaut.

»Ich gebe zu, das ist ein wenig unheimlich«, meinte Liam, trotzdem lief er weiter in den Wald hinein. Navarion und ich folgten ihm, wobei ich bei jedem Schritt Angst hatte, tatsächlich einzusinken. Mehr als bis zum Knöchel versank ich jedoch nicht im Moos und an vielen Stellen trat ich auf die festen Wurzeln der Bäume, die im Gegensatz zum Untergrund eiskalt waren. Wie war das möglich? Der Nebel über dem Boden bildete sich sicher durch die Wärme darin, das erklärte aber nicht, warum ich nach wie vor verzerrte Drachen darin sah. Je weiter wir in den Wald liefen, desto dunkler war die Nacht, das war unmöglich, denn der Mond stand fast voll am Himmel und streute sein Silberlicht. Die Baumgerippe um uns hatten keine Blätter, nichts hielt das Licht ab, zumindest nichts Sichtbares.

»Woher kommt die Wärme im Moos und warum sind die Baumwurzeln so eisig kalt?«, fragte ich Liam.

Er bückte sich und fuhr mit der Hand an einer der Wurzeln entlang. »Seltsam.«

»Wenn du mich fragst, ist hier so einiges mehr als eigenartig, mein Freund.« Navarion nickte in den Wald hinein. »So düster dürfte es dort nicht sein. Trotzdem dringt immer weniger Mondlicht bis zum Boden.« Er legte den Kopf in den Nacken und sah zum Himmel. »Als würde etwas den Himmel über uns verdunkeln.«

Mit zusammengekniffenen Augen starrte ich wütend zu Liam. »Ich sagte doch, dass ich eine dunkle Macht spüre.«

Liam nickte. »Hier dürfte es so etwas eigentlich nicht geben.«

Ich kniff die Augen noch ein Stück weiter zu, doch er hob versöhnlich die Hände.

»Ich glaube Euch, Flee. Trotzdem müssen wir zu den Gebäuden gehen.«

Navarion hob einen losen Ast auf, der am Boden lag, ließ ihn aber gleich wieder fallen. »Verflucht, ist das kalt«, knurrte er. »Wie sollen wir die Menschen finden, wenn wir immer weniger sehen, Liam?«

»Ich sehe genug«, erwiderte ich und fing mir sogleich zweifelnde Blicke der beiden Krieger ein. »Ihr müsst mir wohl vertrauen«, sagte ich ungerührt. Navarion schnaubte. Moril hob den Kopf von meiner Schulter und gähnte ausgiebig, ehe er sich wieder eng an mich kuschelte. Allmählich spürte ich, wie ausgekühlt ich tatsächlich war. Trotzdem bedeckte ein dünner Schweißfilm meine Stirn und Haare klebten mir im Nacken. Die Wunde auf meiner Schulter brannte und pochte immer heftiger. Ich hielt Moril mit dem unverletzten Arm fest und schonte den anderen, so gut es ging, denn jede Bewegung schickte einen Feuersturm durch meine Adern, bis in die Fingerspitzen.

Navarion bedeutete mir mit einer Handbewegung, voranzugehen. Vorsichtig liefen wir über den holprigen Untergrund, stiegen über Wurzeln und Felsbrocken hinweg, um im nächsten Augenblick knöcheltief im Moos einzutauchen. Teilweise war der Weg zwischen den Baumleichen beklemmend eng, dann breitete er sich wieder mehrere Schritt breit um uns aus. Wir liefen über kleine Lichtungen, auf denen weitere Felsbrocken tief eingesunken im Moosbett lagen. Hier waren die Brocken fast kreisrund. Deutlich sah ich die Spuren von Werkzeug, mit denen sie bearbeitet worden waren. Sie schienen aus großer Höhe hier niedergegangen zu sein. »Wie Wurfgeschosse«, murmelte ich.

Liam blieb vor einem der Brocken stehen und strich mit der Hand über den Stein. »Viel zu glatt, um natürlich entstanden zu sein«, sagte er.

Navarion sah sich um. »Wir stehen auf einem alten Schlachtfeld«, flüsterte er. »Aber wer hat hier gekämpft und warum?«

»Der Verwitterung der Steine nach zu urteilen, ist das viele Jahrhunderte her«, meinte Liam. »Ich denke die stammen noch aus dem Krieg zwischen Ghul und Drachen.«

»Vielleicht sind die Toten draußen im Meer hier gefallen?«, sagte ich und die beiden Krieger nickten, während sie weiter die Steingeschosse anstarrten.

Unsere Anwesenheit schreckte Fledermäuse auf, die überall an den Ästen hingen und schliefen. Im Wald war es feuchter und wärmer als auf der freien Fläche, das lag sicher an der Nachtluft, die dort ungebremst über die Felsen jagte. Trotzdem machte mich das stutzig. Die Rudall Koer lebten nur zeitweise in Saarat, meistens bewegten wir uns durchs Land, wo wir viele Verstecke hatten, in denen wir Zuflucht fanden. Einige davon waren Höhlen, andere lagen tief in den Wäldern. Deshalb wusste ich, je tiefer wir in den Wald eindrangen, desto kühler müsste es werden. Nicht wärmer. Was war das für ein seltsamer Ort?

Das Holz der Stämme war dunkel, fast schon schwarz verkohlt. Manche schimmerten nass im schwächer werdenden Licht. Nach weiteren zehn Schritten hörte ich Wasserplätschern. Ich folgte dem Klang und dem Instinkt des Drachen, der mich zielsicher zu den Menschen führte. Selbst die beiden Krieger schwiegen und blieben immer wieder lauschend stehen. Nie zuvor hatte ich einen vergleichbaren Ort gesehen. So unwirklich, schroff und kalt die Insel war, sie schien einige Geheimnisse zu verbergen.

Klagelaute, deren unheimlicher Schall sich durch die Baumreihen fraß, ließen mich erschrocken aufkeuchen und rückten mein Bild von diesem Ort in ein ganz anderes Licht. Schlagartig erschienen die verkrümmten Stämme um mich noch bedrohlicher und düsterer. Ängstlich sah ich mich um. Überall um uns waberte Nebel, unmöglich, hier die Quelle der

Stimme auszumachen. Die Geräusche konnten von überall herkommen, doch sie waren eindeutig von einer Frau.

»Ich kann nicht sagen, dass mir das besonders gut gefällt«, flüsterte Navarion.

Jäh spürte ich Wellen im Untergrund. Erschrocken sah ich zu Liam und Navarion, die mit großen Schritten zu mir rannten und mich schützend in ihre Mitte nahmen. Wieder hallte die Frauenstimme durch den Wald. Äste knackten und der Untergrund geriet immer stärker in Aufruhr. Die Kälte, die in den Baumleichen steckte, schien plötzlich auszustrahlen. Die Luft kühlte merklich ab. Etwas entzog ihr die Wärme und lud sie gleichzeitig auf, bis sie dick und dunstig zwischen den Stämmen hing und mir das Atmen schwer machte. Moril sprang von meinem Arm und fauchte in die Dunkelheit.

»Was ist, mein Freund?«, flüsterte Navarion. Er kniete sich nieder und hob den Waschbären hoch. »Du kannst dich hier nicht wandeln, bleib bei mir.«

Wieder knackten Äste und einen Schreckmoment lang glaubte ich, huschende Schatten auszumachen, die sich durch den Nebel auf uns zubewegten. Ein Windzug lichtete den Schleier und schenkte mir einen kurzen Blick auf das, was da auf uns zukam. Erschrocken keuchte ich auf. Menschlich waren sie, doch sie bestanden nur aus Knochen, die von fahler Haut überzogen war. Kümmerliche Haare bedeckten ihre Schädel, über denen sich die Haut faltete, als hätten sie sich ein zu großes Kleidungsstück übergezogen. Doch am grausamsten war der Blick in die leeren Augenhöhlen, dunkel und geistlos.

»Sofort weg hier«, flüsterte Liam. Ohne zu zögern, nahm er meine Hand und zog mich mit sich.

»Es sind viele, aber sie sind nicht besonders schnell.« Navarion hechtete neben uns her, in seinem Arm Moril, und mit der freien Hand stützte er mich.

»Wir auch nicht«, zischte Liam mit einem Seitenblick auf meine Füße. Bei jedem Schritt brannte die Haut an den Fußsohlen stärker, weshalb ich immer plumper und ungeschickter auftrat. Ich stolperte, doch Liam und Navarion zogen mich wieder auf die Beine. Dabei zerrte Navarion so stark an meiner verletzten Schulter, dass ich vor Schmerz aufkeuchte.

»Verflucht. Tut mir leid.« Er sah hinter sich, doch der dichte Nebel verhüllte die Wesen. Die Wellen im Untergrund brachten selbst die beiden Krieger ins Straucheln. Wir rannten und der Boden bewegte sich noch stärker. Unmöglich zu sagen, ob das nun von uns allein kam oder die Knochenmänner uns noch verfolgten.

»Haben wir sie abgehängt?«, fragte Navarion hastig atmend.

Ich schüttelte den Kopf. »Spürt Ihr nicht die Kälte in der Luft? Sie sind da.« Im Wald knackten Äste, das und der Wind, der durch die Baumleichen strich, waren die einzigen Geräusche. Zweige schlugen mir beim Rennen ins Gesicht. Einer traf mich an der Lippe, der Schmerzblitz, der mich durchfuhr, raubte mir einen Augenblick die Aufmerksamkeit und ich verlor das bisschen Gleichgewicht, das mich auf dem schwammigen Waldboden aufrecht gehalten hatte. Ich fiel, wollte mich mit den Händen abfangen, doch dann traf mich erneut heißes Brennen in der Schulter, das sich über meine Wirbelsäule und den linken Arm wild ausbreitete. Ich schrie auf und krümmte mich zusammen.

»Flerya!« Liam und Navarion knieten neben mir nieder. Moril stupste mich mit seiner kleinen Waschbärennase an der Wange, er fiepste aufgebracht. Hastig atmete ich gegen die Pein an. Wieder knackten Äste, viel zu nah, und die Kälte in der Luft nahm zu.

»Wir müssen weg«, presste ich mühsam hervor und erhob mich schwerfällig. Liam wollte mir helfen, doch ich schüttelte den Kopf. »Ich brauche Eure Hilfe nicht.« Schwarze Punkte wirbelten vor meinen Augen, als ich mich vollends erhob. Meine Schulter pochte wütend, meinen Arm hielt ich dicht am Körper, mit der freien Hand hob ich Moril hoch. »Lasst uns gehen.« Ich lief einen unsicheren Schritt, die beiden Krieger eng an meiner Seite.

»Ich an eurer Stelle würde auf das Mädchen hören, Krieger«, klang eine tiefe Männerstimme durch den Wald. Abrupt blieben wir stehen.

»Wer ist da?« Jeder Muskel in Liams Körper war zum Zerreißen gespannt. Hinter einem mächtigen Stamm trat ein Mann hervor. Er hatte bereits ergraute Haare, die im spärlichen Mondlicht hell leuchteten. Er war kräftig und sah aus wie ein Kämpfer des Königs. Eine schroffe Narbe, die ihm quer über die Wange, das rechte Ohr und den halben Kopf reichte, unterstrich den Eindruck noch. Dieser Mann war ein Landser.

In seiner Hand hielt er eine Axt, die ihre besten Jahre bereits hinter sich hatte, doch immerhin hatte der Mann eine Waffe, indessen wir vollkommen unbewaffnet dastanden und die beiden Undinen ihre Kräfte nicht nutzen konnten. Wenn man von dem verrosteten Messer absah, das Liam in der geballten Faust hielt.

Immer mehr Männer traten aus ihren Verstecken, bis sie uns umkreist hatten. »Euer Gezeter hat die Homunkulusse angelockt.« Er winkte uns zu sich. »Kommt, wenn ihr leben wollt.«

Liam und Navarion zögerten, doch dann nickten sie und folgten dem Mann, der vor uns durch den Wald rannte.

»Will ich wissen, was das für Wesen sind?«, flüsterte ich Navarion zu. Er schüttelte kaum merklich den Kopf und war beunruhigend blass im Gesicht.

Der Mann lachte in sich hinein. »Das sind künstlich erschaffene Kreaturen, Mädchen. Seelenlose, die ohne zu zögern jedem Befehl ihrer Schöpferin Folge leisten. Sie sind nicht besonders schnell, dafür aber kräftig, immer im Schwarm unterwegs und können sich fast lautlos anschleichen. Sie kommen regelmäßig und holen einen von uns, damit die Königin sich nähren kann.«

»Lautlos? Ich hab ein paarmal knackende Äste im Wald gehört.«

Der Mann sah mich irritiert an. »Dann hast du gute Ohren, Mädchen. Das waren wir, als wir die Feste verlassen haben. Die Homunkulusse machen keine Geräusche.«

Da meine beiden Begleiter beharrlich schwiegen, grüßte ich ihn freundlich. »Mein Name ist Flee und meine Weggefährten mit den verschluckten Zungen sind Li...« Ich kam nicht dazu, den Satz zu beenden. Liam unterbrach mich jäh und drängte mich zu Navarion zurück.

»Ich bin Liamentras und mein Freund hier heißt Navid. Das Mädchen ist verwundet und ausgekühlt, für eure Hilfe wären wir sehr dankbar.«

Liamentras und Navid? Fragend blickte ich zu Navarion, der wiederum kaum merklich den Kopf schüttelte. Der Mann musterte uns eindringlich. »Wir werden sehen.«

Wenn uns keine seelenlosen Knochenwesen hinterherjagen würden, hätte ich mir Sorgen gemacht, in wessen Gesellschaft ich mich hier befand. Zwei Krieger, von denen ich wusste, dass sie mit Frauen nicht zimperlich umgingen, wenn sie diese für ihren Feind hielten, und die Verbannten, die nur aus einem einzigen Grund auf dieser Insel waren: Sie hatten eine Bluttat begangen und anderen Menschen damit geschadet. Diesen Leuten sollten wir jetzt vertrauen? Das konnte ich nicht und ich war nicht allein mit meinen Gedanken. Auch Liam und Navarion war ihr Misstrauen und ihre Wachsamkeit deutlich anzusehen. Nein, hier vertraute niemand irgendjemandem. Skeptisch folgten die Männer jeder Bewegung und ließen uns keine Sekunde aus den Augen.

Liam knurrte. »Spürst du das auch?« Er sah seinen Freund fragend an. »Wasser, sehr viel Wasser. In der Nähe gibt es einen See.«

»Unsere einzige Süßwasserquelle«, sagte der Fremde.

Wir liefen weiter, folgten den Männern und dem schmalen Pfad durch die Bäume, von dem ich mir nicht einmal sicher war, ob es wirklich ein Weg war oder nur eine zufällige Lücke zwischen den Stämmen.

Moril bewegte sich in meinen Armen. Der kleine Waschbär barg sein Gesicht unter den Haaren, die mir zerzaust über die Schulter hingen.

»Er mag Euch«, stellte Navarion fest. »Normalerweise misstraut er Fremden.« Sein Blick streifte die Männer um uns. Moril hob den Kopf und sah mich mit seinen dunklen, runden Augen an. Dieser offene Blick, der mich an ein Kleinkind erinnerte, das zur Täuschung noch nicht fähig war, berührte mein Herz. Ich sah ehrliche Zuneigung in den Waschbärenaugen. Er mochte mich, obwohl er spüren musste, was in mir lauerte. Beinahe trieb es mir Tränen in die Augen.

»Ich misstraue Fremden ebenfalls«, flüsterte ich dem Waschbären zu, woraufhin er mir seine kleine, raue Zunge über die Wange zog. »Bäh!«, quiekte ich und wischte mir die Bärenspucke von der Haut. »Lass das, Moril, oder du musst dir jemand anderen suchen, der dich trägt.« Das Tier begann zu glucksen. Er gluckste tatsächlich! Fassungslos starrte ich auf Moril, der sich genüsslich ausstreckte und den Kopf auf meine Schulter bettete, wobei er ihn wieder unter meinen Haaren verbarg.

»Ich sagte ja, er mag Euch.« Ich hörte das Lächeln in Navarions Stimme, blickte aber nicht auf, sondern nach vorn, wo sich die Baumleichen allmählich lichteten. Staunend trat ich schließlich hinter den Männern auf die Lichtung. Vor uns ragten massive Mauern auf, gute fünf Fuß hoch, und sie bestanden aus rötlich-gelben Steinquadern. Ziegel aus gebranntem Ton lagen auf dem schräg aufsteigenden Dach. Ein Torbogen mit einem robusten Holztor gab den Blick in einen

weitläufigen Innenhof frei, in dessen Mitte ein kreisrunder Brunnen stand. Ein großes Steinbecken gefüllt mit Wasser, auf dem mehrere immer kleiner werdende Trassen ruhten. Figuren, die jemand liebevoll aus dem Stein gehauen hatte, entließen das kühle Nass in schlanken Rinnsalen in das jeweilige Becken darunter. Es plätscherte fast ohrenbetäubend laut in der Stille, die ansonsten im Inneren des Hofes herrschte. Als wir näher traten, erkannte ich die einzelnen Figuren auf dem Brunnen besser. Alle Völker Emireschas waren darauf abgebildet. Undinen im obersten Kreis, aus deren erhobenen Händen das Wasser in die Schale darunter sprudelte. Menschen, Sylphen und Banshee. Ich sah Oger, Feen und rund um das unterste und größte Becken Drachen, deren Flügel das Bassin formten. Alle waren da, alle bis auf die Ghul.

Mehrere Gebäude umgaben den Innenhof, der von einer hohen, breiten Mauer eingefasst war. Überall erhellten Fackeln die Wege dazwischen. Das größte Bauwerk, an dessen nördlichem Ende die beiden quadratischen Türme lagen, die ich zuvor gesehen hatte, überragte alle anderen. Rund um die beiden Turmwächter befanden sich ebenfalls Reliefs. Ziegen, Wölfe und bärtige Männer, die mit erhobenen Händen das Dach hielten. Einige Gebäude waren Ruinen, deren Mauern nur noch zum Teil standen und auf den Außenwänden deutliche Spuren eines gewaltigen Brandes aufwiesen. Schwarz verkohlte Flächen, die so frisch aussahen, als wäre das Feuer gerade erst erloschen. Die Gebäude hatten hohe Bogenfenster, die im oberen Teil spitz zuliefen und mit Blütenornamenten verziert waren. Manche davon durch bemalte Buntglasscheiben windgeschützt, andere leer. Auf der Feste standen mit Äxten und Haken bewaffnete Männer.

»Wozu die vielen Wachen?«, fragte Liam.

»Wegen der Homunkulusse«, entgegnete der Mann mit der Narbe im Gesicht. Hinter uns schloss sich das Zugangstor. Drei Männer verriegelten es mit einem schweren Holzbalken. »Ihr habt Glück, dass wir euch gefunden haben. Sie hätten euch bis zur Erschöpfung über die ganze Insel gejagt.«

»Danke«, sagte ich. Er quittierte es mit einem kurzen Nicken.

Immer mehr Gestalten kamen aus den Schatten der Gebäude ins Fackellicht und umringten uns. Greise, die zitternd einen Schritt vor den anderen traten, und Kinder, die sich ängstlich hinter ihren Müttern versteckten. Männer, die Prügel und selbst gebasteltes Werkzeug aus Holz und Eisen drohend in den Händen hielten. Ich wusste nicht, was ich von den Gefangenen erwartet hatte, aber das sicher nicht. Ich sah keine Räuber, keine Mörder oder Notzüchtigen. Sie waren gepflegt, auch wenn ihre Kleidung aus unzähligen Flicklappen bestand. Die Menschen in diesem Bollwerk waren sauber, ihre Haare gekämmt, nur an den oft fehlenden Schuhen erkannte ich einen Unterschied zu den Leuten, die auf dem Festland lebten.

»Welches Verbrechen legt Gardorath euch zur Last?« Der Axtträger mit der Narbe trat auf uns zu. Die Waffe hatte er lässig über die Schulter gelegt.

»Wie kommst du darauf, dass der König uns eines Verbrechens beschuldigt?«

Der Mann spuckte neben sich auf den Boden. »Lass mich nachdenken …« Er machte eine längere Pause, in der er besonders mich mit einem intensiven Blick musterte. Ich zog das Tuch höher, um so viel wie möglich zu bedecken. Keinen Herzschlag später standen Navarion und Liam wie eine schützende Mauer vor mir. Moril fletschte in meinen Armen die Zähne und fauchte drohend. Der Mann grinste.

»Ihr seid hier auf Mongana und der Drachenkönig selbst hat euch hergebracht. Er hat euch ein kaltes Bad im Meer verschafft, wie ich hörte.« Wieder streifte mich sein Blick. »Was habt ihr angestellt?« Scharf sah er die beiden Krieger vor mir an.

»Nichts, was dich etwas anginge«, knurrte Liam.

»Mongana mag ein Gefängnis sein, aber auch wir haben hier Regeln, die unser Überleben sichern. Wer hier tötet, stiehlt, nur an seinen eigenen Vorteil denkt oder den Frauen und Kindern nachstellt, darf nicht in der Gemeinschaft bleiben.« Er machte eine ausladende Handbewegung. »Unser Zusammenhalt und diese Mauern sind der einzige Schutz vor Aines Schlächtern. Ich will wissen, mit wem ich es zu tun habe.

Ansonsten verlasst ihr auf der Stelle diesen Ort und seid da draußen auf euch allein gestellt. Also, warum hat Gardorath euch verbannt?«

Ich wollte gerade antworten, da schnitt mir Liam das Wort ab. »Nichts von all dem, was du aufgezählt hast und mehr wirst du von uns nicht darüber erfahren. Flee ist verwundet und sie braucht warme Kleidung. Wir wären euch sehr dankbar, wenn ihr dem Mädchen helfen könntet.«

Wieder traf mich der eindringliche Blick des Mannes. »Du siehst nicht aus, als würdest du hierhergehören, Mädchen. Was für eine Sünde begeht ein Engel wie du, um in der Verbannung zu landen?«

Liam drehte den Kopf in meine Richtung und sah mich warnend an. Ich erwiderte seinen Blick und versuchte ihn dabei so wütend wie möglich anzufunkeln.

»Also?«, fragte der Mann. Er hob die Axt von seiner Schulter. Ich öffnete den Mund, schloss ihn gleich darauf aber wieder. Was sollte ich darauf antworten? »Ich bin kein Engel«, würgte ich schließlich hervor. Der Mann musterte mich stumm. Niemand sprach, keiner rührte sich, bis die leise Stimme einer Frau die Stille beendete. Es war dieselbe Stimme, die wir schon zuvor im Wald gehört hatten. Zuerst war es eher ein Flüstern, zu gedämpft, um die Worte verstehen zu können, doch dann vernahm ich sie lauter. Ein einziger Satz. Sie sprach immer und immer wieder nur einen einzigen Satz, der von den Mauern der Feste in einem wilden Tanz widerhallte und mir beinahe den Verstand raubte.

Komm zu mir, kleiner Drache. Komm zu mir, kleiner Drache. Komm zu mir …

Ein irres Lachen folgte, bei dem nicht nur mir alle Farbe aus dem Gesicht wich. Auch der Mann vor uns war plötzlich unnatürlich blass und blickte ängstlich hinter sich in Richtung Wald.

»Wer ist das?«, fragte Liam den Mann, der sich wieder zu uns drehte.

»Die Königin.«

»Aine«, flüsterte ich. »Das klingt nah.«

Er nickte. »Ihr Verlies ist nicht weit von hier. Sie kann es nicht verlassen, aber ihren Kreaturen gelingt es immer wieder, sich einen von uns zu holen und zu ihr zu schleppen. Noch nie ist jemand zurückgekehrt.«

Liam trat einen Schritt auf den Mann zu. »Wie hat sie es geschafft, die Homunkulusse zu erschaffen? König Gardoraths Barriere sollte jede Art von Magie verhindern.«

»Sie verhindert, dass wir unsere Kräfte nutzen können. Die Königin kann sich nicht wandeln, aber sie hat einen Weg gefunden, die Kraft der Seelen zu nutzen, um mit ihrer Hilfe die Kreaturen zu erschaffen.«

»Das klingt, als würdest du sie kennen«, meinte Navarion bitter.

Der Mann nickte. »In gewisser Weise.« Er deutete in östliche Richtung. »Die Höhle, in der ihr Verlies ist, liegt tief im Boden, doch Felsspalten lassen Tageslicht hindurch. Wenn der Wind günstig weht, hören wir, wie sie uns ruft. Manche von uns waren neugierig und haben sich trotz aller Warnungen locken lassen. Ihre Kreaturen haben sie ergriffen und zur Königin gebracht.«

»Ihr habt das erlebt«, sagte ich und sah den Mann erschrocken an. Er nickte kaum merklich.

»Ich war jung, als ich hierherkam, und starrsinnig. Zu fünft sind wir losgezogen, ich allein bin zurückgekehrt.« Er deutete auf die Narbe im Gesicht und seiner Kopfhaut.

»Ist die Königin übergeschnappt?«, flüsterte Navarion.

Der Mann trat einen Schritt auf uns zu, blieb aber stehen, als sich die beiden Krieger vor mir sichtlich anspannten und drohend die Fäuste ballten.

»Das ist sie«, sagte er. »Wer wäre das nicht nach sechzehn Jahren Gefangenschaft in vollkommener Einsamkeit?« Er sah uns an, kratzte sich an einer Stelle zwischen seinen Beinen, wo ich nicht hinsehen wollte, aber natürlich schweifte mein Blick genau in diese Richtung. Sofort kniff ich die Augen zu und schüttelte angewidert den Kopf.

»Mein Sack juckt und das bedeutet, es wird Ärger geben.« Er deutete mit dem Finger auf uns. »Ihr drei seht nach Scherereien aus.«

Liam und Navarion tauschten einen kurzen Blick. »Wir wollen keinen Ärger«, sagte Liam schließlich und doch schwang in seiner Stimme die unausgesprochene Aufforderung mit, ihn herauszufordern. Unwillkürlich verdrehte ich die Augen. So ein Hammel! Wir waren auf die Hilfe dieser Leute angewiesen, auch wenn ihm das gewaltig aufstieß. Geschickt umrundete ich die Krieger vor mir und ignorierte ihren Protest. Ich war unter Männern aufgewachsen und brauchte ihren übereifrigen Schutz nicht. Diese fürsorgliche Art passte nicht zu den groben Kriegern, die mich noch vor wenigen Stunden so zugerichtet hatten. Ihr Verhalten weckte meinen Argwohn und mein Misstrauen mehr, als ich sie gegenüber den Verbannten, die auf dieser Insel lebten, verspürte.

Ich lief zu den Menschen, die uns skeptisch beobachteten. Nichts an ihnen wirkte ernsthaft gefährlich. Hier waren wir die Eindringlinge. »Wir werden uns an eure Regeln halten. Ihr werdet gar nicht bemerken, dass wir hier sind. Das verspreche ich euch.«

Zuerst antwortete mir nur Schweigen, doch dann hallten einzelne Rufe über den Innenhof. »Lass sie hierbleiben!«

»Wenigstens die Nacht über!«, hörte ich eine Frau sagen.

Der Mann vor uns kratzte sich am Kopf. Unschlüssigkeit lag in seinem Blick. Er hatte allen Grund, uns zu misstrauen. Er hatte allen Grund, mir zu misstrauen. Besonders mir, doch statt ihn zu warnen, lächelte ich ihm freundlich entgegen und versuchte so unschuldig wie möglich auszusehen. Mag sein, dass sie in einem früheren Leben gemordet, geplündert, gestohlen, gelogen und sich an Frauen vergangen hatten. Hier und jetzt hatten sie sich zusammengeschlossen, weil sie nur so überleben konnten, und wir waren jetzt, ob wir es wollten oder nicht, ein Teil davon.

»Hör auf, den Anführer raushängen zu lassen, Jeteff. Das Mädchen ist verwundet«, hörte ich die tattrige Stimme einer alten Frau. Wenige Augenblicke später schälten sich zwei Gestalten aus der Masse an Leuten. Ein junges Mädchen, an dessen Schultern sich eine alte Frau festhielt, die gebeugt und mit hängendem Kopf hinter ihr herlief. Wenige Schritte vor mir blieb das Mädchen stehen, dessen dunkle Haare zu einem dicken Zopf geflochten über die Schulter hingen. Neugierig musterte sie mich mit ihren braunen Augen. Die Alte hinter ihr hatte weißes Haar, das ihr wirr vom Kopf abstand, so als hätte sie sich einmal zu viel die Haare gerauft. Als sie sich aufrichtete und ihr Blick mich streifte, zuckte ich unwillkürlich zurück. Ihre Augen waren so farblos wie ihr Haar. Dort, wo die Iris hätte sein sollen, sah ich nur das Weiß, das ihren Blick vollkommen ausfüllte. Die alte Frau war blind und doch sah sie mir direkt in die Augen. Ein kaltes Prickeln zog mir über die Haut und auch der Drache fröstelte in mir. Ich war mir sicher, dass diese Frau mich nicht nur sehen konnte, sie sah auch, was ich war. Sie sah den Drachen.

»Schwarze Magie. Du wurdest vergiftet, Mädchen.« Die Alte murmelte und hob einen zittrigen Arm, mit dem sie mich zu sich winkte. »Komm her und zeig mir deine Schulter.«

»Vergiftet?! Seit wann bedient sich Gardorath dunkler Mächte, um jemanden zu bestrafen?«

Liam schoss nach vorn. Schnell legte ich ihm meine zittrige Hand auf die Brust und hielt ihn zurück. Unmerklich schüttelte ich den Kopf.

Einen Moment sahen wir uns an. Unter meinen Fingern spürte ich seinen kräftigen Herzschlag und die viel zu hastigen Atemzüge. Wärme breitete sich unter meiner Hand aus. Schnell zog ich sie zurück und konzentrierte mich auf den Mann, der hier wohl ein Anführer war. »Das war nicht der Drachenkönig.« Ich räusperte mich und sprach mit belegter Stimme weiter. »Das verdanke ich meiner Familie.«

Die alte Frau fluchte laut. »Jetzt ist aber genug, Jeteff! Sie brauchen Hilfe und die sollen sie hier bekommen. Wir sind schließlich keine Barbaren. Zumindest versuchen wir, keine zu sein.«

Jeteff krauste die Lippen, wobei sich die Narbe ebenfalls verzog und sein Gesicht leicht entstellte. Noch einmal kratzte er sich zwischen den Beinen. »Von mir aus«, knurrte er und stapfte zu einer Gruppe Männer, die unweit von ihm stand. Sie wechselten einige Worte, dann verschwand Jeteff in einem der Gebäude, während die anderen uns nicht aus den Augen ließen.

»Macht euch nichts daraus«, meinte die Alte. »Er ist ein grober Klotz, hat aber das Herz am rechten Fleck. Mein Name ist Estith und diese junge Perle ist Phaesri, meine Enkelin.« Sie murmelte dem Mädchen etwas zu und Phaesri lief eilig in ein Gebäude hinein. Wenige Augenblicke später kam sie mit einem dunklen Umhang in der Hand zurück, den sie mir lächelnd entgegenhielt. Dabei sah sie mich mit so viel Güte in den Augen an, dass ich gar nicht anders konnte als zurücklächeln. Dankbar nahm ich ihn und legte ihn mir umständlich um die Schultern, wobei

mich wieder ein Schmerzblitz im linken Arm durchfuhr. »Danke«, murmelte ich und Phaesri lächelte noch breiter.

»Kommt!« Estith winkte uns zu sich. Gestützt von dem Mädchen, lief sie schwerfällig vor uns her. Mir viel auf, dass Phaesri bis jetzt keinen Ton gesagt hatte.

»Du bist zu jung, um dich eines Vergehens schuldig gemacht zu haben. Bist du hier geboren, Phaesri?« Das Mädchen nickte, schwieg aber weiter. »Bist du immer so still?« Beschämt senkte sie den Kopf.

»Ja das ist sie«, sagte die alte Frau und nach einer kurzen Pause setzte sie nach: »Meine Enkelin kam hier auf dieser Insel zur Welt und hat nie gesprochen oder auch nur einen Ton von sich gegeben. Nicht einmal als Wickelkind.«

»Niemals?«, flüsterte ich. »Keinen einzigen Ton? Kein Weinen, kein Lachen?«

Estith schüttelte den Kopf. »Nein, niemals. Ich denke, sie kam ohne eigene Stimme zu uns, um uns daran zu erinnern, dass auch wir keine eigene Stimme mehr besitzen.«

Navarion lief mit Moril im Arm neben der alten Frau und ihrer Enkelin her, die fasziniert auf den Waschbären blickte. »Darf ich Euch fragen, was passiert ist? Warum seid Ihr hier auf dieser Insel?« Aufrichtige Neugier schwang in seiner Stimme mit. Phaesri blieb vor einem kleineren Gebäude stehen und öffnete die Holztür. Das Flackern eines Kaminfeuers erhellte den Raum dahinter. Als ich in die wohlige Hitze trat, seufzte ich leise und rannte beinahe zur Feuerstelle, wo ich mich dicht an die Flammen stellte, um mich zu wärmen.

»Weil ich meinen Ehemann getötet habe, mein Junge«, antwortete Estith nach kurzem Zögern. »Er war mir zu neugierig.«

Navarions Schritte gerieten ins Stocken. Estith zwinkerte ihm mit einem von tiefen Falten umspannten Auge zu und begann zu lachen. Navarion lachte mit, das klang bei ihm aber eher wie Morils gackern.

»In meinem Alter darf ich spitzzüngig sein, junger Krieger. Mehr als schwarzer Humor bleibt uns hier nicht.«

Sosehr ich es auch wollte, ich konnte mir diese Frau einfach nicht als jemanden vorstellen, der einem anderen das Leben raubte. Eine Mörderin.

»Habt ihr wirklich getötet?«

Sie nickte. »In einem anderen Leben, so scheint es mir. Ich war nur ein paar Jahre älter als Phaesri jetzt. Mein Eheherr war ein junger Beamter des Königs, ein gut aussehender und wohlhabender Mann mit Einfluss. Viele Monate hatte er um mich geworben, hatte meine Eltern, die beide Heiler waren, davon überzeugt, dass er der richtige Mann war, um mich in die Ehe zu entlassen. Doch schon in der ersten Nacht hat er mir wehgetan, hat sich an mir vergangen, mich geschlagen und mich erniedrigt. Viele Monde lebte ich in seiner Hölle, bis ich es nicht mehr aushielt und ihm sein eigenes Schwert ins Herz jagte, als er sich wieder an mir verging.«

»Aber das klingt nach Verteidigung, nicht nach kalkuliertem Mord«, sprach Liam aus, was ich dachte.

Estith lachte freudlos. »Seine Familie war einflussreich. Sie überzeugten das Tribunal von meinem kaltblütigen Vorsatz und ich wurde hierher verbannt.«

»Das sieht unserem König nicht ähnlich. Er ist der gerechteste und aufrichtigste Mann, den ich kenne.« Liam blickte traurig zu Estith und ihrer Enkelin. »Zumindest war das so, bis er seine Familie verloren hat«, murmelte er so leise, dass ich mir nicht sicher war, ob dieser letzte Satz wirklich für unsere Ohren bestimmt war.

»Oh, da bin ich mir sicher, junger Heerführer. Es gehört nicht zu den Aufgaben des Königs, jedem Tribunal vorzustehen. Dafür hat er den Druiden und die Anführer der Clans, doch die handeln nicht immer uneigennützig.«

Liam musste nichts dazu sagen. Was er dachte, konnte jeder in seinem Gesicht lesen. »Ihr wisst also, wer ich bin. Woher?«

»Ich sehe mehr als Ihr ahnt, junger Herr.« Sie tippte sich an die Augen. »Je trüber sie wurden, desto klarer konnte ich die Welt um mich herum wahrnehmen. Menschen kommen und sterben auf dieser Insel. Ich habe im Laufe der Jahre viele Schicksale erlebt, womit ich nicht sagen will, dass hier nur Unschuldige bestraft wurden. Wir haben alle Schuld auf uns geladen, doch nicht jeder hat ein Leben in Verbannung auch verdient.« Sie strich ihrer Enkelin über die Haare. »Vor allem nicht unsere Kinder.«

Ich hatte genug gehört. Das alles stärkte nur mein Bild, das ich von dem Drachen hatte. Was auch immer diese Menschen getan hatten, um hierher verbannt zu werden, das hier war nicht mehr als ein Todesort. Niemand kümmerte sich um Ordnung, niemand half diesen Menschen, wenn sie krank waren, verzweifelt oder nichts zu essen hatten, weil der Winter hart und lang war. Keiner schützte sie vor den Homunkulussen. Sie wurden ausgeschlossen und ihrem Schicksal überlassen.

»Der König hatte nach einem Weg gesucht, das Volk vor Missetätern zu schützen, ohne sie in ein Verlies zu sperren, in dem sie jahrelang saßen und auf ihren Tod warteten, ohne jemals die Sonne wiederzusehen. Kerker waren ihm zuwider. Er missbilligt Folter und Qualen, doch genau das war Alltag in Emireschas Verliesen, bevor er diese Insel fand und die Insassen der Kerker herbringen ließ. Er wollte den Clans nicht länger die Verantwortung zur Führung eines eigenen Kerkers überlassen.« Während Liam sprach, hatte er ausschließlich mich angesehen, als ob er ahnte, was in mir vorging.

»Gut gesprochen, junger Heerführer, doch ich glaube, der König hat diesen durchaus gut gemeinten Weg nicht bis zu Ende gedacht. Auch wenn nicht jeder es verdient hat, auf diese Insel verbannt zu werden, gibt es genug Missetäter hier, denen ich einen Kerker wünsche. Menschen, in deren Brust ein kaltes Herz schlägt und deren Seele so dunkel ist, dass selbst die Ghulkönigin sie nicht anrührt.«

»Ihr seid eine Seherin«, murmelte Liam, der plötzlich neben mir stand und sich ebenfalls am Feuer wärmte. In der Behaglichkeit, die mich einhüllte, spürte ich die Erschöpfung, die seit Stunden an mir nagte, um vieles intensiver. Meine steifen Muskeln entspannten, weshalb ich die pulsierenden Schmerzstiche in meiner Schulter und dem Arm nun viel deutlicher wahrnahm. So seltsam das auch klang, bis jetzt hatte mich die Anspannung aufrecht gehalten, doch jetzt wich sie allmählich abgrundtiefer Erschöpfung. Meine Glieder zitterten nicht mehr vor Kälte, sondern vor Anstrengung und dem immer stärker werdenden Reißen in der Wunde. Meine Fußsohlen brannten höllisch.

»Lass mich die Wunde sehen, Mädchen«, sagte die alte Frau. Schwerfällig kam sie zu mir ans Feuer. Ihre Enkelin schob ihr einen Stuhl vor den Kamin, sodass sie sich hinter mich setzen konnte, und rannte dann in einen Nebenraum, aus dem sie einen Beutel brachte, der nach Kräutern roch.

»Darf ich?« Vorsichtig streifte die Alte den Mantel von meiner Schulter, strich meine Haare zur Seite und begann damit, die Ränder der Wunde abzutasten. Unter jeder Berührung ihrer kühlen Finger zuckte ich mehr zusammen. Ich schloss die Augen und ließ sie machen. Ich wusste nicht warum, aber aus irgendeinem Grund vertraute ich der Frau und ihrer Enkelin.

»Ich kann die Entzündung mildern und die Blutbeulen heilen, aber gegen diese Art von dunkler Magie bin ich machtlos.«

Liams Keuchen ließ mich aufblicken. Ich sah Wut und Zorn in seinen Augen, aber auch Angst. In einer seltsam verwirrenden Geste fuhr er sich mit den Händen über das Gesicht und schien einen Moment in sich zusammenzufallen.

Als er mich wieder ansah, lag so viel Mitgefühl in seinen Zügen, dass sich meine Kehle zusammenschnürte.

»Wir haben Euch gerade erst gefunden. Das darf nicht sein. Wenn Euch etwas geschieht, wird das König Gardorath endgültig zerstören.« Es war seltsam, wie er über den Drachen sprach, der mein Vater war und den ich doch nicht als diesen annehmen konnte. Mit Tränen in den Augen starrte ich auf das Armband, das mich mein ganzes Leben an meine Mutter erinnert hatte. Zumindest das war keine Lüge. Vorsichtig strich ich über die Glieder des Schmuckstückes.

»Was ist mit meiner Mutter geschehen?«, würgte ich die Frage hervor, die mir schon seit Stunden auf der Zunge brannte. Ich ahnte die Antwort, als Liam und Navarion schwiegen. Bittere Verzweiflung schnürte mir die Kehle zu. »Hat mein Vater ...« Ich schluckte und schloss die Augen. »Hat Yadiran sie getötet?«

»Ja«, murmelte Liam schließlich. Schluchzend sackte ich in mir zusammen. Ich hatte keine Kraft mehr, keinen Mut, keine Hoffnung. Weinend schlang ich einen Arm um meinen Kopf, barg das Gesicht darunter und zog die Beine an. Eingerollt wie ein Kleinkind lag ich vor dem Feuer auf dem Steinboden, dessen Kühle ich trotz des dicken Mantels unter mir spürte. Für den Moment waren wir in Sicherheit. Für den Moment gestand ich mir die Schwäche zu, der ich nichts mehr entgegenzusetzen hatte. Die Verzweiflung begrub mich unter sich und riss mir ein tiefes Loch ins Herz, genau dort, wo ich nach wie vor die Liebe zu einem Mann verspürte, der mir mein Leben geraubt und meine Mutter aus Rache für seinen eigenen Verlust getötet hatte. Ich

weinte um meine Mutter, um meinen Vater und Abren. Ich weinte um die Familie, die ich verloren hatte. Der Schmerz zerriss mich von innen. Ich spürte, wie der Drache sich in mir wand und quälte. Ich ließ es zu. Sollte er sich krümmen. »Winsle«, flüsterte ich in mich hinein. »Winsle und leide. Du hast nichts Besseres verdient. Wir haben nichts Besseres verdient.«

»Es tut mir leid, Flee«, flüsterte Liam dicht an meinem Ohr. So dicht, dass ich seinen warmen Atem auf der Wange spürte. Er berührte die Blutbeulen am Kiefer und dem Schlüsselbein, so federleicht, dass es genauso gut Einbildung hätte sein können. »Alles tut mir leid.«

Der Sinn des Lebens ist es, ihm einen Sinn zu geben

Sie trugen ihm wie jeden Abend das Essen in die Gemächer des Westflügels. Die Dienerschaft hatte sich an die karge Einrichtung auf dieser Seite des Schlosses gewöhnt. Blankes Mauerwerk, graue Steinböden und Decken ohne Malereien. Niemand wunderte sich darüber, dass der König die mageren, schmucklosen Räume denen im Südflügel vorzog. Sie alle trauerten mit ihm, jeder Einzelne vermisste das lebhafte Treiben im Herrschersitz. Feste, zu denen das ganze Volk eingeladen gewesen war. Händler, die ihre Waren in gewandten Reden angepriesen hatten. Barden, die gesungen und alte Weisen vorgetragen hatten, mit denen sie das Volk erfreut und die Königsfamilie zum Lachen verleitet hatten. Ein Lachen, das die Räume und Gänge mit Wärme gefüllt hatte. Jetzt huschten nur noch die Dienerschaft und die Druiden über die Flure und der König mied den Seitenteil mit dem großen, runden Turmzimmer, in dem noch immer jeder Winkel, jede Vase und jedes Gemälde an der Wand die Handschrift seiner Königin Sisneh trug. Seit vierzehn Jahren öffneten sich die Flügeltüren in diesen Teil des Schlosses nur einmal in jedem Jahr. An ihrem Todestag, um die wertvolle Einrichtung von Staub, Spinnen und Schmutz zu säubern. So mancher der wohlhabenden Druiden, die zum engsten Beraterkreis zählten, empfand dies als Verschwendung, das gaben sie jedoch nie offen zu. Keiner von ihnen war mutig genug dafür.

Die Diener stellten die silbernen Tabletts ab, verbeugten sich und verließen den König so still, wie sie gekommen waren. Der Geruch nach scharf gebratenem, gut gewürztem Fleisch und frisch gebackenem

Roggenbrot breitete sich in dem großen Raum aus. Wein und Wasser standen in kleinen Krügen auf einem der Tabletts, ein goldener Becher daneben. Die einzige Pracht, die einen verhaltenen Hinweis darauf gab, für wen das Mahl bestimmt war. Der König beachtete die Speisen nicht. Wenn er aß, tat er es mechanisch, aus purer Notwendigkeit. König Gardorath rieb sich über die Augen, unter denen man die Erschöpfung deutlich sehen konnte.

Seit Tagen suchte jeder Späher im Heer des Drachenkönigs nach dem Feldherrn und seinen beiden Begleitern, mit denen er vor einer Woche aufgebrochen war, um am Beltainefeuer teilzunehmen und seine Mutter zu besuchen, die seit dem Tod ihres Mannes Astrama verlassen hatte. Sie hätten längst zurück sein müssen. Während seine Berater hinter vorgehaltener Hand von Ausschweifungen und Verantwortungslosigkeit sprachen, vertraute Gardorath seinem Feldherrn und war sich sicher, dass etwas passiert sein musste.

Der Kundschafter trat in den Wohnbereich des Königs, der am bodentiefen Fenster stand und nachdenklich auf das Meer blickte, dessen Oberfläche für den Betrachter durch die vielen kleinen Prismen verzerrt dargestellt wurde. Der König drehte sich nicht um, als der Kundschafter sich hinter ihm tief verbeugte und dabei fiebrig auf das silberne Tablett schielte. Er hatte seit Tagen kaum etwas gegessen.

»Habt ihr den Heerführer gefunden?«

Der Mann erhob sich. »Nein, mein König. Nur Benorian, den Hengt des Feldherrn, und Navarions

Stute. Sie kamen uns entgegengelaufen, eine Tagesreise entfernt am Mondwiesfluss. Die Tiere waren gezäumt, gesattelt und der Reiseproviant mit den meisten Waffen war ebenfalls in den Taschen. Heerführer Liam und seine Begleiter sind unauffindbar.«

König Gardorath ließ die angespannten Schultern sinken. »Habt ihr Saarat durchsucht? Gibt es Hinweise auf die Rudall Koer?«

»In der Tat, der Schlachtenlenker war mit seinen Kriegern dort, doch auch sie sind vor Tagen abgereist. Kein Hinweis darauf, wohin. Jedoch haben wir von der Mutter des Heerführers erfahren, dass es einen Zwischenfall während der Beltainefeierlichkeiten gab. Rudall Koer hatten sich unter die Leute geschlichen. Heerführer Liam hatte sie enttarnt, es kam zum Kampf und es gelang ihnen, eine Rudall Koer zu überwältigen.«

Nun drehte sich der König doch zu dem Mann um. »Eine Rudall Koer? Eine Frau?«

»Ja, mein König. Sie wollten die Ghul nach Astrama bringen.«

König Gardorath rieb sich über die Augen und schüttelte den Kopf. »Yadiran hat meines Wissens nach keine Frau unter seinen Kriegern. Wo sind die drei da nur hineingeraten und warum war keines ihrer Geisttiere hier, um uns die Botschaft zu überbringen?«

»So wie die Pferde aussahen, hatten sie dazu keine Zeit. Entweder sie sind gefangen worden oder …«

»Ihr habt recht«, unterbrach ihn der König. »Etwas hindert sie daran und wir müssen herausfinden, was vorgefallen ist.«

Der Mann verbeugte sich tief. »Ja, mein König.« Er hatte Mitleid mit dem König, der bereits mehr verloren hatte, als ein Mann verkraften konnte. Wie alle Bewohner Astramas, machte er sich Sorgen um den Gemütszustand seines Königs. Niemand sprach darüber, aber alle wussten es. Er aß kaum, schlief noch weniger und der Späher schwor, dass er schon des Öfteren in stillen Nächten ein leises Weinen aus dem Gemach des Königs vernommen hatte. Ein so herzzerreißendes Schluchzen, dass es ihn auch jetzt aufwühlte, wenn er in die gebrochenen Augen seines Königs blickte.

Trägt nicht alles, was uns Angst macht, die Farbe der Nacht?

Der Junge kauerte hinter dem Verschlag einer Fischerhütte und blickte schweigend aufs Meer hinaus, das von den großen Feuerschalen, die zu beiden Seiten des Hafenbeckens angebracht waren, in orangegelb zappelndes Licht getaucht wurde. Abren hatte, seit sie sich aus dem Wirtshaus geschlichen hatten, keinen Ton gesprochen. Ob der Junge wusste, dass sein Schweigen mehr verriet, als ihm lieb sein konnte? Vermutlich nicht. Sein Verstand war dafür nicht scharf genug. Yadirans dafür umso mehr. Er ahnte, dass der Junge Flee absichtlich in die Fänge des Heerführers getrieben hatte. Um sie vor ihm zu beschützen. Yadiran war nicht entgangen, wie innig das Vertrauen zwischen ihnen war, und er selbst trug Schuld daran. Er hatte das Mädchen wie eine Tochter großgezogen. Zumindest annähernd. Zu Beginn war es ihm schwergefallen, sich überhaupt in der Nähe der Drachenprinzessin aufzuhalten. Er hatte es der Nurse und dem Jungen überlassen, sich um sie zu kümmern. Erst nachdem das kleine Mädchen ihn mit tränenfeuchten Augen angesehen, die Hände zu ihm ausgestreckt und gefragt hatte, ob er sie nicht lieb hatte, riss er sich zusammen und verbrachte Zeit mit ihr. Doch je länger sie bei ihm gewesen war, desto leichter war ihm das Vergessen gefallen. Er hatte vergessen, wer sie war, und zugelassen, dass ihre kindliche Liebe und Zuneigung ihn um den Finger wickelte. Für ein paar wundervolle Jahre war es gewesen, als ob sein Kind wieder bei ihm war. Zumindest so lange, bis die Zeit immer schneller verstrichen war und Flees Träume sich verschlimmert hatten. Ihre nächtlichen Schreie und die Frau, zu der sie sich entwickelt hatte, hatten seinen Verstand geklärt. Sich für sie zu entscheiden, hätte geheißen, seine tote Frau und Tochter im Stich zu lassen. Seine Männer und nicht zuletzt seine Königin. Das wäre ein Verrat gewesen, mit dem er nicht hätte leben können. Das Mädchen bedeutete ihm nichts, zumindest nicht genug. Sie war die Tochter seines Feindes. Des Mannes, der ihm seine Familie genommen hatte. Immer öfter hatte Yadiran das Wesen in ihr gesehen, das nur seines Zaubers wegen noch nicht erwacht war. Trotzdem hatte der Drache einen Weg gefunden, um sich bemerkbar zu machen. Er hatte sich in Flees Träume geschlichen. Bis zuletzt hatte Yadiran dies zu seinen Gunsten nutzen können. Trotzdem machte ihm die Tatsache, dass sie seinen Zauber hatte umgehen können, Sorgen. Es bedeutete, dass in Flee ein mächtigerer Drache schlief, als er bisher angenommen hatte. Das war gut für die Königin, wenn sie sich von der Drachenseele nähren konnte, doch das hieß auch, dass Flee, sollte sie sich dieser Kraft bewusst werden, eine gefährliche Gegnerin war. Sein Sohn war sich der Tragweite seines Handelns nicht bewusst. Wie sollte er auch. Abren war schon immer viel zu weich. Er dachte mit dem Herzen, nicht mit dem Verstand. Der Junge war wie Yadiran in jungen Jahren. Er war sein Sohn, doch es war keine Liebe, die er für ihn empfand. Seine Fähigkeit, überhaupt etwas zu empfinden, war mit seiner Familie gestorben. Nur der Schmerz und sein Hass waren ihm geblieben. Er gab zu, dass er sich an Abren gewöhnt hatte. Genauso wie an Flee, doch das hielt ihn nicht davon ab, sie

beide zu opfern. Die Ziele der Rudall Koer waren höher, gingen über das Schicksal der beiden Kinder, selbst über sein eigenes hinaus. Für ihn ging es längst nicht mehr nur darum, seine Königin zu befreien. Er hatte eine Verantwortung gegenüber seinem Volk, das heimatlos und ohne Traditionen sein Dasein in ganz Emirescha verstreut fristen musste. Unter einem König, der sie unterjochte und nicht der ihre war.

Yadiran sah zu seinem Sohn. Noch hatte er die Wahl, sich für seine Seite zu entscheiden. Noch konnte Abren sich retten. Yadiran verlagerte das Gewicht auf den anderen Fuß. Seit einer Ewigkeit kniete er hinter einem Holzstapel nahe der Stadtmauer. Ihm schmerzten die Glieder, doch das Schicksal meinte es gut mit ihnen. Noch vor wenigen Stunden war der Himmel sternenklar gewesen. Nun verdeckten dicke Wolkenbänder den Mond und die Nacht verhüllte seine Männer, sobald er und Abren die Feuerschalen löschten. Vier Schiffe lagen im Hafen vor Anker, die die Besatzung bei Tagesanbruch nach Ganbert, NasesMej oder sogar bis nach Astrama, der Stadt des Drachenkönigs, bringen sollten. Er hoffte, dass die Schiffe genug Essen und vor allem Wasser geladen hatten, damit sie die zwei Tage auf See ohne hungrige Männer übersetzen konnten. Nichts war schlimmer als ein Rudel hungernder Rudall Koer.

Ein tiefes Brummen schreckte Yadiran auf. Das war Vilgos Ruf.

Sie kamen!

Er sah zu dem Jungen, der den Laut ebenfalls gehört hatte. Er kauerte bereits angespannt hinter dem Verschlag, einen großen Kübel mit Sand in der Hand, um das Feuer in der Schale damit zu ersticken. Köcher und Bogen trug der Junge um den Oberkörper geschnallt. Sie mussten schnell sein.

Yadiran nahm seinen Kübel, zurrte seine eigene Waffe um die Brust zurecht und nickte Abren zu. Zeitgleich schossen sie nach vorn. In

einem hohen Bogen wirbelte der Sand durch die Luft und bedeckte im nächsten Moment die Flammen, die sofort erloschen. Der Hafen lag in vollkommener Dunkelheit. Nur auf der Wehrmauer leuchteten die Fackeln. Yadiran nahm seinen Bogen, spannte ihn und zielte auf den ersten Wachmann, der sich zum Liegeplatz umgedreht hatte. Der Pfeil surrte in dem Moment durch die Luft, als seine Männer den Hafen erreichten. Sie wateten im kniehohen Wasser um die Stadtmauer herum und traten auf den Strand. Ein kurzes Röcheln, dann strauchelte die Wache und stürzte von der Mauer auf den staubigen Boden. Abren hatte zwei weitere Wachmänner getroffen und zielte gerade auf den dritten Mann. Überrascht zog Yadiran die Brauen hoch. Im Training war der Junge ein mittelmäßiger Schütze. Abren bemerkte seinen Blick und zog die Schultern hoch.

»Glückstreffer.«

Das bezweifelte er, doch Yadiran schwieg, denn in dem Moment trat Vilgo zu ihm. »Eure Befehle, Feldherr?« Vilgo war wohl noch immer verärgert.

Er zeigte zu den Schiffen. »Lasst die Mannschaft am Leben, wir brauchen sie, um nach Mongana zu gelangen.« Vilgo nickte knapp, den Mund bärbeißig verzogen. Er zischte einigen Männern Befehle zu und machte sich mit ihnen auf den Weg ins Wasser. Gut verschnürt und mit einem Knebel zum Schweigen verdammt, zogen drei Rudall Koer den Krieger des Königs zum Hafen. Ein weiterer trug den Käfig mit dem Falken, dessen Schnabel ebenfalls zugebunden war. Der Krieger wehrte sich heftig, bohrte Leanderd seinen Ellbogen in den Magen, der dies sofort mit einem Schlag auf den Kopf erwiderte. Der Krieger strauchelte und die Männer zerrten ihn zu den anderen Gefangenen, die reglos am Boden saßen. Yadiran hörte das stille Schluchzen der beiden Frauen. Der Schmied und sein Sohn starrten wie gelähmt auf die toten Wachen am Boden.

»Leanderd, du und deine Gruppe bleibt bei den Gefangenen. Bringt sie erst zu den Schiffen, wenn wir euch das Zeichen geben. Abren sichert euch den Rücken.« Leanderd nickte entschlossen. Nichts anderes erwartete er von ihm. Der Ghul diente bereits viele Jahre unter ihm, war älter als Yadiran und stand loyal an seiner Seite. »Los«, knurrte Yadiran und folgte den anderen ins Wasser, während Abren und drei weitere Bogenschützen die restlichen Stadtwachen ausschalteten und die Fischer überwältigten, die so dumm waren, sich aus ihren Häusern zu wagen. Ein Bewohner rief um Hilfe und schlug mit seinem Schwert gegen eine Tränke aus Metall. Yadiran fluchte. Das laute Klackern weckte die Stadtbewohner. Ihnen lief die Zeit davon. Einer seiner Krieger folgte dem Mann in die Gassen, durch die er rannte und Alarm schlug. Augenblicke danach verstummte das Geklapper.

Mit einem Sprung tauchte Yadiran ins eisige Wasser ein. Einen Augenblick lang raubte ihm die Kälte den Atem und er sog zischend Luft ein, doch dann schwamm er in schnellen, kräftigen Zügen zu einem der Schiffe, das ihm am nächsten war. Die Rudall Koer kletterten bereits an den Ankerseilen entlang über die Reling. Er hörte Kampfgeräusche. Am Hafen sammelten sich immer mehr Stadtwachen. Sie kamen aus allen Ecken. Pfeile flogen durch die Luft bis zu ihm. Yadiran überholte einen seiner Männer, der jäh aufkeuchte und dann reglos unterging. Das Letzte, was er sah, war der Pfeil, der im Hals des Rudall Koer steckte.

Am Strand zerrte Leanderd mit seinen Männern den Krieger des Königs und den Schmied mit seiner Familie in eines der kleinen Boote. Sein Plan, die Schiffe ohne großes Aufsehen zu entern, war fehlgeschlagen. Jetzt mussten sie so schnell wie möglich nach Mongana, ehe der Drachenkönig davon erfuhr und sich Yadirans Pläne zusammenreimte. Mit wallendem Zorn in den Adern kletterte er über die Reling aufs Schiff. Mit Wucht kam er auf den Planken auf, zog sein Schwert und durchbohrte damit einen Mann der Besatzung, der mit einem Dolch zugestochen und ihn verfehlt hatte. Seine Männer hatten die restliche Mannschaft am Heck zusammengetrieben. »Wenn euch euer Leben etwas wert ist, dann ergebt euch!«, bellte er die verängstigte Crew an. Vilgo trat zu ihm. »Die Schiffe sind in unserer Gewalt und die Gefangenen kommen gerade an Bord.«

»Wir warten auf Abren, dann lichtet die Anker und treibt die Leute zur Eile an.« Vilgo öffnete den Mund, doch Yadiran ahnte, was er sagen wollte und brachte ihn mit einer unwirschen Handbewegung zum Schweigen. »Der Junge kommt mit oder willst du riskieren, dass er Gardorath unsere Pläne verrät, wenn er gefangen wird?«

»Wir könnten ihn töten. Ein Toter redet nicht.«

Yadiran blickte zu dem Jungen, der im Hafen unermüdlich kämpfte und ihren Rückzug sicherte. Nein, noch gab er die Hoffnung nicht auf, dass Abren sich für die richtige Seite entschied. Für seine Seite. »Die Bogenschützen sollen die Stadtwachen mit einem Pfeilschwarm zurückdrängen.« Vilgo nickte. »Und sorg dafür, dass keiner der Pfeile den Jungen und die übrigen Krieger trifft. Nur die Wachen, hast du verstanden, Vilgo?«

»Ich verstehe, Schlachtenlenker.« Yadiran konnte sehen, wie gut sein Stellvertreter verstand. Besser, als ihm lieb war.

Wir ließen sie allein. Sosehr ich es mir auch wünschte, sie würde meinen Trost nicht annehmen. An der Tür blieb ich stehen und blickte noch einmal zurück. Flerya lag vor dem Feuer auf dem Boden, den Mantel um sich geschlungen schluchzte sie heftig. Ihr Haar leuchtete im Schein der Flammen glutrot. Sie sah so zerbrechlich aus, so sanft und doch erkannte ich die Kraft der

Drachen in ihr. Ich hatte diese fälschlicherweise mit der Stärke der Ghul verwechselt. Dabei strahlte ihr wahres Wesen aus jeder Pore ihres zartgliedrigen Körpers.

Navarion klopfte mir auf die Schulter. »Komm, mein Freund. Moril bleibt bei ihr, mehr können wir nicht tun. Mit ihrem Schmerz muss sie allein fertig werden.«

Ich schloss die Tür und folgte gemeinsam mit Navarion der alten Frau, die uns über den nun menschenleeren Innenhof zu einem anderen Gebäude führte.

»Ich weiß, wie es ist, den Vater zu verlieren, mein Freund. Ich kenne den Schmerz, den sie jetzt erleidet.«

»Gardorath ist ihr Vater«, flüsterte Navarion. Wir hielten Abstand zu Estith und ihrer Enkelin. Die Seherin wusste bereits jetzt schon zu viel.

»Nein, Flee kennt nur einen Vater: Yadiran. Und er hat sie schändlich verraten. Mein Vater ist gestorben, aber ich wusste immer, wie sehr er mich geliebt hat.«

Navarion seufzte und wischte sich mit der Hand über das Gesicht. »Ich möchte dem Schweinehund gern die verdorbene Seele aus dem Leib prügeln und ihn anschließend am nächsten Baum aufhängen.«

»Dann stell dich hinten an«, knurrte ich.

Phaesri öffnete die Tür zum gegenüberliegenden Gebäude, dessen Mauern aus den gleichen rötlichen und gelben Steinquadern bestanden wie die restlichen im Tempel. Das Dach war gedeckt mit gebrannten Tonziegeln, die zum Teil von dickem Moos überzogen waren. An einer Stelle klaffte ein dunkles Loch im Dachstock, Regen drang ins Innere. Die Holztür hing leicht schief in den Angeln und schabte über den Boden, als Phaesri sie aufzog. Das Mädchen führte die alte Frau zu einem hohen Lehnstuhl in der Nähe einer Feuerstelle, die sich hier in der Raummitte befand. An den Wänden waren mehrere aus Stein aufgeschichtete Öfen, über denen Kessel in verschiedenen Größen hingen. Kochstellen. Estith hatte uns in die Küche gebracht und kaum hatte ich den Gedanken zu Ende gedacht, knurrte mein Magen wie ein wilder Wolf.

Die alte Frau lachte. »Setzt euch, meine Enkelin holt euch etwas zu essen.«

Wie von selbst blickte ich zur Tür. »Was ist mit Flee? Sie hat sicher ebenfalls Hunger.«

Die Alte nickte. »Meine Enkelin wird ihr Essen und auch Kleidung bringen, aber jetzt lassen wir ihr ein wenig Zeit.« Sie sah uns scharf an. »Ich habe das Gefühl, sie kann sie brauchen.« Phaesri reichte uns einen Becher mit einer dampfenden Flüssigkeit. »Danke, mein Kind«, murmelte Estith. Einige Minuten starrte sie gedankenverloren in ihr Trinkgefäß. Ich roch an dem Trank, der stark nach Kräutern duftete, und nippte daran. Tee, und er schmeckte fast genauso intensiv wie der Aufguss, den meine Mutter immer für mich machte. Meine Mutter, die keine Ahnung hatte, in welcher Gefahr sie und alle anderen Bewohner Emireschas schwebten. Die Rudall Koer waren mit Sicherheit bereits auf dem Weg zu uns und wir saßen auf dieser Insel in der Falle, ohne Möglichkeit, meinen König zu warnen. Ich konnte niemanden warnen! Und dann waren wir ausgerechnet mit der Prinzessin und Kemantie nicht weit von Aines Kerker entfernt. Auf keinen Fall durfte ich zulassen, dass Yadiran die Ghulkönigin befreite. Sie war verdorben und strebte nach der alleinigen Macht über alle Völker. Unter ihrer Herrschaft würden die Ghul ungestraft weiter Seelen rauben. Niemand wäre mehr sicher. Ein neues, dunkles Zeitalter würde über uns hereinbrechen. Zorn brauste durch meine Adern und ich hieb vor Wut mit der Faust auf den Tisch. Selbst erschrocken über den Krach, den ich verursachte, sah ich zu Estith, die meinen Blick aber vollkommen ruhig mit ihren blinden Augen erwiderte.

»Ihr müsst es Jeteff und den anderen sagen, Liam.« Neben mir keuchte Navarion.

»Was soll ich Jeteff sagen und woher kennt Ihr meinen richtigen Namen?«

Sie lächelte zahnlos. »Ich sehe dich, Undine. Du bist der stärkste Wassermagier deines Clans. Ich kannte nur einen Mann mit deinen Fähigkeiten und nehme an, er war dein Vater. Rosdor, der große Heerführer des Drachenkönigs.«

»Ihr kanntet meinen Vater?«

»Oh ja, er war in Eurem Alter, als ich verbannt wurde, und hatte sich bereits einen Namen im Heer des Königs gemacht. Ihr seht ihm sehr ähnlich.« Sie trank einen Schluck, dann blickte sie mich wieder an. Ihre Enkelin huschte durch die Küche, Töpfe klapperten und es roch allmählich nach warmer Fischsuppe. »Ihr müsst den anderen sagen, wer das Mädchen ist und wer euch hierher folgt. Jeteff ist ein Raubein, doch er hat das Herz am rechten Fleck. Er wird euch helfen.« Sie sah wieder in ihren Becher. »Sie müssen, sonst sind wir alle verloren. Die Königin ist unruhig, seitdem ihr auf der Insel seid. Sie fühlt die Anwesenheit des Drachen. Ich kann fast sehen, wie sie ruhelos in ihrem Kerker auf und ab läuft, voller Vorfreude auf die nahe Freiheit. Mit ihr ist der Drachenkönig ungewöhnlich hart ins Gericht gegangen. Er hat sie eingesperrt in dem Wissen, dass sie in dieser Höhle allein und ohne Hilfe verhungern und sterben würde, doch er hat ihren Lebenswillen unterschätzt. Was da jetzt haust, hat nichts Menschliches mehr an sich.«

Ich schnaubte. »Sie ist ein Monster. Das war sie bereits, als sie noch über Kardura herrschte. Sie schickte die Rudall Koer aus, unter ihrem Befehl löschten ihre Schlächter ganze Dörfer aus. Tausende starben. Verlorene Seelen, ausgelöscht für immer. Hereanis, die oberste Hirtin der Todesfeen, kam damals zu meinem Vater und dem König und berichtete ihnen über ihre schwindenden Kräfte. Weil die Ghul immer mehr Seelen auslöschten und die fragile Barriere zwischen unseren Welten zu verschwimmen begann. Es fiel ihnen immer schwerer, das Tor nach Avalon zu durchqueren. Ihnen fehlte die Kraft, die ihnen die

Seelen der Verstorbenen schenken, wenn sie diese durch das Weltentor geleiten. Aines Machthunger schwächte die Banshee, bis das Tor sich für immer geschlossen hätte. Deshalb war der König nicht zimperlich mit Aine. Sie verdankt ihr Leben einzig der Güte unserer Königin.«

Etwas Unergründliches lag in Estiths Gesicht. Sie blickte in meine Richtung, schien aber durch mich hindurchzusehen. »Wir alle sind verbunden, eine Gegebenheit, die leider in Vergessenheit geraten ist, dabei ist das unsere größte Stärke. Unsere Verbundenheit.«

Verbundenheit? Ich roch noch einmal an dem Tee, den ich nur zur Hälfte ausgetrunken hatte. Die starken Kräuter brannten ein wenig auf der Zunge und ich fragte mich, ob da noch mehr drin war als Kräuter, denn die Alte sprach wirr. Schon immer waren die Clans untereinander uneins. Immer wieder kam es zu kleineren oder größeren Zerwürfnissen, die nicht selten in Kämpfen endeten. Jeder kochte sein eigenes Süppchen und der König war müde. Die friedlichen Jahre waren mit Sisnehs und Fleryas Tod vergangen. Jetzt kehrte die Drachenprinzessin zurück und ich konnte nicht leugnen, dass ich tief im Herzen hoffte, sie würde dem Land seinen Frieden zurückbringen. Das oder sie brachte uns allen den Tod.

Estith lächelte, als hätte sie meine Gedanken erraten. »Uns stehen stürmische Zeiten bevor und, Liam, Ihr dürft Aines Schlachtenlenker nicht anrühren. Das ist ein Kampf, den nur das Mädchen austragen kann. Sie allein muss sich ihm stellen. Das ist ihr Schicksal, nicht Eures.«

Ein Poltern neben mir schreckte mich auf. Panisch keuchte ich auf, nicht nur, weil mich das Geräusch aus dem Schlaf gerissen hatte, sondern auch, weil ich mich zu schnell erhoben hatte und meine Schulter nun wütend protestierte und wild pochte.

»Verzeiht, ich wollte Euch nicht aufwecken, nur das Feuer neu schüren, damit Ihr nicht friert.« Betreten kniete Liam neben dem großen Kamin, einen weiteren Holzscheit in der Hand, und sah mich an.

»Wie lange habe ich geschlafen?«, fragte ich.

»Ein paar Stunden, es ist noch mitten in der Nacht.« Er deutete auf einen Stoffhaufen, der auf dem Stuhl neben dem Kamin lag. »Estith hat mir Kleidung für Euch mitgegeben.« Er legte das Holzstück ins Feuer, aus dem Funken aufsprühten. Es knisterte vertraut. Die Ruhe hatte mir gutgetan. Ich fühlte mich ein wenig besser und meine Schulter schmerzte nicht mehr ganz so stark, zumindest solange ich keine abrupten Bewegungen damit machte.

»Was tun wir jetzt, Liam?« Ich blickte ihn an, wie er ins Feuer starrte. Flammen spiegelten sich in seinen blauen Augen, die dieselbe Farbe hatten wie das Meer, das uns umgab. Schließlich erwiderte er meinen Blick und unter der Weichheit in seinen Zügen zog sich meine Kehle zusammen.

»Ganz egal, was geschieht, Flee, Navarion und ich lassen nicht zu, dass Euch etwas geschieht.«

Ich öffnete den Mund, wollte etwas sagen, doch kein Ton wollte mir über die Lippen kommen. Noch immer sah Liam mich an. Ein Blick, der mich verwirrte.

»Wir werden den Leuten die Wahrheit sagen müssen«, sagte er schließlich und seufzte leise. »Trotz Estiths Ermutigung bin ich mir nicht sicher, wie sie darauf reagieren werden. Gut möglich, dass wir am Ende doch wieder allein dastehen werden. Viele von ihnen sind nicht sonderlich gut auf den König zu sprechen und ich fürchte, unter ihnen befinden sich auch Ghul, die nichts lieber tun werden, als Yadiran zu helfen.« Liam erhob sich und fuhr sich müde über das Gesicht. »Kurz gesagt, ich weiß nicht, wem wir vertrauen können und wem nicht. Navarion und ich können nur die anderen Undinen spüren. Jeteff stammt von unserem Volk ab und noch einige andere. Estith allein weiß, wer die Ghul sind. Ich bin mir nicht sicher, ob wir ihr trauen können.«

»Ich tue es«, flüsterte ich und wusste im selben Moment, dass es stimmte. Tief im verfluchten Drachenherzen fühlte ich es. Der Drache vertraute der Seherin, bei mir schürte das sofort meinen Argwohn. Ich schloss die Augen. Seitdem meine wahre Natur erwacht war, war es, als hätte mich dieses Wesen entzweit. In meiner Brust schlug eindeutig ein Drachenherz, doch mein Verstand gehörte mir, als steckten zwei Seelen in einem Körper, das war Unsinn, denn selbst mir war bewusst, dass ich und der Drache eins waren. Zumindest sollte es so sein, doch in Wahrheit war ich zerrissen, unsicher und voller Angst. »Der Drache vertraut ihr.«

Liam kniff die Lippen zusammen und kniete neben mir nieder. »Ich hoffe, Yadiran wird eines Tages für das, was er Euch angetan hat, bezahlen, Flee, und ich hoffe, Ihr werdet eines Tages Euer wahres Ich lieben lernen.« Eindringlich sah er mich an. »Ich tue es«, flüsterte er. »Ich liebe den Drachenkönig und damit auch Euch, weil ich weiß, die Drachen leben und sterben einzig für dieses Land und die Menschen darin. Gardorath ist großzügig, warmherzig und gerecht und all das sehe ich auch in Euch.« Liam schloss die Augen. »Ich habe es die ganze

Zeit gesehen und aus Hass auf die Ghul verdrängt. Jetzt weiß ich, dass ich Eure Ähnlichkeit zu Gardorath wahrgenommen habe. Das hat mich verwirrt und wütend gemacht. Güte ist eine Eigenschaft, die ich keinem Ghul zugestehen wollte. Ich ließ zu, dass mich mein Zorn beherrscht hat, und dafür muss ich mich bei Euch entschuldigen.«

Seine Worte, und vor allem die Sanftmut in seiner Stimme, jagten mir einen Schauerregen über die Haut. Ich strich mir über die Blutbeule auf meiner Wange und die am Schlüsselbein und sah zu, wie Liams Blick sich dabei verdunkelte. Ich sah Scham in seinen Augen und er atmete hastig. Ich ließ die Hand sinken und erhob mich. Seine Entschuldigung war ehrenwert, aufrichtig und verunsicherte mich zutiefst. Mir war nach Weglaufen zumute und auch der Krieger sah aus, als wäre er am liebsten aus dem Raum geflohen. Er war kein Mann, der sich oft für sein Verhalten entschuldigte. Ich war verwirrt, denn es bedeutete, dass er für mich über seinen Schatten gesprungen war und etwas Tat, das nicht seiner Natur entsprach.

Ich nahm die Kleider vom Stuhl und drehte mich noch einmal zu ihm um. Liam hatte sich ebenfalls erhoben und blickte wieder ins Feuer.

»Einem ganzen Volk Bösartigkeit zu unterstellen, ist ein gefährlicher Gedanke, Heerführer. Nicht alle Ghul sind verabscheuungswürdig, genauso wenig wie Drachen unfehlbar sind, und jetzt wäre ich Euch dankbar, wenn Ihr mich allein lassen könntet.« Das Bündel fest an meine Brust gepresst, stand ich da und wartete darauf, dass er sich rührte und mich allein ließ, damit ich mich umziehen konnte, doch er hob nur den Blick und sah mich an.

»Und genau deshalb seid Ihr die Zukunft Emireschas.« Noch einen verstörenden Augenblick lang hielt sein Blick mich gefangen, dann wandte er sich ab und lief in den Nebenraum. Liam schloss die Holztür, ohne sich noch einmal umzudrehen. Benommen schüttelte ich den Kopf und ging zur Feuerstelle. Jetzt stierte ich in die Flammen und versuchte verzweifelt, den Aufruhr in mir zu besänftigen, doch alles, was um mich geschah, goss nur noch mehr Öl ins Feuer und schürte das Chaos in meinem Kopf. Als Kinder hatten Neslin und ich uns manchmal Ewigkeiten im Kreis gedreht, bis uns schwindelig war und die Welt sich auch dann noch rasend schnell um uns drehte, als wir schon längst lachend im hohen Gras lagen und uns die Bäuche hielten, weil uns schlecht war. Genauso fühlte ich mich jetzt auch, nur dass mir diesmal nicht nach Lachen zumute war. Alles um mich drehte sich und mir war übel von dem Durcheinander. Ich griff nach der Stuhllehne und atmete hastig. Panik schnürte mir die Luft ab. So schrecklich meine wahre Natur für mich auch sein mochte, Liam verband damit die Hoffnung auf eine bessere Zukunft, eine, an die ich nicht glaubte. Was passierte, wenn noch mehr Völker erfuhren, wer ich war? Was, wenn ich ihren Erwartungen nicht standhalten konnte?

Ich kniete mich auf den Boden vor dem Feuer und begann mich aus dem Mantel und dem starren Tuch zu schälen. Die Hitze der Flammen brannte auf meiner Haut und ich spürte, wie sich der Drache in mir dem Feuer entgegenwand. Erschrocken zuckte ich zusammen. Am liebsten wäre ich geflohen, doch wohin sollte ich mich davonstehlen? Was mich ängstigte, war ein Teil von mir, und vor sich selbst davonlaufen, funktionierte nur, wenn ich mich bis zur Besinnungslosigkeit mit Wein betrank, das kam für mich aber nicht infrage, da das Gebräu widerlich schmeckte. Selbst im Tod konnte ich mich nicht vor dem verstecken, was ich war. Auch in Avalon würde ich ein Drache bleiben. Vorsichtig tastete ich nach der Verletzung. Estith hatte mir einen Salbenverband angelegt, der wohltuend roch und die

erhitzte Haut darunter kühlte. Trotzdem sah ich die schwarzen Linien, die sich bereits über die Schulter wanden. Wie Nadelspitzen zeigten die Enden zu meiner linken Brust. Meinem Herzen. Was passierte, wenn die dunklen Linien es erreichten? »Dann stirbst du«, flüsterte ich zu mir selbst.

Ich hatte ihn vor Augen, den Beweis für den Betrug, und doch weigerte sich jede Faser in mir, einfach alles, was mich ausmachte, die Tatsache zu akzeptieren. Was da über mich hereinbrach, war mehr als der Verrat. Es war eine Verantwortung, auf die mich niemand vorbereitet hatte. Mein Vater … Yadiran hatte mich schändlich betrogen und hintergangen. Genauso gut hätte er mir gleich das Herz aus der Brust reißen können, der Schmerz, der mich jetzt durchsiebte, war nicht weniger schlimm. Er brauchte keine dunkle Magie, um mich zu vergiften. Das hatte er ganz allein durch seinen Vertrauensbruch geschafft und zu dieser Last trug ich jetzt auch noch eine andere: Die Erwartungen an eine Drachenprinzessin, die ich nicht sein wollte.

Prasselnder Regen, der auf das Dach traf, ließ mich aufhorchen. Er trommelte auf den mit großen Steinen gepflasterten Hof und das große Brunnenbecken, in dem ich selbst hier drin das Wasser plätschern hörte. Ein heller Blitz, auf den nur wenige Momente danach wütendes Donnergrollen folgte, erschreckte mich kurz, doch dann begann ich zu lächeln und zog mich an. Estith hatte mir Kriegerkleidung zurechtgelegt. Die Hose aus weichem Leder war verschlissen, hatte aber keine Löcher oder Flicken. Das beige Hemd war rau und wärmte zusammen mit dem ledernen Brustwams angenehm. Die hohen Stiefel schützten meine wunden Fußsohlen, sodass ich auftreten konnte, ohne dabei schmerzhaft das Gesicht zu verziehen. Schließlich öffnete ich die Tür zum Innenhof. Feuchter Wind traf mich und ich wickelte mich eng in den Mantel ein.

Unter dem hellen Licht des Gewitters und dem Regen, der wie Bindfäden vom Himmel fiel, wirkte dieser Ort fremdartig und doch seltsam vertraut. Die hohen Mauern versprachen Sicherheit, die, das wusste ich selbst, trügerisch war. Überall an den Fassaden der Gebäude erkannte ich steinerne Figuren. Abbilder von Tieren und den Völkern Emireschas. Besonders die Drachen weckten meine Aufmerksamkeit. Wer auch immer sie aus dem Stein geformt hatte, er hatte viel Zeit darauf verwendet, ihre Gesichter und die Details auszuarbeiten. Im Gewitterlicht schienen sie fast lebendig. Besonders die beiden menschengroßen Drachen, die mit ihren Flügeln die Schale des Brunnenbeckens formten, weckten Erinnerungen in mir. Erinnerungen an meine Träume! Erschrocken hob ich die Hand an den Mund und unterdrückte ein Aufkeuchen. Ich kannte sie, ich kannte diesen Ort, denn ich hatte von ihm geträumt!

»Ihr seht aus, als hättet Ihr einen von Aines Häschern gesehen.« Liam tauchte hinter mir auf, das überraschte mich nicht sonderlich.

»Solltet Ihr nicht schlafen, Krieger? Ihr werdet Eure Kraft in den kommenden Tagen noch brauchen.« Ich drehte mich nicht zu ihm um. Mein Blick ruhte auf den beiden steinernen Drachen, die mir so vertraut waren und die jetzt im aufleuchtenden Gewitterlicht weniger bedrohlich wirkten als in meinen Träumen. Ihre Konturen waren rund und weich, die Flügel mit feinen Schuppen besetzt. Ihre kräftigen Beine trugen die Becken und die anderen Steinfiguren. An ihren Füßen waren keine Krallen, nur Haarbüschel, die selbst aus Stein geformt weich aussahen und so filigran, als bewegten sich die einzelnen Härchen darin im Wind. Ihre Augen waren groß und mit einem im Licht blau schimmernden Edelstein versehen. Ihre Gesichter strahlten Würde aus, keine Grausamkeit. Im Gegenteil, sie wirkten fast traurig. Nichts an diesen Drachen war bedrohlich und doch flutete Angst durch meine Adern – oder gerade deshalb?

»Was ist mit Euch?«

Jetzt drehte ich mich doch zu Liam um, nur um den Anblick der beiden Drachenfiguren aus meinen Gedanken zu verbannen. »Ich habe nachgedacht, das ist alles.«

Er schüttelte den Kopf. »Ich kann die Angst in Euren Augen sehen.« Er blickte an mir vorbei zu dem Brunnen und wieder zu mir. »Vor wenigen Momenten habt Ihr euch für die Ghul eingesetzt und gesagt, nicht alle wären schlecht. Was, wenn ich Euch sage, dass dies auch für die Drachen gilt? Wenn Ihr wirklich daran glaubt, dann gilt das ebenfalls für Euer eigenes Volk.«

Zischend atmete ich aus, eine leichte Wolke bildete sich vor meinem Gesicht und lichtete sich im Windhauch. »Ich kann die Angst, die mir mein Leben lang im Nacken saß, nicht einfach abstellen.« Ich deutete zu den beiden steinernen Drachen. »Ich sehe sie an und unterdrücke die Panik, die mich im Traum immer fliehen lässt. Mein Leben lang habe ich gelernt, dass die Drachen mir folgen, um mich zu töten. Ich habe gelernt, dass sie bösartig und kaltblütig sind.« Traurig sah Liam mich an und ich musste den Blick abwenden, denn das Letzte, was ich wollte, war Mitleid. Mitgefühl bedeutete Schwäche und Schwäche bedeutete in der Welt der Rudall Koer den Tod. In einer Welt, in der ich aufgewachsen war und deren Gesetze auch in meinen Adern floss. Daran konnte ich nichts ändern. Ich war unter ihnen groß geworden. Ich war ein Teil von ihnen, auch wenn sie mich nie als eine der Ihren akzeptiert hatten. »Diese Angst sitzt tief. Mein Vater …« Ich stockte und schluckte krampfhaft. »Yadiran«, murmelte ich schließlich gebrochen. »Er hat dafür gesorgt, dass ich mich vor dem einzigen Wesen fürchte, vor dem ich nicht weglaufen kann: mir selbst.«

Liam hob die Hand; kurz bevor er mich am Arm berührte, verharrte er jedoch und ließ sie wieder sinken. »Es wäre eine Lüge, wenn ich sagen würde, ich wüsste, was in Euch vorgeht. Deshalb sage ich nur, Ihr seid nicht allein. Navarion und ich stehen fest an Eurer Seite und ich bin mir sicher, Dagal ebenfalls, wenn er bei uns wäre.« Beim letzten Satz hörte ich die Anspannung und Sorge in seiner Stimme.

»Glaubt Ihr, er lebt, Liam?«

Er nickte. »Anders existiert er in meiner Vorstellung nicht. Dagal, Navarion und ich sind Freunde seit Kindertagen. Wir haben zusammen trainiert und sind gemeinsam in den Dienst des Königs eingetreten. Sie sind meine Familie.«

Schlagartig fröstelte ich im Nachtwind. Ich lief ins Haus, zum Feuer zurück, legte den Mantel ab und setzte mich auf den Boden davor. Liam schloss hinter mir die Tür und kam zu mir. »Es ist schön, Menschen zu haben, auf die man immer zählen kann.«

Sein Blick huschte über mein Gesicht, wobei er mich fast flehend ansah. »Das nennt sich Familie, Flee, oder Freunde, wenn Euch das lieber ist.«

Nervös fuhr ich mir mit der Handfläche über meine Schenkel. Die Hose aus weichem Leder lag leicht auf der Haut. »Mit Freundschaften kenne ich mich aus.« Ich erwiderte seinen Blick und schwieg, bis er wegsah und sich verlegen, fast verzweifelt durch die Haare fuhr.

»Verzeiht Ihr mir meinen Fehler, Flee?«

»Welchen meint Ihr?«, fragte ich und hob dabei die Augenbraue, um ihn zu ärgern, doch er lachte nur nervös und sah weiter an mir vorbei.

»Alle«, flüsterte er.

Ich schwieg eine Weile und sah ihn an. *Er hatte mich geschlagen. Er hätte mich vor Raserei beim Schwertkampf getötet, wenn ich mich nicht zu wehren gewusst hätte, doch in seinen Augen sehe ich aufrichtiges Bedauern.*

»Ich versuche es.«

Liam lächelte. Ein Lächeln, das ihm sein raues Aussehen nahm und es durch Sanftmütigkeit ersetzte. Doch dann entdeckte ich das Funkeln in seinen Augen.

»Gut«, sagte er und sein Lächeln geriet in Schieflage. »Wenn die Rudall Koer hier auftauchen, muss ich mich darauf verlassen können, dass Ihr tut, was ich sage.« Mir entglitt mein Lächeln, und zwar vollständig. Wenn es das Gegenteil von einem Lächeln gab, dann war das gerade in mein Gesicht gestürzt. *Da ist er wieder, der ungehobelte Krieger.* Wütend kämpfte ich mich auf die Beine.

»Darauf würde ich mich nicht verlassen, Heerführer. Ich war noch nie sonderlich gut darin, Befehle zu befolgen«, zischte ich und stürmte in einen der Nebenräume, ohne nachzusehen, ob darin jemand schlief. Wütend knallte ich die Tür hinter mir zu. Liams »So hatte ich das nicht gemeint«, prasselte an dem tosenden Aufruhr in mir ab, der mit dem laut klatschenden Regen draußen konkurrierte. Ich tastete mich vorwärts, wobei mich nur ein schwacher Streifen gelb flackerndes Feuerlicht leitete, in dessen Schein ich an der gegenüberliegenden Wand den Pfosten eines Bettes ausmachte.

»So ein Hammel«, fauchte ich ins Dunkel hinein. »Was glaubt der Kerl, wer er ist?«

»Normalerweise ist er ein netter Hammel«, trieb mir Navarions schlaftrunkene Stimme entgegen. Ich schrie auf und wich erschrocken zurück. Auf dem Bett bewegte sich jemand.

»Navarion?«

Er suchte etwas und warf dabei einiges zu Boden. Navarion setzte sich auf, eine Bewegung, die ich mehr hörte, als sie wirklich zu sehen. Eisen klapperte. Der helle Klang von Schlägen auf einen Feuerstein hallte durch den Raum, dann leuchteten Funken auf, aus denen schließlich eine kleine Flamme wuchs, mit der er den Docht einer Ölschale auf der Truhe neben dem Bett entfachte. Er klappte die Zunderbüchse zu, schob Moril zur Seite und erhob sich. Navarion reckte sich laut gähnend. »Ihr zwei seid wirklich Feuer und Wasser«, murmelte er und grinste schelmisch. »Legt Euch hin und schlaft noch ein wenig. Das beruhigt Euer überhitztes Gemüt vielleicht.«

Mein überhitztes Gemüt! Zum Glück war es trotz der Flamme dämmrig im Raum, so konnte Navarion nicht sehen, wie der altbekannte Trotz in mir aufstieg und mich beinahe dazu brachte, wütend mit dem Fuß aufzustampfen. Mein Vater hatte mir dieses Benehmen über viele Jahre abgewöhnt. Doch seitdem der Drache in mir erwacht war, neigte ich mit solcher Vehemenz dazu, dass ich Mühe hatte, mich zu beherrschen. Das war mit Sicherheit nicht zu meinem Vorteil. Die beiden Krieger behandelten mich jetzt schon wie ein Kind; wenn ich trotzig handelte, gab ich ihnen damit auch noch recht. *Zügle dich*, mahnte ich mich zur Ruhe und holte einmal tief Luft.

Navarion grinste, als hätte er mich durchschaut, und lief zur Tür, wo er sich noch einmal zu mir umdrehte. »Ich kenne ihn lange genug, um zu wissen, dass seine Entschuldigung aufrichtig war. Liam möchte Euer Vertrauen, damit wir alle lebend wieder nach Hause können.«

Erstarrt stand ich im Raum und schwieg. Er hatte uns also belauscht. Trotzdem ließen seine Worte mich nicht kalt. Liams Benehmen brachte mich zur Weißglut, aber er und Navarion sollten nicht meinetwegen sterben. Das sollte niemand!

Navarion ließ mich allein, zumindest annähernd, denn auf dem Bett lag Moril zusammengerollt wie eine Kugel und schnurrte leise. Ein Schnurren, das mich seltsamerweise besänftigte und meine Wut verrauchen ließ. Seufzend legte ich mich neben den Waschbären, vorsichtig darauf bedacht, ihn nicht zu zerquetschen. Den Umhang nutzte ich als Decke, wobei ich wegen des Ziehens in der Wunde nur auf einer Seite bequem liegen konnte. Als ich mich entspannte und die Augen schloss, drängte sich ein warmer Waschbärenkörper gegen meinen Bauch. Ich blickte nach unten, in Morils dunkle und treue Augen, die wegen der schwarzen Maske in seinem Gesicht fast kindlich wirkten. Er streckte eine Pfote aus und berührte damit meine Hand, die neben ihm auf der Unterlage ruhte.

In dieser Nacht ließ ich die Flamme brennen, obwohl ich zum ersten Mal keine Angst vor einem weiteren Albtraum hatte. Ich befand mich bereits am Ort meiner bösen Träume. Nein, in dieser Nacht ängstigten mich allein die Dunkelheit und die Kreaturen, die sich in ihrem Schutz verbargen.

Wenn die Glocke erklingt, erinnere dich an die Sünden der Welt

Yadiran erwachte vom Geräusch fallenden Regens, der unaufhörlich auf das Zelt über ihm trommelte. Mühsam öffnete er die Lider und blinzelte gegen das trübe Licht an, das durch die Wände einfiel. Er lag auf den feuchten Planken, eingewickelt in seinen warmen Umhang und trotzdem fror er. Das lag nicht am Wetter, zumindest nicht direkt. Er liebte den Regen, weil er ihn immer an seine Frau Liropei erinnerte, bis jetzt. Seinen ersten Gedanken nach dem Erwachen hatte er nicht seiner Frau geschenkt, sondern Flee, die den Regen ebenfalls liebte.

»Er nimmt den ganzen Schmutz mit sich. Die Luft riecht vollkommen rein«, hatte sie ihm einmal erklärt und dabei tief eingeatmet. Es ärgerte Yadiran, dass sie ihm trotz all seiner Bemühungen, das zu verhindern, nicht gleichgültig war. Sie sollte es sein. Flerya war die Tochter seines Widersachers. Sie war die Tochter des Mannes, der ihm seine Familie genommen hatte. Sie war ein Drache!

Ich schwöre dir, Nysa, meine kleine süße Nysa, ich werde dich nicht verraten. Dir allein gehört mein Vaterherz. Doch genau dieses Herz verriet ihn immer öfter, so wie in dem Moment des Erwachens, als sein erster Gedanke Flee galt und ihm dabei das Herz bis zum Hals schlug. Grimmig hieb er mit der flachen Hand auf die Holzplanken und schreckte dabei einige Krieger auf, die sich ebenfalls zum Ruhen in das Zeltinnere zurückgezogen hatten.

Stöhnend drehte er sich auf den Rücken und setzte sich schließlich auf. Sein Kopf dröhnte, als hätte er die letzte Nacht im Weinrausch verbracht. Er sah sich um. Einige Männer schliefen fest, während andere mit kalkweißen Gesichtern auf dem Boden des Schiffes saßen, aussahen wie Geister und sich würgend die Bäuche hielten. Die Rudall Koer waren keine Seefahrer. Ghul brauchten festes Land unter ihren Füßen. Auf dem Wasser war alles in Bewegung, so ähnlich stellte sich Yadiran das Fliegen vor. Das war vermutlich auch der Grund dafür, dass Ghul in ihrer wahren Form zwar den Drachen ähnelten, aber ohne Flügel auskamen. Sie waren Geschöpfe der Erde, nicht der Lüfte. Er erhob sich vollends und lief um seine Männer herum, wobei er sich alle Mühe gab, auf dem schaukelnden Deck nicht über die schlafenden Krieger zu stolpern. Als er die Zeltwand zur Seite schlug, peitschte ihm der Meereswind einen Schwall kaltes Wasser ins Gesicht. Genau das Richtige, um den Kopf zu klären und jeden falschen Gedanken an die Drachenprinzessin zu verbannen, doch schon wieder schlug sein Herz bei der Erinnerung an sie viel zu wild, dieses verräterische Ding.

Sie ist nicht Nysa. Ihr Leben bedeutet mir nichts. Das gewaltige Rahsegel am Mast und die Zeltwände schlugen heftig im Wind. Ein nasser Stofffetzen klatschte ihm in den Nacken. Unwirsch schob er ihn zur Seite und trat ins Freie. Sein Magen rebellierte, je stärker das Schiff sich auf den Wellen bewegte, und Yadiran atmete mehrmals tief durch, um ihn zu beruhigen. Abren kam zu ihm und hielt ihm einen dampfenden Becher entgegen. Der Duft nach Salbei und Kümmel stieg ihm in die Nase.

»Das beruhigt deinen Magen.« Der Junge nickte, als Yadiran das Trinkgefäß nahm und in einem Zug leerte. Wärme breitete sich in Kehle und Bauch aus. Er bedankte sich nicht bei seinem Sohn. Das tat er nie. Sein Dank würde den Jungen nur zur Schwäche verleiten. »Laut dem Käpt'n kommen wir nicht gut voran.« Der Junge hob den Blick zum Segel, das sich über ihnen bauschte und in alle Richtungen schlug. »Der Wind ist nicht auf unserer Seite.«

»Dann lass die Männer rudern. Wir dürfen keine Zeit verlieren. Es wird nicht lange dauern, bis der König von dem Überfall auf die Handelsschiffe erfährt. Gardorath ist nicht dumm. Er wird nach den Schiffen suchen.« Yadiran sah sich um. Die Krieger, die Vilgo als Wachen für die Mannschaft eingeteilt hatte, sahen allesamt nicht besser aus als jene, die sich über die Reling ins schäumende Meer übergaben. »So sind wir keine würdigen Gegner für den Heerführer des Drachenkönigs, geschweige denn für Gardorath selbst. Sie brauchen Seelen.«

»Auf der Insel gibt es unzählige.«

Yadirans Blick streifte den Jungen kurz, ehe er wieder zu seinen Männern blickte, die mühsam versuchten, ihre Haltung zu wahren und die Besatzung mürrisch beobachteten. »Gardoraths Zauber verhindert, dass wir dort unsere Kräfte einsetzen können. In Mongana sind wir alle menschlich.« Er spürte den fragenden Blick des Jungen auf sich und sprach mit gedämpfter Stimme weiter. »Kein Ghul kann sich dort wandeln, solange die Barriere um die Insel besteht, und nur die Trägerin Kemanties kann sie auflösen.« Sein Blick glitt zu den Männern der

Schiffsbesatzung, die geschäftig ihren Aufgaben nachgingen. Vorsicht stand in ihren Gesichtern und Angst. Zum Glück ahnten sie nicht, welches Schicksal ihnen bevorstand. Der Junge begriff es dagegen sofort. Seine Augen weiteten sich kaum merklich. Yadiran wusste, dass Abren sich zurückzog, sobald sich ein Ghul von einer Seele nährte, das war auf dem beengten Schiff kaum möglich. Yadiran vermutete, der Anblick weckte Abrens Hunger, den er spürte, aber niemals stillen konnte. Ein Fluch, den der Junge seiner menschlichen Mutter zu verdanken hatte und ihm, denn er hatte sich im Weinrausch auf sie eingelassen. »Darüber verlieren wir kein Wort«, sagte Yadiran schroffer als beabsichtigt. »Ich werde es den Männern sagen, sobald wir die Mannschaft nicht mehr brauchen. Sonst wird Vilgo Dummheiten begehen.« Er blickte sich um. »Wo steckt der Hurensohn eigentlich?«

»Dummheiten begehen?« Der Junge deutete zum Heck, wo die Frachtluke offen stand.

Fluchend rannte Yadiran zur Luke und kletterte, gefolgt von dem Jungen, die Leiter zum Frachtraum hinunter. Die Sprossen waren nass und glitschig und er stieg in dämmrige Dunkelheit hinab. Trotz des trommelnden Regens, der im Bauch des Schiffes noch deutlicher zu hören war, vernahm er die widerwärtigen Schmatzgeräusche seines Stellvertreters, die ihn das Schlimmste befürchten ließen. »Was geht hier vor?«, knurrte er und trat von den Sprossen weg, um dem Jungen Platz zu machen, der eine Fackel in der Hand hielt und den Raum damit ausleuchtete. Yadiran erstarrte, als er am anderen Ende Vilgo sah, der ihn selbstgefällig angrinste. Neben ihm auf den Planken lag ein Mann, unter dem sich unaufhörlich eine Blutlache ausbreitete. Der Schmied kauerte mit seiner Familie in der Ecke, allesamt geknebelt und gefesselt. Die beiden Frauen wimmerten und blickten mit weit aufgerissenen Augen auf den

Toten. Vater und Sohn saßen schützend vor ihnen und atmeten heftig. Der Sylphe saß aufrecht und vollkommen ruhig einige Schritte neben der Familie, ein Lächeln in den Augen. Sein Falke pickte unaufhörlich mit dem Schnabel gegen den Käfig.

»Hast du den Verstand verloren?«, zischte Yadiran seinen Stellvertreter an. »Wo sind die beiden Wachen, die auf unsere Fracht aufpassen sollten?« Er musste Vilgo nur ins Gesicht und die wirren Augen blicken, um die Antwort darauf zu erhalten. Er hatte die Wachen fortgeschickt, um ungestört seine Mahlzeit zu genießen. *Zumindest halbwegs unbehelligt*, bemerkte Yadiran mit einem Blick auf die Gefangenen. Wann war das geschehen? Wann hatte Vilgo die Schwelle überschritten und die eine Seele zu viel geraubt? Warum war ihm das nicht viel früher aufgefallen? Vilgos menschliche Hülle war in diesem Moment genau das: eine Hülle. Er konnte den Ghul darunter erkennen. Er wand sich, wollte ausbrechen. Vilgo hatte kaum noch Kontrolle darüber.

»Hol sofort fünf unserer besten Krieger hier runter.« Abren reichte die Fackel an ihn weiter und eilte die Leiter hinauf aufs Deck, wo er nach Leanderd rief. Es dauerte nicht lange, dann standen die Krieger im Frachtraum und starrten ungläubig und wütend auf Vilgo.

»Werft den Toten über Bord und haltet den Schwachkopf hier unten fest. Wenn die Mannschaft erfährt, wer wir sind, wird einer nach dem anderen freiwillig über Bord springen und lieber ertrinken, als uns nach Mongana zu bringen und uns die Möglichkeit zu geben, sich von ihnen zu nähren.«

»Ich lasse mich nicht hier einsperren, Yadiran. Nicht von dir oder sonst irgendjemandem«, spie Vilgo ihm entgegen, die Stimme verzerrt vom Ghul, der nah unter der Oberfläche lauerte.

»Genau das wirst du tun, Vilgo. Du bleibst hier unten, bis du dich wieder im Griff hast, und du wirst keine einzige Seele auf diesem Schiff mehr anfassen. Missachte meinen Befehl und ich werde dich eigenhändig von Bord werfen. Dann kannst du nach Mongana schwimmen.« Wütend, mit abgehackten Schritten stieg Yadiran die Sprossen nach oben, während der Ghul unter Deck tobte. Oben angekommen, lief er zur Reling und hielt sich daran fest. Sein eigener Hunger meldete sich. *Ich habe ihn im Griff. Noch kann ich ihn kontrollieren.* Sein Magen rebellierte. Das würden zwei lange Tage werden.

Der Junge trat zu ihm. »Er wird dich bei der nächsten Gelegenheit, die sich ihm bietet, umbringen oder versuchen, dich schlecht dastehen zu lassen.«

Er schnaubte. »Darauf bin ich vorbereitet.« Im Regenschleier erkannte er einige schroffe Felsformationen, an denen das Schiff vorbeizog. Keine Insel, nur Felsen so kantig wie die Spitze seines Schwertes.

Abren lehnte sich ebenfalls über die Brüstung und blickte ins Wasser, das unter ihnen um den Bug des Schiffes schäumte. Yadiran blinzelte gegen das trübe Tageslicht, denn plötzlich schien das Meer dunkler als noch vor ein paar Augenblicken. »Wenn ich ihn ansehe, sehe ich unsere Zukunft unter Aine, Yadiran. Sie will, dass die Ghul ihre Fähigkeiten nutzen, doch je mehr Seelen ihr raubt, desto weniger bleibt am Ende von euch übrig, bis ihr die menschliche Hülle abstreift und euch vollends wandelt. Ihr werdet euren Hunger auf Seelen nicht mehr kontrollieren können. Ist das die Zukunft Emireschas?«

Yadirans Miene gefror und er hatte sich bei den Worten des Jungen immer weiter versteift. »Sei vorsichtig mit dem, was du von dir gibst«, fuhr er ihn an. »Das ist nicht Aines Plan. Gegen den König und seine Armee aus Sylphen und Undinen bestehen einfache Ghul nicht. Um zu gewinnen, brauchen wir unsere ganze Stärke. Sobald der Drachenkönig gefallen ist, werden wir sie ablegen und weiterleben.«

»Und was bleibt dann noch von uns übrig, Vater? Wir töten Unschuldige. Was für eine Zukunft haben Monster?«

Ja, er hatte recht. *Welches Leben bleibt uns? Ich bin und werde immer der Schlachtenlenker der Ghulkönigin sein.* Er blickte zu dem Jungen. *Ein Vater zu sein, ist offensichtlich nicht mein Schicksal.*

»Mag sein das wir verloren sind, aber die Ghul werden frei sein, dafür sorge ich.« Abren wandte sich von ihm ab und lief davon. Doch mitten auf dem Deck blieb er stehen und lauschte angespannt. Es dauerte einen Moment, dann hörte Yadiran es ebenfalls. Glockenläuten, mitten auf dem Meer?

»Kapitän!« Eilig huschte ein großer und viel zu schlaksiger Mann mit ergrauenden Haaren herbei. Dicht hinter ihm ein Rudall Koer mit der Hand auf dem Klingenknauf. Dunkle Augenringe zeugten von der Last, die auf den Schultern des Schiffers ruhte. Steif blieb er vor Yadiran stehen und blickte ihn an. Eine Spur Stolz und Trotz in den matschgrauen Augen. »Woher kommt dieses Läuten?«

»Mongana, Herr.«

Abren kam angerannt, packte den Kapitän am Hemd und hob ihn hoch. »Mongana ist mehr als eine Tagesreise von uns entfernt, willst du uns verhöhnen?«

Der Mann kniff verärgert die Lippen zusammen und schüttelte den Kopf. Abren ließ ihn los, hielt ihn jedoch, als er strauchelte und zu stürzen drohte. Der Mann befreite sich unwirsch aus dem Griff des Jungen und strich sein Hemd glatt. »Die Glocken sind ein Grund dafür, warum sich seit Jahrhunderten kein Schiff der Insel nähert. Wir hören sie trotz der Entfernung. Niemand weiß, wer sie läutet oder warum sie so weit aufs Meer hinaus zu hören sind.« Er deutete auf die Felsen, die aus dem Meer ragten wie Überbleibsel. Weit verstreut und ohne erkennbare Struktur. »Diese Formationen ziehen sich in einem weiten Ring um die ganze Insel. Eine Tagesreise entfernt. Wer dumm genug ist, ihn zu passieren, hört jeden Morgen kurz nach

Sonnenaufgang und am Abend bei Sonnenuntergang die Glocken. Sie läuten präzise in genau dem Augenblick, in dem die Sonne hinter dem Horizont ab- oder auftaucht. Das ist ein verfluchter Ort. Viele Schiffe sind hier verschwunden und nie wieder aufgetaucht. Von Ungeheuern und Untiefen ist die Rede. Tote, die im Wasser treiben. Manche Seefahrer schworen, dass sie bei Nacht Stimmen vernommen haben.« Die Angst des Mannes war greifbar, doch Yadiran glaubte nicht an solchen Humbug.

»Eine seltsame Art, ungebetene Gäste von der Insel fernzuhalten, aber effektiv«, murmelte er. »Die Frage ist, warum?«

Abren knurrte. »Die Frage ist wohl eher, warum hört man sie seit so langer Zeit immer bei Sonnenauf- und -untergang?«

Fehler verzeihen, ist der Keim, aus dem Freundschaften wachsen

Ich stand im Innenhof und sah zu den beiden Türmen, in deren Mitte sich die Glocken synchron bewegten. Ihr Wummern durchdrang meinen ganzen Körper, hallte im Bauch wider. Hinter mir riss jemand mit vollem Schwung die Tür auf, hob sie beinahe aus ihren Angeln. Ich hörte eilige Schritte, die sich auf mich zubewegten, fest und fordernd im Gang. Unverkennbar Liam. »Was tut Ihr allein hier draußen?«, herrschte er mich an, wobei er das tiefe Läuten, das die Luft erfüllte und sie zum Vibrieren brachte, übertönen musste.

»Guten Morgen, ich finde es auch sehr schön, Euch zu sehen, Krieger.« Knurrend blieb er neben mir stehen. Regen benetzte sein helles Hemd, nach wenigen Augenblicken klebten ihm seine Haare feucht am Kopf. »Ihr solltet Euch einen Umhang holen«, sagte ich.

Er schnaubte. »Ich meine es ernst, Flee. Was tut Ihr allein hier draußen?«

Jetzt drehte ich mich doch zu ihm, ganz langsam und mit erhobenen Augenbrauen. »Ich bewundere die Aussicht, und Ihr?«

Unglaublich, aber ich erkannte tatsächliche eine leichte Röte, die sich auf seinen Wangen ausbreitete. »Habt Ihr unser Gespräch von gestern Abend vergessen?«

»Ich versichere Euch, ich weiß noch jedes Wort davon«, murmelte ich gereizt. Seine Augen weiteten sich leicht und der harte Ausdruck in seinem Gesicht wurde weicher.

»Ich meinte unser Gespräch über die Leute, die innerhalb dieser Mauern leben. Ihr seid nicht sicher unter ihnen. Wir wissen nicht, wem wir vertrauen können.« Er sah hoch zu den Glockentürmen, deren volle Melodie langsam verklang.

»Ich liebe den Klang der Glocken. Sie wecken Kindheitserinnerungen«, sagte ich.

»Welche Erinnerungen?«, flüsterte Liam.

Ich schüttelte den Kopf. »Es ist nur ein Gefühl, ich habe kein Bild dazu. Ich weiß nur, dass ich mich bei ihrem Klang geborgen fühle.«

Liam sah mich an. »Das Schlafzimmer Eurer Eltern in Astrama liegt direkt neben dem Glockenturm. Dort seid Ihr geboren worden, dort habt Ihr Eure ersten beiden Lebensjahre jede Nacht im Arm Eurer Mutter geschlafen. Die Glocke erklingt, um den Bewohnern der Feste mitzuteilen, dass der König zum Herrschersitz zurückgekehrt ist. Dann schlägt sie zehnmal, im gleichmäßigen Rhythmus, ähnlich wie diese hier.« Er nickte zu den beiden Türmen hoch. »Sie warnt uns auch vor Angreifern, dann ertönt sie lauter, härter und viel schneller. Das ist aber schon sehr lange nicht mehr vorgekommen.« Eindringlich sah er mich an. »Ist es möglich, dass Ihr Euch daran erinnert, weil Ihr mit dem Klang die Rückkehr Eures Vaters verbindet? Als Kleinkind muss es so gewesen sein«, murmelte er.

Ich hob die Schultern und schüttelte den Kopf. Auch in Saarat warnte eine Glocke die Dorfbewohner vor Gefahr, doch ich konnte mich nicht daran erinnern, dass ich sie je gehört hatte. »Mit meiner besten Freundin habe ich mich manchmal im Turm von Saarat versteckt, um ungestört zu sein. Was wir aber niemals wirklich waren, denn es stand immer ein Wachmann unten am Eingang, der uns erwartet hat, sobald wir vom Turm gestiegen sind.« Der Gedanke daran vertrieb die wohlige Wärme, die ich beim Klang der Glocken empfand. Ich schüttelte den Kopf, um die Verwirrung, die mich durchflutete, abzuschütteln und blickte sehnsüchtig zur Turmspitze. »Von dort oben können wir bestimmt die ganze Insel überblicken.«

»Bei Regen wohl eher nicht«, meinte Liam. »Aber finden wir es doch einfach heraus.« Zielstrebig marschierte er über den Hof auf die Türme zu, um die sich am unteren Ende eine schmale steinerne

Treppe wand. Sie reichte bis zu einer kleinen Holztür, durch die man ins Innere des Turmes gelang. Dünne Rinnsale Regenwasser liefen durch die Rillen zwischen den Steinen im Hof. Ich stieg hinter Liam die Stufen empor. Ein Nachteil wie sich schnell herausstellte, denn er trug nichts als sein Hemd und die lederne Hose. Beides lag nass und eng an seinem Körper und überließ wirklich keine Muskelbewegung der Phantasie. Ich war es gewohnt, Männer mit viel weniger Kleidung am Leib um mich zu haben. Das hatte mich nie gestört. Bis jetzt, denn ich erwischte mich dabei, wie ich dem Krieger auf den muskulösen Rücken starrte und meinen Blick abwärtsgleiten ließ. Zu meinem Glück hatte er mein Starren offenbar auch noch gespürt und sah über die Schulter zurück zu mir. Beschämt wandte ich den Kopf ab, doch ich sah noch das angedeutete, selbstgefällige Grinsen auf seinen Lippen. Verdammter Kerl! Damit nicht genug. Unterhalb der Treppe stand Navarion, dem ebenfalls nicht entgangen war, wohin ich gestarrt hatte, und auch er grinste breit. Ahhhh, was für ein Esel ich doch war!

Ich richtete mich auf und schritt mit erhobenem Kopf an Liam vorbei, der an der Tür stehen geblieben war und nachdenklich die Leute musterte, die über den Hof liefen, einer Beschäftigung nachgingen oder uns ihrerseits betrachteten.

»Was habt ihr vor?«, hörte ich Jeteffs rauchige Stimme über den Hof hallen, als ich gerade den Türknauf drehte und die Scharniere nach einem kurzen Ruck mit der Schulter quietschend

nachgaben. »Dir und dem Mädchen wird nicht gefallen, was ihr da oben findet.« Er kam auf uns zugelaufen und blieb bei Navarion neben der Treppe stehen.

»Was mir nicht gefällt, ist dein Ton, Jeteff«, erwiderte Liam. »Wenn du etwas zu sagen hast, dann raus damit. Ich hasse Rätsel.«

Jeteff hob die Hände. »Schon gut. Sag nachher nicht, ich hätte dich nicht gewarnt.« Er musste den Kopf leicht in den Nacken legen, um zu uns hochzusehen, wobei ihm Regentropfen ins Gesicht fielen. »Ich schätze, ihr glaubt mir eh nicht, wenn ich es euch sage, deshalb geht selbst hoch und seht es mit eigenen Augen.«

Jeteff hatte meine Neugier geweckt. Ich rannte beinahe die vielen Stufen hoch, die sich in einer engen Spirale um die Turmmitte wanden. Meine Finger strichen die Mauer entlang. Ich nahm immer zwei Stufen auf einmal. Sie waren uneben, in der Mitte nach innen gewölbt, so als wären bereits viele Menschen auf ihnen gelaufen. Fußabdrücke, die mich zu der Annahme verleiteten, dass die Gebäude schon sehr alt waren, denn nur die Zeit und eine häufige Nutzung hinterließen solche Spuren. In Höhe jeder vierten Stufe waren kleine Löcher in die Wand eingelassen, durch die ein wenig Licht einfiel. Der Aufgang lag trotzdem im Halbdunkel vor mir. Übermut und das vertraute Gefühl der Abenteuerlust trugen mich die Treppe aufwärts, drängten das dumpfe Brennen in meiner Schulter und dem Rücken genauso in den Hintergrund wie all die Sorgen, die mich plagten. Plötzlich war ich wieder das Kind, das sich gemeinsam mit Neslin davonstahl, um für ein paar Stunden die Welt mit all ihren Sorgen auszusperren.

»Flee, nicht so schnell!«

Lachend kam ich in der Turmspitze an und sah zu Liam, der nur einen Wimpernschlag nach mir die Kuppel erreichte. Überraschung spiegelte sich in seinen Augen und ein kleiner Funke Wärme.

»Ihr seid schnell«, meinte er. »Und es ist schön, Euch lachen zu hören.«

Mir gefror das Lächeln auf den Lippen. Für einen kurzen Augenblick hatte mich die Erinnerung abgelenkt, doch so wie damals beim Abstieg vom Turm der Wachmann auf uns wartete und mich daran erinnerte, dass ich niemals unbeaufsichtigt war, ließen Liams Worte die Welt mit ihren Problemen jetzt nur umso heftiger über mir zusammenstürzen. Ein Beben durchlief meine Glieder und ich atmete tief durch, um die Last wenigstens ein Stück weit zurückzudrängen, ehe sie mich unter sich begrub.

»Was ist mit Euch?« Besorgt sah er mich an. Eine ehrliche Besorgnis, die mir dabei half, die Dämonen abzuwehren, und mir ein Flattern in der Brust bereitete. *Wehe mir. Was auch immer zwischen uns passiert, das darf ich nicht zulassen. Ich bin ein Mädchen ohne Zukunft.*

Wenn mich der Fluch meines Vaters nicht tötete, dann würde er selbst es tun oder Aine. Und wenn ich es irgendwie schaffen sollte, das alles zu überleben, dann lag immer noch eine Welt vor mir, in der jemand wie ich keinen Platz hatte. Es war für uns alle besser, wenn wir Fremde blieben.

»Eine Truhe voller Gold für Eure Gedanken«, sagte er scherzhaft, doch ich bemerkte die Dringlichkeit in seinen Augen. Ich sah zur Glocke, um nicht antworten zu müssen. Über meinen Vater wollte ich nicht sprechen. Nicht mit ihm oder sonst jemandem. Der Wind pfiff hier oben unangenehm kalt durch die offenen Fenster und trug den Regen herein. Liam ließ mich nicht aus den Augen, bis ich ihm den Rücken zudrehte, und selbst dann spürte ich noch seinen brennenden Blick auf mir.

In der Kuppel schützte uns die Steinmauer vor dem Sturz in die Tiefe. Hohe Bogenfenster mit eingelassenen Säulenstreben gaben den Blick frei. Ich ahnte, wo das Meer lag, sah es durch die Nebelfetzen, die schwer über den Baumkronen hingen. An klaren Tagen konnte man von hier oben sicher die ganze Insel überblicken.

»Was ist das für eine Teufelei?«, murmelte Liam. Ich folgte seinem Blick zu der Glocke, die fast so hoch war wie der Krieger selbst und in deren hohlen Bauch locker ein ausgewachsener Ochse gepasst hätte. Was mich aber ebenfalls erschrocken nach Luft schnappen ließ, war die Tatsache, dass es zwar einen Balken gab, an dem die Glocke befestigt sein sollte, doch die Eisen waren vollkommen verrostet, gebrochen und praktisch kaum noch vorhanden. Die gewaltige Glocke schien in der Luft zu schweben. Gehalten von einer Kraft, die mir einen kalten Schauer über die Haut jagte. Ich sah keinerlei Vorrichtung. Kein Rad mit einem Seil, an dem man ziehen musste, um den Balken mit der Glocke daran zu bewegen. Nichts, was darauf schließen ließ, wie sie betätigt wurde. Nichts, was sie in ihrer Position hielt.

»Davor hat Jeteff uns also warnen wollen. Was ist das für ein Ort?«, fragte ich unsicher.

Liam stand vollkommen steif neben mir. »Ich weiß es nicht, aber hier gehen eindeutig sehr seltsame Dinge vor, die mir genauso wenig gefallen wie die Tatsache, dass eine Meute Rudall Koer auf dem Weg hierher ist, um ihre Königin zu befreien.«

»Mit meiner Hilfe«, murmelte ich.

»Was?« Er sah mich an, kam mir dabei so nah, dass ich jedes Detail seiner Augen wahrnehmen konnte. Er hatte kleine silberne Sprenkel im tiefen Ozeanblau seiner Augen. Wie Sterne, die sich auf der ruhigen Wasserfläche spiegelten.

»Sie brauchen mich, um Aine zu befreien«, sagte ich.

Er kniff die Lippen zusammen, seine Züge wurden hart und kantig. Alles an ihm strahlte Entschlossenheit aus. »Sie werden Euch nicht bekommen. Das schwöre ich bei meinem Leben.«

Ich drehte mich von ihm weg. »Tut das nicht, Krieger. Niemand sollte meinetwegen sein Leben riskieren.« Ich wandte mich ihm noch einmal zu. »Verhindert, dass Aine freikommt. Versprecht es mir, dass Ihr alles dafür tun werdet.« Eindringlich und flehend sah ich ihn an. »Alles. Versprecht es mir, Liam.«

Als er begriff, was ich damit sagen wollte, schüttelte er vehement den Kopf. Strähnen seiner dunklen, fast schwarzen Haare fielen ihm in die Stirn. »Nein! Ich habe einen Schwur geleistet, Flee. Den König und die seinen zu schützen. Diesen Eid werde ich niemals brechen.«

Ich trat ein paar Schritte von ihm weg und sah hinaus in den Regendunst. Unversehens stand er dicht hinter mir und beugte sich nah an mein Ohr. »Aber ich werde Euch versprechen, dass ich alles tue, um Euch und die Völker Emireschas vor ihnen zu schützen.«

Ich schloss die Augen und nickte kaum merklich. Sein warmer Atem streifte über meinen Hals und ließ mich erschauern.

»Ich bin ein Tölpel, Flee. Wenn es um Euch geht, finde ich immer die falschen Worte. Könnt Ihr mir vergeben? Alles?«

Konnte ich das? Ich horchte tief in mich hinein. Was ich fand, war ein ganzer Berg gefüllt mit Groll, Zorn und Bitterkeit, doch sie galten nicht ihm. Nicht mehr. *Ich habe nicht mehr die Kraft, die ganze Welt zu hassen.* Ich öffnete die Augen und nickte wieder kaum merklich. »Ja«, hauchte ich. »Ich glaube, das kann ich.« Nach einigen Minuten, in denen wir schweigend dastanden, drehte ich mich zu ihm um. Er hatte ein Lächeln in den Augen, das mir einen seltsamen Stich ins Herz jagte. Er hielt mir die Hand entgegen.

»Wäre es unangebracht, wenn ich dich in Zukunft vertrauter anspreche?«

Vertrauter? »Du hast mit den Förmlichkeiten angefangen.« Ich ergriff seine Hand und erwiderte seinen festen Händedruck. Er stand dicht bei mir. Viel zu nah und die Wärme, die von seiner Hand ausging, jagte mir ein Kribbeln durch den Arm. Schnell ließ ich ihn los und brachte ein wenig Abstand zwischen uns. Liam kratzte sich am Kopf und sah verlegen aus einem der Bogenfenster nach draußen.

»Du bist unsere Prinzessin, es wäre unangebracht gewesen, dich weiter mit einer vertrauten Anrede anzusprechen, besonders in Anbetracht unseres Zusammentreffens.«

Ich verkniff mir ein Schmunzeln. »Das hast du aber schön gesagt, Krieger.«

Er atmete geräuschvoll aus. »Du wirst es mir trotzdem nicht leicht machen, hab ich recht?«

»Nein.«

»Nein, ich habe unrecht oder nein, du wirst es mir schwer machen?«

Ich sah ihn an und begann doch zu schmunzeln. *Navarion hatte recht. Wir sind wie Feuer und Wasser.*

Sie sah mich an, ein kleines Lächeln auf den Lippen, und ihre Augen strahlten in einem so unnatürlichen Blau, wie ich es selbst bei meinem König noch nie gesehen hatte. Ich war gefangen von ihrem Anblick. Der Wind, der durch die Kuppel fegte, spielte mit ihren Haaren, in denen ich auch jetzt noch

Flammen sah. Feuchter Nebel drang durch die Bogenfenster herein und füllte die Kuppel. Im feinen Schleier schien sie nur noch mehr zu leuchten, als hätte die Schöpfung sie mit kräftigeren Farben bedacht als den Rest der Welt. Sie war das reinste und schönste Wesen, das ich je gesehen hatte. Mit jedem Herzschlag, den ich in ihrer Nähe verbrachte, verfiel ich ihr mehr. Was war nur los mit mir? Ich musste dringend die letzten Fetzen Stolz zusammenkratzen, die sie mir gelassen hatte, und mich auf das konzentrieren, was im Moment wichtiger war als der Anblick einer bezaubernden Frau. Ich hatte größere Probleme. Da waren immer noch die Rudall Koer, die bald hier eintreffen würden, und wenn das geschah, musste ich alles tun, um Flerya zu schützen. Beim Gedanken an das, was passieren konnte, hatte ich einen Klumpen Steine im Magen und meine Brust zog sich unangenehm zusammen, bis ich das Gefühl hatte zu ersticken. Nein, ihr durfte nichts geschehen. Schwer atmete ich die feuchte Luft ein und sah noch einmal zu der Turmglocke.

»Was auch immer das für ein Ort ist, hier gibt es eine Menge Magie.« Flee hob fragend die Brauen. Mit der Hand klopfte ich gegen das kalte Eisen. »Sie wird von Magie gehalten. Aine erschafft die Homunkulusse ebenfalls mit Zauberkraft. Sie muss einen Weg gefunden haben, die Barriere des Königs zumindest teilweise zu umgehen. Vielleicht können wir das ebenfalls für uns nutzen.«

Zweifelnd blickte sie zur Glockenaufhängung hoch. »Das ist ein seltsamer Ort. Obwohl ich Angst vor dem habe, was bald geschieht, empfinde ich eine Ruhe, die mich durchatmen lässt, aber hier gibt es auch etwas Dunkles, das meine Furcht schürt, als wäre alles auf dieser Insel im Zwiespalt.«

Grimmig kniff ich die Lippen zusammen. »Den Menschen, die hier einmal gelebt haben, muss dieser Ort heilig gewesen sein, sonst hätten sie keinen Tempel erbaut. Aine hat die hier herrschende Kraft beschmutzt.«

Flee schüttelte den Kopf. »Das war nicht die Ghulkönigin. Sie bedient sich nur daran und nimmt, was sie braucht, um zu überleben. Nein, das, was ich wahrnehme, ist älter und geht tiefer.«

Ich hasste Rätsel! »Das ist zwar faszinierend, aber wir haben keine Zeit mehr, um dem auf den Grund zu gehen. Ich muss Sammir holen, aber zuvor müssen wir mit Jeteff sprechen und ihm sagen, dass die Rudall Koer auf dem Weg nach Mongana sind. Ich sage das zwar nicht gern, aber ich glaube, das sind wir ihm schuldig.«

»Ich hoffe, er reagiert nicht so, wie ich vermute, dass er es tun wird«, murmelte Flee, während sie zur Treppe zurücklief und wesentlich langsamer als vorhin die Stufen hinabstieg. Im Halbdunkel blieb sie stehen und drehte sich zu mir um. »Ich glaube, du irrst dich, Liam. Was auch immer hier vor sich geht, es hat einfach mit allem zu tun.«

Gefahren rufen Ängste hervor und Ängste mehr Gefahren

Ihr hattet kein Recht, uns das zu verschweigen!« Nicht Jeteff tobte, sondern zahlreiche andere Männer und Frauen. Navarion stand wie ein Fels neben mir, angespannt bis in die letzte Faser seines Körpers, während Liam die aufgebrachten Leute zu beruhigen versuchte.

»Gestern Abend wussten wir nicht, ob wir euch vertrauen können«, sagte er ruhig. »Wer von euch hätte so eine haarige Information einem Wildfremden mitgeteilt, der dazu auch noch ein verurteilter Gefangener auf dieser Insel ist?«

Wo gerade noch heller Aufruhr herrschte, wurde es unvermutet vollkommen still. Wir standen leicht erhöht auf dem Steinsockel des großen Brunnens im Innenhof. Jeder einzelne Bewohner dieses Wehrs war anwesend. Ich zählte mehr Männer als Frauen, viele Kinder und ein paar wenige Alte, von denen Estith eindeutig die Älteste war.

Liam trat vom Sockel und lief auf die Leute zu.

»Ich weiß, dass unter euch einige sind, die nur darauf warten, sich für ihre Strafe zu rächen, und ich warne euch nur dieses eine Mal.«

Er hob den Arm und wies mit dem Finger auf mich, das machte mich sofort unruhig. Ich hasste es, im Mittelpunkt zu stehen. Trotzdem blickte ich in die Menge und erwiderte ruhig die unzähligen Blicke, die auf mir lagen.

»Wenn auch nur einer versucht, sie anzurühren und Yadiran in die Hände zu spielen, werde ich demjenigen jeden Finger einzeln abhacken.«

Liam hatte ihnen nicht alles erzählt. Genau genommen hatte er die wichtigsten Details verschwiegen. Wer ich war, wussten sie nun, doch was ich am Handgelenk bei mir trug, nicht. Jetzt wussten sie, welchem Monster sie in ihrer Mitte Zuflucht gewährt hatten. Ich konnte ihnen die hasserfüllten Blicke nicht verübeln und verstand die Skepsis. Sie waren nicht dumm. Die meisten spürten, dass Liam etwas zurückhielt. Ich an ihrer Stelle würde nicht anders reagieren und auch wenn es falsch war, hatte ich den beiden Kriegern versprochen, Kemantie zu verschweigen.

»Hier schlagen mit Sicherheit einige Herzen, die nur darauf warten, sich an dem Mann zu rächen, der sie auf die Insel verbannt hat!«, rief Liam gerade. »Wer Todessehnsucht verspürt, soll es gern versuchen und die Prinzessin angreifen. Unsere Schwerter werden euch gebührend empfangen.«

»Sie werden jede Gelegenheit nutzen, um dich zu töten oder dich zu schänden«, flüsterte Navarion mir zu, während er die Leute um uns nicht aus den Augen ließ.

Sie wären nicht die Ersten, die das versuchten. Ich verbarg den Schmerz darüber genauso hinter einer gleichgültigen Fassade wie meinen Frust über die beiden Männer, die mich behandelten, als wäre ich ein zerbrechliches kleines Mädchen.

Jeteff stand viel zu ruhig an der Wand des gegenüberliegenden Gebäudes und starrte mich an. Das hätte mich nicht gestört, denn sie gafften alle, doch nicht so wie dieser Mann. In seinem Gesicht las ich etwas, das mich beunruhigte. Sein Blick wanderte als einziger immer wieder zu dem Armband an meinem Handgelenk. Mir zog sich der Magen zusammen und ich schluckte schwer. Im Brunnen hinter mir tapste Moril in einem der kleineren Becken herum und wusch sich in aller Ruhe das Fell. Endlich hatte der Regen aufgehört, doch nun spritzte Moril mich nass, weil er wenig elegant ins Wasser tauchte und sich immer wieder das Fell ausschüttelte. Er war ein sehr merkwürdiges Geisttier, passte aber perfekt zu Navarion, der ebenfalls eine sehr eigenwillige Natur in sich trug.

Unruhiges Gemurmel bis hin zu lauten Ausrufen erfüllte die vom Regen reingewaschene Luft im Innenhof. »Die Rudall Koer werden uns alle auslöschen!«

»Ich sage, wir liefern sie aus und retten uns selbst!«

»Wir alle haben die Geschichten über den Schlachtenlenker gehört, einige von uns kennen ihn persönlich. Ihr wisst selbst, wie grausam und unbarmherzig er ist. Nichts wird uns retten!« Das kam von einem der Männer aus Jeteffs Gruppe. »Sie sind Seelenfresser!«

Zustimmung wurde laut. Ich konnte ihre Angst vor meinem Vater sehen. In jeder verzweifelten Geste, in der Art, wie sie sich auf dem Hof zusammenrotteten. Ich sah es in ihren gehetzten Augen und es ätzte mir ein dunkles Loch ins Herz. Sie sprachen voller Furcht über den Mann, dem meine ganze Liebe gehörte. Zwecklos, mich selbst zu belügen. Ich sollte ihn hassen für seine Lügen, für seinen Verrat und für das, was er war. Ein Seelenfresser. Oh ja, ich hasste ihn aus tiefster Seele, doch noch immer quoll mein Herz über beim Gedanken an den Mann, der mich großgezogen hatte, der mich im Arm gehalten hatte, wenn ich ängstlich war, und der meine Tränen getrocknet hatte. Egal, wie groß das Loch in meiner Brust war, es genügte nicht, um den Vater auszulöschen, der er trotz allem für mich war. In den Augen dieser Menschen war er das Monster. Seelenfresser und Schlachtenlenker, diese Namen hatte ich zuvor noch nie gehört. Ich hörte sie Untier, Bluthund und Bestie rufen. Namen, die ich bis jetzt nur einem einzigen Mann aus Vaters Gefolge gegeben hatte: Vilgo. Er war grausam und kaltherzig. Sein Stellvertreter war für mich all das, was diese Menschen in meinem Vater sahen. Ihn mit ihren Augen zu betrachten, löste in mir einen unsäglichen Gefühlssturm aus. Es schmerzte, tat unendlich weh. Mit zittrigen Beinen stand ich schwer atmend am Brunnen und versuchte alles auszublenden. Ich ertrank in der Furcht, die sie vor dem Mann hatten, den ich liebte. Ich ging unter in dem Wissen, dass er sich ihre Angst genauso verdient haben musste wie meine Liebe: mit Taten und Gesten. Wie nur konnten in einem einzigen Körper zwei so gegensätzliche Herzen schlagen? Tränen sammelten sich in meinen Augen, meine Brust begann zu schmerzen und der Kieselstein in meiner Kehle wuchs zu einem spitzen Kloß an, der mir die Luft zum Atmen nahm. Ich wandte mich ab von den Leuten auf dem Hof, wollte ihre Angst nicht mehr sehen. Stattdessen blickte ich in Estiths zahnlos lächelndes Gesicht. Sie saß auf einer Holzbank, die ihre Enkelin mit einem der Männer für sie hergetragen hatte, und beobachtete mich mit ihren milchigen Augen wie ein Habicht. Estith klopfte neben sich auf die Bank, eine stille Aufforderung, der ich ohne zu zögern folgte. Phaesri lächelte, als ich vor Estith in die Knie ging und zu ihr aufsah.

»Warum habe ich das Gefühl, dass wir die Stimme, auf die hier jeder hört, längst gefunden haben?«

Die alte Frau tätschelte meine Hand, mit der ich mich an der Holzbank festhielt. Ich war am Morgen erholter aufgewacht und die Wunde hatte weniger gebrannt, doch je mehr Zeit verging, desto schwächer wurde ich, obwohl meine Schulter nach wie vor nur dumpf pochte. Besonders die letzten Minuten hatten mich viel Kraft gekostet. Dazustehen und meinen Vater durch die Augen anderer zu sehen, hatte mich ausgelaugt. Ich liebte ein Monster und konnte das Monster in mir nicht lieben. Was sagte das über mich aus? Was sagte das über meinen Vater aus?

»Wie geht es dir?«, murmelte sie.

»Ich atme noch«, entgegnete ich tonlos.

Sie tätschelte mir wieder die Hand. »Ich will mir deine Verletzung noch einmal ansehen und den Verband erneuern. Zumindest das kann ich heilen. Gegen eine gebrochene Seele ist kein Kraut gewachsen.«

Ich seufzte. Vor dieser Frau etwas zu verbergen, war zwecklos oder ich war schlicht und ergreifend durchschaubar. »Das Brennen ist besser, aber ich fühle mich trotzdem krank.«

»Das ist dein Kummer und Yadirans Zauberkraft. Ich sagte dir ja bereits, dass ich gegen sie nichts ausrichten kann.«

Verstohlen zog ich das Hemd ein Stück von meinem Hals, gerade genug, um die Schulter mit den dunklen Striemen darauf zu sehen. »Sie wandern immer weiter, genau auf mein Herz zu.«

Estith kniff die schmalen Lippen zusammen. »Er hat an wirklich alles gedacht.« Sie hob den Blick und sah zu Liam, der die Leute gerade davon zu überzeugen versuchte, mit uns gemeinsam zu kämpfen. »Nur ihn hatte Yadiran sicher nicht eingeplant. Ein Mann, der für seine Liebe und seine Überzeugungen in den Tod gehen würde.«

Ihre farblosen Augen durchdrangen mich, hielten mich fest, obwohl ich mich unter dem intensiven Blick am liebsten abgewandt hätte.

»Er hat ein reines Herz und solange er an deiner Seite ist, wird es dir immer gut gehen, Mädchen.«

Schnaubend sah ich zu dem Krieger. »Er behandelt mich wie ein Kind. Der Mann ist eine Plage«, sagte ich, doch mir fehlte die Überzeugung in der Stimme. Das brachte Estith lauthals zum Lachen. Jäh verstummten alle Gespräche um uns herum und wieder war ich Mittelpunkt der Aufmerksamkeit; oder auch nicht, denn viele der Anwesenden sahen nicht zu mir, sondern zu Estith, die sich mit der Hilfe ihrer Enkelin von der Bank erhob. Entschuldigend blickte ich zu den Leuten um mich, doch niemand sah Estith an, als wäre sie nur die verrückte Alte. Im Gegenteil: Wohin ich auch sah, sie alle warteten gespannt und voller Erwartungen.

Estith nahm meine Hand und drückte sie schwach. »Wenn wir die nächste Welt erleben wollen, müssen wir unseren Neuankömmlingen helfen«, sagte sie. »Sonst verlässt keine Seele jemals wieder diesen Ort.« Sie sah zu Jeteff. »Du weißt, was zu tun ist, kümmer dich darum und nimm die beiden Krieger mit dir.«

Jeteff stieß sich von der Mauer ab, an der er lehnte. »Ihr habt Estith gehört, bereiten wir uns auf die Rudall Koer vor. Ich will, dass sich permanent Wachposten auf dem Wehrgang befinden und in den beiden Türmen. Haltet Ausschau nach allem, was sich der Insel nähert. Diejenigen, die zu jung oder zu schwach zum Kämpfen sind, helfen beim Zusammentragen der Waffen und bringen Nahrung, Wasser und alles, was ihr braucht, in die Kathedrale. Dort werdet ihr euch verschanzen, sobald der Schlachtenlenker hier eintrifft. Alle anderen kommen mit mir.« Er sah sich um, doch niemand rührte sich. Jeteff ballte die Hände. »Los jetzt!« Bewegung kam in die Menge, wobei noch immer angespannte Stille herrschte.

Vereinzelt trafen mich hasserfüllte Blicke. Ich hielt sie aus, ließ sie über mich ergehen, denn ich verdiente ihren Hass. Zu allem Unheil, das ihnen widerfahren war, brach meinetwegen das schlimmste von allen über sie herein. Die Seelenfresser.

»Komm, Mädchen. Ich möchte dir etwas zeigen.« Estith zog am Stoff meines Ärmels, doch ehe ich ihr folgen konnte, waren Liam und Navarion bei uns.

»Ohne uns geht sie nirgendwo hin«, knurrte Liam.

Estith sah ihn einen Moment schweigend an und die beiden fochten ein wortloses Duell aus. Schließlich seufzte sie übertrieben laut. »Nun gut, dann begleitet uns eben dieser stattliche Krieger hier.« Sie zwinkerte Navarion zu, der etwas verschnupft das Gesicht verzog. Moril lag inzwischen ausgetreckt auf einem Stein in der warmen Sonne, die sich endlich gegen die Regenwolken durchgesetzt hatte, und schlief.

Liam wandte sich Navarion zu. »Du lässt sie nicht aus den Augen.«

Ich schnaubte, gab mir keine Mühe, meinen Ärger über seine Bevormundung zu verbergen. »Er kann mir nicht überallhin folgen.«

Liam erwiderte meinen stechenden Blick mit gleicher Vehemenz. »Doch, das kann er.«

Ich begann freudlos zu lächeln. »Das wird für uns beide mehr als peinlich, wenn ich austreten muss und Navid dabei neben mir steht. Ich werde nicht in den Austritt gehen. Selbst aus großer Entfernung raubt einem der Gestank die Luft zum Atmen.« Angewidert rümpfte ich die Nase. Ich bebte vor Zorn, dass ich gezwungen war, mit den beiden Kriegern darüber sprechen zu müssen, und auch Liam war das Ganze sichtlich unangenehm. Phaesri hatte mir am Morgen gezeigt, wo der Austritt war. Der Gestank nach Fäkalien, Schwefel und Verwesung darin hatte sich für alle Zeiten in meiner Nase festgefressen.

Ich war stattdessen mit dem Mädchen durch ein kleines Seitentor in den Wald gelaufen, wo ich mich ungestört hinter einem Erdwall setzen konnte. Auf dieser Seite der Feste waren die Bäume ebenso blattlos und tot wie im Rest des Waldes, doch hier war der Boden von vielen Felsen durchdrungen und nicht schwammig. In der Ferne konnte ich die Brandung hören. Das Meer war nicht weit entfernt, die Luft roch selbst hier in der Feste nach Salz und frischem Wasser, nicht nach Gülle und Fäulnis wie in der Nähe des Austritts.

Liam räusperte sich. »Navid wird in diesem Fall genügend Abstand halten, aber er bleibt in Hörweite.«

Mir entglitten sämtliche Gesichtszüge und ich blickte entgeistert zu Navarion, dessen Wangen in einem leuchtenden Rot aufflammten. Mir war das zwar peinlich, doch was das anging, war ich nichts anderes gewohnt, denn ich war noch nie in meinem Leben wirklich allein gewesen. Auch die Krieger meines Vaters waren immer um mich, nur dass es diesmal wirklich meinem Schutz diente und nicht einzig der Sicherung einer wertvollen Gefangenen, die nicht wusste, dass sie eine war. Aber so leicht wollte ich die beiden Krieger nicht vom Haken lassen. »Entschuldigt, Navid. Ich werde versuchen, dabei so leise wie möglich zu sein«, sagte ich ernstlich und schwankte dabei zwischen Scham und Neckerei hin und her.

Estith begann zu keckern, während Navarion die Schamesröte nun bis zum Hals reichte. Zuerst hob Liam fragend die Brauen, doch dann begriff er und riss erschrocken die Augen auf.

»So habe ich das nicht gemeint!« Wie ein Fisch auf dem Trockenen schnappte er nach Luft. Ich genoss den Anblick, während er nach Worten rang und sich sichtlich unwohl fühlte.

»Ihr zwei seid wie eine frische Brise.« Die alte Frau klatschte in ihre viel zu dünnen Hände. »Seitdem ihr hier seid, fühle ich mich um zehn Jahre verjüngt.«

Liam murmelte etwas Unverständliches, griff schließlich unter seinen Mantel und streckte mir einen kleinen Dolch entgegen. Er sah mich nicht an, als ich die Waffe an mich nahm und ein leises »Danke«

grummelte. Sein Blick hing an Navarion und darin lag mehr als eine Warnung. Navarion nickte und atmete hörbar aus, als Liam zu Jeteff lief, der am anderen Ende des Innenhofes auf ihn wartete.

»Es wird Zeit.« Estith winkte uns zu. Ich steckte den Dolch in den Gürtel um meine Hüfte und folgte ihr gemeinsam mit Navarion über den Hof.

»Was ist mit Moril?«, fragte ich mit einem Blick zurück zu dem friedlich schlafenden Waschbären.

»Lasst ihn schlafen. Er hat die ganze Nacht über Euch gewacht. Moril findet mich, egal, wo ich bin, und er ist da, wenn wir Hilfe brauchen.«

Jetzt hatte ich ein schlechtes Gewissen. »Ich war so erschöpft. Mir ist gar nicht aufgefallen, dass er überhaupt nicht geschlafen hat.«

»Macht Euch keine Sorgen um ihn. Wir sind an wenig Schlaf gewohnt.«

Ich sah noch einmal zu dem Waschbären zurück. Wärme durchflutete mich. So ungern ich es auch zugab, die Krieger und ihre Geisttiere hatten sich in mein Herz geschlichen. Sie waren mir wichtig und das war weder für sie noch für mich besonders gut. »Nenn mich Flee, Navarion, und hör bitte auf mit den Förmlichkeiten. Das bringt mich in Verlegenheit.«

Er grinste. »Es gibt tatsächlich etwas, das dich in Verlegenheit bringt?« Darauf antwortete ich nicht, denn in Wahrheit gab es sehr viel, was mich verlegen machte, doch meistens preschte ich nach vorn, um es zu überspielen. Etwas, das ich von meinem Vater gelernt hatte: Lieber angreifen als Schwäche zuzulassen. Wir folgten Estith und ihrer Enkelin gemächlich, denn die alte Frau lief gebückt. Heute schien sie sich noch schwerer auf Phaesri zu stützen, was das Mädchen aushielt, ohne auch nur einmal sein Gesicht zu verziehen. Wir kamen nur langsam voran, so konnte ich die Mattheit in meinen Gliedern besser ertragen. Estith führte uns zu einem aus massivem Stein errichteten Gebäude. Den Eingang zierte ein gewaltiger Torbogen, dessen Seiten zwei reich verzierte Säulen trugen. Ich blieb direkt im Bogen stehen und sah nach oben. Selbst in gewandelter Form als Drache hätte ich durch diesen Einlass gepasst und auch im Inneren tat sich ein riesiger Gang auf, der zu beiden Seiten von unzähligen Säulen gehalten wurde. Große Bogenfenster gaben den Blick auf einen weiteren, viel kleineren Innenhof frei, in dem auf einer Blumenwiese Obstbäume wuchsen. Ich sah Kirschblüten, Apfelblüten und einen Haselnussstrauch. In Beeten wuchsen Kräuter, Zwiebeln und Kartoffeln.

»Wie kommt es, dass innerhalb dieser Mauern Pflanzen wachsen, während da draußen alles tot ist?«

»Warum schlagen die Turmglocken jeden Morgen zum Sonnenaufgang und jeden Abend zum Sonnenuntergang genau siebzehn Mal? Wir wissen es nicht.« Der Gang führte in einem erstaunlich runden Bogen um den Garten herum. Zur linken Seite gingen alle paar Schritte Türen ab, während rechts von uns unzählige Bogenfenster, in deren Mitte eine Säule eingelassen war, den Blick zum Garten hin freigaben. Der Wind wehte durch die Öffnungen. Sonnenstrahlen erhellten die Gänge und warfen Lichtpunkte an die Wände.

Schließlich atmete Estith erleichtert aus. »Wir sind da.« Mühsam stieg sie zwei kleine Steinstufen nach oben zu einer stark verwitterten Holztür, die ihre Enkelin öffnete. Dahinter lag ein Saal, wie ich ihn noch nie gesehen hatte. Er war schmal, dafür aber so lang, dass ich sein Ende kaum greifen konnte, und die Decke wölbte sich in einem hohen Bogen weit über uns. Teile von ihr waren eingestürzt, die Trümmer lagen im Inneren verstreut. Unterhalb der Deckenwölbung waren auf beiden Seiten große Fenster eingelassen. In ihnen befand sich buntes Glas aus so vielen kleinen Einzelteilen zusammengesetzt, dass sich die Sonnenstrahlen in einem wilden Farbenregen darin brachen. Sie streuten Inseln aus Licht ins Innere. Säulen zierten beide Seiten des langen Raumes und trugen die Last der gewölbten Decke. Dahinter erstreckten sich parallel zum Saal weite Gänge, von denen alle paar Schritte kleine, runde Nischen abgingen, in denen steinerne Figuren standen. Decke, Wände und selbst die Böden waren reich verziert mit Ornamenten und weiteren Skulpturen aus Stein, die in den Schatten lebendig wirkten. So greifbar, dass ich mehrere Male blinzelte, um das Trugbild sich bewegender Köpfe, Flügel und Beine loszuwerden. Doch egal, was ich tat, die Schatten bewegten sich und mir trieb es Eiseskälte in die Glieder. Um die Panik abzuschütteln, konzentrierte ich mich auf die unzähligen Details im Saal, in jedem einzelnen spiegelte sich die Liebe wider, mit der dieser Ort einst errichtet worden war.

Jeder Sockel unterhalb der Säulen war reich verziert. Ich sah Drachen, Oger, Sylphen, Undinen und Feen. Und wie beim Brunnen, kein einziger Ghul. Am Boden zierten aus dem Stein gehauene Totenschädel die Säulen. Frauenfiguren in wehenden Kutten standen mit nackten Füßen auf den Schädeln. Banshee.

Eindringlich sah die alte Frau uns an. »Bleibt im Licht.«

»Was ist in den Schatten?«, fragte ich, doch sie drehte sich um, lief voran in den Saal und blieb mir die Antwort darauf schuldig.

»Das war ein Heiligtum oder ein Versammlungsort«, sagte Navarion.

»Beides«, erwiderte Estith. »Ich glaube, er war beides.«

Wir durchquerten den Saal, wichen den Trümmern von der Decke aus, bis sich der lange Raum vor uns in einem halbrunden Bogen öffnete wie eine Blütenknospe. Sonnengespinst drang auch hier durch die bunten Fenster herein und zauberte unzählige Regenbögen auf die Wände und den Boden. Die steinernen Banshees schienen ihnen zuzustreben.

»Das nenne ich mal einen Thron«, sagte Navarion. Vor uns, genau in der Mitte dieser halbrunden Öffnung, erhob sich ein gewaltiger Thron, der zwar aus einem massiven, sehr dunklem Holz geschnitzt war, auf dem aber ein Herrscherpaar gesessen hatte. Wunderschöne Ornamente und kleine Figuren waren im verwitterten Holz eingelassen. Hier bestand der Boden nicht aus Steinplatten, sondern aus einem schwarz glänzenden Material, in dem unzählige kleine Kristalle das Licht der Sonne brachen. Auch ohne König und Königin war ich vor Ehrfurcht wie gebannt. Vor dem Thron sah ich Fußabdrücke darin, ähnlich den Einkerbungen auf den Stufen des Glockenturmes. Die Abdrücke zweier Drachen. Einer deutlich größer als der andere. Ein kalter Schauer rann mir über die Haut. Der Drache in mir rührte sich unruhig. Ich blieb in einem Sonnenstrahl stehen und spürte die Wärme, doch hier war auch Kälte, die in den Schatten lauerte.

Ich drehte mich zu der Alten um, die mich beobachtete. »Was ist das hier für ein Ort, Estith?«

Sie deutete auf Kemantie. Unter dem Schmuckstück kribbelte mein Arm. Ich spürte die Wärme, die sich von ihm über meine Haut ausbreitete, und hob die Hand. Ungläubig starrte ich auf die roten Edelsteine darin, die in diesem Moment heller leuchteten als jemals zuvor.

»Was geht hier vor?«, knurrte Navarion.

Estith trat zu mir. »Das ist der Ort, an dem alles begann.«

Ängstlich kauerte die Besatzung auf dem Deck. Die Arme schützend über dem Kopf, wimmerten sie, weinten und beteten murmelnd zu den Banshee. Yadiran stand mit seinen Männern ungläubig an der Reling und starrte auf das Wasser, unter dessen Oberfläche unzählige

Tote dem Schiff seit geraumer Zeit folgten. Sie schwebten im Wasser, ihre Kleidung und die Haare flatterten in der Strömung und sie starrten mit offenen, leeren Augen zu den Menschen und Ghul auf dem Schiff. Er sah sie auf den schroffen Felsen liegen, die nach wie vor aus dem Wasser ragten wie Dolchspitzen. Reglos, aufgedunsen und viel zu bleich, lagen ihre Körper auf dem kalten Stein. Yadiran sah tiefe Schnittwunden, abgetrennte Glieder und zerfetzte Leiber. Wunden, die längst nicht mehr bluteten. Zeugen einer vergangenen Schlacht.

»Was geht hier vor?«, flüsterte Abren. Der Junge klammerte sich mit den Händen an das Holz der Balustrade. »Wer hat all diese Menschen getötet?«

Yadiran schüttelte den Kopf. »Das sind nicht nur Menschen. An ihrer Kleidung erkennt man sie deutlich. Ghule, Oger, Feen, Undinen, Sylphen und …« Er stockte, das konnte nicht sein. Nicht in so großer Zahl und nicht in ihrer gewandelten Form, doch zwischen den toten Körpern glitten Drachen durchs Wasser. Ihre Flügel gekrümmt, die Häute dazwischen zerfetzt, wiesen auch sie Verletzungen auf, die nur einen Schluss zuließen: Hier hatte eine gewaltige Schlacht stattgefunden. Ein Gefecht, in dem unzählige Drachen, Ghule und Mitglieder anderer Völker gestorben waren.

»Nie mehr als eine Handvoll Drachen«, wisperte der Junge neben ihm. »Es gab nie mehr als eine Handvoll und doch treiben in diesen Gewässern mehr tote Drachen, als ich zählen könnte.«

»Seht nicht hinein«, rief der Kapitän ihnen zu. »Bitte! Seht nicht hinein. Damit lockt ihr sie aus dem Wasser zu uns herauf. Sie werden uns mit in die Tiefe reißen!«

Der Junge wich sofort zurück und schnappte erschrocken nach Luft. Unter anderen Umständen hätte Yadiran den Mann einen Narren genannt und seine absurde Bitte ignoriert, doch er spürte selbst die Kälte, die von diesem Grab ausging; das Grauen, das dort lauerte, und er wollte nicht Teil davon werden. »Ihr habt ihn gehört! Weg von der Reling und macht euch an die Arbeit.« Seine Männer reagierten sofort und kamen dem Befehl ohne zu zögern nach. Er sah zu den Menschen, die noch immer vor Angst erstarrt auf dem Deck knieten. »Das gilt für euch alle!«

Er lief zu dem Kapitän, der seiner Besatzung gerade mit zittriger Stimme Mut zusprach. Als er zu ihm trat, verstummte der Mann und schickte die Leute auf ihre Posten zurück. »Erzähl mir, was du darüber weißt.«

»Nicht viel, Herr«, sagte der Mann, wobei seine Hände ebenfalls zitterten. »Nur was ich Euch bereits erzählt habe. Dieser Ort ist seit Jahrhunderten eine Stätte des Todes. Nur die Gefangenenschiffe des Königs fahren hindurch, um die Sünder zur Insel zu bringen. Manche kehren nie wieder zurück und alle anderen berichten von den Toten, die im Wasser treiben, von dem Glockenklang und den Stürmen, die hier oft toben, und den Stimmen, die sie darin hörten. Der König schützt die Schiffe und ihre Besatzungen mit einem Zauber, doch er hilft nicht immer und nur er und seine besten Kapitäne kennen die sicherste Route durch die Felsspitzen.«

»Und du bist keiner von ihnen, oder?«, fragte der Junge den Kapitän, der traurig den Kopf schüttelte.

»Wir bringen Stoffe, Gewürze und Nahrung nach NasesMej, Herr.«

Yadiran rieb sich den Nacken und blickte sich prüfend auf dem Deck um. Selbst von hier sah er die bleichen Körper unter der Wasseroberfläche treiben. Das Leichenfeld erstreckte sich über viele Meilen hinweg bis zum Horizont. Nun war ihm klar, warum der Drachenkönig Aine auf gerade diese Insel verbannt hatte. Die Toten selbst wachten über diesen Ort.

»Warum sind sie hiergeblieben?«, flüsterte der Junge und sprach damit den Gedanken aus, der Yadiran ebenfalls beschäftigte. Abren schluckte schwer und fuhr sich mit den Händen durch die wirr abstehenden Haare. »Warum hat keine Banshee sie durch das Tor zur nächsten Welt geleitet?« Angst spiegelte sich in seinen Augen. Furcht, die er selbst in den Augen seiner sonst unerschütterlichen Krieger sah. Das war kein Widerpart, gegen den sie bestehen konnten. Tote konnten sie nicht bekämpfen und die Magie, die das alles bewirkte, ebenfalls nicht.

»Gefahren rufen Ängste hervor«, murmelte der Kapitän mit einem fast verqueren Lächeln auf den Lippen, »und Ängste mehr Gefahren.«

Nur wer seine Vergangenheit kennt, findet den Weg in eine glückliche Zukunft

Was soll das heißen, der Ort, an dem alles begann?« Navarion hatte sich in Rage geredet. Estith ließ es gelassen über sich ergehen. »Wir haben ganz andere Probleme!«

»Wenn ich die Antworten auf alle Fragen kennen würde, säße ich sicher nicht mit Euch hier auf Mongana fest, junger Krieger.«

»Woher hast du dann deine Informationen, Seherin?«, fragte er.

Sie sah mich an. »Ich träume.«

Mir rann ein Schauer über den Rücken. Navarion schwieg einen Moment, in dem er sie ungläubig anstarrte.

»Du träumst«, schnaubte er schließlich ungehalten, doch ich konnte das nicht so leicht von mir weisen.

»Was siehst du in deinen Träumen, Estith?«, fragte ich, während ich zu dem gewaltigen Doppelthron aufsah.

»Viele tote Drachen und unzählige ruhelose Seelen, die da draußen im Meer treiben. Diese Seelen wispern mir immer und immer wieder diesen einen Satz zu: Der Ort, an dem alles begann. Ich habe viel Zeit gehabt, die Insel zu erkunden. Ich kenne jeden Winkel in diesem Tempel.« Sie deutete auf die Wandmalereien hinter dem Thron, die einmal wunderschön gewesen sein mussten. Jemand hatte sie mutwillig zerstört, bis nur noch Reste der einstigen Pracht übrig waren. »Diese Insel muss um etliches größer gewesen sein, als sie es heute ist. Viele Völker haben hier gelebt.« Sie sah erneut zu dem Doppelthron. »Viele Hunderte Drachen.«

»Das ist unmöglich«, sagte Navarion tonlos. »Es gab niemals mehr als fünf Dutzend.«

Estith nickte. »Was, wenn du dich irrst, junger Krieger? Das hat der König Euch verschwiegen und ich vermute, nicht ohne Grund. Er fliegt öfter über Mongana hinweg. Er hat sie im Wasser gesehen. Sie treiben unter der Oberfläche, harren auf Erlösung. Jeder weiß, dass sie da draußen sind, aber niemand traut sich in diese Gewässer und wenn doch, meidet jeder Seefahrer den Blick in die Tiefe. Niemand kennt ihre genaue Zahl, außer dem Drachenkönig, doch er schweigt lieber und geht dem nicht auf den Grund. Er nimmt es einfach hin und belügt sein Volk. Aber nur wer seine Vergangenheit kennt, findet den Weg in eine glückliche Zukunft.«

»Wir kennen unsere Vergangenheit, Seherin. Jedes Detail darin ist in der Bibliothek des Königs vermerkt. Was auch immer ihn dazu treibt, die toten Drachen im Leichenfeld zu verschweigen, es ist mit Sicherheit zu unserem Wohl.«

»Steht dort auch etwas über diesen Ort?«, fragte ich.

Navarion kniff die Augen zusammen und schüttelte den Kopf. »Du fragst den falschen Mann. Ich bin nicht besonders belesen. Liams Lieblingsort, wenn wir in Astrama sind, ist neben dem Meer die Bibliothek. Dort verbringt er oft viele Stunden. Ihn musst du fragen.« Schulterzuckend sah er sich um. »Ich weiß trotzdem nicht, was wir hier genau tun. Die Rudall Koer kommen und wir sehen uns ein paar alte, tote Steine an und einen gigantischen Thron aus Holz.«

»Sie sind nicht tot«, zischte ich. »Jeder Einzelne davon hat eine Geschichte. Das ist alles nicht so ein-

fach, wie du denkst, Krieger«, murmelte ich. »Ich träume ebenfalls mein ganzes Leben von diesem Ort. Ich erkenne Details daraus wieder, obwohl ich niemals zuvor hier war. Als ich mich zum ersten Mal gewandelt habe, hat mich irgendetwas hierhergezogen.«

»Yadirans dunkle Magie hat dich hierher geleitet. Der Schlachtenlenker überlässt nichts dem Zufall. Er hatte vierzehn Jahre Zeit, um das alles zu planen.«

»Meine Träume auch?«

Er schüttelte den Kopf. Sein Kiefermuskel zuckte leicht. »Das kann ich tatsächlich nicht erklären, was mich beunruhigt. Liam wird ausrasten, wenn er davon hört.«

»Dann sag es ihm nicht«, entgegnete ich.

»Du weißt, das kann ich nicht, Flee. Wenn das, was hier vor sich geht, oder dieser Ort selbst mit alldem zu tun hat, dann muss er es wissen. Und wenn es nur erklärt, warum Aine Magie nutzen kann, obwohl unser König die Barriere erschaffen hat. Wenn wir das herausfinden, haben wir einen Vorteil gegenüber den Rudall Koer.«

Ich nickte und sah Estiths zustimmendes Lächeln. »Dann sollten wir wohl mit der Ghulkönigin sprechen«, sagte ich und als Antwort verstummte selbst das Raunen in den Schatten.

Es ist, als ob du nur lebst, um für andere zu atmen

Die Klinge durchtrennte den ledernen Brustpanzer, den mein Gegner trug, beinahe vollständig. Der Mann keuchte auf und ich stieß einen heftigen Fluch aus. »Ich brauche Kämpfer, keine Lämmer, die ich zur Schlachtbank führe!«

Blut lief ihm in einem dünnen Rinnsal unter dem Lederwams hervor. Der Mann schwitzte widerlich und atmete viel zu hastig. Er war kein Gegner für mich und schon gar nicht für die Rudall Koer. Das waren die wenigsten von ihnen. Seit Stunden trainierte ich mit Jeteffs Männern. Die meisten waren einfache Handwerker, die sich aus der Not heraus und aus reinem Überlebenswillen das Kämpfen selbst beigebracht hatten, um sich gegen die Homunkulusse wehren zu können. So wie der Kerl, der schwer atmend vor mir stand. Er war zwar groß und kräftig, seine groben Hände zeugten davon, dass er harte Arbeit nicht scheute, doch seine Bewegungen waren plump und der Blick gehetzt. Kein Bär, den irgendjemand fürchten musste, eher ein Hase auf der Flucht.

Nur eine Handvoll von ihnen hatte den Umgang mit einem Schwert, dem Bogen oder einem Dolch im Heer erlernt. Unter ihnen war Jeteff, doch wem konnte ich wirklich vertrauen?

Jäh traf mich ein Schwertschlag an der Hüfte. Zu schwach ausgeführt, um mich zu verletzen, trotzdem kam er überraschend. Der Mann grinste, als ich entgeistert blinzelte. Sammir stieß einen ärgerlichen Heuler aus. Sie war am Morgen durch einen unterirdischen Kanal, der den Brunnen speiste, in den Tempel gelangt und hatte mir damit den Weg zum Strand erspart. Jetzt saß sie im Brunnen, neben dem schlafenden Moril, der sich seit Stunden nicht gerührt hatte. Ihre Unzufriedenheit mit mir war kaum zu übersehen und sorgte für rege Erheiterung unter den Leuten. Ich hätte ihnen gern zugebrüllt, dass sie besser aufpassen sollten, um so viel wie möglich zu lernen, doch ich war gerade ebenfalls mehr als nachlässig.

Krampfhaft presste der Mann vor mir seine freie Hand auf den Kratzer am Bauch.

»Wenn du nicht sterben willst, dann nutze beide Hände beim Kampf. Ich garantiere dir, du wirst am Ende viele Wunden am Körper tragen und jede einzelne ist unwichtig. Solange du dich wehren kannst, tu es.« Das Grinsen in seinem Gesicht wich der Panik. Ich trat dicht zu ihm. »Angst lähmt dich und macht dich schwach. Du stinkst danach und die Rudall Koer wittern es so zielsicher wie ein hungriges Wolfsrudel.« Ich sah zu den Männern und Frauen auf dem Platz. »Egal, was passiert! Seid standhaft und mutig, lasst euch nicht von eurer Furcht beherrschen!«

Seufzend blickte ich in die abgekämpften Gesichter, die entweder zu wenige oder zu viele Lebensjahre hinter sich hatten. Wie sollte ich diese Menschen auf das vorbereiten, was bereits in ein paar Stunden über sie hereinbrechen würde? Wie sollte ich Flee beschützen? Ich war abgelenkt und das spürte auch Jeteff.

»Dein Freund ist bei ihr, Liamentras. Ihr passiert schon nichts, außerdem glaube ich, das Mädchen kann gut auf sich allein aufpassen.«

Dass man mir so deutlich anmerkte, wie nervös ich war, ärgerte mich. Vor Navarion konnte ich meine Sorge um sie mit meinem Pflichtgefühl dem König und seiner Tochter gegenüber überdecken, doch selbst er begann mich zu durchschauen. Dieses Mädchen ging mir unter die Haut. Niemand sonst schaffte es, mich so zornig zu machen und gleichzeitig so zu begeistern. Ihre Nähe war wie ein wärmendes, Licht spendendes Feuer in einer kühlen Nacht und ihre Unberechenbarkeit war das tobende Gewitter, das niemand, besonders ich nicht, ohne ein schützendes Dach erleben wollte. Wem machte ich etwas vor?

Sie war mir wichtig. Ob Prinzessin oder nicht, sie beherrschte meine Gedanken von Anfang an, und jetzt? Jetzt war ich wütend auf sie, weil ich mich ihretwegen nicht auf meine Aufgabe konzentrieren konnte und meine Nachlässigkeit auch schon anderen auffiel.

»Estith!« Jeteffs Ruf ließ mich aufhorchen. Die Seherin kam mit ihrer Enkelin zu uns gelaufen. Vergebens sah ich mich nach Navarion und Flerya um.

»Wo sind sie?«, fragte ich, noch während ich mit der Waffe in der Hand auf sie zupreschte.

»Sachte, sachte, junger Krieger.« Estith blickte mich nicht an, sondern an mir vorbei zu Jeteff, dem sie kurz zunickte.

»Wo ist die Prin…« Ich verschluckte mich beinahe an dem Wort, doch Estiths warnender Blick rettete mich. »Wo ist Flee?«, fragte ich schließlich.

Estith senkte den Kopf und seufzte leise. »Es geht ihr gut. Sie ist bei deinem Freund Navid.«

Die Seherin wich meiner Frage aus. »Das wollte ich nicht wissen, alte Frau.«

Sie nickte. »Ich soll dir ausrichten, dass sie in ein paar Stunden zurück sind.«

Schwarze Kreise schwirrten vor meinen Augen, als ich begriff, was sie da gerade gesagt hatte. Krampfhaft lagen meine Finger um den Schwertgriff und für einen kurzen Bruchteil hatte ich das unbändige Verlangen, jemandem die Klinge über die Kehle zu ziehen. Navarion! Er hatte mit ihr die schützenden Mauern verlassen, ohne mir das mitzuteilen!

»Ich frage dich das nur noch ein einziges Mal«, flüsterte ich gefährlich ruhig. »Wo sind sie hingegangen?«

Jeteff kam zu uns. Seine Finger hatte er lässig in den Gürtel um seine Hüfte eingehakt, doch der wachsame Blick, mit dem er mich musterte, verriet, dass er jederzeit und blitzschnell sein Schwert ziehen konnte. Ich hatte meines bereits in der Hand und würde es auch benutzen.

»Es ist zu spät.« Ihr mitleidiger Blick traf mich hart. »Sie sind vor Stunden gegangen.«

»Wohin?«, schrie ich.

»Zur Höhle der Ghulkönigin.« Estiths schlechtes Gewissen ließ ihre Stimme brüchig und nicht so gleichmütig wie sonst klingen. Mir entwich ein Keuchen. Im ersten Moment wusste ich nicht wohin mit dem Zorn und der Verzweiflung, die mich überrollten. Was war in Navarion gefahren!? Warum hatte er sich dazu überreden lassen, ohne mich zu informieren? Wir waren Freunde, aber an erster Stelle war ich der Feldherr des Königs und sein Befehlshaber. Eine direkte Anweisung zu missachten, hatte Folgen für ihn. Mein Waffenbruder war mir in mehr als einer Hinsicht in den Rücken gefallen. Er zwang mich zu etwas, das ich nicht tun wollte: ihn zu bestrafen. Niemals hätte ich gedacht, dass er oder Dagal mich vor diese Bürde stellen würden. Einen Moment kniff ich die Augen gegen das Sonnenlicht zusammen und schrie meine Wut hinaus. Mit voller Wucht ließ ich das Schwert gegen einen Holzstumpf sausen, den wir zu Übungszwecken aufgestellt hatten. Das morsche Holz splitterte unter der Härte.

»Was hat sie getan?! Ihm den Schädel weich geprügelt?! Warum sind sie abgehauen, ohne mir etwas zu sagen?«

»Weil du sie nie hättest gehen lassen«, antwortete Jeteff anstelle von Estith, die meine Entschlossenheit und meinen Zorn unterschätzt hatte. Doch langsam dämmerte ihr, was jetzt geschehen würde.

Sie hob die Hände. »Flee sucht einen Weg, uns alle zu retten, und nur sie kann das schaffen, Liamentras. Sie versucht herauszufinden, wie Aine trotz der Barriere des Königs Zauber beschwören kann.« Sie trat auf mich zu. »Diesen Kampf können wir nicht durch Waffengewalt gewinnen«, raunte sie mir zu. »Diese Menschen haben den Ghul ohne ihre Kräfte nichts entgegenzusetzen. Ihr allein kann es gelingen, Aine dieses Geheimnis zu entlocken. Die Königin fühlt die Anwesenheit des Drachen und Kemantie. Es macht sie wahnsinnig, lenkt sie ab.« Eindringlich sah die Alte mir in die Augen. »Die Aussicht auf ihre baldige Freiheit macht sie leichtsinnig.«

»Falsch«, zischte ich. »Es macht sie gefährlich.« Mit einem hatte sie jedoch recht. Ich sah mich um. Die Menschen, die sich bereit erklärt hatten zu kämpfen, das waren keine Krieger, die einem Heer Ghul trotzen konnten. Trotzdem pochten Zorn und Wut hinter meinen Schläfen, ließen mein Blut kochen, während sich mein Herz zusammenkrampfte vor Angst um eine Frau, die mich buchstäblich in den Wahnsinn trieb. »Verdammtes Weibsstück«, fauchte ich. Jeteff knurrte wütend und Phaesri zuckte erschrocken zusammen, doch Estith hob beschwichtigend die Hand.

»Er meint nicht mich.«

Noch ehe Jeteff oder sonst jemand reagieren konnte, riss ich einem der Männer seinen Bogen und einen Köcher aus der Hand. Beides band ich um meinen Rücken fest. Das Schwert steckte ich in den Schaft an meinem Gürtel. »Du bleibst hier«, knurrte ich Sammir zu, die bereits aus dem Becken robbte, um mir zu folgen. »Moril!« Navarions verdammtes Geisttier hob schläfrig den Kopf und blinzelte mich an. »Du führst mich zu den beiden oder ich schwöre dir, dass ich dich am kleinen Kringelschwanz in der Sonne aufhängen werde.« Er starrte mich an, ohne sich zu rühren, blinzelte und gähnte schließlich ausgedehnt, wobei er mir seine kleinen spitzen Zähne zeigte. Ein erstes Pochen in meiner Schläfe kündete von den Kopfschmerzen, die mir bald zusätzlich zu schaffen machen würden, und der verflixte Waschbär rührte sich noch immer nicht. »Moril!« Endlich ließ er sich herab, mir zu folgen, wobei er mich ansah, als hätte ich den Verstand verloren. Wenn es um dieses Mädchen ging, hatte ich das wohl auch. Moril spürte, wenn Navarion in Gefahr war. Er hatte mich bis jetzt immer gewarnt. Seine Gelassenheit sollte mich beruhigen, doch ich war alles andere als ruhig. Ich kochte vor Zorn.

Das Raunen der Königin begleitete uns, seitdem wir die Mauern des Tempels hinter uns gelassen hatten. Das konnte nur eines bedeuten: Aine wusste, dass wir kamen und erwartete uns. Was uns ebenfalls begleitete, war mein schlechtes Gewissen gegenüber Navarion. Stoisch lief er vor mir, jeder Muskel im Körper zum Zerreißen gespannt. Er wusste, was ihm blühte, wenn wir zurückkehrten und Liam von unserem Ausflug erfuhr. Trotzdem hatte er sich von mir und vor allem von Estith dazu überreden lassen, ohne Liam einzuweihen. *Weil er weiß, dass Liam uns nicht hätte gehen lassen.*

»Was für eine Strafe wartet auf dich, wenn wir zurückkommen?« Eine Frage, die ich viel früher hätte stellen müssen, doch innerhalb der Mauern hatte ich keinen einzigen Gedanken an die Konsequenzen verschwendet, das brachte mich jetzt ins Grübeln. Ja, ich war aufsässig und neigte dazu, nicht immer das zu tun, was man mir auftrug, besonders wenn ein Verbot dahinterstand, doch ich riss niemals jemanden mit in den Abgrund. Die Konsequenzen für mein Handeln trug ich allein. Je mehr Abstand zwischen mir und dem Tempel lag, desto verwirrter war ich. Das war nicht ich! Als wäre ich nicht ganz bei mir gewesen. Die Königin aufzusuchen, war das einzig Richtige, davon war ich überzeugt. Navarion mit hineinzuziehen, war dagegen falsch. Es fühlte sich nach Manipulation an, als hätte etwas oder jemand mich beeinflusst. »Navarion?« Sein beharrliches Schweigen und das verschlossene Gesicht verschlimmerten mein schlechtes Gewissen. »Ich wollte allein gehen. Warum habe ich den Gedanken, Aine aufzusuchen, nur laut ausgesprochen? Das wollte ich gar nicht.«

»Genauso wenig wie ich gehen wollte, ohne Liam zu benachrichtigen. Das war nicht unsere Entscheidung, die Alte hat uns irgendwie manipuliert und zu deiner Frage: Liam wird mich in den Arrest stecken, wenn wir diese Insel überleben sollten.«

Ich schluckte und schob die Sache mit dem Arrest erst einmal in den Hintergrund. Alles zu seiner Zeit, ich würde ihn nicht hängen lassen, und wenn das hieß, dass ich mit ihm in den Arrest ging. »Das ergibt keinen Sinn, Navarion. Wenn Estith einen Zauber benutzt hat, hätte sie uns nicht aus dem Tempel zu Aine geschickt.«

»Seher nutzen keine Magie und keinen Zauber, für sie funktioniert die Welt anders. Ihre Kräfte haben eine andere Quelle.«

Ich blieb stehen. »Welche?«

Wachsam sah er sich um. »Nicht stehen bleiben«, zischte er und drängte mich weiter. »Seher sind Wiedergekehrte. Ihre Kraft kommt aus Avalon.«

»Was bedeutet wiedergekehrt?« Sein gehetzter Blick streifte mich. Schnell lief ich weiter und Navarion entspannte sich ein wenig.

»Das heißt, sie ist gestorben und wieder zurückgekommen. Die Banshee hat gespürt, dass ihre Aufgabe in dieser Welt noch vor ihr liegt und hat sie zurückgebracht. Das geschieht nur sehr selten und verändert den Menschen. Er wird zum Seher.«

»Das ist gruselig«, murmelte ich.

Navarion lachte. »Das findest du also gruselig, aber allein durch diesen seltsamen Wald zu laufen, in dem Homunkulusse lauern, das ist nicht schaurig? Ganz abgesehen davon, dass wir auf dem Weg zur Ghulkönigin sind, die diese Wesen erschaffen hat und uns bei der ersten Gelegenheit die Seele aussaugen wird.«

»Ich bin nicht allein«, war alles, was mir dazu einfiel.

»Du bist das seltsamste Mädchen, das mir jemals begegnet ist.« Etwas zu heftig schlug ich einen Ast zur Seite, der vor mir den Weg versperrte. Er federte zurück und traf Navarion am Hals.

»Pass auf«, wies er mich an.

Mädchen, ich bin schon lange kein Mädchen mehr. Es ärgerte mich, dass er und Liam mich nicht als Frau sahen. Bei den Rudall Koer war es in all den Jahren ein Vorteil gewesen. Solange sie mich als Kind sahen, ließen die meisten Krieger mich in Ruhe. Ich verbarg meine Weiblichkeit mit Stoffstreifen, die ich mir eng um die Brust band. Unter den Rudall Koer hatte es mich nie gestört, als das kleine Mädchen bezeichnet zu werden, obwohl ich inzwischen sechzehn Jahre alt war und viele andere Frauen in meinem Alter bereits verheiratet waren. Wann hatte sich das geändert und warum? Ein Gedanke, den ich sofort in die dunkelste Ecke meiner Seele schob und eine dicke Mauer ohne Tür darum errichtete. Unbewusst lief ich schneller. *Bedeutungslos, das ist nicht wichtig.*

»Du bist wütend«, stellte Navarion fest.

»Unsinn«, entgegnete ich und lief noch ein wenig rascher.

»Ja, komm zu mir, kleiner Drache. Komm, komm, kleiner Drache, komm zu mir.«

Immer deutlicher hörte ich die bizarre Stimme der Ghulkönigin.

»Das gefällt mir nicht, Flee. Sie wird uns ihre Kreaturen auf den Hals hetzen.«

Ich nickte und zog mein Schwert. »Hoffen wir, dass Estith sich nicht irrt und die Homunkulusse sich von der Klippe fernhalten.«

»Mir macht eher Sorgen, wie wir wieder zurück zum Tempel kommen, ohne von ihnen geschnappt zu werden.«

Ich blickte über die Schulter zurück zu ihm und zuckte unweigerlich zusammen. »Sie sind nicht besonders schnell, oder?«

Navarion hob fragend die Augenbrauen und nickte zustimmend.

»Dann lauf!«, schrie ich und rannte los. Er fluchte ungehalten. Sie hatten sich im Halbkreis zwischen uns und dem Tempel postiert.

»Sie sind nicht schnell, aber sie jagen im Rudel und sie schleichen sich lautlos an ihre Opfer heran«, schimpfte Navarion. »Liam hatte recht, du hast ein schreckliches Talent, andere abzulenken.«

Dazu sagte ich nichts, das war mir nicht unbekannt. Abren teilte ihre Meinung und hatte mir das ebenfalls oft gesagt. *Es ist die Art, wie sich dein Gesicht verändert, wenn du nachdenkst. Die Art, wie du dich bewegst oder einen ansiehst. Du hörst anderen zu, fühlst dich in sie hinein und gibst ihnen das Gefühl, etwas Besonderes zu sein. Es ist, als ob du nur lebst, um für andere zu atmen. Du stiehlst dich damit in die Herzen der Menschen und verzauberst sie.* Ich hatte Abren ausgelacht, weil ich das alles nicht bewusst tat. Das war auch jetzt der Fall. Ich hätte Navarion ebenfalls ausgelacht und für verrückt erklärt, wenn uns nicht ein ganzes Rudel Homunkulusse dicht auf den Fersen wäre und sich durch den Schwindel nicht die Welt um mich gekreiselt hätte. Deutlich fühlte ich, wie das seltsame Mal auf meiner Schulter zu vibrieren begann und mir die Kraft entzog, die ich so dringend brauchte.

Ich gab nicht auf, lief einfach mit wild pochendem Herzen weiter und konzentrierte mich auf den felsigen Weg vor uns. Geröll, das jemanden, der ungeübter war, geradezu zum Stürzen einlud, doch ich war mein Leben lang weggerannt. Im Training mit Abren oder vor den Wachen, die auf mich aufpassen sollten, wenn mein Vater es nicht konnte, vor Vilgo und im Traum vor den Drachen. Es kam mir vor, als hätte ich nichts anderes getan als zu rennen, und zum ersten Mal fühlte ich mich dabei nicht allein, auch wenn es mich diesmal mehr Kraft kostete, als es sollte. Mir brach der Schweiß aus, trotzdem sah ich lächelnd zu Navarion, dessen irritierter Blick mich noch mehr zum Grinsen brachte.

»Ich werde die Frage sicher bereuen, aber warum lächelst du gerade jetzt?«, sagte Navarion etwas atemlos und sprang dabei von einem Felsen zum nächsten. Vor uns lichteten sich die blattlosen, toten Bäume und ich sah das erste tiefe Blau aufblitzen. Das Meer. Nicht mehr lang und wir erreichten die Klippen.

»Das sage ich dir, wenn wir zurück im Tempel sind.«

Navarion blickte hinter sich. »Sie werden uns einkeilen, Flee. Wir müssen uns einen Weg durch ihre Reihen erkämpfen.«

Endlich passierten wir die Grenze des Waldes. Vor uns lagen die Weite des Meeres und Klippen, die so abrupt und steil abfielen, dass ich strauchelnd zum Stehen kam und beinahe gefallen wäre, wenn Navarion mich nicht gehalten hätte. Ich starrte nach unten, wo Nebelschwaden den Steilhang in Teilen verhüllte.

»Wir müssen einen Weg nach unten finden«, sagte Navarion. Sein gehetzter Blick lag auf dem Waldrand. »Schnell«, murmelte er. »Wir haben einen Vorsprung, aber der wird uns nicht lange vor ihnen schützen.«

Irgendwo unter uns brachen sich die Wellen. Das Donnern der Brandung übertönte beinahe jedes andere Geräusch, doch ich hatte schon immer ein gutes Gehör. Ich lauschte und nahm noch etwas anderes im Brandungslärm wahr. Der Laut schien nicht willkürlich, klang eher wie eine Melodie und sie rührte den Drachen in mir. Ich fühlte, wie er dem Klang entgegenstrebte. Der Drache erbebte und für einen kurzen Moment spürte ich eine so tiefe Verzweiflung, dass ich unter der Wucht dieser Emotion erschrocken aufkeuchte.

»Flee?«, Navarion betrachtete mich besorgt.

»Dieses Lied«, flüsterte ich. »Es bringt den Drachen in Aufruhr. Er ist unruhig. Ich will ihn nicht spüren«, brummte ich leise.

Seine Züge glätteten sich, der Blick wurde unangenehm warm. Mitleid, ich sah Mitleid in seinen Augen. Es troff mir entgegen und rührte die Wut in mir. Ich brauchte sein Verständnis nicht!

»Du bist ein Mädchen, die Drachin ist es ebenfalls und zum Henker, welches Lied? Ich höre nichts als die Brandung.« Er sah mich an, als würde er an meinem Verstand zweifeln. Unruhe schimmerte in seinen Augen. »Wir müssen hier weg«, murmelte er.

Ich sah nach unten, suchte einen Weg in die Klippen hinein und ließ mich dabei von der lockenden Stimme der Ghulkönigin und der leisen Melodie, die den Drachen in mir weckte, leiten. Schließlich erkannte ich eine Öffnung. Schräg unter uns lag der Eingang zu dem weit verzweigten Höhlensystem, von dem uns die Alte berichtet hatte. Dort unten lag Aines Kerker, der jedoch laut Estith nur einmal im Jahr durch einen Tunnel erreichbar war, dessen Eingang tief unter der Wasseroberfläche lag. Ein schmaler Pfad führte zur Öffnung. So kärglich, dass man ihn kaum als Solchen bezeichnen konnte. Er begann an einem Vorsprung, der aus dem Fels ragte. Ich steckte mein Schwert zurück in die Scheide. Tief einatmend setzte ich mich auf den Rand der Klippe, genau in dem Moment, in dem hinter uns die ersten Homunkulusse zwischen den Baumreihen auftauchten.

Navarion zog sein Schwert. »Was auch immer du vorhast, tu es schnell.«

»Wir brauchen beide Hände, um uns festzuhalten«, entgegnete ich mit einem Blick auf die Waffe in seiner Hand. Dann drehte

ich mich um, klammerte mich an den schroffen Kanten am Rand fest, suchte mit den Füßen den kleinen Vorsprung und spürte, wie die Haut um meine verletzte Schulter dabei heiß aufflammte. Als ich die steinerne Platte gefunden hatte, ließ ich los. Ich brauchte einen Augenblick, um mich zu fangen und die Schwäche abzuschütteln.

»Flee!« Über mir tauchte der Krieger auf.

»Jetzt du«, rief ich ihm entgegen und trat auf den Pfad, der an der Klippe entlang zum Eingang führte. Navarion atmete erleichtert aus und folgte mir rasch, wobei er fast den ganzen Platz einnahm, der auf dem Vorsprung vorhanden war. Langsam und vorsichtig setzte ich einen Fuß vor den anderen auf dem schmalen Pfad und hielt mich dabei an jeder kleinen Rille im Fels fest, die Halt versprach.

Das Wasser unter uns war so klar, dass ich bis auf den Grund sehen konnte. Geröll traf mich am Kopf, als sich über uns die Kreaturen der Königin über die Klippe beugten. Ihre leeren Augen starrten uns an. Ich schluckte und sah auf den Weg. Ich hoffte, dass sie uns nicht folgen konnten. Ihre Bewegungen waren ungelenk, als hätte jemand anderes die Kontrolle darüber, und so war es auch, vermutete ich. Aine hatte sie erschaffen und kontrollierte diese Kreaturen, die Geröll und Staub aufwirbelten beim Versuch, uns zu folgen. Dabei waren sie so still wie Geister. Kein Geräusch drang aus ihren Kehlen, als zwei von ihnen abstürzten.

»Achtung!« Navarion schlang den Arm um meine Hüfte und drückte mich eng gegen die Klippe. Dennoch traf mich ein Homunkulus mit dem Bein an der Schulter, als er knapp neben mir abstürzte. Zum Glück war es die unverletzte, und dennoch jagte ein kalter Schmerzstich durch meine Glieder, der mich einige Atemzüge lang lähmte. Es war die Kälte, die ich wiedererkannte. Ich hatte sie schon einmal in den toten Baumstämmen gespürt und nahm auch jetzt die Präsenz wahr, die dahinter lauerte wie ein tollwütiger Wolf. Ein Fingerabdruck der dunklen Macht, aus der sie entstanden war.

»Alles in Ordnung?«, durchdrang Navarions besorgte Stimme den zähen Nebel, der meine Sinne einen Moment lang überschwemmte. Ich nickte, unfähig zu sprechen, und hangelte mich dicht an die Felswand gelehnt weiter den Pfad entlang. Über uns folgten Aines Kreaturen jedem unserer Schritte. An einer Stelle, an der wir uns um einen Vorsprung aus der Wand kämpfen mussten, ließen sich wieder mehrere Homunkulusse fallen. Eines der Biester schoss an mir vorbei und griff blitzschnell mit den seltsam verkümmerten Händen, die aussahen wie knorrige, verbogene Äste, nach mir. Er erwischte mich am Rücken und ich schrie, weil ich mit dem Fuß abrutschte und er mich beinahe mit in die Tiefe gerissen hätte. Seine klumpigen Finger hatten sich am ledernen Brustschutz verhakt.

»Krepiere!«, schrie Navarion und trat der Kreatur mit Wucht in die Seite. Der Homunkulus verlor den Halt und fiel in die Tiefe. Schwer atmend sah ich zu dem Krieger.

»Danke«, murmelte ich.

Er nickte und wir hangelten uns weiter am Steilhang entlang, bis ich mich mit letzter Kraft an die Höhlenöffnung heranzog und in den Eingang trat, der zum Glück hoch genug war, um bequem zu stehen. Hinter mir tauchte Navarion indem Eingang auf, aus dem uns kühle Luft entgegenblies und ein süßer Geruch, der leicht nach Lindenblüten roch.

»Hier erreichen sie uns zumindest nicht mehr«, meinte Navarion. Kraftlos und erschöpft setzte ich mich einen Augenblick auf den steinigen Boden, zog die Knie an und lehnte mich mit der Stirn dagegen. Mein Rücken brannte, doch viel schlimmer war die Erschöpfung, die mich im Würgegriff hielt. Ich ahnte, dass die schwarzen Striemen, der Fluch Yadirans, sich weiter ausgebreitet hatten.

»Geht es dir gut?«, wollte Navarion wissen.

»Ja«, log ich und erhob mich wieder. Von hier oben hatten wir einen umwerfenden Blick auf das Meer, dessen tiefblaues Wasser sich bis zum Horizont erstreckte. Und über allem thronte die Sonne. Hinter uns lag der Eingang, der nicht so dunkel war, wie ich es vermutet hatte. Alles lag im Halbdunkel, doch die Lichtquelle, die den kargen Schimmer spendete, blieb mir verborgen. Navarion folgte mir, als ich hineinlief, war dicht an meiner Seite, wobei wir beide die Hand am Schwertknauf hielten. Die Höhle begann unmittelbar nach den ersten Schritten, die wir ins Innere zurücklegten. In der Höhlendecke brach Sonnengespinst durch schmale Ritze und kleine Öffnungen. Zu klein, um von oben in die Höhle zu gelangen, aber groß genug, um das Innere zumindest matt zu erhellen.

Hier drin erklang die Melodie, die ich draußen nur schwach wahrgenommen hatte, viel lauter. Ein Chor aus unzähligen hellen und sehr hohen Stimmen.

»In Ordnung«, schnaubte Navarion. »Wer kommt auf die Idee, in einer Höhle zu singen?« Er hatte den Satz noch nicht zu Ende gesprochen, da sah ich sie bereits. Kleine schimmernde Körper mit langen, durchsichtigen Flügeln, die ein zartes Adergeflecht durchzog. Menschliche Konturen, nicht größer als meine Hand und so zierlich wie Libellen. »Feen«, raunten ich und Navarion gleichzeitig. Ihr Lied durchdrang jede Faser meines Körpers und hüllte mich in Wärme. Das Innere der Höhle war vollkommen anders als der tote Wald, durch den wir hergekommen waren. Von der Decke ragten helle Tropfsteine ins Innere, an denen wiederum kleine runde Nester hingen. Unzählige Blüten aus Feengarn, in deren Inneren die Feen saßen und uns aufmerksam beobachteten. Die Höhle sah fremd und gleichzeitig märchenhaft aus. Sonnenstrahlen und das Licht der Feen zauberten einen schemenhaften Glanz an die Wände. Die vielen Tropfsteine, die von der Decke hingen oder aus dem Boden aufragten, sahen aus wie ein steinerner Wald. Quarz funkelte an den Wänden. Ein ganzer Sternenhimmel glitzernder Steine.

Immer mehr Feen flirrten in unserer Nähe, manche wagten sich bis auf eine Armlänge zu uns heran. Ich streckte die Hand aus und wartete. Eine Fee schwebte dicht vor mir. Ihr Flügelschlag war so schnell, dass ich ihm nicht folgen konnte. Ihr Gesicht sah alterslos aus, der Körper weder weiblich noch männlich. Statt Haare trug sie nur einen fein schimmernden Flaum auf dem Kopf und sie hatte tatsächlich winzige Fühler wie ein Schmetterling. Das Feenwesen streckte die kleinen Hände nach mir aus und berührte mich am Finger. Erschrocken stieß ich Luft aus, als mir ein warmes Kribbeln über die Haut streifte und mich schließlich durchdrang.

Aus unzähligen Fugen, Löchern in den Wänden und den Feennestern schwirrten sie auf uns zu. Sie flogen, nein glitten durch die feuchte Luft und zogen dabei einen glitzernd gleißenden Nebelschweif hinter sich her. Beim Vorbeifliegen kamen sie mir so nah, dass ich ihre tiefgrünen Augen sehen konnte und ihre spitzen weißen Zähnchen. Sie fuhren mir im Vorbeiflug durch die Haare, hoben einzelne Strähnen hoch und lächelten mich freudig an. Ich hörte ihr helles, fast fiepsiges Kichern zwischen dem Lied, das die ganze Höhle ausfüllte. Aber auch hier vernahm ich die lockende Stimme der Königin, die aus dem harmonischen Singsang hervorstach wie ein Störenfried.

»Offenbar freuen sich alle, dass du hier bist«, murmelte Navarion mit

einer guten Prise Hohn in der Stimme. Ich verdrehte die Augen und ignorierte ihn genauso wie die Königin, die nach mir rief.

»Kleiner Drache, komm, komm zu mir, kleiner Drache!«

Die Frage, die immer wieder in meinem Kopf kreiste, war, ob Estith von den Feen wusste? Sie wusste von dem Leichenfeld draußen auf dem Meer, weil sie zu ihr sprachen. Doch galt das auch für lebendige Wesen? Ich sah zu Navarion, in dessen Augen ich ebenfalls die rasenden Gedanken erkennen konnte. »Weiß die alte Frau hiervon?«

Er schüttelte den Kopf. »So funktioniert ihre Gabe nicht und ich vermute, keiner der Männer auf dieser Insel hatte bis jetzt den Schneid, diesen Pfad entlangzuklettern, um in die Höhle zu gelangen. Warum auch, da draußen lauern Homunkulusse und sie denken, dass hier unten nur das Verlies der Königin ist, zu dem niemand freiwillig hinabsteigt.« Er sah mich an. »Na ja, bis auf dich vielleicht.«

»Mein Vater …«

»Dein Vater ist König Gardorath, Flee. Du solltest anfangen, das anzunehmen oder wenigstens damit aufhören, den Schlachtenlenker so zu nennen.« Sein Blick wurde weich. »Er hat das ganz sicher nicht verdient.«

Ich schloss einen Moment lang die Augen, während die Feen weiter um mich herumflirrten und mir mit den kleinen Fingern durch die Haare glitten. Navarion scheute sich nicht davor, seine Meinung anderen direkt und ehrlich vor die Füße zu werfen. Das schätzte ich sehr an ihm, und er hatte recht, doch es gab einen gewaltigen Unterschied zwischen Wissen und akzeptieren.

Tief atmend öffnete ich die Augen. Tränen verschleierten mir kurz die Sicht und ich blinzelte sie weg. Alles tat mir weh, als ich die Worte herauswürgte.

»Yadiran hat mir von den Feen erzählt. Sie haben eine ganz besondere Verbindung zur Magie.«

Mein Anblick musste erbärmlich sein, denn anstatt darauf einzugehen, sah Navarion weg und schluckte schwer. »Ich wünschte, ich könnte dir diesen Schmerz abnehmen, Flee. Yadiran würde ich am liebsten das Herz aus dem Leib reißen, damit er spürt, was er dir antut.«

Ich schwieg und beobachtete die Feen, die emsig wie Bienen durch die Höhle schwirrten. »Darüber zu reden, ändert nichts. Es ist, wie es ist«, flüsterte ich schließlich. »Du kannst mir das nicht abnehmen. Niemand kann das.«

»Erlaube mir noch eine Frage, Prinzessin.«

Abwartend sah ich ihn an.

»Wirst du uns nach Astrama begleiten, wenn das hier vorbei ist?«

Wenn wir das überlebten, doch das sprach er nicht aus und ich wusste nicht, was ich darauf antworten sollte, also schwieg ich. Navarion rieb sich über das Gesicht. »Du wirst damit mindestens drei Menschen sehr wehtun.« Ich fragte nicht nach, wer die drei sein sollten. Navarion atmete zittrig ein, dann sah er mich an. »Es stimmt, Feen bestehen aus purer Magie. Sie sind ganz anders als wir und ähneln eher den Banshee. Sie schützen heilige Orte.«

»Also gibt es hier einen heiligen Ort?«

»Vielleicht, oder es gab ihn einmal und sie sind so wie die Ruinen und der seltsame Wald da draußen alles, was davon noch übrig ist.«

»Glaubst du das denn?«, fragte ich.

Er hob die Schultern. »Mit Sicherheit weiß ich nur, dass Estith uns zur Höhle der Königin geschickt hat und wir statt ihr nun Feen gefunden haben.«

Ich lief in die Höhle, folgte Aines Stimme bis zu einem schmalen Spalt. Er führte in absolute Dunkelheit. Die Königin klang so nah, dass mir ein eisiger Schauer über die Haut tropfte, und je lauter ich sie vernahm, desto stärker lockte mich ihre Stimme zu sich. Doch ich konnte widerstehen, weil der Drache in mir sich mit aller Macht gegen sie wehrte, während er beim Klang des Feenliedes Wärme empfand. Wieder spürte ich dieses Drängen, dass mich zu den kleinen Geschöpfen zog. Konnte es sein, dass sie es waren, die mich im Tempel zu sich gelockt hatten? Noch immer klebte dieses Gefühl an mir, nicht Herr meiner eigenen Entscheidungen gewesen zu sein.

»Habt ihr mich hergelockt?«, fragte ich eine Fee, die in meiner Nähe saß. Sie starrte jedoch nicht zu mir, sondern wie gebannt auf das Loch im Fels. Noch mehr Feen kamen dem Spalt viel zu nah, stierten hinein in die Dunkelheit und selbst in ihren alterslosen Gesichtern mit den tiefgrünen Augen sah ich die Verlockung, mit der Aine sie in eine Falle köderte.

Navarion trat hinter mich und blickte mir über die Schulter. »Ich wette, der führt direkt zum Verlies der Königin«, flüsterte er.

Ich nickte. »Es ist ein Lockruf. Was, wenn sie die Feen erwischt?«

»Ich schätze, wir haben den Weg gefunden, wie Aine Gardoraths Zauber umgehen konnte.«

Langsam drehte ich mich um und sah zu den Feen, die um uns herum auf den steinernen Zapfen saßen. Ihr trauriger, fast verzweifelter Blick zerriss mir das Herz. »Das ist ein Weg, den wir nicht für uns nutzen können. Ich lasse nicht zu, dass dafür auch nur eine einzige weitere Fee sterben muss.« Unsere Chancen gegen die Rudall Koer waren gerade um ein Vielfaches gesunken und niemand wusste das besser als ich, weil ich mit ihrer tief verwurzelten Entschlossenheit aufgewachsen war. Sie kamen, um ihre Königin zu befreien. Sie würden jeden töten, der sie daran hindern wollte, und wir hatten nichts als zwei Krieger und eine Handvoll ungeübter Männer und Frauen, die ihre Kräfte nicht nutzen konnten, ohne ihre Seele dafür zu verkaufen.

»Wir müssen diesen Spalt verschließen«, sagte ich und sah erwartungsvoll zu Navarion.

Er nickte. »Gib mir einen Moment. Ich überlege mir etwas.« Er sah zu dem Spalt, durch den noch immer deutlich die Stimme der Königin zu uns drang. »Wir brauchen einen Plan. Einen verdammt guten.« Er lief zum Eingang und mit jedem Schritt, den er sich entfernte, spürte ich die Erschöpfung in meinen Muskeln immer stärker, bis meine Arme und Beine heftig bebten und ich mich kaum noch aufrecht halten konnte. Plötzlich brach einfach alles über mir zusammen. Yadirans Betrug, die schwindende Chance, uns gegen die Rudall Koer zu wehren, und meine Sehnsucht nach einer Familie, die nie wirklich existiert hatte. Ich fühlte mich einsam. Ob ich umgeben von anderen Menschen war oder nicht, ich war allein. Allein mit einem *Ich*, das ich verabscheute und das mich ängstigte. Ich kämpfte gegen das dumpfe Gefühl in meiner Brust, mein taubes Herz, in dem einmal Liebe gewohnt hatte. In einem anderen Leben, für den falschen Vater, den falschen Bruder, die erfundene Familie. Und mein wahrer Vater? Wenn ich an den Drachenkönig dachte, empfand ich nichts als Angst, die so tief verwurzelt war in meinem Denken, meiner Seele, dass ich sie nicht einfach abstreifen und hinter mir lassen konnte. Was ich sah, war nichts als ein dunkler Abgrund, und je länger ich hineinstarrte, desto mehr löste sich mein Leben vor mir auf.

Zitternd und mit Tränen in den Augen setzte ich mich auf einen großen Steinbrocken, dessen Oberfläche sich unter meiner Hand vollkommen glatt anfühlte. Ich musste mehrmals tief durchatmen, um mein rasendes Herz zu beruhigen und mich nicht in dem Schneckenhaus zu verkriechen, in das ich mich am liebsten eingeschlossen hätte. Ich hatte so sehr gehofft, dass es auch für die Undinen und Sylphen auf dieser Insel einen Weg gab, um Magie gegen die Rudall Koer zu nutzen, die diesen Vorteil nicht auf ihrer Seite hatten. Stattdessen hatten sie jetzt allein durch ihre Kraft und Schnelligkeit die Oberhand. Sie brauchten keine Magie, um diesen Kampf zu gewinnen. »Was machen

wir jetzt nur?«, flüsterte ich und spürte, wie mir neue Tränen in die Augen stiegen. Tränen der Verzweiflung und der Wut.

»Ich bin bereit, für sie zu sterben«, flüsterte ich einer Fee zu, die sich dicht neben mir auf dem Stein niedergelassen hatte und mit bekümmerten Augen zu mir aufsah. »Wenn ich sicher sein könnte, dass ich die Menschen auf dieser Insel und all jene in Emirescha vor Yadiran und Aine retten würde, könnte mich nichts davon abhalten.« Aber noch während ich es aussprach, wusste ich, das war kein Ausweg. Yadiran würde seinen Männern befehlen, jedem Einzelnen auf dieser Insel die Seele zu rauben und sie danach abzuschlachten. Nein, das war kein Ausweg, nur eine feige Entscheidung. Ich mochte ein elender Drache sein. Eine Versagerin, weil ich es nicht geschafft hatte, dem Mann, der mich aufgezogen hatte, Liebe für mich zu entlocken. Eine miserable Schwester, weil ich an Abren gezweifelt hatte. Doch ich war kein Feigling.

Die Fee tapste zu meiner Hand, die ich neben mir flach auf den Stein presste, und fuhr mit ihrer darüber. Eine federweiche Berührung und doch durchströmte mich einen Wimpernschlag lang vollkommene Ruhe und ein Friede, den ich nie zuvor in meinem Leben empfunden hatte. Es war ein Geschenk, ein winziger Ausblick auf Glück, der mich durchatmen ließ und gleichzeitig zu Boden drückte, weil ich mir sicher war, dass ich diesen Frieden niemals erreichen konnte. Nicht im Herzen und nicht mit meiner Drachenseele.

»Flee!« Navarions Aufschrei ließ die Fee neben mir erschrocken zurückweichen. Aufgebracht flatterte sie zu einem Nest und schlüpfte ins Innere.

Ich drehte mich zum Eingang, wo Navarion schwer atmend hereinstürzte.

»Ich sehe vier Schiffe am Horizont!« Wenige Herzschläge danach hallten wummernde Glockenschläge über den Wald bis zu uns, der Warnruf des Wachpostens. Sie hatten die Schiffe ebenfalls entdeckt.

Tief dröhnt er über das Land, der Klang, der dem Krieg vorauseilt

Schweiß klebte als weißer Schaumfilm am Hals und an der Flanke des Pferdes, dessen Reiter es unbarmherzig vorwärtstrieb. Er kam mit wichtiger Kunde für den König aus der Stadt Irune, hatte die Grenzen Tarials, das im Westen gelegene Land der Sylphen, und die Grenzen Astramas überquert. Längst lebten dort nicht mehr nur die Clans der Sylphen und der Undinen. Diese Barrieren waren vor Jahrhunderten gefallen. Die Völker hatten sich vermischt, lebten miteinander, nebeneinander, gemeinsam und doch pflegte jeder noch seine eigenen Traditionen, die aber längst nicht mehr so streng und eingefahren waren. Nur ein Volk hatte sich erfolgreich ausgegrenzt: die Ghul. Das hatte er immer bedauert und doch auch ein klein wenig nachvollziehen konnte. Sie waren eigen, blieben lieber unter sich, bis König Gardorath Saarat eingenommen und sie gezwungen hatte, sich in anderen Landesteilen eine neue Heimat zu suchen. In all der Zeit waren sie ein Teil des großen Ganzen geworden. Verschluckt vom bunten Leben. Sie hatten sich eingefügt. Bis jetzt. Denn schlagartig schienen die Menschen verschlossener und die Luft zäher als jemals zuvor. Überall auf dem Weg des Kundschafters hatte er die verstohlenen Blicke gespürt, das Misstrauen, ausgelöst vom unverkennbaren Spiel des Rufhorns, dessen Klang ihm auf seinem Weg gefolgt war. Das Signalhorn der Rudall Koer, das mit seinen lauten und tiefen Tönen schon Jahrhunderte zuvor in Kriegszeiten vor einer Schlacht weithin zu hören war.

»Sie bereiten sich vor!«, hatte ein alter Korbhändler ihm zugerufen, als er an seinem klappIigen Karren vorbeigeritten war. »Sagt das dem König!«

»Worauf?«, hatte er erwidert und der Händler war in schallendes Gelächter ausgebrochen.

»Nur Blinde und Narren sehen die schwarzen Wolken nicht, die am Horizont aufsteigen und den Krieg in sich tragen.« Der Händler sah es seit vielen Mondläufen, er erkannte die Ghul an den fiebrigen Augen, dem nervösen Zittern in ihren Fingern und dem Getuschel, das abrupt verstummte, sobald sich jemand näherte, der nicht eingeweiht war. Wie eine Krankheit breitete sich Kummer in den Dörfern aus, durch die er auf seinen Reisen kam, um Handel zu treiben. Die Leute hörten auf zu lachen. Argwohn fraß Leichtigkeit und Wohlwollen auf. Nachbarn beäugten Nachbarn und Freunde vertrauten sich keine Geheimnisse mehr an.

Heftig trieb der Kundschafter die Fersen in die Flanken des Pferdes. Noch eine halbe Tagesreise, dann erreichte er die Stammburg König Gardoraths. Das Tier unter ihm schnaubte aufgebracht und der Mann blickte sich nervös um, als er die Waldgrenze in den Tenulot passierte. Ein Wald, in dem die ältesten Bäume Emireschas wuchsen. Höher als fünfzehn Fuß und so breit, dass zehn Mann sie kaum umspannen konnten. Ihr Holz war hell und glatt, jedoch so verwuchert und übersät mit Beulen, dass sich so mancher Betrachter vor den bizarren Gestalten, die sich dem Auge offenbarten, fürchtete. Der Kundschafter war einer von ihnen, auch wenn er das niemals zugegeben hätte. Er hatte Tenulot schon einmal in einer mondlosen Nacht durch-

quert und schwor noch heute, dass sich die Geschwüre im Lichtkegel seiner matten Öllampe bewegt hatten. Gewachsen waren sie, hatten sich gereckt und Gesichter geformt. Dämonen, die ihm kalten Angstschweiß über den Körper jagten. Jetzt passierte er die Bäume am hellen Tag und doch lag ewiges Dämmerlicht über dem Boden, auf dem nur Moose und Pilze wuchsen, davon jedoch reichlich. Kein Wind verirrte sich durch das dichte Blattwerk, das Getier versteckte sich tief im Wald vor dem unerwünschten Eindringling. Und noch etwas anderes wartete auf ihn, lauerte und trachtete nach seinem Leben. Er durfte die Stammburg nicht erreichen.

Langsam und bedacht schlängelte sich der Ghul voran. Das Signalhorn lag sicher und gut verschnürt in einem ausgehöhlten Baumstamm neben ihm. Er würde es Yadiran zurückbringen, sobald er seinen Auftrag erfüllt hatte. Dank des Feuervogels des Schlachtenlenkers wusste er, dass die Rudall Koer von Irune aus nach Mongana übersetzen und er, die Stadtwachen aufhalten sollte, die mit Botschaft vom Überfall auf dem Weg zum König waren. Es gab nur eine Straße, die aus der Hafenstadt nach Astrama führte, und dort hatte er gelauert. Jetzt war ihm der Späher aus Irune in die Arme gelaufen. Ein Glücksgriff, konnte er so seinem Feldherrn einen guten Dienst erweisen. Den Kundschafter erkannte er an dem Wappen der Stadt, das dieser stolz auf dem Lederwams trug. Der Stolz schien jedoch vergessen, als der Mann zaudernd wie ein ängstliches Frauenzimmer die Baumgrenze passierte. Angst, die mit ihrem Gestank den ganzen Wald verpestete und den Ghul in der empfindlichen Nase kitzelte. Besser konnte er seine Aufgabe nicht abschließen. Der Schlachtenlenker würde mehr als zufrieden mit ihm sein und seinen Hunger konnte er mit der Seele des Mannes stillen. Sein Jagdtrieb war geweckt. Er musste nur noch lauern und warten.

Tief sanken die Hufe des Pferdes im morastigen Waldboden ein. Dem Kundschafter stand Schweiß auf der Stirn und sein Hemd klebte ihm am Körper. Die Luft stand und war feucht. Manche der mächtigen Baumstämme überspannte ein Moosfilm, genau an den Stellen, an denen matter Lichtschein einfiel, doch das Flechtwerk schluckte die Strahlen wie ein Verhungernder. Er freute sich auf ein kühles Bad im Wirtshaus zum kleinen Spatzen, das innerhalb der strahlend weißen Stadtmauern von Mapon lag, für die die Königsstadt bekannt war. Sie lag in Sichtweite der Königsburg, die sich einsam über einer Meeresklippe erhob. Wer in die Burg hineinwollte, musste zwei gewaltige Ringmauern und unzählige, gut bewachte Tore passieren. Doch trotz der Mauern, die alles dominierten, sah Astrama nicht nach einer Feste aus. Dafür hatte die Königin gesorgt. Bäume, übersät mit gelben und dunklen lila Blüten, säumten in einer Allee den gepflasterten Weg ins Festungsinnere, wo ebenfalls prächtige Gärten den Weg zierten. Ein buntes Farbenmeer, welches das Leben außerhalb widerspiegelte. Vögel, Schmetterlinge, Bienen und Käfer labten sich an den Blüten und nisteten innerhalb der Mauern. Für den Botschafter einer der schönsten Orte Emireschas. Was sein Herz wirklich vor Freude schneller schlagen ließ, war die Frau, die sich seit dem Tod der Königin um diesen Garten kümmerte. Die liebliche Tochter des alten Friedhofwächters, mit der ihn seit zwölf Monden mehr verband als Freundschaft. Geflohen war sie, vor einem Leben umgeben vom Tod und einem Leben zwischen Gräbern. Der heutige Besuch sollte für sie beide ein ganz besonderer werden. Er wollte ihr eine Zukunft bieten, Kinder, ein Leben voll Freude und Regsamkeit. Alles hatte der Mann geplant, nichts dem Zufall überlassen. In der ledernen Satteltasche lag gut verborgen der Goldring, für den er seinen ganzen Lohn zusammengespart hatte, seitdem er ihr begegnet war. Beflügelt vom Gedanken an seine Braut, fielen Angst und Anspannung von ihm ab. Der Wald wirkte nicht mehr so düster. Mit einem Lächeln im Gesicht und einem beschwingten Lied auf den Lippen übersah er die Gefahr, vor der das aufgebrachte Wiehern des Pferdes ihn hätte warnen sollen.

Noch ehe der Kundschafter reagieren konnte, riss ihn die Pranke des Ghul vom Pferd. Tief gruben sich die spitzen Nägel seiner Hand in das Fleisch des Tieres, das mit einem Satz auswich und vor Schmerz jämmerlich aufschrie. Ein Schrei, der den des Mannes übertönte, dessen Herz noch einige holprige Schläge weiterkämpfte und schließlich aufgab. Er spürte nicht einmal mehr den kalten Schmerz, der zurückblieb und alles einnahm, wenn ein Ghul sich eine Seele raubte.

Traumtänzer hoffen, die Furchtlosen überleben

Das ist nicht mal der Ansatz eines guten Plans«, fuhr ich Liam unwirsch an. »Ich werde mich auf keinen Fall von der Insel schleichen und die Menschen hier unseren Kampf ausfechten lassen!«

Liams feuriger Blick bohrte sich in meinen. Er war noch immer wütend, weil wir den Tempel allein verlassen hatten, ohne ihm davon zu erzählen. Abrupt blieb er stehen und baute sich vor mir auf. Moril blieb wachsam neben uns stehen. Er schien in den Wald hineinzulauschen. Seltsam, dass wir seit unserem Aufbruch von der Klippe keinem einzigen Homunkulus begegnet waren. Ihre Abwesenheit zerrte stärker an meinen Nerven, als ich zugeben wollte. Die Luft schien zwischen den Bäumen zu stehen, viel zu warm für den Mai, sodass mir vom anstrengenden Laufen durch den Wald ein leichter Schweißfilm auf der Haut lag. Das fühlte sich unter der engen Lederhose besonders unangenehm an. Ich fragte mich, ob den Homunkulussen die Schiffe, die sich

der Insel näherten, ebenfalls aufgefallen waren? Ahnte Aine, wer da kam? Die Abwesenheit ihrer Kreaturen deutete genauso darauf hin wie das Gefühl tief in meinem Bauch. Etwas sammelte sich, bündelte seine Kraft, zog sich zusammen, um am Ende in einem wirbelnden Sturm über uns hereinzubrechen. Ich spürte es in der aufgeladenen Hitze um uns. In der eisigen Kälte, die um die toten Baumgerippe lag und ein Berühren unmöglich machte, und ich hörte es im mächtigen Brandungsgewitter, das lauter und gellender dröhnte als zuvor.

Liam hatte uns im Wald abgepasst. Zum Glück erst nachdem ich mich von einem Schwindelanfall erholt hatte, der mich mit der verletzten Schulter gegen einen nahen Stamm hatte taumeln lassen. Der jähe Schmerzfunke und die Eiseskälte, die mich beim Berühren des Holzes durchzuckten, jagten mir Tränen in die Augen und eine Welle der Übelkeit durch den Magen. Ehe Navarion bemerkte, wie schlecht es mir seit unserem Aufstieg aus der Feenhöhle ging, stieß ich mich hastig vom Baum ab. Taumelnd stand ich einen Augenblick lang da, nicht sicher, ob mich meine Beine länger trugen. Schließlich richtete ich mich auf und lief weiter, obwohl mein Körper rebellierte. Gerade noch rechtzeitig, bevor ich Liams dunklen Schatten erkannte, der sich durch die Bäume auf uns zubewegte. Das Zusammentreffen mit ihm war wesentlich unangenehmer als mit einem von Aines Wesen. Die waren wenigstens berechenbar und ich wusste, woran ich war. Liam war mir ein Rätsel. Im ersten Augenblick, als er uns gesehen hatte, sah ich unendliche Erleichterung in seinen Zügen, die von kantig und schroff zu einem weichen, fast fließenden Ausdruck wechselten, doch beim nächsten Luftholen verzerrte Wut sein hübsches Gesicht. Besonders Navarion bekam seinen Groll zu spüren. Im wahrsten Sinne, denn Liam schlug ihm, kaum dass er uns erreichte, mit der Faust heftig ins Gesicht. Mein

erboster Aufschrei änderte daran nichts. Liam tobte und warf seinem Freund in der Sprache ihres Volkes eine ganze Schimpftirade um die Ohren. Vermutlich nahm er an, dass ich die Sylphenworte nicht verstand, aber bei einem Leben auf der Flucht und ständig wechselnden Orten verging die Zeit mit einem Buch in der Hand schneller. Im Laufe der Jahre hatte Abren mir jede Niederschrift gebracht, deren er habhaft werden konnte, und mir so die langen Stunden Nichtstun versüßt. Ein wundervoller Nebeneffekt war, dass ich auch ohne einen Druiden viel gelernt hatte. Während Neslin und ihr Bruder in jungen Jahren von einem Druiden aus einem der Nachbarorte unterrichtet worden waren, hatten Abren und ich uns Lesen und Schreiben selbst beigebracht.

Während wir durch den Wald zurück zur Feste liefen, bekam ich jedes Wort von Liam mit, worauf ich gern verzichtet hätte. Was er sagte, trieb mir die Schamesröte ins Gesicht, weil ich dabei zu fühlen glaubte, wie wichtig ich ihm war. Doch glauben hieß nicht, es sicher zu wissen. Vielleicht bildete ich es mir auch einfach nur ein, weil ich mir so verzweifelt wünschte, für einen einzigen Menschen mehr zu sein als ein Mittel zum Zweck. Da war es wieder, dieses schmerzliche Ziehen in meinem Herz. Im Drachenherz, das sich ebenso sehr danach verzehrte wie ich. Ich musste die Augen einen Moment zukneifen, tief einatmen und mich auf jeden weiteren Schritt, den ich ging, konzentrieren, denn wieder zerrte die Schwäche an mir, trieb mir erneut Tränen in die Augen und presste mir die Kehle zu, bis ich in der stehenden, aufgeladenen Luft kaum noch frei atmen konnte. Benommen schüttelte ich den Kopf. *Dumme Gans, das führt zu nichts! Diese kindische Hoffnung macht dich schwach. Traumtänzer hoffen, die Furchtlosen überleben.* Etwas, das Yadiran schon den kleinsten Rudall Koer, den Kindern, die zu Kämpfern erzogen wurden, eintrichterte. Allesamt Söhne der Ghul, die noch vollkommen unbedarft mit mir gesprochen und gespielt hatten, doch je mehr Zeit vergangen war, desto stärker war der Argwohn gegen mich gewachsen. Die kindliche Sorglosigkeit verschwand aus ihren Blicken, machte Platz für einen Hass, der gegen mich gerichtet war und den ich nie verstanden hatte. Jetzt war mir klar, dass sie es wussten. Sie alle wussten, wer ich war. Selbst Abren. Ein Gedanke, den ich kaum ertragen konnte. *Das alles ist so schwer zu erdulden, aber ich muss. Ich muss stark sein, damit sie am Ende nicht doch noch gewinnen. Das lasse ich nicht zu. Yadiran darf nicht siegen!* Frieden fand ich niemals, aber mir Abgeltung für all das Leid erkämpfen, das konnte ich.

Liam zog sein Schwert und hieb damit auf einen Ast ein, der ihm den Weg versperrte. Seine Schimpftirade lenkte mich von meinen düsteren Gedanken ab.

»Ihr hättet beide dabei sterben können! Sie hätte sterben können, Navarion!« Er sah aus, als wollte er jeden Moment noch einmal zuschlagen. Liam zitterte am ganzen Körper. »Ihr darf nichts geschehen, verstehst du das? Ich werde allein beim Gedanken daran wahnsinnig!«

Meine Wangen glühten und ich schluckte schwer. Seine Worte berührten mich und linderten den Schmerz, der in mir wütete. Ein warmer Hauch legte sich wie eine wohlige Decke über mich. Mir gefiel der Gedanke, dass ich mehr für jemanden war als nur die Tochter eines Drachen oder die des Schlachtenlenkers, doch als hätte er meine Gedanken gehört, sagte er: »Das verkraftet unser König nicht noch einmal«, und riss die wärmende Decke wieder von mir.

Navarion schwieg, rieb sich nur kurz das schmerzende Kinn. Oh ja, ein Schmerz, den ich mehr als gut nachfühlen konnte. Automatisch strich ich mir ebenfalls über die Wange, an der Stelle, wo die Blutbeule in voller Pracht aufblühte und noch immer wehtat, sobald ich dagegen kam. Liam beobachtete mich dabei, hielt kurz in seinem Wortschwall inne, holte tief Luft und schrie seinen Freund weiter an, bis ihm die Stimme versagte.

Nun stand er mit glühendem Blick vor mir und seine Züge verdunkelten sich immer stärker, weil ich mich im Gegensatz zu Navarion nicht einschüchtern ließ.

»Wenn du einen besseren Plan hast, dann immer her damit«, giftete er. Ich richtete mich auf.

»Allerdings. Wir bringen alle, die nicht kämpfen können, in die Höhle zu den Feen.« Navarion hatte den Spalt zum Verlies der Ghulkönigin verschlossen, indem er Steine darin aufgeschichtet und die Zwischenräume mit einer klebrigen Masse gefüllt hatte, die aus den Wohnblüten der Feen tropfte und sich wie Harz am Boden sammelte. Ich konnte mir keinen besseren Ort vorstellen, um die Kinder und Älteren zu schützen.

»Da ist was dran, Liam. Die Höhle ist schwer zugänglich und kaum auszumachen. Dort wären sie in Sicherheit.«

Liam fuhr sich mit den Händen durch die Haare. Die beiden Schwerter trug er nicht wie Navarion und ich an einem Waffengurt, sondern gekreuzt auf dem Rücken, unter der Lederschnürung seiner Weste. Die Schwertgriffe ragten über seine Schultern hinaus. So aufgebracht hatten seine Augen die Farbe des nachtblauen Himmels. Alles an ihm wirkte dunkel und gefährlich. Ich erkannte, warum gerade er, trotz seiner noch jungen Lebensjahre, der Heerführer des Königs war. Er stand Yadiran in nichts nach und war doch so vollkommen anders. Liam handelte aus Pflicht- und Ehrgefühl, um die zu schützen, die er liebte. Er hatte eine raue Schale, unter der ein mitfühlendes Herz schlug. Na ja, zumindest meistens.

»Ich sollte euch einfach ignorieren. Nach dem, was ihr getan habt, hättet ihr das verdient.«

»Das wäre aber töricht«, sagte ich, wohl wissend, dass ich ihn damit reizte. »Und das bist du doch nicht.«

»Nein«, fauchte er. »Im Gegensatz zu euch beiden, bin ich das nicht.«

Arg, ich schluckte meinen Frust hinunter.

Nichts Törichtes lag in unserer Entscheidung. Wir hatten richtig gehandelt. Nun war ich diejenige, die den Krieger anfunkelte. »Ab und zu einmal etwas zu riskieren, hilft dabei, den richtigen Weg zu finden. Willst du weiter hier stehen und streiten oder dich auf die Ankunft der Rudall Koer vorbereiten, Heerführer? Ich finde Ersteres wesentlich einfältiger, als nach Lösungen zu suchen.« Einen Moment lang sah er so aus, als wollte er mich am liebsten übers Knie legen, doch er blies nur zischend Luft aus und nickte schließlich.

»Also gut, gehen wir zurück und erzählen Jeteff von dem genialen Plan.« Er lief vor uns her. Ich musste beinahe rennen, um mit ihm Schritt zu halten. Mir lief noch aus einem anderen Grund die Zeit davon. Immer wieder begann meine Sicht zu verschwimmen und schwarze Flocken tanzten vor meinen Augen. Ich stolperte mehr, als dass ich geradeaus lief.

»Dir geht es nicht gut, Flee«, flüsterte Navarion.

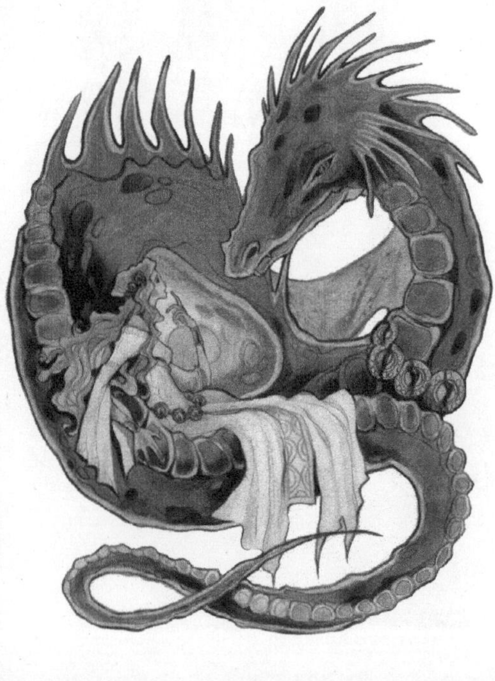

Vertrauen ist die schönste Gestalt der Liebe

Keine Sekunde kaufte ich ihr das geflüsterte: »Mir geht es gut« ab. Ihre Haut war aschfahl, glänzte vor Schweiß und ihr Blick schien unruhiger und matter als noch vor ein paar Stunden. Ich erkannte die gebrochene Seele darin. Es war nicht so, dass ich den Schmerz nicht schon vorher in ihrem Blick bemerkt hätte. Doch das waren nur wenige, mit Glück eingefangene Momente, Stellen, an denen die dicke Mauer, die sie um sich aufgebaut hatte, bröckelte, bevor unbeirrbare Stärke und das glühende Drachenfeuer die Risse flickten. Jetzt zerfiel ihr Schutzpanzer immer mehr. Ein Panzer, der sie zusammenhielt und ihr die Kraft gab, weiterzumachen, egal, was ihr noch für schreckliche Dinge bevorstanden.

Mir war klar, dass ich handeln musste. Die Zeit zerbröselte zwischen meinen Händen. Mir blieb nichts anderes übrig, als dabei zuzusehen, wie Yadirans Zauber sie immer mehr schwächte, und je schlechter es ihr ging, desto weniger hatte ich den Zorn im Griff, der in mir brodelte. Ich verabscheute den Schlachtenlenker für sein kaltes Herz, seine Skrupellosigkeit, für alles Leid, das er ihr auflud. Ich hasste ihn und ich hasste mich, weil ich nicht imstande war, mich von ihr fernzuhalten, den Abstand zu bewahren, den ich brauchte, um sie zu retten. Darüber, wohin mich das alles führte, wollte ich lieber nicht nachdenken. Am liebsten hätte ich überhaupt nicht an dieses Mädchen gedacht. *Verflixt noch mal! Ich werde wegen ihr noch vollkommen irre!*

Umso stärker ich versuchte, nicht an Flerya zu denken, desto mehr beherrschte sie meine Gedanken.

Mit mehr Schwung als nötig durchtrennte ich einen dicken Ast, der mir im Weg war. Die Mauern der Feste tauchten auf. Der hellrote Stein stach deutlich zwischen den dunklen, toten Bäumen heraus. Diese Insel war nackt und entseelt wie ein Grab. Kein Ort, an dem Menschen freiwillig lebten, aber der perfekte Ort für Halunken. Kein Wunder, dass König Gardorath diese Insel gewählt hatte. Eine Entscheidung, an der mein Vater beteiligt gewesen war. Eine von vielen. Er war mehr als nur der Heerführer des Drachenkönigs gewesen. Er war sein Freund. Sein Tod hatte eine Lücke hinterlassen, die ich niemals füllen konnte. Deshalb war ich nur an Entschlüssen beteiligt, die in mein Aufgabengebiet als sein Heerführer fielen. *Ja verdammt, das kränkte mich, weil er für mich eben nicht nur mein König ist.*

Unsere Familien verband eine lange und innige Freundschaft, aber auch der gemeinsam erlittene Schmerz. In den dunkelsten Stunden unseres Lebens hatten wir uns gegenseitig Halt gegeben. Während der Beerdigung hatte König Gardorath mich im Arm gehalten, als er meine Mutter stützte, die vor Kummer kaum stehen konnte, dabei hatte gerade er mehr als einen Grund gehabt, die Fassung zu verlieren. Er war stark geblieben, zumindest dem Anschein nach. Ich erinnerte mich noch gut daran, wie heftig er gezittert hatte und nur der Junge in seinen Armen hatte das fühlen können. Vielleicht irrte ich mich auch; nach all den Jahren, die vergangen waren, konnte das gut sein. Vielleicht hatte auch nur ich in seinen Armen so sehr gebebt. Dieser kleine ängstliche Junge, von dem ich dachte, dass ich ihn längst hinter mir gelassen hatte. Und jetzt? Jetzt wühlte ich mich durch diesen toten Wald und fühlte mich wieder wie das Kind von damals. Ich wusste, was ich unserem König antat, wenn er den Schmerz noch einmal durchleben musste.

Nein, jetzt bin ich an der Reihe, ihm beizustehen. So wie er damals für mich, meine Mutter und ganz Emirescha stark gewesen war, musste ich nun für ihn stark sein und seine Tochter schützen, von der er nicht einmal wusste, dass sie am Leben war. Und wenn ich ehrlich mit mir war, tat ich es auch für mich. Tief in mir, verborgen und verschüttet unter Zweifeln, Ängsten und unzähligen Hindernissen, wusste ich, dass dieses Mädchen leben musste. Sie musste einfach, denn durch sie fühlte ich mich lebendig. Sie reizte mich, widersprach mir und tat immer das Gegenteil von dem, was ich wollte oder sagte. Sie war wie eine taufrische Meeresbrise, ein wärmender Sonnenstrahl, ein Sommersturm, der durch mein Leben fegte und alles durcheinanderwirbelte. Sie war eine Freundin und das war das größte Wunder von allen. Flerya zwang mich dazu, über mich selbst nachzudenken. Etwas, das ich normalerweise vermied.

Kein Heerführer in meiner langen Ahnenreihe hatte lange genug gelebt, um seine Kinder aufwachsen zu sehen. Frauen waren für mich ein Zeitvertreib. Ich blieb nie länger als eine Nacht. *Ach verdammt, ja, schon gut.* Bei den meisten, denn es gab eine Ausnahme, über die ich gerade aber auch nicht nachdenken wollte. In der Regel blieben wir Fremde. Eine Frau hatte keinen Platz in meinem Leben und Kinder wollte ich nicht. Warum auch? Ich fügte ihnen nur denselben Schmerz zu, den ich und so viele andere vor mir erlitten hatten. Nein, mit mir endete die lange Linie der Beryan. Auch wenn es meiner Mutter das Herz brach. Sie sehnte sich nach Kindeskindern, die sie verhätscheln konnte. Das hielt sie mir niemals vor, trotzdem entging mir ihr sehnsuchtsvoller Blick nicht, wenn ihr eine der Frauen aus ihrem Dorf mit einem Kindeskind im Arm begegnete. Mutter lächelte beim Anblick eines Säuglings, ich bekam nicht einmal ein Lippenzucken

zustande. Ich war kein guter Mann für eine Frau. In keiner Weise. Nicht als Freund, nicht als Gemahl und schon gar nicht als Vater. Deshalb gab ich mir auch keine Mühe beim Umgang mit ihnen. Ich war kein aufmerksamer Zuhörer, hielt nichts von Zärtlichkeiten oder irgendeiner Art von Schwärmerei. Nur Flerya beeindruckte meine ruppige Art nicht, obwohl gerade sie mehr Grund dazu hätte, mich zu hassen, als jede andere. Sie war einfach unberechenbar. Das faszinierte mich und gleichzeitig trieb es mich zur Weißglut, denn damit erschlich sie sich einen Platz in meinem Leben, den ich bis jetzt keiner Frau hatte einräumen wollen.

Navarion und Dagal waren nicht länger meine einzigen Freunde. Flerya hatte sich zu ihnen gesellt, dabei wusste ich nicht einmal, ob sie überhaupt so etwas wie Freundschaft für mich empfand. Noch eine Sache, die mich wahnsinnig machte. Ausgerechnet eine Frau hatte es geschafft, dass ich mehr wollte als ein kurzweiliges Vergnügen. Ich wollte ihr Vertrauter sein, jemand, auf den sie zählen konnte, denn Vertrauen war die schönste Gestalt der Liebe.

Ich hatte das Gefühl, Navarion wollte ebenso wie ich, dass Flee uns vertraute. Wer sie betrachtete und näher kennenlernte, konnte gar nicht anders, als sich ihre Freundschaft zu wünschen. Noch nie hatte ich einen Menschen wie Flerya getroffen. Ein starker Wille, mit viel Temperament und doch so zerbrechlich. Heimlich schielte ich zu dem Mädchen mit den feuerroten Haaren. Müde und abgekämpft sah es aus, so voller Leid, das ich ihm so gern von der Seele genommen hätte. Schließlich waren Freunde füreinander da, sie passten aufeinander auf, wäre da nicht dieses Zerren in meiner Brust, wenn ich sie ansah. Ein Ziehen, das ich nicht einordnen konnte und was mir deshalb mehr Angst machte, als es eine Armee aus Ghul jemals könnte.

Wieder hieb ich mit dem Schwert auf den nächsten Ast ein, der mir zu nahe kam, dabei hätte ich ihm ohne Probleme einfach ausweichen können. *Reiß dich zusammen, du Narr. Das hat rein gar nichts zu bedeuten. Sie ist wie ein Stein im Schuh, der permanent reizt und keine Ruhe geben will.* Ein weiterer Hieb, diesmal erwischte ich ein Stück Baumrinde, die unter der Wucht splitterte. Holz wirbelte durch die Luft. Dass ein Stück davon Flerya am Hals traf, bekam ich erst mit, als sie laut aufschrie und sich an den Nacken fasste. Sofort war ich bei ihr.

»Was ist los?«, fragte ich unnötigerweise und kam mir wie der Hammel vor, als den sie mich schon öfter bezeichnet hatte.

Schwer atmend ließ sie die Hand vom Nacken sinken, da sah ich es: Ein Holzsplitter, so groß wie mein Daumennagel, hatte sich in ihre Haut gebohrt. Ein dünner Streifen Blut rann aus der Schramme. »Tut mir leid«, presste ich hervor. Sie nahm es kaum wahr. Flerya sackte in die Knie und kniff gegen den Schmerz die Augen fest zusammen. Alle Farbe wich ihr aus dem Gesicht und sie wimmerte gequält. Ich konnte zusehen, wie sich Schweißperlen auf ihrer Stirn bildeten und sie wankend nach vorn kippte.

»Was ist mit ihr?« Navarion stürzte zu uns. Ohne zu zögern, griff ich nach dem Holzstück und zog es hastig aus ihrer Haut. Im selben Moment, in dem ich es berührte, verlor ich jedes Gefühl in meiner Hand. Als hätte ich sie zu lange in Eiswasser gehalten, gleichzeitig schoss mir ein gellender Schmerz durch den Kopf, brennend und heiß wie Feuer. Ich stöhnte auf. Dass ich den Splitter trotzdem rausziehen konnte, wunderte mich, doch irgendwie gelang es mir. Fluchend schleuderte ich ihn in den Wald. Was war das für ein seltsamer Ort? Von den Bäumen ging eine absonderliche Kälte aus, die mir immer, wenn ich ihnen zu nahe kam, eine Gänsehaut bescherte. Sie könnten genauso gut aus Eis bestehen.

Moril drängte sich gegen Flee und stupste sie mit der Nase am Arm. Sie reagierte nicht. Navarion kniete neben uns und strich ihr Haarsträhnen aus dem Gesicht. »Flee, sag etwas. Ist es jetzt besser?«

Langsam atmete sie ruhiger und richtete sich schließlich ein wenig auf. Sie öffnete die Augen und ihre verzerrten Züge glätteten sich. Zu meiner Überraschung war ihre Haut nicht mehr ganz so fahl.

»Das hat schrecklich wehgetan«, murmelte sie und sah mich an. Da war es wieder, das Drachenfeuer, es tobte in ihren Augen. Sie hatte leise gesprochen, aber mit fester Stimme. Flerya schob in einer fliesenden Bewegung die Haare zurück, sodass die linke frei lag, und zog ihr Hemd ein Stück nach unten. Der Anblick ihrer nackten Schulter war wie ein Hammerschlag in den Magen. Zuerst sah ich nur ihre helle, weiche Haut und den schlanken Hals mit dem kleinen Schnitt, aus dem noch immer rote Blutstropfen perlten. Ich schluckte heftig, dann wurde mir bewusst, was dort fehlte: die schwarzen Striemen. Yadirans Fluch hatte offensichtlich ein wenig seiner Macht über sie eingebüßt. Das Tattoo der Rudall Koer durchzog noch immer der hässliche Schwertschnitt und die dunklen Linien waren ebenfalls noch da, aber nicht mehr so weit verbreitet. Sie hatten sich zurückgezogen.

»Das ist unmöglich«, stammelte ich.

Flee richtete sich auf und kämpfte sich auf die Beine, wobei sie sich weder von mir noch von Navarion helfen ließ. Sie nahm Moril auf den Arm und streichelte ihm liebevoll über den Kopf. Der Waschbär genoss es sichtlich.

»Das sagst du ziemlich oft, Krieger.« Sie sah mich an. »Alles ist möglich. Ich weiß nicht wie, aber es geht mir ein wenig besser.«

Ich wollte ihr zustimmen, wollte daran glauben wie sie, doch einfach alles sprach gegen uns, das hieß nicht, dass ich aufgab. Ganz im Gegenteil, ich gab niemals auf, egal, wie aussichtslos die Lage auch schien. Aber es lag nicht in meiner Natur, mir etwas vorzumachen oder mich in Träumereien zu verlieren. Ich war kein Träumer, Flee dagegen schon.

Navarion lief zum Baum, an dessen Rinde nun ein ordentliches Stück fehlte. Rote Flüssigkeit tropfte daraus hervor, lief hinab zum Boden, der sie in sich einsaugte wie ein Verdurstender.

»Diese Insel wird mir immer unheimlicher.« Er sah mich an, suchte nach Bestätigung für das, was er vorhatte.

»Lass es lieber«, sagte ich, doch er streckte bereits den Finger aus und tauchte ihn in die Flüssigkeit. Gellend schrie er auf und zog die Hand zurück, als hätte er sich verbrannt.

»Verflucht, ist das kalt!« Er rieb seine Hand an der Hose ab, trat vom Baum weg und massierte sich die Schläfen. »Das fühlt sich an, als würde mein Schädel auseinandergerissen. Vielleicht ist es die Kälte, die Flee Linderung verschafft? Die Kopfschmerzen sind es jedenfalls nicht, auch wenn sie recht schnell abklingen.«

Ich schüttelte den Kopf. »Diese Art von Fluch kann nur das Drachenfeuer heilen.«

»Wir sollten das noch einmal ausprobieren, diesmal näher an der Schulter«, meinte Navarion.

»Bist du wahnsinnig?«

»Das waren schreckliche Schmerzen!«, brausten Flee und ich gleichzeitig auf.

Ergeben hob er die Arme. »Schon gut. Das war nur eine Idee. Ich ramme mein Schwert deswegen sicher nicht in die nächste Baumrinde, um dich unter einem Splitterregen zu begraben.« Er scherzte, versuchte auf die typische Navarion-Art, die angespannte Lage zu entwirren, doch mir war nicht nach Herumalbern zumute.

»Am besten sind wir einfach dankbar, dass der Splitter dir nicht noch mehr geschadet hat, und gehen so schnell wie möglich zurück zur Feste.«

Sie gehorchten. Zum ersten Mal tat Flerya, was

ich sagte. Zumindest dachte ich das, bis sie mich ansah, lächelnd, mit einem Unschuldsgesicht, das jede Banshee in den Schatten stellte, und dann mit Moril im Arm losrannte.

»Wer zuerst bei Jeteff ist, darf ihm von unserem Plan erzählen!«

Ich hätte mich am liebsten selbst getreten. Obwohl sie mit Sicherheit noch immer geschwächt war, verloren Navarion und ich an Boden. Sie hängte uns mit Moril im Arm ab. Verbissen starrte ich auf das Geisttier, dessen Kopf auf ihrer unverletzten Schulter ruhte und im Takt ihrer Schritte auf und ab wippte, während ihm die Zunge aus dem Maul hing. Ich hätte schwören können, dass er dabei grinste. Verdammter Waschbär! Wenn mein Plan aufgehen sollte, musste ich mit Jeteff allein sprechen. Ich musste sichergehen, dass sie ihn nicht um den Finger wickelte wie alle anderen.

Die dicken Mauern der Festung versprachen Sicherheit. Ein falscher Schutz, der nicht ewig standhalten konnte. Sie durfte während des Kampfes nicht dortbleiben. Und ich wusste auch, wie ich sie dazu brachte, die Insel zu verlassen: Indem ich ihr klarmachte, dass sie uns damit helfen konnte. Denn ich ahnte, sie würde nicht gehen ohne einen triftigen Grund. Ja, da war er wieder, der kleine wütende Junge von damals, der auf dem Arm des Drachenkönigs saß und starr die Zeremonie mitverfolgte, in der sein Vater, die Königin und die Prinzessin, auf die er so oft aufgepasst hatte, für immer verabschiedet wurden. Ich bebte vor Zorn über all die verschütteten Gefühle, die Yadiran nun wieder an die Oberfläche riss.

Das alles, unsere Situation und die Ausweglosigkeit, in der wir festsaßen wie auf einem sinkenden Schiff, machte mich reizbar. Einfach alles schürte meinen Zorn, jede Kleinigkeit, die uns dem Abgrund näher brachte, häufte meine Verzweiflung an. Schon jetzt konnte ich kaum noch über den Berg sehen, der sich vor mir auf-

türmte, der immer weiter wuchs und auf dem dieses Mädchen stand und darauf herumtrampelte, als wäre er nichts weiter als ein Haufen Stroh, den es mühelos platt klopfen konnte. Sie war ihrer Mutter so ähnlich. Königin Sisneh hatte dasselbe sonnige Gemüt gehabt. Dieselbe Herzlichkeit, für die sie alle Völker verehrten, und wie die Königin war sich auch Flerya dieser besonderen Gabe nicht bewusst.

Sie wird das Leben des Königs genauso auf den Kopf stellen wie meines und sich ebenso schnell in die Herzen der Menschen stehlen. Sie ist unsere Zukunft, die Hoffnung Emireschas. Sie ist mein Freund und so vieles mehr. Ich sah ihr nach, wie sie geschickt und flink zwischen den Bäumen hindurchrannte, ein Wasserfall roter Haare hinter sich herwirbelnd und mit dem Geisttier im Arm. Sie lachte, weil sie drauf und dran war, zu gewinnen. Wenigstens diese Freude wollte ich ihr nicht nehmen und gleichzeitig hoffte ich, dass wir noch viele solcher Momente erleben würden. Ich hoffte, so weit hatte sie mich bereits gebracht.

Ich bin ein Drache und der Drache bin ich

Liam und Navarion durchquerten das Tor der Feste nur wenige Schritte hinter mir, doch das war egal, ich hatte das kleine Wettrennen gewonnen. In mehr als einer Hinsicht, denn es bescherte mir einen Moment Ruhe. Laufen war meine zweite Natur. Ich war schnell, auch Abren hatte mich nie bei einem unserer vielen Wettrennen eingeholt. Ich rannte gern und viel, obwohl mir auch dann noch immer etwas fehlte. Viel zu oft wanderte mein Blick zum Himmel und ich stellte mir vor, wie schön es sein musste, über Wolken zu rennen. Jetzt wusste ich warum. Das Laufen war nichts weiter als ein Ersatz. Eine Entschädigung fürs Fliegen, dem ich jetzt, da ich wusste, was ich war, zwiegespaltene Gefühle entgegenbrachte. Ich konnte stundenlang auf einer Wiese liegend den Himmel betrachten. Die Wolken, die vorüberzogen, keine in ihrer Form so wie die andere, und Vögel, die über mich hinwegsegelten, vom Wind getragen. In ihren Augen die unendliche Weite des Horizonts. Freiheit. Mein Herz sehnte sich nach dem Gefühl der Schwerelosigkeit, nach Ungebundenheit, heute mehr als damals, denn ich hatte sie gekostet. Nur kurz und mit zu viel Kriegergewicht an den Beinen, aber ich hatte sie erfahren. Mein Herz schrie nach mehr, mein Verstand hielt dagegen, dass da der Drache aus mir sprach und ich das nicht zulassen durfte, aber wie, wie sollte ich gegen etwas ankämpfen, das mich ausmachte? *Ich bin ein Drache und der Drache bin ich.*

Jeteff stand an einer langen Holztafel, die sie an der westlichen Mauer aufgebaut hatten, und zählte die Waffen durch, die uns für den bevorstehenden Kampf geblieben waren. Mit einem kurzen Blick über die Tafel stellte ich fest, dass es erschreckend wenige waren. Ein Haufen

Schwerter, krumm, mit etlichen Kratzern, Macken und Rostbefall. Alte Bögen, Köcher mit viel zu wenigen, verbogenen Pfeilen darin, Äxte, Messer, Schleudern und Schilde, deren ursprünglich bunte Bemalung verblasst und kaum noch vorhanden war. Davor standen viele Frauen, die sich bemühten, die Waffen zu polieren, nachdem der Schmied sie am Schleifstein von den schlimmsten Scharten befreit hatte. Ein Unterfangen, das dem Mann nur müßig gelang. Dementsprechend verdrießlich war Jeteffs Gesicht, als er sich verwundert zu mir umsah, weil ich schwer atmend auf ihn zurannte. »Ist die Ghulkönigin hinter dir her?«, fragte er und sah so aus, als ob er nach einer der Äxte auf dem Tisch greifen wollte.

Ich blickte zu den beiden Kriegern, die gerade durch das kleine Seitentor hechteten, und lächelte müde. »Nicht ganz.« Daraufhin lachte er schallend und ich war froh, dass zumindest er, trotz der nahenden Rudall Koer, seinen Humor nicht verloren hatte. »Wir haben eine Höhle gefunden, in der die Kinder und Alten in Sicherheit sind. Ich brauche deine Hilfe, Jeteff, um sie dort hinzubringen.«

Er nickte nur knapp, da Liam und Navarion uns in diesem Moment erreichten. Zu meiner Überraschung waren sie kaum außer Atem, nur ein dünner Schweißfilm zeugte von einer leichten Anstrengung. Mein Herz schlug nach diesem Lauf dagegen viel zu heftig gegen den Brustkorb. Was auch immer der Splitter aus dem eisigen Baumstamm bewirkt hatte, es verschaffte mir nur ein wenig Linderung, die ver-

mutlich nicht lange anhielt. In meinen Schläfen kündete ein leichtes Pulsieren von den nahenden Kopfschmerzen. Ich hatte mich übernommen.

Jeteff nickte den beiden Kriegern zu. »Und wo ist diese Höhle?«

Ich deutete zu den Klippen. »Nicht weit von Aines Verlies entfernt. Dort leben Feen.«

»Feen?« Überrascht sah er uns an.

Liam betrachtete ihn misstrauisch und ging schließlich das ausgebreitete Waffenlager durch, besah sich jedes einzelne Schwert und prüfte jeden Bogen auf seine Spannkraft. »Du wusstest also nicht, dass es auf dieser Insel Feen gibt?«, fragte er Jeteff nebenbei. Der kniff sofort die Augen zusammen und sah den Krieger warnend an. Jeteff mag in einem früheren Leben in der Streitmacht des Königs gedient haben, doch seine ganze Haltung verriet mir, dass er nicht länger ein Untertan war. Hier war er derjenige, der die Befehle gab. Sein Ärger über die Selbstverständlichkeit, mit der Liam das Ruder an sich riss, drang ihm aus jeder Pore. Männer hatten nicht das Talent, sich in ihr Gegenüber einzufühlen, zumindest die beiden Hammel nicht. Weder Liam noch Jeteff begriffen, dass sie sich durch den Garten des anderen wühlten und damit dessen Zorn heraufbeschworen. Bei Liam war ich mir nicht sicher, ob er es bewusst und mit voller Absicht tat. Seinen Augen entging kaum etwas, sein Blick ging tiefer, nichts Oberflächliches lag in diesem dunklen Meeresblau.

»Nein, woher auch«, entgegnete Jeteff.

Liam nahm eine der Äxte in die Hand und wirbelte sie spielerisch durch die Luft. Während ich am liebsten mit dem Schwert oder der Schleuder kämpfte und darin auch am geschicktesten war, schien er mit keiner Waffe Probleme zu haben.

»Ich wundere mich ein wenig, dass eurer Seherin die Anwesenheit der Feen verborgen geblieben ist.« Er sah Jeteff an. »Sei's drum«, sagte er schließlich. »Das können wir später klären.« Er sah zum Himmel, schien angestrengt nachzudenken, bevor er sich wieder Jeteff zuwandte. »Ihr habt doch einen ganzen Raum voller Spiegel und Schilde gefunden?«

Jeteff nickte und zog fragend die Augenbrauen Richtung Stirn.

»Dann holt sie her und poliert die Spiegel gründlich. Danach legt sie alle paar Meter auf dem Mauergang ab. Wir werden die Rudall Koer gebührend begrüßen.« Er lachte und klopfte Jeteff auf die Schulter. »Und verteilt die Waffen, sobald sie gereinigt sind, an die Leute. Habt ihr damit begonnen, die Tore zu verstärken?«

»Haben wir«, knurrte Jeteff.

»Gut, wir brauchen fünf starke Männer, die alle Kinder, Kranken und Älteren zur Klippe bringen und abseilen können, damit sie auf dem schnellsten Weg in die Höhle kommen. Navarion wird sie begleiten und ihnen den Weg dorthin zeigen.« Er sah seinen Freund an. »Beeilt euch und danach kommt sofort zurück. Wenn sie die Mauern komplett umstellen und uns einkreisen, kommt ihr nicht mehr durch das Tor.«

Navarion nickte.

»Das ist nicht ganz richtig«, knurrte Jeteff und hatte sofort unsere ungeteilte Aufmerksamkeit. Er grinste. »Es gibt einen Geheimgang in die Feste. So geheim, dass selbst wir ihn erst vor ein paar Jahren entdeckt haben.«

Liam verzog missbilligend die Lippen. »Und was habt ihr uns noch alles nicht verraten? Eine geheime Waffenkammer vielleicht oder ein Schiff, mit dem wir davonsegeln können?«

Ich sah es an Jeteffs Reaktion, am Zucken seines rechten Augenlids. Liam hatte richtiggelegen. Die Frage war nur, mit was?

»Na ja.« Jeteff kratzte sich am Schritt und ich sah hastig in eine andere Richtung. »Wir haben tatsächlich ein kleines Boot, das vor

Jahren an den Strand gespült wurde, aber damit kommt niemand weit, es ist in einem schlechten Zustand und wir haben uns nie die Mühe gemacht, es zu flicken, da wir die Barriere eh nicht durchbrechen können.«

Liam schüttelte den Kopf, doch in seinen Augen glitzerten die Sterne. Er brütete offensichtlich etwas aus, wobei sein Blick immer wieder mich streifte, das behagte mir gar nicht.

Navarion klatschte in die Hände. »Darauf würde ich jetzt gern einen trinken.« Damit handelte er sich einen Seitenhieb von Liam ein. Navarion lachte. »Das war ein Scherz, mein Freund.«

»Ich kenne deine Scherze«, entgegnete Liam trocken. »Verlieren wir keine Zeit«, sagte er und sah dabei Jeteff an, der zustimmend nickte. Eilig rief er die Männer zusammen, die kurz darauf Navarion folgten.

Liam kam zu mir, so dicht, dass ich kurz davor war, zurückzuweichen, doch ich widerstand und blieb stehen. »Ich weiß, egal, was ich sage oder tue, du wirst dich nicht mit ihnen verstecken und einfach abwarten, bis der Kampf vorüber ist.« Er sah mich an, fast flehend, doch dazu war ich wirklich nicht bereit.

»So ist es«, erwiderte ich.

»Dann habe ich eine Bitte an dich.«

Angespannt blickte ich in seine Augen. Er stand so nah, dass ich jeden einzelnen Sternenfunken darin sehen konnte wie die Spiegelung in einem See und er roch nach einer lauen Sommernacht am Strand. Ich war noch nie einem Undinen begegnet, der so offenkundig mit dem Wasser verbunden war. Liam war wie ein fleischgewordener Teil des Meeres. Ganz anders als Navarion, der Wasser zwar beherrschen konnte, aber darüber hinaus keine Verbindung dazu aufwies, von Moril abgesehen. »Ich und Navarion kapern eines der Beiboote für dich, mit dem die Rudall Koer an Land kommen werden«, sprach Liam weiter. »Um die Insel herum gibt es zu viele vorgelagerte Felsformationen. Sie werden mit großen Schiffen weiter draußen vor Anker gehen müssen und mit Beibooten zum Festland segeln. Beiboote, die sicher den Wind nutzen können und ein kleines Segel haben. Die meisten Handelsschiffe rund um die Hafenstädte haben solche Ruderboote. Ich hoffe auf ein bisschen Glück, dann kannst du mit Sammir aufs Meer hinaussegeln. Weit aufs Meer«, murmelte er. »Durchs Leichenfeld hindurch, damit Sammir ungehindert nach Astrama schwimmen kann, um dem König eine Nachricht von mir zu überbringen. Wir brauchen das Drachenfeuer, um die Nacht zu überleben. Ohne ihn werden wir hier alle sterben.«

Da war er wieder, dieser alles durchdringende intensive Blick, dem nichts entging.

»Kannst du das tun? Für mich und für die Menschen, die kämpfen und ihr Leben für uns riskieren? Du allein kannst die Barriere verlassen.« Er deutete auf Kemantie.

Einen kurzen Augenblick lang schien alles um mich zu kreisen. Ich konnte nichts fassen, den Blick nicht auf eine Stelle konzentrieren. Mir war schwindelig und mein Magen schien aus einem Eisklumpen zu bestehen. Liams Bitte stürzte mich in einen tiefen Abgrund. Alles in mir schrie dagegen an, einfach abzuhauen und die Menschen hier zurückzulassen. Ich wusste, wie entschlossen die Rudall Koer ihr Ziel erreichen wollten. Sie hatten nichts zu verlieren, die Menschen auf dieser Insel dafür alles. Ich wollte sie nicht allein lassen, wollte bei ihnen bleiben und kämpfen, doch ich konnte die Logik und Dringlichkeit in Liams Worten auch nicht einfach ignorieren. Ich war eins mit Kemantie, konnte das Armband nicht jemand anderem überreichen, der

diese Aufgabe für mich übernahm, und allein standen unsere Chancen schlecht. *Was tun? Was soll ich tun?*

Langsam lief ich zum Brunnen. Jeder Schritt war eine Überwindung, meine Beine schienen drückend schwer, als hingen Eisenketten an ihnen. Kraftlos setzte ich mich auf die unterste Stufe und barg das Gesicht in den Händen. Aus Verzweiflung und um in Ruhe nachzudenken. Liam ließ mir keine Zeit, er folgte mir, bedrängte mich mit seiner Nähe. Wie gern hätte ich ihm in diesem Moment einen Kinnhaken verpasst, einfach um dem Chaos, in das er mich gestoßen hatte, Luft zu machen.

»Ich weiß, es fällt dir schwer, aber wir haben keine Wahl.«

»Nichts weißt du«, fauchte ich. Ich ließ die Hände sinken und sah ihn an. Mein Anblick musste erschreckend sein, denn er sog sofort zischend Luft in die Lungen und ging vor mir in die Knie.

»Um was ich dich bitte, ist ebenfalls mit vielen Gefahren verbunden, Flee. Du lässt niemanden im Stich und du stiehlst dich nicht einfach davon. An dieser Entscheidung ist nichts Feiges. Im Gegenteil.«

Der Wind spielte mit meinen Haaren, blies mir Strähnen ins Gesicht, die ich zornig hinter die Ohren klemmte, doch das hatte bei meinen dicken Haarbüscheln noch nie gut gehalten. Sie fielen immer wieder nach vorn und ich gab schließlich auf. Meine Schultern sackten ab und ich ließ den Kopf mutlos hängen. »Warum komme ich mir dabei dann wie ein Feigling vor?«, murmelte ich.

Liam strich mir die Haare aus dem Gesicht, fasste sie im Nacken zusammen und band mir einen schmalen Lederstreifen darum. »Weil du dich für uns verantwortlich fühlst. Ich erkenne so viel von deiner Mutter in dir und auch von deinem Vater.«

Meine Mutter. Ich wusste rein gar nichts über sie. Die wenigen Dinge, die Yadiran mir erzählt hatte, waren gelogen. Doch vor mir saß jemand, der sie wirklich gekannt hatte und mir mehr von ihr erzählen konnte.

»Ich werde dir alles an das ich mich erinnere erzählen. Aber erst, wenn wir das hier überstanden haben, und du bist unsere beste Chance, um Hilfe zu holen.«

Ich nickte, obwohl mir bewusst war, dass er damit erreicht hatte, was er wollte. Ich verließ die Insel und nahm nicht aktiv am Kampf teil, doch was blieb mir anderes übrig? Mir war klar, dass er recht hatte. Die Drachen waren die Einzigen, vor denen sich die Rudall Koer fürchteten, besonders jetzt, da sie sich nicht wandeln konnten. Ich drehte mich zum Brunnen, wo Sammir seitlich im Wasser lag und meinen Blick ruhig erwiderte. Ich hätte nur den Arm ausstrecken müssen, um sie zu streicheln, doch das Seehundmädchen war nicht wie Moril. Ich war mir nicht sicher, ob sie mich überhaupt mochte, und der Blick aus den riesigen, dunklen Augen verriet nichts. Ich schluckte. Die Kratzer an ihrer Flanke waren zu hauchdünnen, silbern glänzenden Streifen verheilt. Sie war neben seinen Freunden das wichtigste Wesen auf dieser Welt für Liam und er hatte sie mir anvertraut. »Ich passe auf dich auf«, flüsterte ich ihr zu und drehte mich wieder zu Liam, der mir unsicher zulächelte.

Es dauerte nicht lange, dann hatten sich die Leute im kleineren Innenhof um die Gemüsebeete gesammelt. Zumindest all jene, die hier eine Familie oder Freunde hatten. Ich lief zu ihnen, um Estith und Phaesri Lebwohl zu sagen, doch was ich sah, zerriss mir das Herz. Kinder weinten, als sie sich von Mutter und Vater verabschieden mussten, vielleicht für immer. Manche hielten sich an ihnen fest, verzweifelt und voller Angst, wollten nicht loslassen. Ihr Schluchzen durchsiebte mich, entzog mir Kraft und Mut. Jeder Atemzug fiel mir schwerer. Ich stand im Gang vor dem Hof, blickte wie ein Eindringling durch einen der offenen Säulenbögen auf das Geschehen und fühlte überdeutlich die Last der Schuld. Warum? Warum mussten sie meinetwegen dieses Leid ertragen? Ich war der Grund dafür. Die Rudall Koer wollten mich, um Aine zu befreien. *Ja*, hauchte ich mir selbst zu. *Wie viel Leid werden all die Kinder Emireschas ertragen müssen, wenn die Königin freikommt?* Ihre Seelen waren am wenigsten sicher vor dem Hunger der Ghul.

»Das ist Krieg, mein Kind.« Von mir unbemerkt, hatte sich Estith neben mich gestellt. Hauchzart strich sie mit zitternden Fingern über mein Handgelenk, an dem ich Kemantie trug. Gut verborgen unter meinem Hemdsärmel.

»Du willst kämpfen und du musst es auch. Der junge Heerführer sorgt sich um deine Sicherheit, weil du ihm wichtig bist.« Sie sah mich an und die Milch in ihren Augen schien weißer und dichter als noch vor ein paar Stunden. »Es liegt an dir. Einfach alles liegt an dir, mein Kind. Du wirst entscheiden, ob unsere Welt diesen Krieg überleben wird oder darin untergeht, und Krieg wird es geben.«

Wunderbar, das war genau das, was ich jetzt hören wollte! Nur zu, das Gewicht, das ich trug, war noch nicht schwer genug, begrub mich noch nicht vollends unter seiner Wucht. Jetzt hing auch noch das Schicksal ganz Emireschas an mir. Estith tätschelte mir den Arm. »Du wirst nicht allein sein, Prinzessin, und jetzt schlucke deinen Ärger hinunter und hör mir gut zu.« Sie trat noch einen zittrigen Schritt auf mich zu. Phaesri stand in der Nähe und beobachtete uns, doch sie wahrte Abstand. Die alte Frau griff mein Handgelenk und umschloss Kemantie unter dem Stoff des Ärmels. Das Metall reagierte augenblicklich und erwärmte sich immer mehr. »Nutze seine Magie, es wird dir den Weg weisen. Die Toten werden dem Geisttier nichts tun, sie streben wie wir alle nur nach einem …«

Sie schwieg und sah mich abwartend an, sie wollte meine ungeteilte Aufmerksamkeit, die sie längst hatte.

»Erlösung, sie wollen frei sein.« Sie ließ meinen Arm los. Ein zahnloses, verschmitztes Lächeln breitete sich auf ihren spröden Lippen aus, bis ihr ganzes Gesicht zu strahlen schien. Sie hatte mir gerade einen Ausweg gewiesen. Ich konnte mehr tun als Hilfe holen, ich konnte kämpfen.

Einem Impuls folgend umarmte ich die alte Seherin. »Danke«, flüsterte ich, mit vor Tränen schwerer Stimme. Sie umfing mich mit ihren mageren und zittrigen Armen.

»Dafür bin ich hier«, raunte sie mir ins Ohr. Ich nickte und löste mich von ihr. Phaesri war zu uns getreten und bot ihrer Baba den Arm, damit sie sich wieder stützen konnte. Schweigend sahen wir dabei zu, wie sich Familien voneinander verabschiedeten. Sie hatten sich auf dieser Insel, so gut es ihnen möglich war, ein Leben aufgebaut, waren trotz ihrer Vergangenheit oder gerade deswegen Beziehungen eingegangen, weil sie an eine Zukunft glaubten und nicht einfach aufgeben wollten. Und jetzt waren diese Menschen alles, was zwischen Yadiran und der Ghulkönigin stand. Sie waren bereit, für jene einzustehen, die sie verurteilt und zur Strafe in die Verbannung geschickt hatten. Ihr Kummer war der Preis, den wir zahlen mussten. Ich sog jede Träne ein, jedes Schluchzen und Zittern umfing ich und barg es in meinem Herzen, das holpernd weiterpochte und sich dank Estith nicht mehr ganz so schwer anfühlte. In diesem Moment schwor ich mir, dass ich alles tun würde, um ihnen so gut es ging beizustehen und dafür zu sorgen, dass so viele Mütter und Väter wie möglich zu ihren Familien

zurückkehren konnten. Und ich wusste auch wie, obwohl sich beim Gedanken daran mein Magen zusammenkrampfte. Ich war bereit dafür, einen Pakt mit dem Monster einzugehen.

»Sieh hin, Schlachtenlenker. Unser wahres Gesicht zeigt nur der Spiegel, durch den wir uns selbst betrachten.«

Vilgos Zorn schlug ihm beim Abstieg in den Frachtraum entgegen. Eine Woge aus stechendem Schweiß und sauren Gerüchen. Angst und Panik, die eindeutig auch vom Waffenschmied und seiner Familie ausgingen. Die beiden Wachen nickten ihm grimmig zu, als er auf seinen Stellvertreter zutrat, der lässig an der Wand lehnte und seinen forschenden Blick stur erwiderte.

»Ich hoffe, du hast dich wieder im Griff. Wir haben Mongana erreicht.« Vilgo nickte, machte aber keine Anstalten, sich von der Stelle zu bewegen. Yadiran tobte innerlich, ließ sich jedoch nichts anmerken. Die dunklen Augen des Sylphen nahmen jede noch so kleine Schwäche wahr und beobachtete sie mit derselben Aufmerksamkeit wie sein Geisttier im Käfig. »Die Königin wartet bereits voller Ungeduld auf unsere Ankunft.« Lächelnd blickte er zu dem Sylphen. »Flee und der junge Heerführer des Königs sind hier.«

Der Krieger reagierte nicht so, wie Yadiran es sich erhofft hatte. Aufrecht, eine Spur zu stolz und vollkommen reglos saß er auf den Holzplanken und starrte ihn einfach weiter an. Er hätte ihm die Arroganz gern aus dem Körper geprügelt. Doch stattdessen wandte er sich wieder Vilgo zu. »Sie haben Zuflucht bei den Gaunern gefunden, die hier leben. Eine Horde Diebe, Lügner und Mörder. Sie sollten kein Hindernis darstellen, zumal uns Aine Hilfe schicken wird. Wir ergreifen Flee und befreien unsere Königin. Noch vor dem Sonnenuntergang ist die Drachenprinzessin tot und unsere Rache nimmt ihren Anfang. Den Sylphen und Flees Freunde nutzen wir als Druckmittel.« Ein Wimmern aus der anderen Ecke zog seine Aufmerksamkeit für einen kurzen Moment auf die Familie des Schmieds.

»Ihr seid nichts anderes als Bestien in Menschengestalt!«, zischte Flees kleine Freundin. Die Schwäche und Anstrengung waren ihr deutlich anzusehen. Das Gesicht des Mädchens war bleich, die Wangen eingefallen und ihre Augen von dunklen Schatten umrandet. Trotzdem richtete sich das Mädchen unter seinem Blick auf, reckte das Kinn und sah ihn unbeirrt an. »Sie liebt Euch! Ihr seid der einzige Vater, den sie kennt. Ihr habt sie großgezogen, habt in ihrer kindlichen Liebe gebadet und jetzt wollt Ihr Eure Tochter töten? Wie grausam und kalt muss ein Herz sein, um solch ein Verbrechen zu begehen. Ich kann nicht einmal sagen, dass ich hoffe, sie tötet Euch zuerst, denn ich weiß, wie sehr sie Euch liebt, und ich ahne, was mit ihr geschieht, wenn Ihr sie dazu zwingt. Ich wünsche Euch schlimmeres als den Tod!«

Yadiran lachte kurz auf. »Ich verstehe, warum ihr zwei befreundet seid. Ihr teilt dasselbe Temperament. Mir liegt nichts an dem Drachenmädchen, ihr dagegen viel an dir. Ich bin gespannt, wie wichtig du ihr wirklich bist. Wir wissen es, wenn Vilgo dir mit meiner Erlaubnis ein Messer in die Kehle rammt, um sich anschließend an deiner Seele zu nähren.« Der verzweifelte Aufschrei ihrer Eltern hallte durch den Frachtraum, während ihr Bruder sich schützend vor das Mädchen schob und ihn hasserfüllt anstarrte.

»Sieh hin, Schlachtenlenker. Unser wahres Gesicht zeigt nur der Spiegel, durch den wir uns selbst betrachten.« Mit dem Fuß kickte der Junge einen Schild in seine Richtung, der neben einem Säckeberg und Fässern lag. Es war der Schild des Sylphen. Die Innenseite blank poliert, am Rand waren sylphische Worte eingraviert. »Betrachtet Euch ganz genau darin, Yadiran. Eure Überheblichkeit wird Euer Untergang sein.«

Es war nur ein flüchtiger Blick, in dem er das verzerrte Gesicht eines Mannes sah, dessen Züge sich vergrämt und voller Leid darin spiegelten. Seine Züge. Er hatte auf die Worte des Mädchens nur aus einem Grund so heftig reagiert: weil sie etwas in ihm rührten. Weil sein Herz einen schrecklichen Augenblick lang zu holpernd und zu schnell geschlagen hatte. Weil ihre Worte ihn nicht kalt ließen, und jetzt hatte er ihr Vilgo auf den Hals gehetzt, um sie zum Schweigen zu bringen, genauso wie sein verräterisches Herz, das nur eine Liebe kennen sollte, die Liebe zu seiner toten Familie. Vehement stieß er den Schild von sich. Er würde dieser Schwäche nicht nachgeben. Auf dem Deck erklangen die Kampfschreie seiner Männer. Yadiran sah zu Vilgo.

»Holen wir uns unsere Königin zurück.«

Mit unermüdlichem Eifer und dem Willen zum Sieg

Auf einem Felsvorsprung über dem Strand liegend beobachteten wir, wie die Rudall Koer in mehreren großen und zwei kleineren Beibooten an Land ruderten und schließlich die Insel betraten. Fleryas Finger krampften sich um meine, als wir gemeinsam mit Navarion und Jeteff die schwer bewaffneten Krieger beobachteten. Ich erwiderte den Druck ihrer Hand, der mich vermutlich mehr beruhigte und erdete als das Mädchen, dessen Verzweiflung immer noch greifbar war. Denn sie kannte jeden einzelnen Mann und jetzt kamen sie, um sie zu töten. Ihre Absicht war kaum zu übersehen. Jeder Mann trug mehrere Schwerter, Dolche, eine Axt oder Bogen und Pfeile bei sich.

»Das ist keine Streitmacht, das ist eine verdammte Todesschwadron«, knurrte Jeteff und er hatte recht. Da war ein Krieger größer und kräftiger als der andere. Zum Teil verschwammen ihre Bewegungen vor meinen Augen, so schnell führten sie diese aus. Ein sichtbares Zeichen für die Seelen, die sie geraubt hatten.

»Da ist er«, murmelte Navarion. Yadiran sprang aus einem der Boote. Der Schlachtenlenker war nicht zu übersehen. Ihn umgab eine Aura aus Arroganz, Macht und der Gewissheit, hier als Sieger hervorzugehen. Er war einen guten Kopf größer als alle anderen und strotzte nur so vor Kraft.

»Meine Güte, was hat der Kerl geschluckt, um so auszusehen?«, murmelte Navarion neben mir.

»Seelen«, entgegnete Jeteff trocken. Flerya zuckte bei seinen Worten zusammen.

»Er war schon als Kind immer größer und kräftiger als alle anderen«, verteidigte sie ihn. Jeteff schwieg, das rechnete ich ihm hoch an, doch der Blick, mit dem er Flee betrachtete, sagte mehr, als tausend Worte es könnten. Hinter Yadiran betrat der junge Krieger, der Flerya beim Beltainefeuer begleitet und gerettet hatte, die Insel. Er war nicht viel älter als ich und seine Augen waren genauso sorgenumschattet wie meine. Er sah sich aufmerksamer um als die anderen Rudall Koer. Während den meisten gespannte Erwartung im Gesicht stand, schien er zu hoffen und zu bangen.

Flees ganzer Körper stand unter Spannung, als sie die beiden ansah. Der Pulsschlag an ihrem Hals raste genauso heftig wie ihre Atemzüge. Tränen stahlen sich in ihre Augen, liefen ihr über die Wangen und tropften auf die Steine unter uns, wo sie dunkle Kreise bildeten. Unendlich viele Emotionen huschten über ihr zartes Gesicht. Zuneigung, Wärme, Verzweiflung, Trauer und Wut. Sie schluchzte, atmete tief ein und wischte sich unsanft mit zitternden Händen die Tränen weg. Sie schien vor meinen Augen auseinanderzubrechen und ich konnte nichts weiter tun, als neben ihr zu liegen und hilflos dabei zuzusehen.

So gern ich es auch wollte, ich konnte ihr den Schmerz nicht nehmen, konnte ihr nicht ersparen, was vor ihr lag. Neben Yadiran sprang der Ghul, der Dagal am Fluss überwältigt hatte, aus dem Boot. Er zog es ohne Mühe auf den steinigen Strand, in dem Boot saßen gefesselt und geknebelt mein Freund Dagal zusammen mit vier weiteren Gefangenen, bei deren Anblick Flerya keuchte und beinahe aufgesprungen wäre. Im letzten Moment zog ich sie zurück und drückte sie mit der freien Hand auf ihrem Rücken zu Boden, wobei sie vor Schmerz leicht wimmerte, weil ich dabei ihrer Schulter zu nah gekommen war.

»Sie dürfen dich nicht sehen«, murmelte ich und zog die Hand zurück, sobald ich mir sicher war, dass sie in Deckung blieb. Flee ließ meine Hand los und nickte flüchtig.

»Neslin, Thilo«, flüsterte sie. »Er hat meine Freunde in seiner Gewalt.«

»Nicht nur deine«, knurrte ich. Meine Erleichterung darüber, dass Dagal am Leben war, hielt nicht lange an. Es gab nur einen Grund für Yadiran, Gefangene mitzubringen, vor allem welche, die uns etwas bedeuteten: Er hatte vor, sie gegen uns zu verwenden, und mir graute davor, dass ich mich zwischen meinem Freund und dem, was nötig war, um den Schlachtenlenker aufzuhalten, entscheiden musste. Zum Glück blieb Flee wenigstens das erspart. Sie war nicht lange genug auf der Insel, um das alles mitzuerleben.

Dagals Geisttier Tasar flatterte wild mit den Flügeln in einem Käfig und stieß einen Ruf nach dem anderen aus, auf den Sammir und Moril bald auf ihre Weise antworteten.

»Wir bleiben bei unserem Plan, Flee. Du musst Hilfe holen, um unsere Freunde werden Navarion und ich uns kümmern.«

»Aber …«

Ich sah ihr fest in die Augen. »Ich verspreche dir, dass ihnen nichts geschehen wird. Ich sehe, wie wichtig sie dir sind, und werde alles dafür tun, um sie zu befreien und in Sicherheit zu bringen.«

Sie schluckte schwer, starrte zum Boot, in dem ihre Freunde gefesselt und gut bewacht festsaßen. Ich sah, wie sie mit sich rang. Jetzt musste sie mit sich klären, ob sie mir genug vertraute, und ich wartete angespannt auf ihre Entscheidung, die so viel mehr für mich bedeutete. Dieses Mädchen hatte jemanden verdient, auf den es sich verlassen konnte, jemand der ihrer wert war, und derjenige wollte ich sein.

»Ich enttäusche dich nicht«, flüsterte ich und schluckte nun meinerseits krampfhaft.

Sie schloss die Augen und ließ den Kopf auf ihre Hand sinken, die sie verzweifelt auf den Felsen presste. Schließlich nickte sie. »Bitte, ihnen darf nichts geschehen.« Sie hob den Kopf und deutete auf den Ghul mit der Narbe im Gesicht. »Das ist Vilgo, Yadirans Stellvertreter, und neben dem Schlachtenlenker der Gefährlichste von allen. Er ist ein Bluthund.«

Ich nickte. Es war nicht direkt Angst, die ich in ihrer Stimme hörte, doch wie sie über diesen Mann sprach und dabei das Gesicht verzog, sagte mir, dass Yadiran nicht ihr einziges Problem war.

»Ziehen wir uns zurück, bis sie sich vom Strand wegbewegen. Sobald du in einem der Boote sitzt, werden Navarion und ich durch den Geheimgang zurück zur Feste gehen.«

Sie nickte, machte aber keine Anstalten, sich von der Stelle zu rühren. Im Gegenteil, sie sah aus, als ob sie am liebsten zu ihm gerannt wäre, um sich in seine rettenden Arme zu stürzen. So wie es in der Welt, die dieser Dämon ihr bis jetzt vorgegaukelt hatte, sein sollte.

»Flee«, flüsterte ich ihr zu. »Er ist hier, um dich zu töten.« Wieder zuckte sie zusammen, als hätte ich sie noch einmal geschlagen. Flerya presste beide Hände auf ihren Mund. Sie kniff die Augen zu und schluchzte so heftig, dass ich Angst bekam, die Ghul könnten sie hören und uns entdecken. Ihre Verzweiflung war so greifbar, dass ich wegsehen musste, um nicht mit in den Abgrund gerissen zu werden, in den dieses Mädchen gerade stürzte. Ich sah zu Navarion, der meinen Blick besorgt erwiderte, während Jeteff die Ghul taxierte und die Axt in seiner Hand so stark umklammerte, dass seine Hände ganz weiß waren. Brodelte

Hass in seinen Augen oder sah ich Sehnsucht darin? Ich war nicht so dumm, ihm zu vertrauen. Die Einzigen, denen ich wirklich vertraute, waren Navarion, Dagal und mein König. Bei Flerya wünschte ich mir so sehr, dass ich es könnte. Ich wünschte es mir, doch die Wunden, die Yadiran ihr zugefügt hatte, waren zu frisch, sie bluteten und er schaffte es, ihr neue Schnitte in die Seele zu reißen.

»Nach allem, was er dir angetan hat, liebst du ihn noch immer.« Ich sah sie nicht an, weil mich der tiefe Schmerz in ihrem Gesicht nicht klar denken ließ.

»Kinder lieben ihre Eltern bedingungslos. Es ist die reinste Liebe, die es gibt auf dieser Welt.« Ihre Stimme brach. Flee räusperte sich verhalten. »Ich weiß, was er getan hat. Das weiß ich, aber mein Herz sehnt sich trotzdem nach der einzigen Familie, die ich kenne. Das kann ich nicht einfach abstellen. Ich erwarte nicht, dass du das verstehst.«

Ich wollte ihr widersprechen, wollte sagen, dass ich sehr wohl verstand, doch wenn ich ehrlich war, dann war ich dafür zu bodenständig. Für mich war klar, sie war lediglich eine Gefangene, die nicht wusste, dass sie in einem Gefängnis gelebt hatte. Jetzt, wo sie es wusste, sollte sie wütend sein. Verdammt, ich war es! Ich kochte vor Zorn auf diesen Mann und ich war nicht einmal derjenige, dem er das alles angetan hatte! Aber anstatt Wut zu empfinden, liebte sie ihn und er war der letzte Mann auf dieser Welt, dem ich diese Liebe gönnte!

Flee spürte meinen Ärger. Unerwartet lag ihre Hand auf meiner. »Ich

weiß, welche Seite die richtige ist, Krieger, und ich werde alles tun, um ihn aufzuhalten. Die Königin wird ihr Verlies nicht verlassen.«

Ich hob den Blick und begegnete dem Feuer in ihren Augen. Kurz öffnete ich den Mund und klappte ihn doch wieder zu, ohne ein Wort zu sagen. Mein Groll hatte einen anderen Grund, aber ich ließ sie in dem Glauben, dass es mir um unsere Sicherheit ging. Egal, was ich sagte, es würde alles nur noch komplizierter machen und das konnten wir jetzt am wenigsten brauchen. Ich nickte und Flee kroch langsam auf dem Bauch rückwärts, darauf bedacht, keinen Steinschlag am Abhang unter uns zu verursachen. Wir folgten ihr und kauerten uns neben sie in den Höhlenspalt über dem Strand, der uns genug Deckung bieten sollte, um nicht von den Ghul entdeckt zu werden.

Schweigend und in unsere eigenen Gedanken vertieft warteten wir. Jeteff drängte sich dicht an die Felswand und umklammerte noch immer krampfhaft seine Axt. Er war nervös und obwohl er versuchte, es sich nicht anmerken zu lassen, roch ich seine Angst förmlich. Er stank danach. Navarion kniete am Rand des Spaltes und ließ den Strandabschnitt unter uns nicht aus den Augen. Auch er war angespannt, doch wir waren ein eingespieltes Team. Jede Reaktion, jede Bewegung war mir vertraut. Deshalb wusste ich auch, ehe er etwas sagte, dass wir aufbrechen mussten.

»Es ist so weit«, flüsterte ich Flerya und Jeteff zu.

»Wie viele Wachen?«, fragte ich Navarion.

Er sah zu Flee und rutschte dicht an mich heran. »Acht Ghul«, raunte er. Verdammt. Es war klar, dass Yadiran Wachposten bei den Booten ließ, aber das waren sogar mehr, als ich eingeteilt hätte, und ich war unter meinen Männern als derjenige bekannt, der lieber vorsorgte.

»Ich habe es dir gesagt«, brummte Flee. »Er überlegt immer, was seine Gegner planen könnten, und sichert sich gegen jede mögliche Gefahr ab. Wie, glaubst du, konnten wir uns so lange vor deinen Spähern verstecken?« Sie zog ihre Waffe aus der Schwertscheide. »Ich habe dir ebenfalls bereits gesagt, dass ich kein Zuckertäubchen bin. Ich trage dieses Schwert nicht zur Zierde mit mir herum.« Mit einem hitzigen Blick warnte sie mich davor, ihr zu widersprechen.

Knurrend folgte ich ihr ins Freie. Sie tat eh, was sie wollte und wenn ich versuchte, sie aus dem Kampf rauszuhalten, würde sie sich nur noch energischer hineinstürzen. Es war zum Verzweifeln mit diesem Weib! Zähneknirschend folgte ich Jeteff, der uns seitlich den Hang hinabführte. Dass wir uns ihm dabei so sehr auslieferten, war mir alles andere als geheuer, aber er kannte das Gelände besser als wir und war unsere beste Chance, ungesehen an den Strand zu kommen, um die Wachen zu überraschen.

Am Ufer spähte ich um die Felskante, die uns vor den Blicken der Ghul schützte. Sammir glitt bereits bei den Booten lautlos durchs Wasser. Sie war mein Trumpf, denn auch ohne dass sie sich wandelte oder ich meine Kräfte nutzen konnte, war sie ein mehr als geschickter Jäger. Vier der Ghul saßen in den Booten und unterhielten sich leise, während die anderen aufpassten und die Umgebung nicht aus den Augen ließen. Um sie zu überrumpeln, brauchten wir eine Ablenkung. Zum Glück hatte Sammir das ebenfalls erkannt. Ihr Kopf lugte ein Stück aus dem Wasser, und als sie mich ansah, wusste ich, dass sie verstanden hatte. Eilig tauchte sie unter und ich drehte mich zu den anderen um. Sie hatten ihre Waffen gezogen. Ich nickte ihnen zu.

»Wir müssen schnell und leise sein«, flüsterte ich. Dann schlug Sammir gegen den im Wasser treibenden Rumpf eines der leeren Boote. Sofort sprangen die Ghul im anderen Boot auf. Der nächste Schlag, an einer der Barken, folgte sogleich. Ich glaubte zu wissen, was gerade in den Köpfen der Ghul vor sich ging. Sie hatten das Leichenfeld auf dem Wasser durchquert, hatten die toten Körper ebenfalls gesehen, die nicht so leblos waren, wie sie sein sollten. Ich grinste. Das Grauen war ihnen anzusehen und ihre aufgebrachten Stimmen verrieten mir, dass ich richtiglag. Noch ein Hieb. Sie waren vollkommen abgelenkt, kein Einziger sah mehr zur Insel, alle starrten auf die Boote, die sich unter den Schlägen leicht aus dem Wasser hoben. Ich winkte. Zügig und leise schlichen wir uns an die Wachen heran, die uns erst bemerkten, als wir nur noch wenige Schritte entfernt waren. Mit einem gezielten Schlag in den Bauch tötete ich den, der mir am nächsten stand. Der Mann sackte mit einem Röcheln auf den steinigen Strand. Sofort sickerte Blut über das Geröll unter ihm und versank im Boden. Die Übrigen zogen vor Wut knurrend ihre Schwerter. Metall traf auf Metall. Das Klirren überzog den ganzen Strandabschnitt. Zu meinem Entsetzen stürzten sich sofort drei der Männer auf Flerya.

»Da wird sich Yadiran aber freuen, wenn wir ihm das Täubchen präsentieren«, lachte einer.

»Flee!« Ich versuchte zu ihr zu kommen. Zwei Ghule stellten sich zwischen uns. In einem mörderischen Tempo ließen sie ihre Schwerter auf mich niederprasseln.

»Ihr müsst euch schon ein bisschen mehr Mühe geben«, hörte ich Fleryas neckende Stimme. *Ist sie verrückt, die Kerle auch noch zu reizen?!*

Ich drehte mich, wand mich um die beiden Ghul, beobachtete aus dem Augenwinkel, wie das kleine zierliche Mädchen sich gegen drei Männer verteidigte und einen mit einem gezielten Schnitt am Hals tötete. Blut lief dem Mann über die Haut. Er griff sich noch an die Wunde, wollte die Blutung stoppen, doch er sackte in die Knie. Flee trat nach ihm und hielt die beiden anderen mit ihrer Waffe auf Abstand. Sämtliche Luft entwich seiner Kehle, als sie ihn mit Wucht am Brustkorb traf und er nach hinten wegkippte. Der Mann blieb liegen und ich bezahlte meine Unaufmerksamkeit mit einem Schwerthieb, der mir eine Schnittwunde am Oberschenkel einbrachte. Ich fluchte.

Die Wunde war nicht tief genug, um mich ins Straucheln zu bringen, aber sie brannte trotzdem höllisch. Dafür stachelte mich die Wut über meine Nachlässigkeit an. Ich sprang zur Seite, als einer der Ghul mit dem Schwert nach mir hieb, parierte den Schlag und zog dem Mann die Spitze meiner Waffe über den Oberkörper. Gellend schrie er auf, ehe er leblos zusammensank. Ich hob das Schwert des Toten auf und starrte den anderen herausfordernd an. Noch standen wir alle und kämpften. Navarion und Jeteff hatten die Wachen ebenfalls ausgedünnt. Wir rangen Mann gegen Mann, nur Flee musste sich weiterhin gegen zwei verteidigen. Mit einem wütenden Aufschrei sprintete ich über das lose Geröll zu ihr, verfolgt von einem zornigen Ghul, dessen Axt mich nur knapp verfehlte. Ich spürte den Luftzug, hörte den sausenden Wind, als die Klinge an meinem Ohr vorbeisauste. Scheppernd prallte sie an einem Felsbrocken vor mir ab. Funken sprühten in der Luft. Ich ließ mich fallen, rollte mich ab und griff nach der Axt. Noch während ich mich wieder aufrichtete, schleuderte ich sie auf den Ghul, der Flee gerade mit einem Schlag ins Gesicht ins Straucheln brachte und sie anschließend mit dem Arm gegen ihre Kehle von hinten würgte. Sie japste nach Luft, röchelte. Die Klinge bohrte sich tief in seinen Rücken. Der Mann stöhnte auf, sein Griff um Flees Hals gab nach. Sie hieb ihm ihren Ellbogen in den Magen und er fiel, ohne sich noch einmal zu rühren, direkt in die Axt, die sich damit noch weiter in ihn hineinbohrte. Ich duckte mich unter dem nächsten Schlag einer der Wachen

weg und griff den Ghul an, der Flee noch immer traktierte, zwang ihn, von ihr abzulassen.

»Geh!«, schrie ich sie an. »Geh und hol Hilfe, wir kommen zurecht.« Sie zögerte, wollte uns nicht allein lassen, doch Sammirs Ruf riss sie aus ihrer Unentschlossenheit. Strauchelnd rannte sie ins Wasser zu einem der kleineren Boote.

»Warte, Mädchen!« Jeteff warf ihr einen Gegenstand zu, den Flee geschickt auffing. »Immer Richtung Westen!« Ein Kompass. Sie musterte ihn kurz, nickte Jeteff zu und rannte weiter. Aus dem Augenwinkel beobachtete ich, wie sie das Boot ins Wasser zog, hineinkletterte und Sammir das Tau entgegenhielt, um das mein Seehundmädchen bettelte. Eine Wassersäule baute sich vor dem Bug auf und Flerya wurde nach hinten auf den Boden geworfen, als Sammir das Boot mit ganzer Kraft aufs Meer hinauszog.

»Passt aufeinander auf«, flüsterte ich und streckte die beiden letzten Ghule mit einigen schnellen Schwerthieben nieder. Schwer atmend standen Navarion und Jeteff neben mir. Um uns herum lagen die toten Wachen.

»Wenigstens ist Kemantie jetzt nicht mehr in Reichweite von Yadiran«, sagte Jeteff.

Überrascht sah ich ihn an. »Seit wann weißt du, wer Flee ist?«

»Von Anfang an.« Er grinste. »Sie ist eine grottenschlechte Lügnerin. Du dagegen hast dieses Wort wohl erfunden.« Er blickte zum Boot, das die Barriere beinahe erreicht hatte. »Zumindest ist die Prinzessin fürs Erste in Sicherheit. Du hast dein Ziel erreicht und immerhin – vielleicht schafft sie es ja rechtzeitig, ihren Vater zu holen.«

»Wer bist du, Jeteff?«

Er hob die Schultern, antwortete aber nicht.

»Ich finde es heraus und auch, ob du für oder gegen uns bist.«

Ich hörte sein freudloses Lachen. »Ich stehe auf keiner Seite, nur auf meiner eigenen, Krieger.« Damit verriet er mir, was ich wissen wollte. Ich konnte mich nicht auf ihn verlassen. Nicht auf ihn und nicht auf die anderen Gefangenen. Navarion und ich waren allein. Das sah alles andere als gut für uns aus.

Ich blickte ihnen nach, den beiden Mädchen, die mir mehr bedeuteten, als sie sollten, und verabschiedete mich still von ihnen.

»Wie sollen wir diese Übermacht besiegen?« Jeteff kratze sich am Kopf.

Ich starrte aufs Meer. »So wie alle großen Schlachten geschlagen werden. Mit unermüdlichem Eifer und dem Willen zum Sieg.«

Rette uns, flüsterten sie mir zu.
Immer wieder: Rette uns

Sie standen am Strand und sahen mir nach. Ein Wunder, dass sich dieses Boot trotz des Gewichts meines schlechten Gewissens über Wasser hielt. Ich fühlte mich bleischwer. In meiner Brust saß ein stolpernd pochendes Herz, das sich in diesem Moment vollkommen fremd anfühlte. Selbst der Drache in mir wollte nicht gehen, drängte zurück zur Insel, so wie ich, doch ich hatte Liam versprochen, Sammir sicher durch das Leichenfeld zu bringen und ich hielt meine Versprechen. Immer.

Das Seehundmädchen schwamm, als wäre ein ganzes Rudel Ghul hinter uns her. Sie zog das schwere Boot ohne Mühe durchs Wasser. Gischt bauschte sich vor dem Bug auf und Wasser plätscherte am Holz entlang. Die Gestalten am Inselrand sah ich nur noch als dunkle Silhouetten. Immer enger zog sich meine Kehle zusammen. Ich nahm kaum wahr, dass wir die Barriere durchquerten, bis Sammir das Seil jäh losließ. Sie glitt in einem Bogen um mich herum und schoss schließlich wie ein Blitz unter der Oberfläche auf mich zu. Kurz bevor sie das Boot rammte, sprang sie hoch, eine Fontäne aus Wasser um sich herum, und landete direkt in meinen Armen. Die Wucht zerrte mich rückwärts von der Planke und ich krachte unsanft mit dem Rücken auf den Boden. Brennender Schmerz jagte mir durch die verletzte Schulter, als ich gegen den Rand schlug. Ich keuchte und biss die Zähne zusammen. Schwer atmend und mit geschlossenen Augen blieb ich liegen, bis der Schmerz nachließ und ich eine kühle und nasse Schnauze an meiner Wange spürte. Sie saß mit ihrem ganzen Gewicht auf meiner Brust und ich konnte kaum atmen. Ihre Tasthaare kitzelten meine Haut.

»Das war nicht abgesprochen, Sammir«, keuchte ich und öffnete die Lider. Zwei riesige, dunkle Kulleraugen starrten mich an und in diesem Blick lag so viel Sanftmut, dass ich noch einmal schwer schluckte.

»Ihr Geisttiere seid ganz schön heimtückisch«, murmelte ich. »Ihr wickelt einen in Windeseile um den Finger.« Ich richtete mich ein wenig auf, ohne dabei meine Schulter zu sehr zu belasten. »Könntest du von mir runtergehen? Du bist nicht unbedingt leicht.« Sie stieß einen Heuler aus, der sich beinahe wie Gelächter anhörte, und kugelte zur Seite. Erleichtert atmete ich aus und setzte mich vorsichtig auf. Meine Schulter brannte noch immer, auch wenn es deutlich besser war. Sammir robbte unter eine der Querbänke, wo sie ein wenig Schatten fand, und ich schnürte die Seile auf, die das Segel am Mast hielten, zog daran und band sie an einem Metallring am Boden fest. Dann setzte ich mich ans Heck, umklammerte den Ruderstock und versuchte, mit dem Kompass, den Jeteff mir gegeben hatte, Richtung Westen zu segeln. Immer wieder sah ich zurück, bis die Insel am Horizont verschwand. Unter der Wasseroberfläche umkreisten Leichen das Boot. Nein, sie umrundeten es nicht, sie schwebten im Wasser, glitten hindurch und starrten dabei aus leeren Augenhöhlen zu mir nach oben. Ich fröstelte unter ihrem Blick, versuchte nicht hinzusehen, das gelang mir allerdings nur schwer, denn so unheimlich sie auch waren, etwas zog mich zu ihnen.

Ich seufzte und sah zu Sammir, die friedlich schlummerte und die Gestalten um uns nicht wahrzunehmen schien.

Oder sie hatte beschlossen, das alles zu ignorieren, um nicht verrückt zu werden. Schließlich hatten diese Toten das Geisttier schon einmal verletzt. Was hinderte sie daran, es wieder zu tun und mich gleich mit in die Tiefe zu zerren? Oh weh, ich rieb mir über das Gesicht und schüttelte den Kopf, um die Gedanken loszuwerden, die wie Harz an mir klebten und mich in eine gefährliche Richtung lenkten. Ich fixierte den Kompass und konzentrierte mich auf den Horizont, um nicht auf die Gestalten im Wasser zu achten. Wie lange brauchten wir, um das Feld zu durchqueren? Wenn der Wind so lau blieb, dann sicher Stunden. Zu lange, um umzukehren und den Menschen auf Mongana noch helfen zu können. In ein paar Stunden war alles vorbei; wenn ich zu spät kam, was erwartete mich dann? Mein Gefühl sagte mir, dass Liam, Navarion und alle anderen das Schicksal dieser Geister im Meer teilen würden. Ich durfte nicht zu spät kommen.

Eine Bewegung im Wasser schreckte mich auf. Nah beim Boot und dicht unter der Luftgrenze glitt eine große Gestalt durch das salzige Wasser. Zu nah für meinen Geschmack und eindeutig zu groß. Sammir regte sich ebenfalls unruhig und jaulte mehrmals auf. Der Schemen streifte das Boot unter der Oberfläche. Das verursachte ein schreckliches Kratzen auf dem Holz und entlockte mir einen Schrei. Plötzlich wärmte die Sonne nicht mehr, der flaue Wind schien kälter und das Wasser dunkler als zuvor. So dunkel, dass kein Sonnenlicht über die Wellenbewegungen mehr glitzerte und dann hörte ich ihr Flüstern. Nicht mehr als ein Raunen im Lufthauch.

»*Rette uns*«, flüsterten sie mir zu. Immer wieder: »*Rette uns.*«

Wieder schlug die Gestalt gegen den Bootsrumpf und ich schrie erneut auf. Hastig krabbelte ich zu Sammir und schlang ängstlich die Arme um den Seehund. Wir trieben auf dem Meer, ohne Wind, und die Ruder wollte ich nicht ins Wasser lassen, solange diese Kreaturen so dicht an uns vorbeiglitten. Wieder ein Ruck, der das ganze Boot erschütterte und zum Wanken brachte.

»Hört auf!«, schrie ich sie an. »Hört auf, ich kann euch nicht retten. Wie soll ausgerechnet ich euch helfen?« Und dann sah ich die Kreatur, den Schatten eines Drachen oder das, was von ihm übrig war. Beim Anblick der zerfetzten Haut und Flügel rang ich nach Luft. Dutzende trieben im Wasser. Ihre Leiber tot, aber die Seelen noch immer gefangen in den zerfledderten und geschundenen Körpern. Unzählige Seelen, als hätten die Banshee sie vergessen. Die Todesfeen vergaßen niemals einen Reisenden, was bedeutete, jedes einzelne Wesen hier war aus Avalon verstoßen. Verbannt, wie die Gefangenen auf Mongana.

»Der Ort, an dem alles begann. Rette uns, Drachenmädchen.« Noch ein Schlag, diesmal so heftig, dass das Boot kippte und ich mit Sammir schreiend ins Wasser fiel. Wild ruderte ich mit den Armen, spürte die Wasserwirbel, die der tote Drache mit seinen zerfetzten Flügeln um mich aufstob. Etwas berührte mich an den Beinen. Vor Panik schluckte ich Wasser und kreischte gellend auf.

Angsterfüllt versuchte ich ins Boot zurückzuklettern, rutschte aber immer wieder an der Kante ab. Sammir jaulte neben mir, nicht weil sie angegriffen wurde, denn die Toten blieben, bis auf den gewaltigen Drachen, auf Abstand. Sie jaulte, weil sie meine Furcht spürte. Ich atmete zu hastig, schien nur noch aus meinem wild pochenden Herzen und der Angst zu bestehen, die mich nicht klar denken ließ. Jedes Mal, wenn der Drache mich berührte, schrie ich auf.

»Nein, lass mich! Lass mich in Ruhe!«

Doch alles, was ich fühlte, waren unendliche Kälte, Einsamkeit und Verzweiflung, die von ihm ausgingen und mir durchs Herz jagten. Diese Seelen litten, sie litten so schrecklich. Ich kämpfte gegen die Panik an. Wenn sie mir schaden wollten, hätten sie es längst getan. Doch sie blieben weiter auf Abstand und ihr Leid, das mit jeder Meereswelle über mich schwappte, half mir dabei, die Angst einzudämmen.

»Rette uns. Finde die Quelle«, flüsterten sie noch einmal. Dann endlich zog ich mich schwer keuchend ins Boot und sah zu Sammir, die noch immer im Wasser schwamm.

»Komm schnell, Sammir.« Ich winkte ihr zu, doch das Geisttier blickte stur nach Westen und schien es nicht eilig zu haben, aus dem Wasser zu kommen. Sie schien keine Angst vor den Toten zu haben. Sammir stieß eine Reihe Heuler aus und ich folgte ihrem Blick. Ungläubig starrte ich auf das Todesfeld, in dem sich plötzlich ein Korridor bildete. Eine Schneise, durch die Sammir unbehelligt hindurchschwimmen konnte. Sie sah mich an und ich nickte.

»Geh und hol den Drachenkönig, Sammir.« Sie schwamm zum Boot, hob ihren kleinen Kopf aus dem Wasser und stupste mich mit der nassen Schnauze an den Fingern, die ich krampfhaft um den Rand klammerte. »Pass auf dich auf«, flüsterte ich ihr zu. Ich hatte Angst um Sammir, weil sie Liam so wichtig war. Ihm wollte ich diese Art Schmerz ersparen. Verlustschmerz. Er hatte ihn schon einmal erlebt, das sollte sich nicht wiederholen.

Sammir schwamm einen Kreis um mich und klatschte mit ihren Flossen eine Fontäne Salzwasser ins Boot. Ich lächelte, als sie noch einmal auftauchte und ich ihr übers vollkommen glatte und weiche Silberfell strich, dabei öffnete sie immer wieder die kleinen Nasenlöcher und sah mich so traurig an, dass ich krampfhaft schlucken musste.

»Was ist?«, murmelte ich. Ihr Blick bohrte sich in meinen, doch ich war nicht Liam. Sie war nicht mein Geisttier. Für mich blieb Sammir ein Seehund, zwar klug und aufgeweckt, mit mehr Verstand und Kraft, als es ein Tier haben sollte, aber dennoch nur ein Seehund. »Na los«, murmelte ich.

Sammir stieß ein lang gezogenes Bellen aus, dann tauchte sie unter und glitt so schnell durch die Schneise, die sich gebildet hatte, dass ich sie nach wenigen Sekunden schon nicht mehr sehen konnte. Im nächsten Moment ruckte das Boot. Ich fiel beinahe und klammerte mich am Rand fest wie eine Ertrinkende. Der tote Drache lehnte mit dem Schädel aus Haut und Knochen am Heck und trieb das Boot mit unglaublicher Geschwindigkeit voran. Wind pfiff mir um die Ohren und kühlte mich in meinen nassen Kleidern aus. Ich zitterte, traute mich aber nicht, den Rand loszulassen, um mich zu wärmen. Unter mir tropfte Salzwasser auf die Planken.

Ich schloss die Augen und versuchte nicht daran zu denken, dass da gerade ein gewaltiger toter Drache das Boot bewegte. Trotzdem schlug mir das Herz bis zum Hals und ich spürte neben der Kälte und dem steten Pochen in meiner Schulter wieder Panik, die nach mir griff. Wie nur sollte ich die Angst, die Yadiran mir vor diesen Kreaturen eingeschärft hatte, überwinden? Ich fühlte sie tief unter der Haut, wie ein Fremdkörper, ein schmerzhafter Dorn im Drachenherz. Sie kochte in meinen Gedanken, floss wie Gift durch meine Adern. Wie konnte ich etwas überwinden, das mein ganzes Leben lang Realität war? Yadirans Variante der Wahrheit, die ich nun abstreifen musste wie zu eng sitzende Kleidung. Doch was, wenn ich bereits zu sehr damit verwachsen war? Ich konnte nicht den Rest meiner Tage mit der Angst vor einem Wesen leben, das ein Teil von mir war. Es zerriss mich jetzt schon von innen heraus. Zwiespalt nagte an meinem Verstand und trieb mich immer weiter dem Abgrund entgegen.

»Rette uns«, flüsterte der tote Drache noch einmal, dann ruckte das Boot, schabte über den felsigen Untergrund und blieb am Strand liegen. Überrascht

hob ich den Blick und sah mich um. Ich war zurück auf Mongana. Der Drache hatte mich auf die andere Inselseite gebracht. Ein kleiner Strandabschnitt unterhalb der Feenhöhle. Warum hatte er das getan?

Unzählige Fragen schossen mir durch den Kopf und ich war mir sicher, die Antworten auf alles befanden sich hier auf dieser Insel. Doch zuerst musste ich Liam und Navarion helfen. Der Kampflärm war auch hier zu hören, zwar nur schwach, doch es genügte, um mich anzutreiben. Hastig sprang ich aus dem Boot und watete zur Küste. Die Kleider klebten unangenehm auf meiner Haut. Auf dem Erdreich unter der Felswand lag das Gerippe eines Homunkulus. Vollkommen verdreht und vom Sturz zertrümmert. Bestimmt einer von denen, die versucht hatten, Navarion und mich zu ergreifen. Jetzt lag er reglos da und starrte aus leeren Augenhöhlen sehnsüchtig in den Himmel nach Avalon, das er niemals erreichen würde. Genauso wenig wie die Seelen, die im Meer trieben. Diese Insel war kein guter Ort zum Sterben.

Mit einem verzweifelten Blick sah ich hoch zur Felswand. Steil ragte sie über mir auf. Wenigstens nicht senkrecht, aber trotzdem musste ich klettern, um zur Feste zu gelangen, und der Hang war übersät mit losem Geröll. Meine Schulter schmerzte beim bloßen Anblick um ein Vielfaches schlimmer. Tief sog ich Luft ein und begann mit dem Aufstieg. Mit klammen Fingern hielt ich mich so gut es ging an Felskanten und größeren Steinbrocken fest. Ruhelos und angespannt vom Kampflärm, den der Wind zu mir trug. Immer hastiger und schneller kletterte ich, rutschte ab und schrammte mir Knie, Ellbogen und Hände auf beim Versuch, mich abzufangen. Getrieben von dem einen Wunsch, der einen Bitte, nicht zu spät zu kommen. Dabei spürte ich die Schwäche nur allzu deutlich. Meine Schulter und der ganze Arm pochten bis in die Fingerspitzen hinein. Mein Ziel waren die kahlen Bäume im Wald. Sie hatten mir schon einmal geholfen, ich war bereit, das Risiko einzugehen, wohl wissend, dass allein der Schmerz, den das kalte Feuer im Holz mir bereitet hatte, mich umbringen konnte. Wieder rutschte ich mit dem Fuß ab und beging den Fehler, nach unten zum Strand zu sehen. Schwindel ließ mich taumeln. Ein Fingernagel riss ab und ich schlitterte einige Ellen zurück, bevor ich mich eng an die Wand gelehnt abfangen konnte. Dann endlich erreichte ich den schmalen Pfad zur Feenhöhle und lief seitlich den Hang nach oben, bis ich über die Kante kletterte und schwer atmend vor dem Waldrand liegen blieb, der an dieser Stelle bis zum Abhang heranreichte.

»Mein Schlachtenlenker ist hier. Er kommt, um mich zu holen, und ich komme, um euch alle zu richten. Endlich frei, frei, frei. Endlich frei«, drang Aines singende Stimme an mein Ohr. Ihre Freude war nicht zu überhören, genauso wenig wie der Wahnsinn.

»Nicht, wenn ich das verhindern kann, Königin.« Kraftlos und mit einem Kopf, der sich anfühlte, als wäre ich unter Wasser, schleppte ich mich in den Wald. Ich hielt Ausschau nach einem größeren Baumstamm, denn sie verbreiteten die meiste Kälte.

»Du bist vollkommen verrückt«, knurrte ich leise. *Das ist hirnverbrannt, aber die einzige Chance, die ich habe.*

Zielstrebig schritt ich auf einen Stamm zu, zog die Waffe aus der Schwertscheide und hieb damit so kräftig ich konnte auf das Holz ein. Ein unterarmlanger Streifen Rinde löste sich und fiel zu Boden. Sofort sammelten sich Tropfen roter Flüssigkeit am offenen Stamm. Die Substanz war zäh und bei näherem Betrachten nicht einheitlich rot. Fäden aus hellem Gelb und dunklem Orange durchzogen die Tropfen, waberten darin. Immer mehr häufte sich auf dem Holz an, bis sie in schmalen Rinnsalen daran herablief. Die Luft roch leicht nach Schwefel und Rauch.

Mit geschlossenen Augen öffnete ich die lederne Schnürung meines Mieders und zog das Hemd über meine Schulter, bis die Wunde frei lag, die bereits zu heilen begann. Nur die schwarzen Linien hatten sich deutlich bewegt. Richtung Drachenherz. Ich zögerte nicht länger hinaus, was unvermeidbar war. *Egal, was jetzt passiert, du darfst nicht schreien*, schoss es mir durch den Kopf. Ich zog das Hemd vollends aus, stand nackt in der Kälte, die den Baum wie eine Blase umgab, und knotete den Stoff zusammen. Hastig stopfte ich ihn mir in den Mund und drehte mich beherzt mit dem Rücken zum Baum, wobei ich ohne innezuhalten die Schulter gegen das Holz mit der Flüssigkeit presste.

Der Schmerz durchsiebte jede Faser meines Körpers, explodierte in meinem Kopf und ließ mich gellend aufschreien. Zum Glück fing der Stoff meine Schreie ab. Jeder Muskel, jedes Stück Haut stach, zog sich zusammen, immer stärker zusammen. Die Welt um mich tauchte in Dunkelheit. Nur am Rand spürte ich, wie meine Knie nachgaben und ich ungebremst nach vorn auf den feuchten Waldboden fiel. Frost und Qual beherrschten meine letzten Gedanken, ehe auch sie von der Finsternis verschlungen wurden und ich wegdriftete.

Fallen ist nicht schlimm, nur liegen bleiben bringt dir Schmach

Ein Regen aus Brandpfeilen ergoss sich über die Gebäude. Zischend flogen sie durch die Luft. Ich wich aus, doch einige Männer, die um mich herum auf der Mauer standen, stürzten stöhnend zu Boden. Pfeile ragten aus ihren Körpern. Einige Häuser brannten, doch die Frauen löschten die Feuer, bis nur noch Qualm in den Himmel aufstieg.

»Lasst es Pfeile regnen!«, rief ich über die Feste. Um mich herum spannten die Menschen ihre Bögen. Ich nahm meinen ebenfalls. Fühlte den Zug, der auf der Sehne lastete, und das glatte Holz des Pfeils, der auf dem Handrücken meines Bogenarmes ruhte. »Los!« Zischend schwirrte ein Schwarm Geschosse auf die Rudall Koer nieder, die auseinandersprangen und die Pfeile mit schwingenden Schwertern abwehrten, aber nicht alle. Viele durchdrangen Fleisch, schlugen tiefe Wunden und reduzierten die Zahl unsere Angreifer.

Schmetternd hämmerten die Ghul mit Äxten und Morgensternen auf das spröde Holz am Haupttor ein. Das Dröhnen hallte durch die Feste, bis sich ein beunruhigendes Splittern und Krachen daruntermischte. Das Holz brach. Ich hörte es am Knacken, sah es aber vielmehr an den entsetzten Gesichtern der Männer und Frauen im Hof. Ich nahm den schweren Schild, der griffbereit an der halbhohen Wand vor mir lehnte.

»Haltet die Schilde zur Sonne und richtet die Spiegel auf die verdammten Ghul!«

Überall auf dem Wall blitzte Sonnenlicht auf. Geblendet schirmte ich die Augen mit einer Hand ab und blinzelte dagegen an. Mein Plan ging auf. Die Pfeile der Rudall Koer verfehlten ihre Ziele. Ihre Bemühungen, die Tore zu durchbrechen, erlahmten. Die Schilde verbargen uns durch das Sonnenlicht, das sich in ihnen brach, vor ihren Blicken.

Ich sah in den Innenhof, wo Jeteff mit einigen Männern Holzbalken heranschleppte.

»Befestigt sie quer über den Pforten!«

Jeteff bewegte die Lippen, doch was er sagte, konnte ich wegen des Getöses der Rudall Koer nicht hören. Navarion stand am größten Zugangstor und schlug jeden nieder, der versuchte, weiteren Schaden anzurichten, ehe Jeteff die Löcher flicken konnte. Ich spannte den Bogen und schoss den nächsten Pfeil auf einen Krieger ab, der so kühn war, sich an den Rissen im Holz zu schaffen zu machen.

Bis Sonnenuntergang sollten wir sie so davon abhalten können, uns zu überrennen. Danach brauchten wir ein Wunder. Wobei ein Blick in den Himmel nichts Gutes offenbarte. Von Süden zog eine Wolkenwand heran und so wie es aussah, wanderte sie genau über uns hinweg. Ich sah zum Meer, spürte meinem Geisttier nach. In Anbetracht der Entfernung war das unmöglich, trotzdem versuchte ich es. Ich konnte nur hoffen, dass es ihnen gut ging und es Sammir gelang, den König zu erreichen.

»Hast du die Wolkenfront gesehen, die da im Anmarsch ist?«, fragte Navarion, der in diesem Moment die steinerne Treppe zum Wehrgang hochrannte. Dicht vor ihm sprang sein Geisttier die Stufen hoch.

Ich deutete mit einem Kopfnicken zu den großen Kesseln über den notdürftig eingerichteten Feuerstellen. »Wir haben noch ein paar Überraschungen für die Bastarde.«

Nicht mehr lang, dann war das Wasser darin siedend heiß. Für das Holz hatten sich die Männer im Wald bedient. Jeteff schwor auf die glühend heißen Flammen, die aus den Scheiten der toten Baumgerippe entstanden.

»Vom roten Harz solltet ihr aber die Finger lassen«, hatte er den Männern geraten, die die Bäume fällten. Er hatte recht. Mit allem. Was das Harz anrichtete, hatten wir selbst erlebt und ich traute meinen Augen kaum, als ich jetzt zu den Feuerstellen sah. An den Spitzen loderten die Flammen tiefrot. Die Ränder sprühten blaue Funken.

»Das gibts doch nicht«, murmelte ich. Navarion folgte meinem Blick zu den Feuern und erstarrte neben mir, wohingegen Moril zischend zurückwich.

»Drachenfeuer?!« Er sah mich an. »Deshalb haben die Holzsplitter Flee geholfen. Aber wie um alles in der Welt kommt Drachenfeuer in die Bäume und warum sind sie dann so eisig kalt und fallen nicht zu einem Aschehäufchen zusammen?«

»Ich hasse Rätsel«, knurrte ich. Für mehr blieb keine Zeit, denn unten vor der Mauer ertönte Yadirans Stimme. Volltönend, selbstgerecht und bedrohlich.

»Flee! Komm heraus und wir lassen die Menschen in der Feste am Leben! Ihr zögert nur das Unvermeidliche heraus und mit jedem Pfeil, den ihr auf uns abschießt, riskiert ihr das Leben eurer Freunde!«

»Keiner sagt ein Wort«, zischte ich und sah jeden scharf an, der den Mund auch nur einen Spaltbreit öffnete. »Kein Wort«, warnte ich noch einmal. Die Rudall Koer bekamen noch früh genug mit, dass Flerya nicht mehr auf der Insel war, und ich wollte den Moment so lange wie möglich hinauszögern. Vorsichtig lehnte ich mich über die Mauer und sah nach unten, wo in vorderster Reihe Dagal und Tasar standen. Dagals Arme waren hinter seinem Rücken gefesselt und Tasar mit Lederschnüren an seinen Beinen festgebunden, während ihn der Ghul, den Flee Vilgo genannt hatte, höhnisch grinsend festhielt. Ich fluchte innerlich, blieb nach außen aber so gelassen wie möglich. Dagal kannte das Risiko, so wie wir alle. Er wusste, dass weder ich noch Navarion Rücksicht auf ihn nehmen konnten. Hier stand mehr auf dem Spiel als unser Leben. Trotzdem taten wir alles, um ihn zu befreien. Ich wollte mich gerade abwenden, da sah ich einige Meter neben Dagal zwei Männer und zwei Frauen, die so vollkommen anders waren als die Ghul, dass sie aus der Menge an Kriegerleibern herausstachen wie vier Hühner im Fuchsbau. Flees Freunde, und auch sie standen an vorderster Front. Navarion neben mir stieß einen deftigen Fluch aus. Zuerst dachte ich, dass auch er die Familie entdeckt hatte, doch als ich seinem Blick folgte, war mir klar, warum er sich so aufregte. Homunkulusse. Mehr, als ich zählen konnte und offenbar hatte Yadiran mit ihnen gerechnet, denn er und seine Männer fühlten sich weder bedroht noch waren sie überrascht. Ich sah zu Navarion, der meinen Blick skeptisch erwiderte.

»Zeit, Versprechen einzulösen. Ich hole unsere und Fleryas Freunde zurück«, sagte ich und klopfte ihm auf die Schulter. »Du übernimmst hier.«

Er packte mich am Arm und hielt mich zurück. »Das schaffst du nicht allein.«

Ich wand mich aus seinem Griff. »Ich muss, mein Freund. Du weißt doch: Fallen ist nicht schlimm, nur liegen bleiben bringt dir Schmach.«

Navarion nickte, sah dabei aber alles andere als begeistert aus.

»Wenn ich euch ein Zeichen gebe, dann lasst heißes Wasser von den Mauern regnen.« Ich kniete mich zu Moril, der sofort zu mir lief und mich mit seinen Bärenaugen erwartungsvoll anblinzelte. »Eine Ablenkung wäre nicht schlecht, kleiner Freund.« Er bellte einmal und rannte bereits die Treppe nach unten, während ich noch dabei war, aufzustehen. Moril mochte träge sein und wie Navarion eigenwillig, doch wenn es darauf ankam, konnte ich auf sie alle zählen. Ich nickte meinem Freund zu und folgte seinem Geisttier zum Geheimgang, durch den wir uns unbemerkt rausschleichen konnten. Vorher nahm ich mir noch ein weiteres Schwert, Messer und mehr Pfeile vom Waffenhaufen, der bedenklich leer aussah. Am Eingang zum Tunnel zündete ich eine Fackel an. Im flackernden Licht schlichen wir aus der Feste. Tief im Wald kamen wir raus. Weitab von den Rudall Koer, die sich rund um die Mauern der Festung aufgestellt hatten.

Ein kluger Schachzug, Heerführer

Dein verdammter Plan funktioniert nicht«, zischte Vilgo ihm zu. »Die Göre ist stur. Gerade du solltest wissen, wie stur.«

Im Augenwinkel sah Yadiran, wie sich ein Lächeln auf die Züge des Sylphen stahl. Er hatte große Lust, dem Krieger sein Schwert in die Eingeweide zu rammen. Stattdessen ballte er die Hände, bis die Knöchel knackten. Kalter Wind wehte ihm in den Rücken und er trug den Geruch von Fäulnis mit sich. Jetzt war es Yadiran, der lächelte.

»Sie sind da.« Aus dem Wald traten Hunderte Homunkulusse. Eine Armee, erschaffen von seiner Königin. Sie hatte ihm versprochen, jeden Einzelnen zu ihnen zu schicken und sie hatte ihr Versprechen gehalten. Jetzt war er an der Reihe, seines zu halten.

»Flee riskiert das Leben ihrer besten Freundin nicht, um ihr eigenes zu retten. Vermutlich wird sie festgehalten oder sie braucht eine Ermunterung.« Vilgos Grinsen zerschnitt sein ganzes Gesicht. Eine Fratze, die selbst Yadiran nicht lange betrachten konnte, ohne Gänsehaut zu bekommen.

»Leanderd!«, rief er den Namen des Kriegers, der den Schmied festhielt. Mehr brauchte er nicht zu tun. Der Rudall Koer diente bereits sein ganzes Leben unter Yadiran und hörte am Tonfall, was dieser von ihm wollte. Leanderd zog sein Messer und rammte es dem Schmied seitlich in den Bauch. Ein gezielter Stich, der ihn nicht sofort tötete, aber binnen weniger Minuten verbluten ließ. Der Mann schrie auf, sackte zu Boden und blieb seitlich liegen. Blut ergoss sich über den steinigen Boden, während seine Frau und die Kinder klagend und weinend gegen ihre Wachen ankämpften, um zu ihm zu gelangen.

»Einer weniger!«, bellte Yadiran die Mauern empor. Er wartete, lauschte. Nichts geschah. Kein Ruf ertönte, kein Schrei oder entsetztes Wehklagen seiner Ziehtochter, während ihre Freundin ihn anschrie und gellend weinte. »Mörder! Ihr Ungeheuer!«

»Thilo«, murmelte der Schmied. »Pass auf deine Mutter und Schwester auf«, dann schloss er die Augen und seine angestrengten Atemzüge erschlafften.

»Was für eine Vergeudung«, zischte Vilgo, der sich kaum im Griff hatte und heftig zitterte. Der Ghul lechzte nach der Seele.

»Dann nimm sie dir, ehe es zu spät ist«, zischte Yadiran. Vilgo stapfte eilig auf den Toten zu.

»Nein! Lasst ihn! Lasst ihm seine Seele!«, schrie dessen Sohn gellend.

Die Frau weinte. »Lasst ihn nach Avalon, wo wir uns alle wiedersehen. Ich will ihn nicht für alle Zeiten verlieren! Bitte!« Mitleid kannte Vilgo nicht, doch Yadiran wandte den Blick ab, als der Ghul sich lachend über den Schmied beugte. Sein Schmatzen übertönte die Schreie der Familie. Angewidert suchte Yadiran die Reihen seiner Krieger ab. Er starrte die Mauer entlang, schirmte die Augen gegen das blendende Sonnenlicht ab, das die Bastarde auf dem Wall noch immer gegen ihn und seine Männer verwendeten. An manchen Stellen hatte diese Lichtbarriere Lücken, doch viel erkennen konnte er trotzdem nicht.

»Ein kluger Schachzug, Heerführer«, flüsterte er. Wenige Minuten später stand Vilgo wieder an seiner Seite. Zufrieden und gesättigt. Zumindest fürs Erste.

»Was hast du jetzt vor?«, drängte er. Yadiran konnte spüren, wie sehr Vilgo mit den Hufen scharrte und das, obwohl er satt war. Der Narr wollte die Festung am liebsten jetzt sofort stürmen. Das grenzte an Unfähigkeit. Sie wussten nicht, wie viele Lumpenhunde dem Heerführer halfen und wie gut bewaffnet sie waren. Er mochte jung sein, aber kein Dummkopf. Gardorath hätte dem Jungen diese Aufgabe nie übergeben, wenn er nicht von dessen Fähigkeiten überzeugt wäre. Sein Ruf eilte ihm voraus. Der stärkste und begabteste Undine seit Rosdor, dem mächtigsten Wassermagier in ganz Emirescha. Liam Beryans Vater. Hier auf dieser Insel nutzte ihm Magie nicht viel, das machte ihn jedoch nicht weniger gefährlich.

»Wir sitzen das aus«, entgegnete Yadiran. »Es ist nicht mehr lang bis Sonnenuntergang. Heute Nacht werden sie alle fallen.« Vilgo wollte protestieren, doch er ließ es, als Yadiran abrupt die Hand hob und ihn scharf ansah. Jäh schrie einer der Männer vor Schmerz auf. Pfeile zischten durch die Luft, trafen einige Ghul, verletzten sie aber nicht tödlich. Wieder hallten Schreie durch die Reihen. Rudall Koer griffen sich an die Beine, sackten mit schmerzverzerrten Gesichtern in die Knie. Immer mehr, immer schneller. Er sah den huschenden Schatten, konnte aber nicht erkennen, wer da unter seinen Kriegern wütete. Yadiran zog sein Schwert und eilte zu seinen Männern.

»Bleib hier«, bellte er Vilgo entgegen, doch der Bluthund folgte ihm bereits. Den Blick starr auf den huschenden Schatten gerichtet, der noch immer durch die Reihen seiner Männer fegte. Er wich geschickt Schwerthieben aus und entkam jedem Versuch, ihn zu ergreifen.

»Wo ist das Vieh?!«

Von überall stöhnten seine Männer oder schrien vor Schmerz auf. Ein neuer Pfeilregen ergoss sich über sie. Dann drang das Klirren eines Schwertkampfes an sein Ohr. Sofort blieb er stehen und drehte sich um. Eisen blitzte in der Sonne, als der junge Heerführer die Wachen des Sylphen mit einem Tanz aus Hieben niedermetzelte. Der Krieger und sein Geisttier waren frei. Zügig breitete der Falke seine Schwingen aus und stieg in den Himmel. Yadiran und Vilgo preschten nach vorn. Zu spät.

Wenige Atemzüge später waren Flees Freunde ebenfalls befreit. Der Undine und der Sylphe schoben die noch immer gefesselte Familie hinter sich zur Mauer. Über ihnen kreiste der Falke am Himmel, schoss immer wieder herab und zielte mit seinen Krallen auf die Augen der Krieger. Der Heerführer und sein Freund hielten die Ghul zurück, die sie umzingelt hatten. Homunkulusse drängten sie zusammen. Ein todbringender Halbkreis bildete sich um sie. Yadiran lachte angesichts der Torheit des Heerführers. Er hatte ihn eindeutig überschätzt. Jetzt saß er in der Falle und die Geduld des Schlachtenlenkers war am Ende.

»Tötet sie!«, bellte er seinen Männern zu. Doch im selben Moment hob der Undine den Kopf.

»Jetzt, Navarion!«

Sie drängten sich flach gegen die Mauer, indessen sich von oben über die ganze Länge ein dampfender Wasserfall ergoss. Die gellenden Aufschreie der Ghul schmerzten ihm in den Ohren. Yadiran fluchte. »Zurück! Weicht zurück!« Es war zu spät. Unzählige seiner Krieger lagen, sich vor Schmerz windend, am Boden. Ihre Haut feuerrot und mit Blasen übersät. Vom Heerführer, dem Sylphen und der Familie des Schmieds war nichts mehr zu sehen. Yadiran schrie auf vor Zorn. Über ihnen verdeckten dunkle, schwere Wolken die Sonne. Vilgo tobte neben ihm. Das blendende Sonnenlicht erstarb. Yadiran atmete tief ein. Es war genug.

»Stürmt die Festung!« Kampfschreie erfüllten die Luft. Die Homunkulusse bildeten an der Mauer hoch eine Leiter aus Leibern, an denen die Ghul nach oben kletterten. Mit Genugtuung sah er zu, wie die ersten Rudall Koer den Wall überwanden und in die Festung eindrangen. »Metzelt sie nieder und findet das Mädchen!«

Avalon erwartet dich

Die Luft roch nach Regen und Gewitter. Am Horizont färbte sich ein breiter Streifen tiefschwarz. Dunkle Wolken, bauchig und an den Rändern mit einem grünlichen Schimmer durchtränkt, kündeten vom nahenden Unwetter. An der Fassade flatterte der Efeu wild im Wind, der verwelkte Blätter mit sich riss und den salzigen Meeresduft bis weit ins Landesinnere trug.

Den König drängte es dennoch nach draußen. Anspannung und Sorge waberten durch die Gänge Astramas, hatten die Diener und Soldaten befallen. In diesen Tagen war an Ruhe oder Schlaf nicht zu denken. Für niemanden. Selbst die Tiere in den Ställen wieherten und blökten unruhig. Die Burschen und der Stallmeister sorgten sich, denn die Pferde erschraken bei der kleinsten Bewegung und ungewohnten Geräuschen so sehr, dass sie ausschlugen oder sich ängstlich in eine Ecke des Stalls kauerten.

»Das ist nicht normal«, sagte der Stallmeister am frühen Abend zu einem der Burschen und kratzte sich nachdenklich den vollen Bart im Gesicht. »Da zieht etwas herauf und bei allem, was mir heilig ist, das hat rein gar nichts mit dem Sturm zu tun, der sich am Himmel zusammenbraut.«

Der Bursche, der seit den frühen Morgenstunden nichts anderes tat, als den Pferdemist aus den Stallungen zu tragen und die Tiere mit monotoner Stimme zu beruhigen, um nicht von ihren Huftritten erschlagen zu werden, stellte die Mistgabel zur Seite und sah zum Tor hinaus zur schwarzen Wolkenwand. Grüne Schlieren durchzogen wellenförmig den Himmel. Eine Schar Raben flog krächzend um die Schlosstürme. Er dachte schon länger darüber nach, die Stadt zu verlassen. Seitdem das Rufhorn der Rudall Koer sie vor wenigen Tagen aus dem Schlaf gerissen hatte. Viele taten das, doch alle verwarfen den Gedanken wieder, weil sie nicht wussten wohin. Die Ghul waren überall, selbst in Astrama fand man inzwischen jede Nacht neue Tote in den Gassen. Misstrauen hatte seine Netze ausgeworfen und durchsiebte die besten Freundschaften und Familien. Argwöhnisch beobachtete jeder jeden, um beim kleinsten Verdacht die Burgwachen zu rufen. Eine Dämonenjagd, die ihresgleichen suchte, und die Wachen sperrten jeden ein, der nicht belegen konnte, zu welchem Volk er gehörte.

Sobald die Nacht sich über die Stadt senkte, verließ niemand mehr freiwillig das Haus. Kinder waren selbst am Tag nicht sicher, obwohl mehr Wachen in den Gassen patrouillierten, als Leute dort lebten und der Drachenkönig sich jede Nacht in die Lüfte erhob, um Ghul zu jagen. Nein, dem Burschen gefiel es hier überhaupt nicht, doch wenn er den Pilgern und fahrenden Händlern glauben konnte, dann war es egal, wohin er ging. Nirgendwo in Emirescha gab es einen sicheren Ort. Also verharrte er und hoffte das Beste.

Der Stallmeister verpasste dem Jungen mit der flachen Hand einen Schlag auf den Hinterkopf. »Du sollst arbeiten, nicht trödeln.«

Ärgerlich verzog der Bursche den Mund. Ihn hatte die harte Arbeit in den Stallungen nie gestört und auch der Stallmeister, der immer gern und besonders hart zuschlug, wenn die Jungen ihm gerade gelegen kamen, konnte ihm bis jetzt das Leben nicht versauern, doch die

Ungewissheit und das Misstrauen taten es. Er nahm die Mistgabel wieder zur Hand, trat einige Schritte in die Stallgasse, als ein bellender Ruf vom Meer her die Luft zerriss. Die Pferde zuckten vor Schreck zusammen, einige sprangen nach vorn, gegen die Stricke, mit denen sie an den Ringen im Mauerwerk festgeknotet waren. Benorian, der Hengst des Heerführers, stieg mit den Vorderhufen in die Luft und stieß ein lautes Wiehern aus. Der Schimmel neben ihm, vor dem der Bursche stand, schlug nach hinten aus und traf den Jungen am Kopf. Scheppernd fiel die Mistgabel zu Boden. Der Stallmeister fluchte laut, als der Bursche ungebremst nach vorn kippte und auf die Erde prallte, die er zuvor noch mit frischem Stroh ausgelegt hatte.

Der Drachenkönig bekam vom Aufruhr im Schlosshof nichts mit. Der Wind zerrte an seinen Kleidern, bauschte den Umhang hinter ihm auf, als er mit langen Schritten die Stufen zum Strand hinunterging. Den Ruf des Seehundes hatte er nicht gehört. Zu tief war er in seine eigenen Gedanken verstrickt. Zu erschöpft und müde vom Schlafentzug. In seiner Hand hielt er die Perle, die ihm die Totengräberin am Todestag seiner Familie überreicht hatte. Sie war aus dem Wald gekommen, hatte sich neben ihm ins Gras gekniet und die kleine Perle, die die Form einer Träne hatte, aus einem Haufen Asche am Boden aufgehoben und ihm übergeben. Seither lebte die Frau im Schloss, pflegte den Garten, den Sisneh mit viel Liebe und Hingabe gepflanzt hatte, und der König trug die Perle immer bei sich, weil sie ihm Trost spendete, jedes Mal, wenn er sie betrachtete.

Erst als er am Strand ankam und das Geisttier seines Heerführers im Wasser auf ihn zuschwimmen sah, vernahm er das Drängen in den Rufen des Tieres. Vergessen waren Müdigkeit und Erschöpfung. Innerhalb eines Herzschlages wandelte sich der König und breitete die mächtigen Schwingen aus. »Führe mich zu ihm«, rief er dem Seehund zu und erhob sich in die vom Sturmwind gepeitschten Winde, während im Stall eine Todesfee einkehrte und den Burschen mit sich nahm, der glücklich war, den einzig sicheren Ort gefunden zu haben.

»Komm, junger Freund«, flüsterte die Banshee. »Avalon erwartet dich.«

Der Duft nach Regen und der Gestank des Verrats

Schwerelos, ich fühlte mich unendlich leicht, als ich die Augen blinzelnd öffnete. Mühelos konnte ich mich bewegen, nichts schmerzte mehr. Brennen, Reißen und Pochen in meinen Gliedern waren verschwunden. Die Luft roch nach Nässe und feuchter Erde. Drückend lag die Dämmerung über dem Wald. Zumindest dachte ich das, bis mich ein dicker Regentropfen am Hals traf und ich die dunklen Wolkenwellen am Himmel sah, aus denen grünes Licht schimmerte. Ein Unwetter braute sich über mir zusammen.

Langsam setzte ich mich auf und sah zu dem Baum, dem ich mit dem Schwert eine tiefe Wunde gerissen hatte. Dicker, rötlicher Harz tropfte am Stamm hinab. Neugierig zog ich mein Hemd über die Schulter nach unten, schob sie so weit wie möglich nach vorn und betrachtete die Haut. Bis auf eine blasse Rötung war kaum mehr etwas zu erkennen. Nur eine leicht erhabene helle Narbe durchzog das

Tattoo. Die dunklen Fäden waren verschwunden. Die rote Flüssigkeit aus dem Baum hatte Yadirans Zauber ausgelöscht. Auf meiner Haut klebten noch ein paar Harzreste, die sich aber nicht mehr kalt anfühlten. Ich fühlte mich so ausgeruht wie noch nie in meinem Leben und voller Energie. Hastig erhob ich mich. Die Feste war nicht weit. Viel zu deutlich drangen Kampfgeräusche an mein Ohr. Heftig schlug mein Herz, viel zu unruhig und aufgebracht. Anspannung griff nach mir, drängte mich zur Feste. Zurück zu meinen Freunden, zu denen ich nun auch Navarion und Liam zählte. Ja, da kämpften meine Freunde um ihr Leben. Mir war nicht klar wie, aber in den wenigen Tagen, die ich mit ihnen verbracht hatte, waren sie mir ans Herz gewachsen. Unerwartete Gefährten, in manchen Momenten unerwünschte, denn wenn es eines gab, das ich mir nicht leisten konnte, waren es Freundschaften. Ich brauchte all meine Kraft, um mich zurückzuhalten und nicht sofort loszustürmen, um ihnen zu helfen. Nein, dieses eine Mal hörte ich nicht auf das, was mein Herz mir zuschrie. Weder der Geheimgang noch die Tore zur Festung waren sicher. Ich sah zum Himmel, wo die Wolkenflocken angefangen hatten, in einem wilden Wirbel zu rotieren. Immer mehr Tropfen rieselten auf mich herab. Die ersten Blitze zuckten über mich hinweg. Ich zählte mit. Eins, zwei, drei, vier … Donnergrollen, voll, rollend, mit einem Nachhall, der tief in meinem Bauch rüttelte. Schwer atmend stand ich da, den Kopf im Nacken und den Blick fest auf den Himmel gerichtet. Wind zerrte an meinen Kleidern. Er trug den Duft nach Regen und den Gestank des Verrats in sich. Noch schürte er den Zorn auf Yadiran, doch was geschah, wenn ich ihm gegenüberstand? Der Gedanke allein raubte mir alle Kraft. Ich musste nur die Lider schließen. Sein Gesicht war immer das erste, was ich sah. Zedernbraune Augen, an deren Rändern das Braun in ein dunkles Grün

überging. In ihnen hatte ich früher nichts als Liebe und Zuneigung wahrgenommen. Ich verband mit ihnen Geborgenheit und Sicherheit. *Das ist jetzt vorüber.*

Ich schüttelte den Kopf. *Reiß dich zusammen! Liam, Navarion und meinen Freunden läuft die Zeit davon.* Es gab nur einen Weg, um ihnen zu helfen. Ich musste sie alle überraschen und das konnte ich nur, wenn ich aus der Luft angriff. Damit rechnete niemand. Die einzigen Wesen, vor denen die Ghul sich fürchteten, waren die Drachen. Leider galt das auch für mich und was noch viel schlimmer war – ich hatte keine Ahnung, was ich tun musste, um mich zu wandeln. Ich versuchte, mich darauf zu konzentrieren. Dachte angestrengt an das Monster in mir. Nein, das war nicht die Lösung.

»Komm raus, komm raus, Drache«, flüsterte ich. Nichts geschah. Frustriert atmete ich aus. »Verdammtes Vieh, mach schon!« Wieder nichts. Vielleicht lag es an der Art, wie ich mit ihm sprach? Ach verdammt, ich führte Selbstgespräche. Ich war der Drache, aber ich hatte keine Kontrolle über diese dunkle Seite in mir. Das Klirren von Eisen auf Eisen, Schreie und Rufe drangen weiter zwischen Donnergrollen und dem wütenden Getöse der Brandungswellen zu mir. Die Brandung! In meinem Kopf formte sich eine Idee. Ja ich gab zu, es war eine hirnrissige Idee, aber eine andere Chance sah ich nicht.

Entschlossen stapfte ich zurück zur Klippe, lief daran entlang, bis ich unter mir nur noch das vom Sturmwind aufgepeitschte Meer sah. Hart prallten die Wellen an den Felsen, überrollten die zerklüfteten Steine, die an einigen Stellen aus dem dunklen Wasser ragten. Gischt schäumte auf den Wellenkämmen. Inzwischen prasselte der Regen unerbittlich auf mich herab. Tropfen liefen mir über die Kopfhaut, perlten über meine Wangen und schwemmten die Tränen mit, die ich aus Verzweiflung und Panik nicht mehr zurückhalten konnte. Ich war ein in die Enge getriebenes Tier, das nicht imstande war, seine Ketten zu sprengen. Ein Blitz spaltete den Himmel über mir, sein grelles Licht blendete mich. Das Grollen rumorte in meinem Bauch. Ihm folgten Schreie. Zerrissen und voller Schmerz. Als ich jetzt die Augen schloss, sah ich nicht Yadiran, sondern Liam und meine Freunde, die blutend und verwundet am Boden vor ihm lagen, während er zum tödlichen Schlag ausholte. Mehr brauchte ich nicht. Ohne die Lider zu öffnen, sprang ich ins Leere. Stürzte. *Wenn du leben willst, musst du fliegen, Drache.*

Loslassen ist so einfach, wenn man nicht das, was man loslassen sollte, viel lieber festhalten möchte

Sonnenuntergang. Jeden Augenblick war Sonnenuntergang. Trotz der sturmdunklen Wolken, die den Himmel in tiefe Nacht tauchten, wusste ich, dass irgendwo über uns, fernab von Unwetter und Tod, die Sonne tiefrot am Horizont versank. Donner grollte über uns hinweg. Blitze erhellten das Halbdunkel, in dem wir kämpften. Das spärliche Licht der Fackeln war längst vom dichten Regenschleier ertränkt. Der Boden, glitschig und nass, bot keinen Halt. Sturzbäche flossen in den Rillen, sammelten sich als breite Pfützen auf der Erde. Meine Kleidung klebte auf der Haut. Fontänen aus Morast flogen zwischen den Kämpfenden durch die Luft.

Ich stieß zwei Ghul zurück, tötete einen und traf den anderen dabei mit der Schwertspitze am Oberschenkel. Er knickte ein, fiel mit den Knien voran auf die Pflastersteine im Gang vor den Gärten. Er rappelte sich aber wieder hoch. Sie waren zäh und hart im Nehmen und wir waren dabei, diesen Kampf zu verlieren. Die Homunkulusse griffen uns mit bloßen Händen an. Kein einziger trug eine Waffe bei sich, doch sie hielten die Verbannten fest, während die Rudall Koer sie töteten. Immer mehr Verstoßene unterlagen. Leichen säumten die Wege. Dagal, Navarion, Jeteff und ich stolperten über sie hinweg. Unermüdlich kämpften wir weiter, hielten uns die Homunkulusse gegenseitig vom Hals. Mein Blick glitt dabei immer wieder hoch zu den beiden Turmglocken, die keinen Laut von sich gaben, obwohl längst Sonnenuntergang sein sollte. Ich irrte mich nie in der Zeit. Zumindest bis jetzt nicht. Wir verloren und ich konnte nur daran denken, warum die verdammten Glocken keinen Ton von sich gaben!

Jäh spannte ein Homunkulus seine knochigen Arme um meinen Oberkörper. Packte mich und versuchte mich festzuhalten, während ein Ghul auf mich zurannte, einen Dolch und sein Schwert direkt auf mich gerichtet. Ich verpasste dem Homunkulus einen Schlag mit dem Ellbogen, trieb ihm den Schwertknauf in die Eingeweide, wenn er überhaupt welche hatte, und zog den Arm nach oben. Ich traf Aines Wesen am Kinn. Sein Kopf ruckte zurück und ich setzte mit einem ausholenden Fußtritt nach. Der Homunkulus fiel nach hinten, direkt in Jeteffs Axt, die er ihm tief in den Rücken trieb. »Pass auf!«, schrie Jeteff.

Ein Schwert surrte dicht vor meinem Gesicht durch die Luft. Viel zu nah. Der Ghul hatte mich erreicht. Sein Hieb erwischte mich an der Wange. Der pochende Schmerz kam sofort, doch ich ignorierte ihn. Wärme und Nässe breiteten sich auf meiner Wange aus. Ich schwang beide Schwerter. Waffen klirrten. Der Rudall Koer gab keinen Ton von sich, als ich ihm die Klingen über die Kehle zog. Seine Augen brachen und ein weiterer Mann stürzte.

Die Feste war erfüllt vom Schmettern der Waffen, dem Stöhnen und Schreien von Menschen. Ich hatte schon viele Gefechte erlebt, Männer, Frauen und Kinder sterben sehen. Immer hatte ich die tröstende Anwesenheit der Banshee gespürt, auch wenn sie sich nur selten tatsächlich zeigten. Nicht an diesem Ort. Da war kein Trost, wenn ich in die starren Augen der Toten sah, kein Friede. Ich sah nur Angst und Verzweiflung in ihnen und das jagte mir die kalte Panik in die Glieder. Vereinzelt raubten die Ghul den Sterbenden ihre Seelen. Ich konnte es nicht immer verhindern, doch viele starben, ehe die Rudall Koer dazu kamen. Ihre Reise sollte weitergehen, in die nächste Welt, nach Avalon. Ich sah es in ihren Augen. Ihre Seelen waren verloren.

»Wenn wir uns nicht schnell etwas einfallen lassen, überrennen sie uns!«, schrie Navarion. Er attackierte gemeinsam mit Moril einen Ghul, der dem flinken Geisttier nicht gewachsen war. Der Waschbär zerkratze ihm die Augen. Der Mann stöhnte auf, versuchte ihn wegzuschlagen, doch Moril war schneller. Der Ghul drehte sich um sich selbst, stolperte über eine tote Frau und Navarion sorgte dafür, dass er ihr Schicksal teilte. Dagal und Tasar fochten ebenfalls Hand in Hand. Der Vogel vollführte waghalsige Flugmanöver durch die Gänge. Hackte mit seinem Schnabel den Ghul auf die Köpfe, trieb seine Krallen in ihre Haut und fügte ihnen, wo er nur konnte, Schaden zu, um sie zu schwächen. *Sammir, wo bist du?* Wenn sie es durch das Todesfeld um die Insel geschafft hatte, wovon ich fest überzeugt war, dann war der König unterwegs nach Mongana, doch er brauchte Zeit. Viel mehr Zeit.

»Da, seht!«

Ein Aufruf ging durch die Feste. Feuer flammte auf. Erhellte den Innenhof. Die Strahlen züngelten über die Wände. Hell, mit blauen Funken. Drachenfeuer!

Navarion lachte auf. »Der König!«

Erleichtert atmete ich auf, doch dann stutzte ich. Gardoraths mächtige Flügelschläge übertönten jedes Gefecht. Was ich hörte, war viel zarter, leichter und zaghafter. Ich spürte, wie mir alle Wärme aus dem Körper wich. Verzweifelt suchte ich den Himmel ab und da sah ich sie. Flerya. Ihre weißen Schuppen glänzten vor den schwarzen Sturmwolken, schimmerten im Licht der Blitze silbern. »Das darf nicht wahr sein«, knurrte ich.

»Wie hat sie das geschafft?!«, rief Navarion mir zu. Ich schüttelte den Kopf. Die Rudall Koer waren abgelenkt. Selbst die Homunkulusse starrten zum Himmel. Wir mähten sie nieder, kämpften uns bis zum Innenhof vor.

»Wo ist Yadiran? Wir müssen ihn unbedingt von Flerya ablenken!«

Dagal, Jeteff und Navarion folgten mir.

»Da!« Dagal deutete auf den großen Krieger, der am anderen Ende des Innenhofs gerade mehrere Verbannte niederstreckte. Neben ihm sein Sohn Abren, der jedoch nur halbherzig das Schwert schwenkte und sich lediglich verteidigte. Der Innenhof war voll kämpfender Leiber. Wasser spritze vom Boden auf. Ich blickte in mit Dreck und Blut verklebte Gesichter. Flerya stieß eine Feuerfontäne auf eine Gruppe Rudall Koer nieder, die sich nicht weit von Yadiran entfernt postiert hatten. Die Ghul schrien auf. Ihre Leiber brannten. Andere schossen Pfeile und Speere in den Himmel, doch Flee wich jedem Geschoss mühelos aus. Sie war viel kleiner als ihr Vater und damit wendiger. Ich wusste nicht, ob ich sie vor Wut anschreien oder ihr danken sollte, denn den Rudall Koer machte die Anwesenheit eines Drachen deutlich zu schaffen. Yadiran sah ungläubig in den Himmel und verzog dabei das Gesicht zu einer zornigen Maske.

Zu viert bahnten wir uns einen Weg durch die Menge. Rücken an Rücken ließen wir unsere Klingen durch die Luft tanzen, streckten Ghul und Homunkulusse nieder, bis wir den Schlachtenlenker beinahe erreicht hatten. Eine ganze Feuersalve ergoss sich vom Himmel. Die Gebäude brannten. Flee war ungeübt, das erkannte ich deutlich an den unkontrollierten Feuern in der Festung.

Sie flog dicht über uns hinweg. Unsere Blicke trafen sich. Ihre Augen schillerten in einem intensiven Blau. Das Drachenfeuer spiegelte sich ebenso darin wie ihre Angst vor dem, was sie war.

»Bleib oben«, schrie ich ihr zu. »Bleib bloß oben und hör auf zu zweifeln!« *Sie wird wie ein Stein vom Himmel fallen.*

»Sie ist nicht bereit dafür.« Dagal pfiff seinem Geisttier zu, der in einem Bogen zu der Drachin flog und schließlich in ruhigen Bahnen neben ihr gleitete. Flee atmete heftig. Qualm stieg aus ihren Nüstern auf. Der Drachenschwanz zuckte unruhig. Sie hatte sich gewandelt, doch die Wandlung aufrechtzuerhalten, fiel ihr sichtlich schwer. Immer wieder durchzuckte ein Beben und Zittern den Drachen. Einige Male so sehr, dass ich Fleryas menschliche Konturen erahnen konnte. Trotzdem stob sie vom Himmel, packte Ghul mit ihren Krallen, erhob sich mit kräftigen Flügelschlägen und ließ sie außerhalb der Mauern einfach fallen.

»Es regnet Rudall Koer vom Himmel.« Navarion trat einem Homunkulus in die Rippen und grinste so breit, dass seine Zähne im Drachenfeuer weiß aufblitzten. Mir war nicht nach Lachen zumute. Flee hatte uns die dringend nötige Ablenkung verschafft. Wir drängten die Rudall Koer immer weiter zurück zur Mauer, hinaus aus der Feste, doch zu welchem Preis? Flee brachte sich mit diesem Unterfangen in Lebensgefahr. Grimmig starrte ich zur Drachin in den Himmel. Sturmböen rissen an ihren Flügeln. Das war ihr zweiter Flug. Auch wenn den Drachen das Fliegen im Blut lag, so brauchte es

doch auch Übung. Feuerspeien mussten sie ebenfalls erst lernen. Gerade setzte sie das Nebengebäude in Brand, in dem ich ihre Freunde versteckt hatte. Verflucht! Hustend rannte die Familie auf den Innenhof, weg vom Feuermeer. Das Dach über ihnen stürzte wenige Augenblicke danach ein.

»Neslin! Thilo!« Fleryas Schrei hallte über die Festung. Ihre Freunde kauerten an einer Mauer. Der junge Mann, Thilo, schirmte Schwester und Mutter vor den Ghul ab, die auf sie zustürmten. Flees Aufschrei entging ihnen nicht. Sie hoben die Köpfe, riefen nach ihr.

»Verdammt!«, brauste ich auf und rannte zum Schlachtenlenker. Ihm war nicht entgangen, wo sich Flees Freunde aufhielten und er war bereits auf dem Weg zu ihnen. Mähte jeden Mann und jede Frau nieder, die sich ihm in den Weg stellten. Unerbittlich lag sein Blick auf dem Mädchen, Neslin. Nur noch wenige Schritte trennten uns, als ich Vilgo neben Yadiran entdeckte. Die Narbe in seinem Gesicht sah im Licht der Feuer zerrissen und verknotet aus. Er erkannte mich. Ein überhebliches Grinsen breitete sich auf seinem fratzenhaften Gesicht aus. Ich kniff die Augen zusammen und fixierte den Ghul. *Dir werde ich mit Freude das Herz herausreißen.*

Er raunte dem Schlachtenlenker etwas zu, zwinkerte in meine Richtung und hob eine Armbrust, deren Größe mir einen eisigen Schauer über den Rücken jagte. Ein Drachentöter! Vilgo zielte damit genau auf Flerya.

»Flee, pass auf! Er hat einen Drachentöter!« Sie hörte mich nicht. Im Getöse des Sturmwindes, der über der Feste noch heftiger tobte, war das kein Wunder. Dafür hörte mich ihr Bruder, Abren. Er folgte meinem Blick zu Vilgo, der direkt hinter ihm stand. Der junge Krieger holte aus und schlug dem Ghul die Waffe aus der Hand. Der lange Pfeil mit der messerscharfen Spitze schoss in die Luft, verfehlte Flerya aber deutlich. Vilgos Knurren konnte ich durch das Getöse um mich herum hören. Er packte Abren, der sich nicht gegen ihn wehrte. Ich drängte mich zu ihnen, schlug mir gemeinsam mit meinen Freunden eine Gasse zwischen den Ghul hindurch.

»Was hast du dir dabei gedacht, Junge?«, zischte Yadiran. Bedauern und Resignation lagen in der Stimme des Schlachtenlenkers. »Ich hatte dich gewarnt, deine Loyalität nicht dem Falschen zu schenken.« Er nickte Vilgo zu, der ein Messer zückte. Abrens Gegenwehr und seine Versuche, sich zu befreien, liefen ins Leere. Vilgo packte ihn am Kragen, hob ihn mit einer Hand in die Luft und holte aus.

»Nein!« Der Aufschrei der Drachin war so gewaltig, dass sämtliche Kampfgeräusche verstummten. Alle starrten auf Flee, die schnell wie ein Pfeil angeschossen kam, die Flügel dicht am Körper, und Vilgo mit voller Wucht rammte.

»Flee!« Eine Mauer aus Rudall Koer baute sich zwischen uns und dem Schlachtenlenker auf. Für jeden Mann, den wir niederstreckten, tauchten zwei neue auf. Die Homunkulusse hatten die Kampfpause genutzt und sich geschickt im Innenhof verteilt, wo sie jetzt die restlichen Verbannten entwaffneten und zusammentrieben. Vor mir sah ich Flee, die nackt und schutzlos in ihrer menschlichen Form am Boden lag und an der Kleidung einer toten Frau zerrte, die nicht weit von ihr auf der Erde lag. Ohne Erfolg. Die Wandlung hatte sie geschwächt. Endlich durchbrach ich die Mauer und erreichte die Prinzessin, doch ich war nicht allein. Yadiran hatte sie ebenfalls gefunden. Ich warf mich zwischen sie. Der Schlachtenlenker lachte bitter, schwang seine Schwerter über dem Kopf und griff mich an. Dagal und Navarion kamen dazu. Rudall Koer mischten sich in den Kampf ein. Jetzt waren wir die Mauer, die Flee vor ihnen abschirmte.

Vilgo erhob sich hinter uns. Blut strömte aus einer Wunde an seinem Kopf. Benommen taumelte er und sackte zurück auf die Knie. Der junge Ghul war unverletzt. Einen Augenblick starrte er Flee mit einem seltsamen Glanz in den Augen an. Das gefiel mir gar nicht. Dann blickte er sich um, zerrte den Leichen um sich herum die Kleider vom Leib und brachte sie dem Mädchen. Hastig zog sie sich an.

»Es tut mir leid«, sagte der junge Ghul. Zu mehr kam er nicht. Im nächsten Moment packte Vilgo ihn von hinten und würgte ihn am Hals.

»Du sagst ihnen jetzt, dass sie ihre Waffen fallen lassen sollen oder ich töte den Bastard auf der Stelle.« Abren schrie auf, als Vilgo ihm die Spitze eines Dolchs ins Fleisch bohrte. Flee wich alle Farbe aus dem Gesicht.

»Hört auf!«, brüllte sie. »Bitte hört auf!«

Unsere Blicke trafen sich. »Das ist er nicht wert, Flee.«

Tränen sammelten sich in ihren Augen, in denen ich immer noch das Feuer sehen konnte. »Er ist mein Bruder.«

»Hör auf ihn, Flee. Ich bin nicht dein Bruder. Ich bin dein schlimmster Feind. Hau ab und bring dich in Sicherheit!«, würgte er unter dem Klammergriff hervor.

Sie schüttelte den Kopf. »Du bist mein Bruder.« Flee klopfte mit der flachen Hand auf ihr Herz. »Hier drin wirst du das immer sein.«

»Ich verliere die Geduld«, zischte Vilgo und Abren stöhnte unter dem Schmerz, den die Klinge ihm verursachte.

Sie sah mich an. »Lasst die Waffen fallen.« Die Rudall Koer wichen zurück, die Schwerter, Äxte und Speere erhoben und drohend in unsere Richtung gestreckt. Flerya blickte zum Schlachtenlenker. Ihr Gesicht verzerrt vor Trauer, Verzweiflung und Seelenschmerz. »Wenn du ihnen auch nur ein Haar krümmst, wandle ich mich und fliege davon, ohne mich noch einmal umzudrehen. Dann hast du verloren, Vater.«

Liam senkte die Arme, hielt die Schwerter aber noch immer in der Hand. Navarion und Dagal taten es ihm gleich. Tasar zog am Himmel krächzend seine Kreise. Moril war nirgendwo zu sehen, doch er war sicher nicht weit. Sammir war auf dem Weg. Ich spielte auf Zeit. Ein gefährliches Spiel, doch einen anderen Ausweg sah ich nicht. Außer ich opferte Abren und Neslin, die gerade herbeistürzte.

»Lasst mich zu ihr!«, fauchte sie die Ghul an. Das war meine beste Freundin. Yadirans Mundwinkel hob sich amüsiert. Er nickte den Männern zu, die eine Gasse bildeten. Weinend und schluchzend schlang sie ihre Arme um mich. »Du hast mir so gefehlt«, flüsterte sie.

»Du mir auch.« Ich blickte zu Thilo, der Henna schützend im Arm hielt. Auch sie schluchzte. Ich sah es an ihren bebenden Schultern und dann fiel mir auf, wer fehlte.

»Wo ist dein Vater?«, fragte ich Neslin und strich ihr die Haare aus dem Gesicht, die ihr von getrockneten Tränen an der Wange klebten. Tiefe Ringe lagen unter ihren Augen. Ihre Haut war gänseblümchenweiß, die Wangen eingefallen. »Wo ist Jedres?« Sie hob den Blick, sah mich an, brachte aber kein Wort über die heftig zitternden Lippen. Das brauchte sie auch nicht. Stattdessen sah sie zu Yadiran und in den Schmerz mischte sich

abgrundtiefer Hass. Ich sah zu dem Mann, der mir mein Leben lang ein Vater war.

»Du hast ihn getötet?«

Er schüttelte den Kopf. »Nein, das war Leandred, aber ich gab den Befehl.«

Nun waren es meine Augen, die sich mit frischen Tränen füllten. »Warum? Warum tust du das?«

Seine Züge versteinerten. »Es ist, wie der Junge es gesagt hat. Du gehörst nicht zu unserer Familie. Ich bin nicht dein Vater. Das weißt du längst.«

»Du hast mich großgezogen, hast mir Geborgenheit geschenkt. Ganz egal, was du sagst, ich liebe dich wie einen Vater. Warum ist das nicht genug?« Meine Stimme brach und der Schmerz in meiner Brust drohte mich von innen zu zerreißen. Alles schmerzte, vom kleinen Zeh bis zu meiner Kopfhaut. Mein ganzer Körper schien in Flammen zu stehen. Ich sah ihn vor mir, den Abgrund, und Yadiran brauchte nur noch auszuholen und mich hinabzustoßen.

»Warum das nicht reicht?«, sagte er voller Hohn und Bitterkeit in der Stimme. »Weil du die falsche Tochter bist! Du bist nicht meine Nysa. Sie ist tot! Getötet von deinem Vater, dem verfluchten Drachenkönig!« Wie kleine spitze Nadeln feuerte er die Worte auf mich ab und sie trafen ihr Ziel genau. Ich fühlte, wie etwas in mir zerbrach. Mein Herz. Was davon übrig war, zerschellte an der Kälte, mit der er mich musterte. Neslin nahm mich tröstend in den Arm, doch nichts auf der Welt konnte mir in diesem Moment Trost spenden.

»Ihr seid ein Hurensohn, Yadiran! Ich reiße Euch mit Vergnügen das Herz aus der Brust und serviere es Flerya auf einem Silbertablett!« Liam riss die Schwerter hoch und stürmte auf den Schlachtenlenker zu, doch hinter mir knurrte Vilgo drohend.

»Nimm ihn an die Leine, oder ich tue es für dich.« Abren stöhnte auf. Sein Gesicht schmerzverzerrt. Schweißperlen standen auf seiner Stirn. Schnell ließ ich Neslin los und trat zwischen Liam und Yadiran.

»Hör auf!« Sonst verlor ich den letzten Teil meiner Familie. »Abren ist alles, was mir noch bleibt«, flüsterte ich. Liam stoppte, jeder Muskel im Körper zum Zerreißen gespannt.

»Das ist nicht wahr«, murmelte er. »Du hast uns.«

Ich sah ihn an, mit tränenverhangenen Augen. »Das ist nicht dasselbe, Liam.« Kurz zuckte er zusammen, doch dann nickte er und ließ die Schwerter fallen.

Glaubst du, es bleibt ohne Folgen, wenn Avalon keine Reisenden mehr empfängt?

Das ist nicht dasselbe«, ihre Worte gruben sich in Yadirans Schädel, obwohl Flee nicht zu ihm gesprochen hatte. Sie schützte Abren. Schütze ihn wie einen Bruder. Für sie gab es keinen Unterschied. Er sah es deutlich in der Hitze ihrer Augen. Abren war ihr Bruder im Herzen. Sie tat alles, um ihn zu retten. Yadiran triumphierte still. Klirrend schlugen Liams Schwerter auf dem Boden auf.

»Sperrt die Halunken ein. Flee, Neslin, Abren und der Heerführer des Königs sind unsere Gäste. Sie werden uns zur Höhle der Königin begleiten.« Er sah zu der Drachenprinzessin, die stolz das Kinn reckte, als sie seinen Blick bemerkte. »Du wirst tun, wofür du immer bestimmt warst oder wir werden sie alle drei töten.«

Ohne zu zögern, nickte sie. Ihm entging nicht, dass sie an dem Armband an ihrem Handgelenk spielte. Die roten Steine darin glühten in der Dunkelheit.

»Bringt uns zu Aine«, sagte er zu einem der Homunkulusse, die wie erstarrt dastanden und auf Befehle zu warten schienen. Zwei von Aines Wesen liefen voran. Hidogal, sein dienstältester Krieger, und vier weitere Krieger begleiteten sie, während alle anderen die Gefangenen zusammentrieben. Nur die beiden Geisttiere waren verschwunden. Ihm war nicht entgangen, dass auch das Geisttier des Heerführers nicht hier war. Das war sicher kein gutes Zeichen. Sie verließen die Festung durch eines der kleineren Seitentore und liefen durch den rückwärtigen Wald, wenn man die Gerippe, die ihn bildeten, überhaupt so nennen konnte. Im Schein der Fackeln sahen sie wie Krüppel aus. Seltsam verzerrt wanden sich die Stämme Richtung Himmel, als wären sie unter unendlichen Schmerzen gewachsen. Gegen einen unsichtbaren Widerstand, den sie unbedingt überwinden wollten, aber nicht konnten. Der Untergrund war nicht so schwammig wie auf der anderen Waldseite und deutlich kühler. Felsen durchzogen den Boden. An manchen Stellen sah er Löcher, die vermutlich in das Höhlensystem führten, von dem ihm Aine berichtet hatte.

Vilgo schleppte den Jungen mit sich, die Hände hinter dem Rücken gefesselt. Hidogal schubste den Heerführer des Königs vor sich her. Hidogals Gesicht war bedeckt mit einem Bart, der aussah, als hätte ihn seine Mutter statt mit ihrer Brust nur mit Karottensaft gefüttert. Nur die beiden Frauen liefen ohne Fesseln, dafür aber flankiert von zwei Ghul.

»Sie wird Emirescha ins Chaos stürzen«, sagte Flee, wobei sie es vermied, ihn anzusehen.

»Sie wird das Land heilen und unserem Volk Frieden und Freiheit schenken.«

»Zu welchem Preis? Dem Tod und der Auslöschung unzähliger Seelen? Glaubst du, es bleibt ohne Folgen, wenn Avalon keine Reisenden mehr empfängt?« Jetzt sah sie ihn doch an. Er schwieg. Über die Anderslande wollte er nicht nachdenken. Dort wartete seine Familie auf ihn und jedes Mal, wenn er sich einen Gedanken an Avalon gestattete, spürte er das Ziehen in seiner Brust stärker. Die Sehnsucht, die ihn zu Liropei und Nysa trieb. Noch war die Zeit nicht gekommen. Noch hatte er eine Aufgabe, ein Ziel, an dem er festhielt wie ein Süchtiger.

Im Licht der Fackeln folgten sie den Homunkulussen, die sie ein gutes Stück an der Klippe entlangführten. Dann blieben sie stehen und starrten nach unten, in die Schwärze des Meeres. Gischt brandete an die Felsen. Im schäumenden Wasser sah er die hell erleuchtete Höhle. Aine wies ihm den richtigen Weg. Er packte Flee am Oberarm und riss sie zu sich. Das Mädchen stöhnte.

»Nehmt Eure dreckigen Finger von ihr«, knurrte der Heerführer des Königs. Yadiran ignorierte ihn.

»Du überraschst mich immer wieder, Drachenprinzessin. Ich hätte nicht gedacht, dass du meinen Fluch überwinden könntest. Jetzt überrasche mich noch einmal und tauch ab.« Mit einem Ruck stieß er sie von der Klippe ins Meer.

»Flee!« Liam und Abren schrien gleichzeitig auf. Vilgo packte den Jungen. Hidogal brachte den Undinen mit einem Tritt in die Kniekehlen ins Wanken. Er stolperte vorwärts auf die Knie. Das Mädchen stürzte schreiend und mit den Armen rudernd in die Tiefe. Mit einem Klatschen tauchte sie ins Meer ein und kam prustend und fluchend an die Oberfläche.

Yadiran sah zu seinen Männern. »Ihr wartet hier. Wenn ich nicht mit unserer Königin zurückkehre, dann schlachtet alle ab.« Sein Blick blieb bei dem jungen Heerführer hängen. »Keine Sorge, junger Krieger. Auch wenn ich mit Aine wiederkomme, ist euer aller Leben verwirkt. Nur der Zeitpunkt verschiebt sich ein wenig in die Zukunft.« Yadiran streifte die Stiefel von den Füßen und übergab seine Waffen Hidogal, der ihm entschlossen zunickte. Unten vom

Meer hörte er das Mädchen husten. Dann nahm er Anlauf und sprang ebenfalls ins Wasser.

Die Kälte raubte ihm für einen Moment den Atem. Mit dem linken Bein scheuerte er über einen Felsen. Die Lederhose riss und sein Bein brannte, als hätte ihm jemand Säure darübergekippt. Stöhnend tauchte er an die Oberfläche und traf auf Flees Faust, die sie ihm mit aller Kraft ins Gesicht rammte, doch weil sie schwamm, war das nicht besonders schmerzhaft.

»Du hättest mich warnen können!«

»Hätte ich, aber das wäre nicht so amüsant gewesen.«

Sie schüttelte den Kopf, an dem ihr die nassen Haare klebten. »Es ist, als wärst du ein Fremder. Nicht der Mann, der mir ein Vater war.«

»Los, schwimm zur Klippe«, herrschte er sie an. »Und ich bin ein Fremder. Du kennst mich nicht, weil ich dir dein Leben lang jemanden vorgespielt habe, der nicht existiert.« Flee schwieg. Was hätte sie dazu auch sagen sollen. Nur in ihren Augen sah er den Schmerz, der sie niederrang. Nicht mehr lange und sie empfand kein Leid mehr. Niemals wieder. Er schwamm ihr nach und blickte nach unten, wo Lichtstrahlen das Wasser erhellten. Yadiran schätzte, dass die Höhlenöffnung zwei Fuß tief lag. »Hol tief Luft und dann tauch ab. Ich folge dir. Immer dem Licht nach.«

Flee atmete mehrmals tief ein und aus, dann schnappte sie nach Luft und tauchte unter. Mit etwas Abstand folgte er ihr und versank im Licht, das ihm einen Moment lang die Sicht raubte. Seine Lungen brannten und der Drang, Luft zu holen, nahm zu. Kurz bevor er glaubte, es nicht mehr länger auszuhalten, stieß er mit dem Kopf durch die Oberfläche und atmete frische, kalte Luft. Flee lag prustend am Rand des Wasserbeckens. Er schwamm zu ihr und hob sie vollends aus dem Wasser. Doch was er empfand, als er sie berührte, ließ ihn hastig die Hände zurückziehen. Erinnerungen tanzten durch seine Gedanken. Erinnerungen an Kindertage, in denen er ihr das Schwimmen beigebracht hatte. Manchmal sogar im Meer, an ganz ähnlichen Orten.

Yadiran stützte sich am Rand des Beckens ab und stieß sich aus dem Wasser. Um seine unerwünschten Gedanken zu tilgen, sah er sich um. Die Höhle war durchzogen mit einem Wald aus Tropfsteinen, zwischen denen Leuchtkäferschwärme herumflogen. Nur bei näherem Betrachten sah er den Unterschied zu den Glühwürmern, die er kannte. Diese hier hatten dicke Körperpanzer und leuchteten im Ganzen. Ihr Licht wurde immer heller, schien die Käfer von innen zu verzehren. Einige platzten bereits.

»Komm, Yadiran. Bring mir den Drachen«, drang Aines Stimme durch die Gänge.

»Wir sollten uns beeilen.« Er zerrte Flee auf die Beine, hielt sie am Arm gepackt, während er mit ihr in die Richtung lief, aus der die Stimme seiner Königin zu ihnen drang. Und dann stand er vor ihr. Nur getrennt durch eine im Licht wabernde Barriere. Aine trat ganz nah an die Absperrung heran. Sie lächelte. Er blinzelte mehrmals, um das Wesen, das vor ihm stand, mit der Königin in Verbindung zu bringen, die er einst gekannt hatte.

Sie schnalzte missbilligend mit der Zunge. »So sehr habe ich mich nun auch wieder nicht verändert.«

Sie war ein Ghul. Ein gewandelter Ghul, nur ihr Oberkörper war noch der einer Frau. Sie hob die Arme und zog die langen Krallen, die so spitz wie die Klinge eines Dolches aussahen, über die Barriere. Sie waberte unter der Berührung. Zischend stieg Qualm von Aines Fingern auf und sie zog sie schließlich zurück. »Ich habe lange genug auf diesen Moment gewartet, Schlachtenlenker. Jetzt tu, warum du hergekommen bist und lass mich raus.«

»Nein«, hauchte Flee neben ihm. »Ich werde Euch nicht helfen.«

»Dann werden deine Freunde dort oben sterben. Jeden Einzelnen zerre ich hierher und sauge ihnen vor deinen Augen die Seele aus, bis du tust, worum ich dich bitte. Sie werden alle sterben. Auch die Bastarde in der Festung. Es liegt an dir, ob dieses Schicksal sie ereilt oder ob sie noch ein bisschen weiterleben dürfen.«

Sie weinte. Ihre Schultern bebten. »Ich hasse dich«, sagte sie mit zitternder, schwacher Stimme.

»Das solltest du auch und jetzt nutze Kemanties Macht und befreie die Königin.«

Flee lief zur Barriere. Das Mädchen legte ihre Hand mit dem Armband darauf und begann die Worte zu summen, die sie schon so oft im Schlaf vernommen hatte. Das Lied ihrer Mutter, das sie ihr beim Einschlafen immer vorgesungen hatte.

Die Absperrung leuchtete auf und brach schließlich zusammen. Die Königin lachte. Ihr Schwanz schlug wild umher. Sofort stürzte sie sich auf das Mädchen, doch es war nicht so hilflos, wie Yadiran vorhergesehen hatte. Wieder überraschte sie ihn, indem sie flink zur Seite wich. Weg von ihm und außer Reichweite der Königin, die zornig aufschrie. Speichel tropfte ihr aus dem Mundwinkel, so sehr lechzte sie nach der Drachenseele.

»Unterschätze niemals deinen Gegner, Vater. Das hast du mir beigebracht und jetzt verstößt du gegen deinen eigenen Grundsatz.« Sie wandelte sich. Vor seinen Augen veränderte sie sich und spie eine Salve Drachenfeuer auf ihn und die Königin, die fauchend zurückwich. Im nächsten Moment sprang die Drachenprinzessin zum Wasser, tauchte ins Becken und verschwand. Aine folgte ihr, dicht hinter sich Yadiran. Als er in der Meeresbrandung auftauchte, flog Flee bereits über die Klippe und spie seinen Kriegern ihr Feuer entgegen. Ein Mann stürzte brennend wie eine Fackel ins Meer. Zischend und winselnd kletterte Aine die Felsen hinauf. Das Drachenherz hielt sie fest im Blick.

Die Königin hangelte sich über den Rand der Klippe, als wöge der massige Schlangenkörper nichts. Sie schlug ihre Krallennägel ins Gestein und zog sich hoch. Genau an der Stelle, an der Liam gerade die Hände über eine Flamme hielt, um die Fesseln zu verbrennen.

»Abren! Liam!«

Sie fuhren herum. Liam warf sich sofort zu Boden. Aines Hand verfehlte ihn nur um Haaresbreite. Abren wich ebenfalls aus und duckte sich unter ihrem Arm hinweg. Vilgo tobte vor Wut, doch mein Feuer schnitt ihn vom Geschehen ab. Heiß loderte es vor ihm empor.

Neslin schrie auf und zerrte an den Fesseln um ihr Handgelenk. Moril und Tasar griffen die beiden Homunkulusse an, drängten sie zur Klippe, über die sie stumm in die Tiefe stürzten. Yadiran erreichte den Rand der Felsen. Ich spie ihnen Drachenfeuer in den Weg. Versuchte eine Schneise zu bilden, die sie nicht überwinden konnten, und einen Augenblick dachte ich wirklich, dass es mir gelungen war. Doch dann nahm die Ghulkönigin Anlauf. Mit unheimlicher Geschwindigkeit schlängelte sie ihren massigen Körper über den felsigen Untergrund und sprang über meine Feuerschneise hinweg, genau auf Abren und Liam zu. In der Ferne hörte ich Sammir heulen. Doch alles, was in mein vernebeltes Bewusstsein drang, war die Ghul, die mit gezückten Krallen auf die beiden zusprang. Der Blick vor Wahnsinn funkelnd. Im Sturzflug sank ich herab, doch Aine war näher und ich nicht schnell genug. Dann sah ich einen kleinen, schmächtigen Schatten, der sich zwischen Abren und die Königin stellte. Neslin!

Aines geschwungene Nägel durchdrangen den viel zu zarten Körper meiner Freundin.

»Neslin! Nein, bitte nicht!«

Die Königin lachte schallend.

»Nein!«, Liams Schrei durchschnitt das Blubbern der Königin. Wieder drang von Weitem Seehundbellen zu uns und in der Ferne bewegte sich ein gewaltiger Schatten am Himmel.

»Wir müssen gehen, Aine. Sofort!« Yadiran und die Königin tauchten in den Wald Richtung Feste ab, dicht gefolgt von Vilgo.

»Wir sehen uns wieder, Drache!«, schrie er mir zu und grinste, als hätte er die Schlacht gewonnen. Er hatte recht. Die Königin entkam, doch das war mir in diesem Moment gleich. Ich sah nur Neslin, die mit weit geöffneten Augen am Boden lag. Ihr Atem ging schwer und rasselnd. Ich stürzte vom Himmel. Nicht als Drache, sondern als Mensch. Zum Glück nur wenige Meter über der Erde. Die kalte Nachtluft traf mich. Ich nahm kaum wahr, dass Wind und Regen nachgelassen hatten. Liam fing mich auf. Seine Hände waren noch immer gefesselt, doch er fing mich auf.

»Es tut mir leid, Flee«, flüsterte er. Sofort schlug ich ihn von mir und rannte zu Neslin. Zitternd tastete ich mit den Händen ihre Wunden ab. Die Einstiche waren klein, aber tief. Sachte bettete ich ihren Kopf auf meinem Schoß. Abren sank neben uns auf den Boden und strich Neslin über das Haar.

»Was hast du getan, Neslin?«

»Deinen Hintern gerettet.« Sie hustete, sah mich an. »Du bist nackt, Flee«, murmelte sie und lächelte schwach.

»Und du bist verrückt. Warum hast du das gemacht?«

Sie sah zu Abren. »Weil er wichtiger ist als ich. Ich wollte nicht, dass du deine ganze Familie verlierst, Flee.« Sie hustete noch einmal. Moril kam zu mir, kuschelte sich an meine Seite und wimmerte leise.

Tränen brannten in meinen Augen. Ich schluchzte. »Und was ist mit deiner Familie, Neslin?« Ich wollte ihr so viel sagen, so viel erzählen, doch Neslin hustete heftig und erschlaffte in meinem Schoß. Schwer senkten sich ihre Lider und die angestrengten Atemzüge erlahmten.

»Nein!«

Tränen rannen mir über die Wangen. Tropften auf Neslins blasses Gesicht. Ihre Lippen waren leicht geöffnet. Sie sah aus, als ob sie schlief, doch ich wusste es besser. Ich spürte, wie das Leben aus ihr wich. Von Schluchzern geschüttelt sank ich über ihr zusammen. Küsste ihre Stirn und umarmte meine beste Freundin zum allerletzten Mal. »Ich werde dich immer im Herzen tragen«, flüsterte ich ihr ins Ohr. Unvermittelt lag ein Hemd über meinem Rücken und den Schultern. Liams Hemd. Er kniete schweigend neben uns. Rang um Worte, die er nicht fand, und sah mir schließlich voller Bedauern in die Augen. Als die Kälte mir in die Haut biss, nahm ich sein Hemd und zog es mir über. Über der Feste flammte Drachenfeuer auf. Rufe hallten durch den Wald und irgendwo unter uns bellte wieder Sammir. Liam erhob sich und lief zur Klippe. »Alles in Ordnung, Sammir!«

Er drehte sich um und sah in den Himmel über dem Wald. »Ihr habt es geschafft.«

Vorsichtig bettete ich Neslins Kopf auf den Boden und erhob mich wankend. Ich folgte seinem Blick und erstarrte. Über der Festung kreiste ein gewaltiger Drache. Immer wieder stieß er vom Himmel herab, tauchte wenige Augenblicke danach über den Baumkronen auf. Das Feuer leuchtete auf seinen gewaltigen Flügeln. Golden schimmernde Haare umspannten seinen Kopf wie der Pelz eines Bären.

Abren reichte mir die Hose eines toten Rudall Koer. Hidogal. Die Vorstellung, eine Hose anzuziehen, die der Ghul getragen hatte, war widerlich, doch so entblößt konnte ich auch nicht herumlaufen, also biss ich die Zähne zusammen und schlüpfte hinein. Liam gab mir ein Lederband, mit dem ich die viel zu weite Hose um meine Taille festbinden konnte.

»Komm!« Er griff meine Hand. Abren kniff missbilligend die Augen zusammen. Gemeinsam rannten wir zur Festung, wo ein heilloses Durcheinander herrschte. Einige Ghul kämpften verbissen gegen Jeteff, Navarion und Dagal, die ihnen ebenso erbittert Widerstand leisteten, bis der letzte Rudall Koer fiel. Ich folgte Liam zu Navarion und Dagal. Erschrocken keuchte ich auf, als Moril in meine Arme sprang. Gerade so fing ich ihn auf und strich ihm über den Kopf.

»Geht es dir gut?« Er leckte mir zur Bestätigung über die Wange. Ich ließ es geschehen, zu kraftlos, um mir den Sabber abzuwischen.

Um uns herum sammelten sich die Menschen, die an unserer Seite gekämpft und überlebt hatten. Thilo und Henna rannten zu uns. Sie suchten in der Menge nach Neslin. Als sie mir ins Gesicht sahen, blieben sie abrupt stehen. Henna schrie auf und Thilo sackte in die Knie. Ich lief zu ihnen, umarmte sie, versuchte den Schmerz aufzufangen, der auch in mir brannte.

Jäh bebte die Erde, als der Drache im Innenhof landete. Wind zerrte an meinen Kleidern und der leichte Geruch nach Schwefel stieg mir in die Nase. Alle wichen zurück. Alle bis auf Liam, Navarion und Dagal. Abren stand plötzlich vor mir und zog mich hinter seinen Rücken. Er wusste, wie sehr ich den Drachen fürchtete. Heftig pochte mein Herz in der Brust.

»Du hast nichts zu befürchten, Flee«, sagte Navarion. Sein Zuspruch

half nichts. Ich zitterte vor Angst. Vor meinen Augen wandelte sich der Drache in den König. Ich schnappte nach Luft, war der festen Überzeugung, dass wir gleich alle mehr von ihm zu sehen bekamen, als uns lieb war, doch anders als ich nach einer Wandlung, trug Gardorath Kleidung. »Wie hat er das gemacht?«, fragte ich.

»Gardorath kann es dir zeigen.« Liam lächelte mir aufmunternd zu, bevor er zum König lief, der ihn stürmisch umarmte. Ich sah dem Mann ins Gesicht, als Liam ihm etwas zuflüsterte. Zweifellos erzählte er ihm von mir, denn der König schrie leise auf und suchte die Menge ab, bis sein Blick mich fand. Liam wich zurück. Der König schluckte hart. Tränen sammelten sich in seinen Augen und er trat einen Schritt auf mich zu.

»Fl…«, stotterte er und schluckte noch einmal. »Flerya?«, stieß er schließlich atemlos hervor. Dann wischte er sich Tränen aus den Augen und rannte auf mich zu. Erschrocken wich ich zurück und schrie vor Panik auf. Er war ein Fremder, ein Drache. Nichts an diesem Mann fühlte sich vertraut an. Da war keine Nähe, auch wenn ich wusste, dass mein richtiger Vater vor mir stand. Das Wissen änderte nichts daran. Er blieb ein Fremder. Der Drachenkönig versteinerte vor meinen Augen. Reinste Freude spiegelte sich in seinem Gesicht und abgrundtiefe Verzweiflung. Ungläubig und voller Staunen sah er mich an. Er hob den Arm, seine Finger zitterten heftig, als er sie mir entgegenstreckte. Die Augen weit geöffnet und feucht vor Pein. Noch nie hatte ich so widersprüchliche Gefühle im Gesicht eines Menschen gesehen. Seine Stimme bebte, als er zu mir sprach. »Flerya, mein Kind.«

Wer nur das Ziel vor Augen hat, verirrt sich leicht

»Was passiert jetzt mit euch?«, fragte ich Estith. Die Männer hatten die Alten und Kinder nicht lange, nachdem der König die Rudall Koer vertrieben hatte, aus der Höhle geholt.

»Phaesri und ich begleiten euch nach Astrama. Jeteff ebenfalls. Der Rest darf zurück nach Hause.« Ihre weißen Augen fixierten mich. »Du gehst doch mit deinem Vater, Kind?«

»Mein Vater?« Ich sah zum König, der neben Liam und seinen Freunden auf dem Rand des Brunnens saß und mit ihnen sprach. Immer wieder wanderte sein Blick zu mir.

»Er hat uns die Wahl gelassen. Jeder darf ihn zum Herrschersitz begleiten und findet dort eine neue Heimat. Ganz egal, was sie getan haben. Allerdings hat er uns alle gewarnt. Wer noch einmal ein Verbrechen begeht, landet im Kerker.«

Überrascht sah ich zu Estith. »Nicht nach Mongana?«

Sie schüttelte den Kopf. »Liam hat ihm erzählt, was hier vor sich geht.«

»Keine Seele reist von hier nach Avalon«, hauchte ich und schloss die Augen. Neslin und Jedres. All die Seelen, die niemals Frieden fanden.

»Du kannst sie retten, Flee, aber nicht allein.«

Der Ort, an dem alles begann.

»Ich weiß nicht wie«, flüsterte ich.

Estith tätschelte mir die Hand. »Du wirst es wissen, wenn die Zeit gekommen ist. Wer nur das Ziel vor Augen hat, verirrt sich leicht. Bedenke lieber jeden Schritt, ehe du einen Fuß vor den anderen setzt und am Ende dein Ziel von ganz allein erreichst.«

Abren kam in den Hof gelaufen. Begleitet von unzähligen misstrauischen und hasserfüllten Blicken. Manche Krieger fluchten verärgert, als er an ihnen vorüberging. Er ließ es stoisch über sich ergehen; an dem, was er war, konnte er genauso wenig etwas ändern wie ich. Er lächelte und zwinkerte mir zu, doch an seinem steifen Gang erkannte ich, dass er nicht so gelassen war, wie er sich gab. Starke Arme legten sich von hinten um meine Taille. Thilo hob mich hoch.

»Hallo, kleine Raupe«, raunte er mir ins Ohr. »Oder soll ich dich in Zukunft Schmetterling nennen?« Er ließ mich runter und lockerte seinen Griff. Ich drehte mich zu ihm um, schlang meine Arme um seinen Hals und zog ihn dicht zu mir. Eine kleine Ewigkeit verharrten wir. Die Geräusche um uns verblassten. Ich hörte keine Stimmen, kein Gemurmel mehr. Kein Stöhnen der Männer, die die Leichen in Karren hoben und aus der Feste brachten. Einen kleinen Augenblick lang stand die Zeit still.

»Sie fehlt mir«, flüsterte ich. »Sie fehlt mir so sehr.«

Er nickte, strich mir über Haare und Rücken. Abren und Liam kamen zu uns und ich löste mich von Thilo. Liam sah mich nicht an. Er starrte zu Boden, als er neben mir stehen blieb und schloss einen Moment die Augen.

»Es tut mir leid, Flee«, murmelte er. »Ich hatte es dir versprochen.«

»Was?«, fragte ich.

Er schluckte. »Dass ich sie beschützen werde.«

Neue Tränen rannen mir über die Wangen. Abren schlang einen Arm um mich, zog mich dicht zu sich und küsste mich aufs Haar. Trotz seines offensichtlich schlechten Gewissens kniff Liam missbilligend die Lippen zusammen und der Muskel an seinem Kiefer zuckte aufgebracht.

Ich schüttelte den Kopf und seufzte leise. »Dich trifft keine Schuld, Krieger.«

Navarion und Dagal gesellten sich dazu. Ich löste mich von Abren, als Moril mir um die Beine strich und ich hob ihn hoch. Eng kuschelte ich mich an den warmen Waschbärenkörper. Tasar saß auf Dagals

Unterarm und Sammir patschte mit ihrer Flosse im Brunnenbecken. Sie spritze Phaesri nass, die stumm lachte und jedes Mal in die Hände klatschte, wenn Sammir es schaffte, sie mit den Wasserfontänen zu treffen. Neslin und Jedres lagen nebeneinander im Tempel, wo wir sie auf einer Trage aufgebahrt hatten. Henna wachte neben ihnen. Sie weigerte sich, irgendwo anders hinzugehen, um sich auszuruhen. Kerzen brannten um ihren Ruheplatz. Sie begleiteten uns zurück nach Emirescha, wo wir sie auf dem Friedhof in Astrama begraben konnten. Gardorath hatte darauf bestanden. Ich sah zu der Gruppe Männer, die noch immer rund um den König standen. Es war Zeit. Zeit, sich dem Mann zu stellen, der mir so nah war und doch vollkommen fremd.

Danksagung

Ich möchte ganz besonders der einen Person danken, ohne die es Flerya in dieser Form nicht geben würde, Marie Grasshoff. Vielen lieben Dank für das wunderschöne Cover, die Unterstützung und deinen Zuspruch, in genau den richtigen Momenten. Dank dir hat dieses Buch ein wundervolles Zuhause im Drachenmond Verlag gefunden. Ich danke dir!

Vielen lieben Dank, Astrid Behrendt. Du bist eine wundervolle Verlegerin und ein großartiger Mensch. Danke, dass du an mich und Flerya glaubst.

Danke, Christin. Mit dir erlebe ich immer tolle und manchmal auch seltsam schräge Momente, die für reichlich Inspiration sorgen. Gespräche mit dir sei es am Telefon oder bei unseren Treffen, wecken unweigerlich Glücksgefühle.

Ein ganz besonderer Dank geht an meinen Mann Jürgen und meine drei Kinder. Jasmin, Leonie und Benjamin. Ihr vier seid mein Lebensmittelpunkt, meine Kraftquelle. Ich weiß, ihr habt es nicht immer leicht mit einer Autorin als Mama und Ehefrau. Ich hab euch lieb!

Danke, Mama. Für deine unerschütterliche Ermutigung und deine Unterstützung.

Zu guter Letzt: ein ganz dickes Dankeschön an alle meine Leser. Viele von euch begleiten mich seit dem ersten Tag als Autorin und ich danke jedem einzelnen dafür. Ich liebe die tollen Gespräche mit euch, die Mails, Nachrichten und Kommentare in den sozialen Medien. Ihr seid großartig!

Michelle Natascha Weber
Sonnen Blut
Drachenmond Verlag

LIANE MARS
FUNKENMAGIE
FARBENSPIEL DER NACHT
DRACHENMOND VERLAG

Laura Labas

Der verwunschene Gott – Von Göttern und Hexen

ISBN: 978-3-95991-334-8, Klappenbroschur, EUR 14,90

Morgan Vespasian verdient sich ihren Unterhalt als Schmugglerin. Seit sie vom Alphawolf der Schmuggler entführt wurde, ist sie dazu verdammt, ihre Lebensschuld abzuarbeiten. Während eines Auftrags wird sie verraten und gerät zwischen die Fronten eines vergessenen Prinzen und eines verfluchten Gottes, die auf der Suche nach einem verwunschenen Schloss sind. Morgan muss sich schon bald für eine Seite entscheiden und bestimmt mit ihrer Wahl das Schicksal des gesamten Königreiches.

Helena Gäßler
DAS RAUNEN DER
FLAMMEN
DRACHENMOND VERLAG

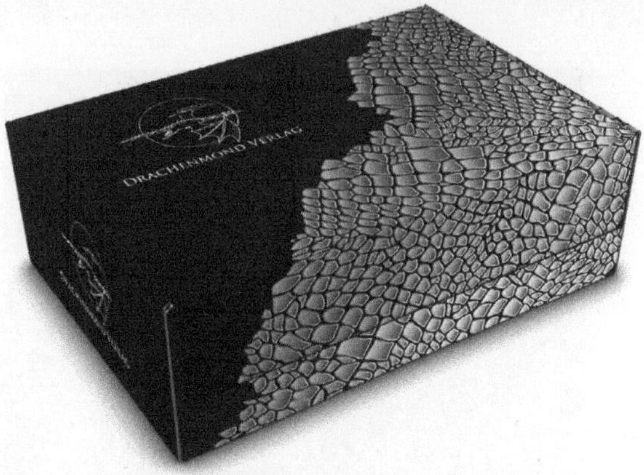

Du brauchst Lesenachschub und hast Entscheidungsschwierigkeiten, möchtest dich überraschen lassen oder wünschst Empfehlungen? Da können wir helfen!
Wir stellen für dich ganz individuell gepackte Buchpakete zusammen – unsere

Drachenpost

Du wählst, wie groß dein Paket sein soll, wir sorgen für den Rest.

Du sagst uns, welche Bücher du schon hast oder kennst und zu welchem Anlass es sein soll.
Bekommst du es zum Geburtstag #birthday
oder schenkst du es jemandem? #withlove
Belohnst du dich selber damit #mytime
oder hast du dir eine Aufmunterung verdient? #savemyday
Je mehr wir wissen, umso passender können wir dein Drachenmond-Care-Paket schnüren.
Du wirst nicht nur Bücher und Drachenmondstaubglitzer vorfinden, sondern auch Beigaben, die deine Seele streicheln. Was genau das sein wird, bleibt unser Geheimnis …

Die Wahrscheinlichkeit ist groß,
dass sich das ein oder andere signierte Exemplar in deiner Box befinden wird. :)

Wir liefern die Box in einer Umverpackung, damit der schöne Karton heil bei dir ankommt und als Geschenk nicht schon verrät, worum es sich handelt.

Lisan bringt das kleinste Drachenpaket zu dir, wobei *klein* bei Drachen ja relativ ist. € 49,90
Djiwar schleppt dir in ihren Klauen einen seitenstarken Gruß aus der Drachenhöhle bis vor die Tür. € 74,90
Xorjum hütet dein Paket wie seinen persönlichen Schatz und sorgt dafür, dass es heil bei dir ankommt – und wenn er sich den Weg freibrennt! € 99,90

Der Versand ist innerhalb Deutschlands kostenfrei. :)

Zu bestellen unter www.drachenmond.de